Lotosblüte

SANDRA HENKE

LOTOSBLÜTE

EROTISCHER ROMAN

Plaisir d'Amour Verlag

SANDRA HENKE

LOTOSBLÜTE

EROTISCHER ROMAN

www.plaisirdamourbooks.com
info@plaisirdamourbooks.com
Plaisir d'Amour Verlag
Postfach 11 68
D-64684 Lautertal
Coverfoto: © Sabine Schönberger / www.sabine-schoenberger.de
Cover-Layout: Dody Klein / www.dquadr.at
ISBN: 978-3-938281-34-5

Kapitel 1

„Hast du dich schon rasiert?“, fragte Zoe, ohne sich zu ihrer Freundin umzudrehen. „Du weißt, dass kein einziges Härchen zu sehen sein darf. Darauf legen die Japaner wert.“

„Auf eine Intimrasur legen alle Zuschauer einer Bondage-Vorführung wert“, murrte Bryanna Clover, die wusste, dass Zoe nur Zeit schinden wollte, um länger mit Yukako Computer spielen zu können. „Ich trage doch Unterwäsche.“

„Man könnte trotzdem etwas sehen. Vielleicht verrutscht dein String, wenn ich dich fessele. Du hast ja keine Ahnung, was ich diesmal bei der Vorführung mit dir vorhabe.“

„Es sprießt kein einziges Haar mehr zwischen meinen Beinen, Zoe. Komm endlich. Wir müssen los!“

„Nur noch dieses Spiel. Wenigstens ein einziges Mal möchte ich gegen Yukako gewinnen.“

„Das ist unmöglich. Yukako macht vierundzwanzig Stunden an sieben Tagen in der Woche nichts anderes, als vor dem PC zu sitzen. Du hast eh keine Chance gegen sie.“

Als Zoe ein Stück *yatsuhashi*, eine Süßigkeit aus gemahlenem Reis, Zimt, Zucker und Adzukibohnen abbiss, wusste Bryanna, dass sie vergeblich auf eine Antwort warten würde. Sie ließ sich auf der *tatami*, einer Matte aus Reisstroh, im Wohnbereich nieder, schob die Beine unter den niedrigen Tisch, den *kotatsu*, mit eingebauter Heizung, die jetzt im Juli natürlich ausgeschaltet blieb, und raufte sich genervt die Haare.

In New York hatten Bryanna und Zoe Sharp sich sehr nah gestanden, doch nun erkannte Bree, wie ihre Freunde sie nannten, ihre Vertraute kaum wieder. Denn seit Zoe im Flughafen Tokio-Narita von Bord gegangen war, schien die 22-Jährige außer Rand und Band zu sein. Sie hatte sich und Bryanna als erstes mit einem Taxi zum nächstbesten Shinto-Schrein fahren lassen, wo sie gleich drei *omamori* gekauft hatte.

Freudestrahlend hielt sie die kleinen Stoffbeutel, in denen sich Papierstreifen mit Schriftzeichen befanden, hoch wie Trophäen. „Das sind Glücksbringer, ich habe einen mit dem japanischen Schriftzeichen *kaeru* für ‚Frosch‘ erstanden, weil das *kanji* auch ‚zurückkommen‘ bedeutet.“ Zoes Stimme klang schrill vor Euphorie.

„Aber wir sind doch gerade erst angekommen und beide das erste Mal in Japan“, wandte Bree ein. „Warte besser ab. Vielleicht gefällt es dir hier gar nicht.“

Unbeeindruckt drückte Zoe ihr ein *omamori* in die Hand. „Das ist für dich. Hier, nimm! Ich habe dir eins mit dem *kanji* für ‚Mut‘ gekauft. Vielleicht schaffst du es ja doch noch irgendwann, dich einem Mann zu unterwerfen, ich meine, mit allen Konsequenzen und so.“

„Könntest du bitte etwas leiser sprechen?“, ermahnte Bree sie mit hochrotem Kopf und schaute sich um.

„*Sumimasen.* Entschuldigung“, sprach Zoe, wie immer mit einem Lächeln auf den Lippen, wenn sie einen japanischen Begriff einwerfen konnte. „Das dritte *omamori* ist ein Geschenk für meine Internetfreundin Yukako. Ich bin schrecklich aufgeregt!“

Bree hatte wenig Interesse an Japan. Es ging ihr weder um die Reise in ein fremdes Land, noch um die Einladung zur Messe der BESTEN BONDAGEMEISTER AUS DER GANZEN WELT, zu denen Zoe zweifelsohne nicht gehörte, aber sie hatte irgendeinen Internetbekannten bequatscht, der den Veranstalter kannte. Bree war der devote Part, an dem Zoe die Fesselungspraktiken auf SM-Partys, Erotikmessen oder bei Bondage-Kursen vorführte, und hatte einfach nur von New York fortgewollt. Das Zahnmedizin-Studium an der Columbia University langweilte sie, hatte sie es doch sowieso nur begonnen, weil ihre Familie es von ihr erwartete, damit sie später einmal die Zahnarztpraxis ihres Vaters übernehmen konnte. Aber Zähne interessierten sie nicht. Zurzeit jedoch interessierte sie rein gar nichts – außer dem Wunsch nach sexueller Unterwerfung. Sie dachte an nichts anderes mehr, das machte sie fast verrückt.

Bree und Zoe stiegen wieder in das Taxi und ließen sich zu einem Tattooshop fahren.

Während der Fahrt kurbelte Zoe plötzlich das Fenster herunter und zeigte in eine Straße. „Schau nur, dort! Da steht eine Godzilla-Statue. Können wir kurz anhalten und ...?“

„Zieh deinen Arm zurück, man könnte ihn dir abfahren!“, warnte Bree ihre Freundin. „Wir haben keine Zeit, um einen Stopp einzulegen, sonst verpassen wir den Zug nach Kyoto.“

„Du bist immer so übervorsichtig, deshalb kannst du dich auch nicht unter ...“

„Zoe! Sprich es ja nicht aus!“ Bree schaute verlegen zu dem Taxifahrer, aber der tat, als würde er nichts davon mitbekommen, was auf dem Rücksitz vor sich ging.

Schweigend fuhr er sie zu dem Tattooladen, der nach Zoes Aussagen einem „weltbekannten Stecher“ gehörte. Der Inhaber sprach die ganze Zeit kein Wort und verzog nicht einmal seine Miene, als Zoe Minirock und Slip auszog und ihm schamlos ihren nackten Schoß präsentierte. Völlig emotionslos stach er ihr das *kanji* für ‚heiß’ auf den rasierten Venushügel. Bree war wenig begeistert und hoffte, dass der Typ auch wirklich das richtige Schriftzeichen eintätowiert hatte. Er sah nicht sonderlich vertrauenswürdig aus, eher wie jemand, der genervt von den Touristen war und denen gerne eins auswischte.

„Wieso hast du dir das *kanji* nicht vorher von Yukako bestätigen lassen?“

Zoe bezahlte, verneigte sich einige Male vor dem Tattoomeister und sagte freudestrahlend: „Domo arigato. Sayonara.“ Erst als sie wieder mit Bree in einem Taxi saß, antwortete sie: „Hör auf, so misstrauisch zu sein! Du hast immer irgendwelche Vorbehalte gegen alles. Wenn du so weiter machst, wird nie ein Mann gut genug für dich sein, um das gewisse Etwas auszuprobieren.“

„Jetzt redest du schon wieder von Sex, richtig?“

„Ha, ja. Bree, es wird Zeit, dass du dich endlich jemandem unterwirfst, denn du wirst immer missgelaunter, je länger du deine Sehnsüchte unterdrückst. Merkst du das nicht?“

Beleidigt hatte Bree die ganze Taxifahrt über bis zum Bahnhof geschwiegen. Selbst während der zweieinhalbstündigen Fahrt mit dem Shinkansen, dem Schnellzug, von Tokio bis nach Kyoto, wo die Messe stattfinden würde, war sie stumm geblieben, doch das war eher für sie eine Qual als für Zoe, die sich in ihren Reiseführer vertiefte und anschließend Japanisch-Vokabeln paukte. Bree dagegen war ihren lüsternen Gedanken ausgeliefert.

Mit offenen Augen tagträumte sie wieder einmal von einem Herrn, der sie behutsam in die Welt des Sadomasochismus einführte, der ihre Sehnsucht nach devoter Hingabe zu deuten wusste, und bei dem sie sich ganz und gar fallen lassen konnte. Dieser Dominus besaß jedoch kein Gesicht, denn es gab ihn nur in ihrer Fantasie.

Konnte es wirklich jemanden auf diesem Planeten geben, dem sie so sehr vertraute, dass sie sich ganz seinem Willen unterwarf?

In ihren Träumen funktionierte das problemlos – in der Realität hatte sie sich noch nie vor einem Mann hingekniet oder sich von jemandem den Hintern versohlen lassen.

Ihr Vater hatte ihr eingetrichtert, immer stark zu sein. „Auch Frauen müssen heutzutage ihren Mann stehen.“

Schließlich gingen alle Verwandten und Bekannten davon aus, dass sie eines Tages seine Zahnarztpraxis übernehmen würde. Und erwartete die Gesellschaft nicht die gleiche Stärke von ihr? Eine emanzipierte Frau des 21. Jahrhunderts durfte nicht unterwürfig sein und sich erst recht nicht schlagen lassen. Aber bei BDSM ging es nicht um Gewalt, sondern um sexuelle Stimulation, auch durch Lustschmerz und Demütigung. Die Sessions sollten sicherheitsbewusst, bei klarem Verstand und vernünftig durchgeführt werden und einvernehmlich sein. Aber waren sie das auch immer? Bree befürchtete, verletzt zu werden – körperlich und seelisch.

Wie konnte sie sich bei all diesen Bedenken zu ihrer Neigung bekennen?

In Kyoto stand die Sommerhitze in den Häuserschluchten. Die Luft war schwül und drückend. Kein Lüftchen wehte.

„Die Stadt ist ein Brutofen“, jammerte Bree und wischte sich mit einem Taschentuch den Schweiß von der Stirn.

„Ist das nicht jede Großstadt im Hochsommer?“

Bree und Zoe fuhren mit einem Taxi – das glücklicherweise eine Klimaanlage besaß – vorbei an einer bizarren Kulisse aus traditionellen Gebäuden wie Tempel, Schreine und Teehäuser, alten, heruntergekommenen Bauten mit Massage-Salons und Bordellen und hochmodernen Büro- und Wohnkomplexen zum Appartement von Zoes Internet-

Bekannten Yukako, die bei Mutter und Vater im reich bevölkerten Bezirk Higashiyama-ku wohnte. Da die Eltern aber an diesem Wochenende die Großmutter in Yokohama besuchten, war Platz für eine Übernachtung. Bree vermutete, dass die Eltern nichts von den Gästen wussten.

„*Irasshai*. Willkommen“, begrüßte Yukako sie schüchtern und verbeugte sich mehrmals tief.

Schnell merkte Bree, dass Zoe das arme Mädchen überredet hatte, sie bei ihr übernachten zu lassen, denn Yukako fühlte sich sichtlich unwohl und zog sich bald in ihr Zimmer zurück. Doch so leicht gab Zoe nicht auf und schaffte es tatsächlich, dass Yukako sie in ihre privaten vier Wände einließ. Bree dagegen duschte sich ausgiebig, föhnte ihre langen dunkelroten Haare kopfüber und toupierte einige Strähnen, damit ihr Schopf zu einer wilden Mähne wurde.

Nun saß sie in schwarzen Dessous auf der Reisstrohmatte und wartete darauf, dass Zoe sich endlich losriss, damit sie pünktlich zur Messe kamen. Immerhin hatte man sie gebucht, sie waren nicht zum Vergnügen in Kyoto. Sollte der Veranstalter unzufrieden sein, würde er womöglich ihre Gage und auch den Rückflug nicht zahlen, denn das Rückflugticket sollten sie erst nach dem Auftritt überreicht bekommen. Wieder ein Detail, das Zoe ihr verschwiegen, und das Bree erst beim Einchecken auf dem John F. Kennedy Flughafen erfahren hatte. Doch da war es schon zu spät gewesen, um umzukehren, denn sie hätte es nie und nimmer übers Herz gebracht, Zoe im Stich zu lassen. Brees Wunsch, New York zu verlassen war groß gewesen, aber ebenso sehr wollte sie nun schnellstmöglichst in die USA zurückkehren.

Sie schnappte sich Zoes Notizblock, auf dem die japanischen Übersetzungen einiger englischer Begriffe und Phrasen standen, und nörgelte: „Vielleicht verstehst du ja nur noch Japanisch, weil du dich mehr mit Yukako unterhältst als mit mir. *Ikkimashou*, lass uns gehen.“

„*Ikkimasu*, ich komme ja schon!“ Endlich stand Zoe auf und kam kichernd zu ihr. „Ist das nicht toll? Wir können uns sogar schon auf Japanisch unterhalten. Yukako hat mir noch einige Wörter erklärt.“

Bree warf den Block auf den kotatsu-Tisch. „Sie ist erst 15 und sollte lieber die Schule besuchen.“

„Das gibt sich schon wieder. Sie ist doch erst acht Monate zu Hause.“

„Erst? Es gibt in Japan einen bestimmten Begriff für Menschen, die ihr Zimmer nicht mehr verlassen und sich aus dem Leben, ja, sogar aus der Familie zurückziehen. Hab ich in irgendeiner Talkshow gehört. Wie heißt das Wort denn noch mal?“

„Man nennt sie *hikikomori*“, antwortete Zoe ernst. „Als ob du bei deiner Familie nicht auch schon öfters den Wunsch gehabt hast, deine Zimmertür nie wieder zu öffnen! Außerdem gibt es dieses Phänomen in Amerika auch. Wir nennen es *cocooning*.“

Schmollend zog Bree einen weißen Lackmantel über und folgte Zoe, fuhr mit ihr mit dem Aufzug ins Erdgeschoss, und stieg dann mit ihrer Freundin in das bestellte Taxi ein. Während sie aus dem Wagenfenster schaute und grübelte, knetete sie das *omamori*, das Zoe ihr in die Manteltasche gesteckt haben musste, um ihr Mut zu machen.

Ihre Freundin kannte Brees wunden Punkt einfach zu gut. Mit ihren 21 Jahren wohnte Bree noch zu Hause und würde wohl bis zum Ende ihres Studiums dort wohnen bleiben. Der Zusammenhalt ihrer Familie war sehr stark, so stark, dass Bree immer öfter zu ersticken drohte, wenn sie daheim war. Doch sie besaß einfach nicht den Mut, ihren eigenen Weg zu gehen, genauso wenig wie sie bisher über ihren Schatten gesprungen war, was das Ausleben ihrer devoten Ader betraf. Sie wünschte, sie hätte die Courage, sich einem dominanten Mann hinzugeben und ihm die Kontrolle zu überlassen. Aber ihre Angst war zu groß. Den einzigen Schritt, den sie bisher gewagt hatte, war, sich Zoe als Bondage-Model für Vorführungen bei Workshops und auf Fetisch-Partys zur Verfügung zu stellen. Auf diese Art und Weise konnte sie, ohne als Freiwild zu gelten, einen dezenten Blick in die Szene werfen, die aus Leuten bestand, die sich längst zu BDSM bekannt hatten. Sie gehörte dazu und auch wieder nicht. Mittlerweile reichte ihr das jedoch nicht mehr.

Und plötzlich gestand sie sich ein, dass diese Unzufriedenheit sie nörgelig machte. Es tat ihr leid, aber sie entschuldigte sich nicht bei Zoe, weil sie befürchtete, dass ihre Freundin die Entschuldigung als Freischein sehen würde, den Rest des Aufenthalts ausschließlich mit Yukako zu verbringen. Bree war nicht eifersüchtig auf die Freundschaft, sondern ihr fehlte Zoes Stärke an ihrer Seite. Das machte sie schwach, und schwach wollte sie unter keinen Umständen sein. Ihr Vater hatte Schwäche nie akzeptiert. Das war ein Luxus, den sich nur Verlierer leisten konnten. Bree war sich bewusst, dass ihre konservative Erziehung ihr bei den ersten Schritten in die Welt des SM im Weg stand, doch sie hatte noch keine Möglichkeit gefunden, diese Mauer niederzureißen. Zoe hatte ihr schon einige Male angeboten, sie als Domina zu leiten, aber Bree träumte von einem Dominus mit starker Persönlichkeit und dominanter Ausstrahlung. Vielleicht existierte solch ein Mann nur in ihren Wunschträumen.

Möglicherweise war er aber auch irgendwo da draußen.

Das Taxi hielt vor einem Club, der in Anlehnung an Tokios berüchtigtsten Rotlichtbezirk KABUKI-CHO hieß. Dass die Vorführung in einer Hostessen-Bar in Kyotos altem Vergnügungsviertel Ponto-cho stattfinden würde, hatte Zoe Bree jedoch erst gebeichtet, als sie schon im Flugzeug saßen. Sie hatte wohl geahnt, dass ihre „spießige Freundin“, wie Zoe sie nannte, wenn sie zickig war, sofort ihre Vorbehalte gegen den Veranstaltungsort geäußert hätte. Und wie Bree vermutet hatte, handelte es sich tatsächlich nicht um eine Messe. Darüber konnte auch das Schriftband, auf dem unter anderem auch in englischer Sprache ERLEBEN SIE DIE BESTEN BONDAGEMEISTER AUS DER GANZEN WELT geschrieben stand, nicht hinwegtäuschen.

„Es ist nur ein Themenabend in einer verdammten Bar", zischte Bree und fühlte sich getäuscht. Der Name des Lokals hatte bereits wenig einladend geklungen, das Gebäude bestätigte ihr Bauchgefühl, denn die Fassade war heruntergekommen. Niemand würde dahinter einen Club vermuten, hätte ein Reklameschild nicht darauf hingewiesen. Nun wurde Bree klar, weshalb der Veranstalter Zoe eingeladen hatte. Sie war nicht die beste Bondage-Meisterin der USA, aber das Beste, was er hatte kriegen können, vermutete Bree.

„Gute Werbung, denn das Schriftband ist sogar in den beiden Silbenschriftsystemen *hiragana* und *katakana* geschrieben, so dass jeder es lesen kann." Zoe stellte ihre Sporttasche, in der sie die Bondage-Seile transportierte, ab. „Nun verzieh doch nicht das Gesicht, Bree! Der Veranstalter hat immerhin unsere Flugtickets bezahlt. Ich finde das sehr großzügig."

Damit hatte Zoe recht, musste Bree zugeben. Trotzdem blieb das ungute Gefühl in der Magengegend.

„Warte erst einmal ab, was im *kyabakura* – so nennt man einfache Hostessen-Clubs, in denen der Kunde eine Art Sitzgebühr pro Stunde zahlen muss und dafür so viel trinken darf, wie er möchte – los ist. Du bist immer so voreingenommen und verurteilst alles Fremde." Zoe nahm ihre Tasche und trat ein.

Unsicher folgte ihr Bree und murmelte: „Wer weiß, weshalb man uns wirklich engagiert hat. Wir sind nicht viel mehr als Hostessen, denn man hat uns offensichtlich zum Amüsement der Männer hierher bestellt."

„Das habe ich gehört", rief Zoe über ihre Schulter hinweg. „Hostessen unterhalten die männlichen Gäste mit neckischen Spielchen und Karaoke. Ein Flirt gehört auf jeden Fall dazu, aber sie sind keine Prostituierten."

„Nur manchmal", stichelte Bree.

Sie gingen einen Korridor entlang, der von einem diffusen Licht erhellt wurde.

„Meinst du, auf den Messen in den Staaten, auf denen wir schon aufgetreten sind, hast du die Männer nicht angemacht?", fragte Zoe spitz. „Was ist dein Problem, Bree? Seit wir in Japan sind, hörst du nicht auf zu meckern."

Als Zoe vor dem Empfang stehen blieb, verneigte Bree sich zweimal vor ihr und sagte: „Gomen nasai, ich bitte vielmals um Entschuldigung. Da staunst du, was? Das habe ich in deinen Notizen gelesen. Ach, Zoe, hier ist alles so fremd!"

„Es geht also wieder einmal um Kontrollverlust." Zoe drückte auf die Tresenklingel, die Rezeption war leer.

Bree stemmte entrüstet die Hände in die Hüften. „Du kannst nicht alles auf meine unterdrückten Wünsche schieben!"

„Du wolltest unbedingt von deiner klammernden Familie fort, doch kaum bist du weg, fühlst du dich unwohl, weil dir der Halt fehlt. Als ich dir von Kyoto-shi erzählte, warst du Feuer und Flamme, aber jetzt, wo du hier bist, hast du Angst, weil du dich auf fremdem Terrain befindest und nicht mehr die hundertprozentige Kontrolle über dein Leben hast. Ja, was willst du denn überhaupt?“, sprudelte es aus Zoe heraus. „Möchtest du frei sein und dein Leben selbst bestimmen? Dann musst du Risiken eingehen. Genauso verhält es sich mit deinem Wunsch, deine devote Seite auszuleben. Wenn du es nicht versuchst, kannst du auch nicht wissen, ob es dir gefällt, aber dazu musst du die Kontrolle abgeben und Neuland betreten, anders funktioniert das nicht. Was hast du schon zu verlieren? Okay, du könntest auf die Nase fallen. Na und? Beim nächsten Mal wird's besser, oder aber du kannst mit ruhigem Gewissen sagen, dass du es probiert hast, Unterwerfung aber nicht dein Ding ist.“

Zoe atmete tief durch und sprach leiser, da ein grauhaariger Mann in einem Rollstuhl aus einem Raum hinter dem Empfang zur Theke gerollt kam. „Was ich meinte ist, gib Japan und BDSM eine Chance. Beide haben es verdient.“ Dann wandte sie sich an den Rezeptionisten und verneigte sich mehrmals. „Guten Abend.“

Was für eine Standpauke! Bree war sprachlos. Sie hätte sauer sein sollen, doch in diesem Augenblick empfand sie Neid. Zoe war so anders als sie selbst, sie lebte ihre Wünsche aus. Sie machte, was sie wollte, war schon als Teenager bei ihren Eltern ausgezogen und hatte sich völlig neu erfunden. Eigentlich hieß sie Doreen, nannte sich jedoch „Zoe Sharp“, so dass kaum jemand ihren richtigen Namen kannte. Sie trug die Haare raspelkurz und färbte sie in unregelmäßigen Abständen pechschwarz, und meist war noch ein kupferblonder Ansatz zu sehen. Neben zahlreichen Tattoos schmückten diverse Piercings ihren Körper, unter anderem an den Brustwarzen und an der rechten Schamlippe. Die Augenbrauen hatte sie wegrasiert und malte sich stattdessen mit Kajal dünne Rundbögen hoch über die Augen, damit diese größer wirkten, so wie in ihren heiß geliebten *hentai*, pornographischen Mangas und Animes. Ihr Geld verdiente Zoe in einem Tattooshop und hatte Bree gegenüber sogar einmal zugegeben, dass es sie erregte, wenn sie jungen Männern ein Tattoo stach. Zoe war genauso auf der Suche wie Bree. Allerdings sehnte sie sich nach einem Sklaven, doch anstatt es bei Tagträumen zu belassen, suchte Zoe aktiv, indem sie viele Anwärter testete. Der Richtige war bis jetzt noch nicht darunter gewesen.

„Wenn ich einen Mann zum Sklaven erziehen soll, muss das *ki*, die Energie, stimmen, und die Lotosblüte – *hasu no hana* – zum Sinnbild für unsere Beziehung werden“, hatte Zoe auf Brees Frage erklärt, warum sie noch keinen auserwählt hatte, wo sie doch so fleißig testete. „Die Lotosblüte symbolisiert in Japan die perfekte Ehe, die vollkommene Harmonie von *yin* und *yang*. Wo mein Sklave aufhört, fange ich an, und wo ich aufhöre, fängt er an. Er ist das Wasser, der Schatten, die Kälte, die Wirklichkeit und die Passivität, während ich das Feuer, die Sonne, die Wärme, das Ideal und die Aktivität bin."

„Hört sich ja fast schon romantisch an", spöttelte Bree.

„Was Sadomasochismus betrifft, gibt es auf der einen Seite Gelegenheitstreffen. Zwei Menschen tun sich für eine Session zusammen, um einer gemeinsamen Leidenschaft zu frönen und eine Erotikvariante auszuleben, die nicht alltäglich ist. Diese Treffen sind oberflächlich und zielen nur auf einen Abend voller Lust ab." Zoes Blick wurde sehnsüchtig. „Und es gibt die wahrhaftige Beziehung zwischen Herrin und Sklaven, die weitaus intensiver ist und länger andauert. Beide investieren sehr viel, aber der Lustgewinn geht tief unter die Haut. Letzteres ist selten und kostbar."

Durch die Gespräche mit Zoe wusste Bree immer besser, was sie wollte, nur nicht, wie sie solch einen Dominus aufspüren konnte.

„Ihn musst du schon selbst finden", hatte ihre Freundin gemeint, die so ganz anders als ihre anderen Freunde war, weitaus ausgeflippter und offener. „Dabei kann ich dir nicht helfen. Ich kann dir nur einen Rat geben: Versuch es! Wenn du es nie auf einen Versuch ankommen lässt, wirst du immer mit deinen Träumen alleine bleiben."

Der alte Mann im Rollstuhl riss Bree aus ihren Gedanken. „Ara ara, oh je, oh je, kommen spät!", sagte er aufgeregt und winkte hektisch in Richtung Clubräume, aus denen Musik und Gemurmel in den Korridor drangen.

Bree betrat hinter Zoe den Veranstaltungsraum und war angenehm überrascht. Anstatt einer heruntergekommenen Kaschemme fand sie einen Raum vor, der im modernen Schick, wenn auch zeitlos kühl und schmucklos, eingerichtet war. Im Hintergrund befand sich eine Theke. Davor stand eine Japanerin in einem schwarz-weiß gestreiften Kimono mit breitem mintgrünem Gürtel und stellte Gläser auf ein Tablett. Sie war augenscheinlich die *Mama-san*, die Barfrau und Bedienung. Die Logen waren bevölkert von sogenannten Salarymen, Büroangestellte in dunklen Anzügen und weißen Hemden, die nach Feierabend Entspannung suchten oder zumindest so taten, denn Zoe hatte erwähnt, dass Barbesuche in Japan zur beruflichen Pflicht gehörten, was Bree ziemlich bizarr fand. Zwischen ihnen erspähte sie japanische Hostessen, die ihren Gästen die Zigaretten anzündeten und hinter vorgehaltener Hand kicherten. Das Licht war gedimmt, nur das kreisrunde Podest in der Mitte des Raums wurde durch Deckenleuchten erhellt.

„Ich bin nicht sicher, ob ich das tun will", sagte Bree.

„Du hast immer Angst vor dem Auftritt, und am Ende bist du feucht."

„Aber was mache ich danach, ich meine, falls mich jemand anspricht? Ich spreche kein Japanisch."

„Sag einfach ‚*Wakara nai*', das bedeutet: Ich verstehe nicht. Aber wir sind nicht auf dem Land. In den Großstädten sprechen viele Japaner Englisch."

Das Spotlight war so hell! Auf dieser Bühne würde Bree in wenigen Minuten gefesselt stehen, nur in Dessous.

Sie begann vor Aufregung zu schwitzen und zog ihren Lackmantel aus. Obwohl sie ein gesundes Verhältnis zu ihrem Körper hatte, fühlte sie sich auf einmal dick, weil die Figuren der meisten Japanerinnen beneidenswert zierlich waren. Die Hostessen im KABUKI-CHO waren alle wunderschön. Hoffentlich würde man sich nicht über sie lustig machen! Bree überlegte, ob sie den Lackmantel wieder anziehen sollte, entschied jedoch, ihn nur schützend vor den Körper zu halten, bis sie auf die Bühne musste.

Doch sie spürte auch ein lustvolles Kribbeln zwischen den Beinen, ein sehnsüchtiges Ziehen, das sich immer einstellte, wenn eine Vorführung kurz bevor stand. Es erregte sie, ihren Körper, der durch Zoes Bondage in den unbequemsten Stellungen fixiert wurde, den Blicken von Zuschauern darzubieten. Sie mochte es, gefesselt zur Schau gestellt zu werden. Es war auf der einen Seite obszön und erniedrigend, auf der anderen empfand sie ein gewisses Maß an Sicherheit, weil ihr aufgrund der Anwesenheit von Zeugen nichts geschehen würde.

Ein hochgewachsener Mann in einem schwarzen Anzug kam auf sie zu, legte die Arme seitlich an den schlaksigen Körper und verbeugte sich. „Zoe Sharp? Spät kommen Sie!“

„*Gomen nasai.*“ Zoe verneigte sich entschuldigend. Dann öffnete sie ihre Sporttasche und holte einen Umschlag heraus, der mit schwarzen und silbernen Schnüren gebunden worden war. Mit einem breiten Lächeln überreichte sie ihn.

Ohne eine Miene zu verziehen steckte ihn der Veranstalter in die Innentasche seines Jacketts. „Andere *senseis* aus Hokkaido und Kyushu machen Show in den anderen beiden Club-Räumen. Schnell, schnell! Besser liefern gute Show, denn Gäste warten!“

So viel zum Thema 'Bondagemeister aus aller Welt', dachte Bree spöttisch, denn es gab insgesamt nur drei Acts, und zwei davon kamen aus Japan.

„*Hai*, ja.“ Zoe beeilte sich zur Bühne zu gehen, um vor dem Podest ihre Tasche mit den Utensilien abzustellen. „Leg den Mantel einfach auf den Boden. Das interessiert im Moment niemanden. Die Gäste wollen, dass es endlich losgeht.“

Noch immer hielt Bree den Lackmantel wie ein Schutzschild vor den Körper. „Was hast du dem Veranstalter zugesteckt?“, fragte sie leise.

„Das war ein *koden*, ein Geldgeschenk, als Entschuldigung, weil wir nicht pünktlich erschienen sind, und aus Höflichkeit, da er uns in seinen Club eingeladen hat“, antwortete Zoe beiläufig und suchte in ihrer Tasche nach den passenden Seilen.

Entrüstet schnappte Bree nach Luft. „Du hast ihm Geld geschenkt? Bist du von allen guten Geistern verlassen? Er hat uns engagiert. Er muss uns bezahlen.“

„Das wird er auch, aber nur, wenn du endlich den Lackmantel und dein Schamgefühl ablegst.“ Mit diesen Worten riss Zoe Bree den Mantel aus den Händen und warf ihn achtlos vor das Podest. „Außerdem solltest du langsam lernen, höflicher zu sein, auch zu mir, weil deine Nörgelei sonst Konsequenzen haben könnte."

„Hör auf, so mit mir zu reden!", sagte Bree kleinlaut und grinste, weil Zoe wusste, dass es sie anmachte, wenn sie so mit ihr sprach.

„Entspann dich! Ich werde dich nur fesseln. Oder soll ich dich heute Nacht doch einmal dominieren? Ich sehe dir an, dass die Atmosphäre dich erregt. Du hast diesen lüsternen Glanz in deinen Augen."

„Auf keinen Fall!" Vor Zuschauern das erste Mal jemandem sexuell zu dienen war für Bree undenkbar.

„Vielleicht sollte ich dich einfach ins kalte Wasser schubsen, denn von alleine springst du sowieso nicht hinein."

„Wag es ja nicht!", knurrte Bree und trat hinter Zoe auf das Podest. Augenblicklich verstummten die Männer. Auf die Bühne zu gehen war für Bree immer eine Überwindung, aber nun, da sie den Schritt gemacht hatte, schwappte ein Prickeln über ihren Körper hinweg. Eine lustvolle Anspannung erfasste sie, und sie bekam eine Gänsehaut. Ihre Brustspitzen stellten sich auf. Die Salarymen klatschten und kamen näher. Eine Woge der Erregung erfasste Bree. Sie stand im Rampenlicht, erhellt durch die Deckenleute über dem Podest, und wurde von Männern umzingelt, deren Lüsternheit ihnen im Gesicht abzulesen war. Das schmeichelte Bree. Sie war also nicht zu dick, sondern einfach nur kurvig.

Nachdem Zoe einige Worte an die Anwesenden gerichtet hatte, stellte sie sich hinter Bree und streichelte über ihre Oberarme. „Sie kommen mir vor wie ein Rudel Wölfe, aber sie würden nie über dich herfallen, denn man hat sie zur höflichen Zurückhaltung erzogen", hauchte sie mit einem lüsternen Unterton von hinten in Brees Ohr.

Bree erschauerte.

„Außerdem beschütze ich dich, jedoch nur, wenn du tust, was ich dir sage." Zoe lachte höhnisch. „Ich werde dich durch meine Fesselkunst unbeweglich machen, so dass du auf meinen Schutz angewiesen bist. Dann wird dir dein Meckern schon vergehen."

„Geh nicht zu weit!"

Zoes Stimme klang plötzlich barsch. „Das liegt nicht in deiner Hand."

Bree zuckte leicht zusammen, als Zoe ihre Handfläche sanft an ihren Rücken legte.

„Präsentiere dich. Die Männer wollen dich sehen. Sie zahlen viel Geld für dich, also zeige, was du zu bieten hast."

Aufgewühlt und bebend spreizte Bree die Beine. Sie verschränkte die Arme hinter dem Rücken und drückte ihre Brüste heraus. Die Salarymen raunten anerkennend. Bree spürte, wie Hitze in ihre Wangen und in ihren Schritt schoss. Aber sie hätte es nicht anders gewollt. Auch wenn sie sich vor jedem Auftritt zierte, so genoss sie es dennoch, vorgeführt zu werden.

Es war eine positive, erregende Art von Angst und Scheu.

Zoe fesselte Bree ja nur. Sie schwang schon mal eine Peitsche, schlug Bree allerdings nie. Das gehörte vielmehr zur Theatralik für die Zuschauer. Heute jedoch besaß Zoe eine gefährliche Ausstrahlung. Vielleicht hatte Bree doch zu viel gemeckert, seit sie in Kyoto angekommen waren.

Nachdem Zoe ein Seil aus der Tasche gezerrt und es hochgehalten hatte wie ein Zauberer, der ein Kaninchen aus einem Hut zaubert, führte sie es zwischen Brees Beinen hindurch, so dass es eng an ihrem Schoß lag. Dann zog sie es nach vorne und wieder nach hinten. Das Seil rieb gegen Brees Schritt. Sie spürte schnell, dass sie feucht wurde. Hoffntlich würde das Publikum keinen Fleck in ihrem Slip entdecken!

Leise zischte sie: „Das hast du noch nie gemacht, Zoe. Was führst du im Schilde?“

Kapitel 2

„Oh, wir müssen heute mehr darbieten als sonst, Liebes!“ Zoe küsste sie fast schon provozierend zärtlich auf den Mund und schaute ihr tief in die Augen. „Die anderen beiden Meister werden bestimmt *shibari,* das japanische Bondage, vorführen. Es ist ästethischer. Manchmal entstehen wahre Kunstwerke.“

„Mir reicht es, wenn du meine Arme und Beine fesselst, wie immer“, ermahnte Bree. Sie ahnte, dass Japan ihre Freundin übermütig machte.

Beiläufig strich Zoe mit dem Handrücken über Brees rechte Brustwarze. „Heute werde ich das erste Mal *shinju* an dir ausführen.“

„Was bedeutet das? Bree wollte nach hinten ausweichen, aber Zoe schlang das Seil um ihren Brustansatz und hielt sie zurück.

„‚Perle’, heißt es übersetzt.“

Bree schüttelte den Kopf. „Oh, nein, du wirst meine Klitoris nicht ...“

„Dummerchen!“, frotzelte Zoe und umwickelte die Brust am Ansatz, bis sie sachte abgebunden war und das Fleisch lüstern hervorstand. Das konnte auch der Büstenhalter nicht verbergen. „Die Fesselung der weiblichen Genitalien heißt *sakuranbo*, Kirsche. Soweit bist du noch nicht. Ich spreche von deinen Brüsten.“

Zoes Lächeln gefiel Bree gar nicht, es war kein ehrliches, sondern eins, das nichts Gutes verhieß.

„Dein Körper gehört mir heute Nacht. Warum lässt du nicht geschehen, was sowieso geschehen wird? Lass dich fallen!“, schlug Zoe vor, schlang das Seil mehrere Male um Brees Oberkörper und Arme und band dann auch die linke Brust behutsam ab. Nachdem sie das Ende verknotet hatte, streichelte sie beruhigend über Brees rote Mähne. „Du solltest doch wissen, dass ich nur das Beste für dich will.“

Zuerst wollte Bree widersprechen, doch als Zoe ihre Brustspitzen streichelte, konnte sie ein Seufzen kaum unterdrücken, denn die Nippel waren nun, da das Blut leicht gestaut war, viel empfindlicher. Ihr Brustkorb hob und senkte sich und bot den Zuschauern einen höchst frivolen Anblick, den sie selbst bizarr, aber köstlich fand. Ihre Oberarme waren mittlerweile an den Oberkörper gefesselt.

Dies war der erste Schritt zur Unbeweglichkeit.

Weitere würden folgen, das kannte Bree. Doch in dieser Nacht war sie sich unsicher, inwieweit sie Zoe trauen konnte. Manchmal war ihre Freundin ein durchtriebenes Luder – aber ein liebenswürdiges.

„Zieh deine Stilettos aus und geh in die Hocke!“, befahl Zoe mit einer Stimme, die keinen Widerstand duldete.

Bree durchliefen heißkalte Schauer, als sie den Anweisungen folgte und mühsam ihre Balance suchte. Ständig drohte sie nach hinten zu kippen. Da ihre Oberarme bereits fixiert waren, konnte sie mit den Armen nur wenig gegensteuern. Sie bemühte sich auf den Zehenspitzen zu hocken, doch das war auf die Dauer zu anstrengend. Ihr blieb nichts anderes übrig, als die Beine zu spreizen und den Oberkörper nach vorne zu beugen. Die Zuschauer waren begeistert.

„Brav!“, sprach Zoe und strich über Brees rote Mähne, als wäre sie eine prächtige Fuchsstute. Dann band sie den rechten Unterarm ihres Models an deren rechtes Bein und wickelte das Bondage-Seil einige Male straff um das Knie. Sie führte den Strick hinter Brees Rücken entlang, schlang ihn einmal um Brees Hals und fesselte mit dem Ende den linken Unterarm an das linke Knie.

Nun war Bree vertaut. Sie konnte weder Arme noch Beine bewegen, noch sich aufrichten oder die Schenkel schließen, ohne sich selbst zu strangulieren. Sie war gezwungen, in der unbequemen Stellung zu bleiben, bis Zoe sie erlöste. Bree fühlte sich wie in einem Gefängnis ohne Mauern, Zoes Gutdünken ausgeliefert und öffentlich erniedrigt, da die Salarymen einen direkten Blick auf ihre abgebundenen Brüste und ihren Schritt hatten. Jede Faser ihres Körpers war wie elektrisiert. Sie wollte aus dieser Position befreit werden und gleichzeitig das Gefühl der Beengtheit nicht so schnell wieder aufgeben. Sie fühlte sich lebendig, obwohl sie gefesselt war. Sie nahm ihren Körper intensiver wahr als im Alltag oder beim Blümchensex. Bree wusste nicht, weshalb sie so empfand und warum sie sich immer noch vor dem ersten Schritt auf die Bühne fürchtete, obwohl sie doch jedes Mal wieder erregt war, wenn Zoe sie erst gefesselt und zur Schau gestellt hatte.

Zoe neigte sich zu ihr herunter und sagte laut, so dass alle Anwesenden es hören konnten: „Ich rieche deine Lust."

Augenblicklich lief Bree hochrot an. Sie zitterte vor Erregung. Dann passierte alles so schnell, dass sie nicht wusste, wie ihr geschah. Zoe packte die Körbchen von Brees Büstenhalter und riss sie entzwei, genauso wie den Slip, der als nächstes folgte. Bree konnte nicht fassen, was ihre Freundin gerade getan hatte. Zuerst war sie entsetzt, dann wütend, doch sie konnte nicht leugnen, dass die plötzliche Entblößtheit sie anmachte. Eine starke Erregung erfasste sie. Sie fühlte sich unerwartet wie die Models bei den BDSM-Shows, die auf der Bühne bearbeitet wurden. Bree hatte ihnen immer neidisch zugesehen, da die Sklavinnen, Zofen, Subs, wie auch immer man sie nannte, sich längst zu ihrem Status bekannt hatten. Sie dagegen hatte sich wie ein unerfahrenes Schulmädchen gefühlt, das zu den Frauen, die zu ihrer Lust standen, aufsah. Doch nun hatte Zoe sie tatsächlich ins kalte Wasser gestoßen. Sie war schockiert und berauscht zugleich.

Atemlos sagte sie: „Das ist gegen unsere Abmachung!"

„Seit wir in Japan angekommen sind, hast du nur gemeckert. Das geht mir langsam echt auf den Geist, mein Täubchen. Aber ich werde dir deine Nörgeleien heute Nacht austreiben, denn ich ahne, was du brauchst. Erst wenn du endlich deine devote Seite auslebst, wirst du wieder zufrieden sein. Ich weiß, was du zurzeit durchmachst. Mir ging es auch so, als ich meine Leidenschaft für SM entdeckt hatte. Man ist erst wieder ausgeglichen, wenn man seiner Neigung endlich nachgegeben hat." Zoe ging zu ihrer Sporttasche und kramte eine Gerte hervor. „Du hast deine wahre Natur erkannt. Nun musst du deine Neigung nur noch akzeptieren, und ich werde dir dabei helfen."

Bree fürchtete sich, aber es war eine aufregende Art von Angst, eine, die sie erregte. Hätte sie sich frei bewegen können, hätte sie sich gegen Zoe gewehrt, aber durch die Fesselung war sie Zoe ausgeliefert. Bree versuchte sich mit dem Gedanken zu beruhigen, dass Zoe immer wusste, was sie tat, und immerhin ihre Freundin war. Sie würde schon nicht zu weit gehen. Aber musste ihr erstes Mal unbedingt vor Zuschauern stattfinden?

Sie wisperte: „Können wir das nicht bei Yukako daheim machen?"

„Als ob in dir nicht eine Exhibitionistin steckt! Nun gibt schon zu, dass es eine Fantasie von dir ist, sonst hättest du dich nicht so oft von mir vor Publikum fesseln lassen."

„Das ist etwas anderes."

„Du redest mir zu viel, Subbie“, sagte Zoe nasal, stellte sich vor Bree und drückte ihr die Gerte waagerecht zwischen die Lippen, als wäre sie eine Hündin, die einen Stock apportiert. „Hör auf zu denken und genieße endlich vorbehaltlos! Du solltest doch wissen, dass du mir blind vertrauen kannst.“

Konnte sie das? Im Grunde vertraute sie ihrer Freundin. Wenn nicht ihr, wem sonst? Doch in ihrem Innern tobte ein Orkan. Auf der einen Seite fühlte sie sich gedemütigt und war drauf und dran die Gerte auszuspucken, um zu rebellieren, vermutete jedoch, dass ihr Widerstand eine Strafe nach sich ziehen würde. Auf der anderen Seite war sie erregt wie nie zuvor.

Zoe ging um Bree herum und stellte sich so nah an Brees Rücken, dass deren nackter Hintern zwischen ihren Beinen hervorstach. Gleichzeitig gab sie ihrer Sub mit den Unterschenkeln Halt. Bree lehnte sich dagegen, dankbar für die Stütze, doch entspannen konnte sie sich trotzdem nicht, denn Zoe begann ihre Schultern zu streicheln. Ihre Hände glitten tiefer. Sie umfassten Brees Brüste, die durch das sanfte Abbinden prall hervorstanden, und strichen über die Höfe. Als Zoe Brees Brustwarzen zwirbelte, jagten bittersüße Schauer durch deren Körper. Die Berührung, obwohl zärtlich, war so durchdringend, dass sie die Augen vor Lust verdrehte und schwer atmete. Noch nie hatte das Streicheln ihres Busens bis in ihren Unterleib ausgestrahlt. Das Abbinden verstärkte jede noch so sanfte Berührung. Bree hatte eine neue Facette von BDSM kennengelernt, und es gefiel ihr. Aber würde ihr auch der Rest zusagen, den Zoe für sie geplant hatte?

Die Gerte zwischen den Lippen behagte ihr gar nicht. Was hatte Zoe damit vor?

Zoe neigte sich von hinten tiefer über Bree, wischte mit der Hand durch Brees Schritt und präsentierte ihre feuchte Hand. „Behaupte später ja nicht, du hättest die Vorführung nicht genossen! Dein Körper lügt nicht.“

Dann küsste Zoe Brees Nacken und cremte den Busen mit der eigenen Feuchtigkeit ein. Der Duft von Lüsternheit schwebte träge in der Luft, denn der Club besaß keine Fenster, und die Klimaanlage schien überfordert zu sein mit der Regulierung des Raumklimas. Die Salarymen bekamen Stielaugen, denn die Darbietung ging weit über reines Bondage hinaus.

Zoe hatte ihre Ankündigung wahr gemacht. Sie waren zu spät zum Auftritt gekommen, aber die große Bondage-Meisterin aus den USA machte das wieder wett, indem ihre Präsentation einschlug wie eine Bombe.

Schließlich stolzierte Zoe um Bree herum, nahm die Gerte an sich und hielt ihre Hand vor Brees Mund. „Leck deine Schamlosigkeit ab!“

„Niemals!“, brachte diese entsetzt hervor. Sie konnte nicht fassen, was ihre Freundin von ihr verlangte. Als Zoe jedoch spöttisch lächelte, anstatt zu toben, weil sie sich ihren

Anweisungen widersetzte, ahnte sie, dass die Verweigerung provoziert war. Zoe wollte gar nicht, dass Bree gehorchte, sondern bezweckte sie zu bestrafen.

„Wie du da hockst, erinnerst du mich an einen Krabbelkäfer." Zoe stieß Bree an. Sie verlor das Gleichgewicht und fiel nach hinten. „Ein Käfer, der nun auf dem Rücken liegt."

Bree rang um Fassung. Ihr Puls raste, während sie den Kopf hob und zwischen ihre weit gespreizten Schenkel hindurch Zoe zornig ansah. Ihr Blick fiel auf ihren Schritt, der sich nun aufdringlich und ordinär den Zuschauern präsentierte. Sie wollte ihrer Wut Luft machen, doch die Erregung raubte ihr den Atem. Es war zu anstrengend, den Kopf hochzuhalten, deshalb legte sie den Hinterkopf auf das Podest und ergab sich in ihr Schicksal. Sie konnte sowieso nichts gegen Zoe ausrichten. Wollte sie das überhaupt? Gierte ein Teil von ihr nicht danach, noch mehr von Zoe dominiert zu werden?

Als diese das erste Mal mit der Gerte auf die Innenseite von Brees Oberschenkel schlug, zuckte Bree zusammen, weniger vor Schmerz als vor Schreck. Der nächste Schlag traf die Innenseite erneut, ein Stück tiefer. Zoe gab ihr Zeit, sich an die neue Situation zu gewöhnen und schritt um sie herum, bis sie wieder vor Brees Schoß stand und ein drittes Mal die Gerte auf den Schenkel niedersausen ließ, diesmal gefährlich nah an Brees Spalte. Der Schmerz war kaum nennenswert, doch die Sorge wuchs, dass ihre Freundin sie genau auf ihre Mitte schlagen würde.

„Das wirst du mir doch nicht antun!", wisperte sie und schaute Zoe mit großen Augen beschwörend an.

Einige sanfte Schläge prasselten auf Brees Pobacken nieder. „Das liegt wohl kaum in deiner Macht."

„Zoe, bitte nicht!", flehte Bree und spürte, wie ihre Augen feucht wurden.

„Beruhige dich, Kleines!" Zoe machte eine mitfühlende Miene, hockte sich hin und legte die Handfläche beruhigend auf Brees Venushügel. „Ich gehe nicht weiter, weil ich sehe, wie aufgewühlt du bist. Außerdem habe ich dich bereits dort, wo ich dich haben will."

Bree schalt sich einen Narren, weil sie an ihrer Freundin gezweifelt hatte. „Was meinst du?"

„Schade, dass du selbst nicht sehen kannst, was ein kleines bisschen Angst bewirken kann!", antwortete Zoe und kicherte. „Deine Schamlippen sind hochrot und geschwollen. Und deine Feuchtigkeit fließt schon zwischen deinen Pobacken hindurch und tröpfelt auf die Bühne. Alle können es sehen – die Salarymen, die Hostessen und die Mama-san. Der Veranstalter kriegt seinen Mund gar nicht mehr zu."

„Ich gebe bestimmt einen jämmerlichen Anblick ab."

„Oh nein!“ Zoe wirkte bestürzt über die Aussage. Dann lächelte sie aufmunternd. „Du siehst wunderschön aus, wirklich! Für eine Domina oder einen Dominus gibt es nichts Schöneres als eine Sub, die der Lust willen leidet.“

„Erlöst du mich, bitte?“, flehte Bree.

„Meinst du die Fesseln oder die Erregung?“ Zoe zwinkerte. „Eins nach dem anderen.“ Sie suchte einen Freiwilligen aus dem Publikum aus. Mit einem arglistigen Grinsen wandte sie sich wieder an Bree. „Das ist Taizo. Er hat heute das große Los gezogen.“

Bree hatte keine Ahnung, was Zoe vorhatte. Tausend Gedanken schossen ihr durch den Kopf. Zoe hatte doch wohl nicht vor, sie vor aller Augen von Taizo nehmen zu lassen?

Gemeinsam hoben Zoe und der Japaner Bree ein kleines Stück vom Boden hoch, kippten sie nach vorne und ließen sie auf das Podest nieder, so dass Bree nun kniete. Ihre Arme waren immer noch an die Knie gefesselt, wodurch ihre Haltung den Anschein erweckte, als würde sie sich vor den Zuschauern verbeugen.

Plötzlich riss sie die Augen auf, denn Taizo hatte sich auf den Rücken gelegt und schob sich nun von hinten zwischen ihren gespreizten Schenkeln hindurch, bis sein Gesicht genau unter ihrem Schoß war. Er lächelte sie an und verneigte sich ein paar Mal höflich, soweit das im Liegen möglich war. Dann begann er die Innenseiten ihrer Oberschenkel zu küssen, genau dort, wo die Gerte sie gezeichnet hatte. Während er seine Küsse immer näher an ihrer Scham platzierte, schaute er ständig zu Bree auf, um zu prüfen, ob es in Ordnung war, wenn er sich ihr weiterhin auf äußerst schamlose Weise näherte.

Er bemächtigte sich ihres Körpers, ohne dass sie sich hätte wehren können, doch er machte einen schüchternen Eindruck, so, als würde er sich sofort zurückziehen, sollte Bree auch nur erschrocken gucken. Aber bei Bree überwog das Erstaunen. Das Glühen ihres Schoßes nahm mit jedem Kuss zu, und kaum hatte Taizo das erste Mal mit dem Mund ihre äußeren Schamlippen gestreift, schwoll das Glimmen zu einer Flamme an. Bald brannte ihr Schritt lichterloh. Jegliches Schamgefühl fiel von ihr ab. Sie sehnte sich danach, von ihm zum Höhepunkt getrieben zu werden. Sie hätte sowieso nichts dagegen machen können, denn ihre Knie waren immer noch mit dem Seil zusammengebunden, das hinter ihrem Rücken verlief, um zu verhindern, dass sie die Schenkel schloss.

Du bist schon so weit gekommen, dachte sie, *den Höhepunkt hast du dir verdient. Schlimmer als diese Entblößung kann es nicht kommen.*

Doch es kam noch schlimmer!

Zoe vergrub ihre Hand in Brees Haaren und zog ihren Kopf hoch, so dass die Zuschauer Brees Mienenspiel, das ihre Erregung widerspiegelte, verfolgen konnten.

War Bree eben noch der Meinung gewesen, nackter – als mit ausgebreiteten Falten auf einem Podest zu hocken – könnte sie sich nicht fühlen, so gestand sie sich nun ein, dass sie sich getäuscht hatte. Während Taizo ihre Schamlippen mit der Zungenspitze kitzelte, verdrehte sie vor Lust die Augen. Sie hatte noch nie sonderlich auf ihre Miene beim Sex geachtet, doch nun fiel ihr auf, wie sehr ihre Gesichtsmuskeln arbeiteten. Ihr Mund stand offen, weil sie nach Atem rang. Beschämt schloss sie ihn, senkte den Blick, um die Salarymen nicht länger sehen zu müssen, und biss sich auf die Unterlippe, weil Taizo einmal kurz gegen ihre Klitoris stieß. Seine Zunge drang in ihre Mitte ein. Immer wieder zog er sich aus ihr zurück, glitt wieder in sie hinein und suchte dabei ihren G-Punkt. Als sie aufstöhnte, wusste er, dass er ihn gefunden hatte, und rieb minutenlang darüber, bis sie glaubte, wahnsinnig zu werden. Sie keuchte vor Lust und kam sich gleichzeitig unendlich lächerlich vor.

Sie stellte sich vor, wie es wäre, dort unten zu stehen und zu beobachten, wie eine Sub bearbeitet wird. Die Position des Voyeurs hatte sie bei SM-Veranstaltungen – auf denen sie nur anwesend war, weil sie selbst eine Bondage-Aufführung mit Zoe hatte – oft genug eingenommen. Hatte sie sich nicht jedes Mal gewünscht, mit der Sub zu tauschen? War sie nicht oft genug mit feuchtem Schritt auf die Toilette geflüchtet? Nun wurde sie öffentlich dominiert. Warum genoss sie es dann nicht einfach, wie Zoe vorgeschlagen hatte?

Die Männer werde ich doch ohnehin nie wieder sehen, dachte sie und seufzte, da Taizo von ihrem G-Punkt abließ und ihre kleinen Schamlippen behutsam in den Mund einzusaugen begann. Ihr Schoß war weich und feucht und strahlte eine Hitze in ihren Bauch aus, die sie erstaunte. Sie leckte über ihre Lippen und versuchte ruhiger zu atmen, doch Taizo machte ihr einen Strich durch die Rechnung, denn er saugte ihre Klitoris ein.

Bree schrie auf. Erregt schloss sie die Augen, öffnete sie wieder und begann zu zittern. Ihre Lust wuchs schnell. Taizo war ein Meister der oralen Befriedigung. Er saugte genau mit der richtigen Intensität, nicht zu stark, so dass es wehtat, und nicht zu sanft, so dass sie kaum etwas spürte. Seine Dosierung war perfekt. Er heizte ihr gehörig ein. Es dauerte nicht lange, und ihre Lust explodierte. Sie stieß einen heiseren Schrei aus und zuckte ekstatisch. Für Sekunden vergaß sie die Zuschauer, den Club und auch Zoe. Der Orgasmus erschütterte sie wie nie ein Orgasmus zuvor. Sie wusste, es lag an den Spielchen, die Zoe mit ihr getrieben hatte und daran, dass sie vorgeführt wurde. Sie zerrte an ihren Fesseln, aber nicht, weil sie endlich losgebunden werden wollte, sondern weil es sie anmachte, sich nicht bewegen zu können. Diese Bewegungsunfähigkeit hielt den Orgasmus in ihrem Körper gefangen, weil sie die Energie, die der Höhepunkt freisetzte, nicht durch Bewegung herauslassen konnte.

Erst als sie völlig erschöpft in den Seilen hing, ließ Taizo von ihr ab, und Zoe band sie los.

Zoe verbeugte sich tief vor dem Publikum. „Ich danke Ihnen vielmals.“ Dann half sie Bree hoch, legte den Lackmantel um deren Schultern und führte sie an einen Tisch, der in einer der dunkleren Nischen stand. Sie bestellte Wasser, Sake und für sich selbst ein Asahi Super Dry Beer und ignorierte die Bedienung, die sie höflich zu drängen versuchte, sich in die Räume der Hostessen zurückzuziehen.

Der Veranstalter kam zu ihnen geeilt und verlangte weitere Vorführungen. „*Sugoii*! Wahnsinn! Mehr, bitte, mehr!“

Er überbrachte ihnen die Nachricht einiger Gäste, die Bree und Zoe an ihren Tisch einluden, aber Zoe lehnte dankend ab, sodass er eingeschnappt wieder verschwand.

„Du warst toll!“, sprach Zoe leise aufmunternd und reichte Bree ein Glas Wasser.

Doch Bree griff nach dem Krug mit Sake, schenkte sich ein und trank die kleine Keramiktasse in einem Zug leer. „Du hast mich reingelegt! Wir hatten die Abmachung, dass es bei Bondage bleibt. Kein SM!“

„Du siehst nicht so aus, als ob du die Erfahrung bereuen würdest“, antwortete Zoe trocken und lehnte sich mit dem Asahi in der Hand zurück.

Das tat Bree auch nicht. Aber wenn sie jetzt zugab, dass es ihr gefallen hatte, von Zoe auf der Bühne dominiert zu werden, würde ihre Freundin sich bei zukünftigen Auftritten nie wieder nur auf Fesselungen beschränken. Bree musste das Geschehene erst verdauen und trank einen zweiten Becher Sake. Sie war Zoe dankbar und gleichzeitig unheimlich wütend auf sie.

Ihre Gefühle fuhren Achterbahn.

Zoe versuchte sie zu beruhigen. „Es war nur eine einzige Session, die wir nicht wiederholen müssen, wenn du es nicht möchtest. Doch ich finde, dein Gesichtsausdruck ist längst nicht mehr so verkniffen wie vor dem Auftritt.“

„Verkniffen? Du hast ein Talent, die falschen Worte zu wählen.“

„*Sumimasen* ...“

„Hör auf, Japanisch mit mir zu sprechen! Das ist lächerlich. Wir sind beide Amerikanerinnen“, unterbrach Bree sie. „Seit wir in Kyoto eingetroffen sind, hast du dich verändert und nicht ich. Du bist total aufgedreht und überspannst den Bogen bei allem, was du tust!“

Erbost blinzelte Zoe sie an, doch anstatt zu antworten, trank sie die halbe Flasche Bier leer.

Zitternd vor Wut zog Bree ihren Mantel an. „Du entschuldigst dich für Kleinigkeiten, aber nicht dafür, mich in eine peinliche Situation gebracht zu haben.“

Zoe stellte die Flasche geräuschvoll auf den Tisch. „Es tut mir leid, dass du jetzt zu aufgebracht bist, um zu erkennen, dass ich unsere Regeln nur für dich gebrochen habe.“

„Du bist zu weit gegangen!“, warf Bree ein, und ihre Stimme klang schrill.

„Aber es tut mir nicht leid, dass ich dich öffentlich meinem Willen unterworfen habe. Es ging mir um dein Wohl und um nichts anderes.“

„Es war also richtig, was du getan hast – willst du das allen Ernstes behaupten?“, entrüstete sich Bree. „Hast du dein Gefühl für Gerechtigkeit in den USA vergessen? Oder glaubst du, in Japan Narrenfreiheit zu haben?“

Zoe neigte sich nach vorne und zischte leise: „Betrachte es als Freundschaftsdienst! Ich helfe dir dabei, dich zu öffnen. Warum beschwerst du dich überhaupt? Du bist gekommen – und zwar gewaltig!“

„Aber so stelle ich mir BDSM nicht vor!“

„Oh, bitte! Du hast geröhrt wie ein Elch, hast gezuckt und die Augen verdreht, als wärst du im siebten Himmel. Behaupte jetzt nicht, die Vorführung wäre die Hölle für dich gewesen!“

„Du verstehst nichts, gar nichts!“ Bree knöpfte den Mantel zu und sprang auf.

„Doch! Bisher hast du nur davon geträumt, unterworfen zu werden. Nun, wo du es tatsächlich erlebt hast, erschreckt es dich zu Tode, weil du dich selbst nicht wiedererkennst und Angst hast, anders zu sein als die Masse. Träume sind eine Sache – reale Erlebnisse eine andere. Aber SM'ler sind keine Freaks. Du bist eine Sklavin, das kannst du nach dem, wie du heute reagiert hast, nicht leugnen.“

„Eine Sklavin ist eine Frau, die ihrer Freiheit beraubt und wie eine Sache behandelt wird, aber ich liebe meine Freiheit und bin nicht Eigentum eines anderen.“ Bree rang vor Wut nach Atem. „Auch du kannst nicht einfach mit mir machen, was du willst. Warum hast du kein Safeword mit mir ausgemacht, wo du dich doch so gut mit Sadomasochismus auskennst?“

Aufgebracht flüchtete sie aus dem Clubraum und hörte noch, wie Zoe rief: „Wir sind nicht im Mittelalter. Eine Sklavin unterwirft sich freiwillig und empfindet große Lust dabei. Du hast immer noch nicht kapiert, worum es bei BDSM geht, Engelchen!“

Mehr hatte Bree nicht verstanden, denn sie lief längst durch den Korridor, der am Empfang vorbei auf die Straße führte, und ließ Zoe einfach sitzen. Sie war so furchtbar durcheinander! Ja, es hatte sie erregt, benutzt zu werden, aber es war nicht das, was sie immer wieder in ihrer Fantasie durchspielte. Im Club war die Atmosphäre kalt gewesen, sie dagegen wünschte sich Wärme. Konnte es so etwas wie Wärme überhaupt zwischen einem Top und einem Bottom geben? Musste der Dominus nicht eine kühle Distanz zu seiner Sub wahren, weil er sonst ihren Respekt verlor?

Aufgelöst trat Bree auf die Straße hinaus. Sie schaute sich kein einziges Mal zum Club KABUKI-CHO um, sondern rannte einfach weiter. Wovor lief sie eigentlich davon? Vor Zoe, damit sie sie nicht zu weiteren Vorführungen drängen oder ihr einen Spiegel vorhalten konnte? Oder vor sich selbst? Sie konnte keinen klaren Gedanken fassen.

Wie in Trance hetzte sie ziellos durch die Gassen von Ponto-cho, stieß Passanten an und stolperte fast über ihre eigenen Füße. Dann stand sie an einer stark befahrenen Hauptstraße. Das grelle Licht der Reklametafeln tat ihr in den Augen weh. Sie blieb stehen und hielt die Hände vors Gesicht.

Plötzlich riss sie jemand in einen dunklen Hauseingang. Bevor sie schreien oder sich wehren konnte, spürte sie einen Druck im Genick. Finger bohrten sich in ihren Nacken.

Sie verlor das Bewusstsein.

KAPITEL 3

Als Bree erwachte, kehrte die Erinnerung an die Entführung zurück wie ein Hochgeschwindigkeitszug, der am Horizont zu sehen war, rasant näher kam und sie schließlich mit einer Wucht erfasste, die ihren Herzschlag fast zum Stillstand brachte. Sie riss die Augen auf und betastete ihren Nacken, spürte jedoch weder Schmerz, noch entdeckte sie eine Verletzung. Wo befand sie sich? Wie lange war sie schon an diesem Ort? Wer hatte sie verschleppt und weshalb?

Bree schaute sich um. Sie lag in einem kleinen Raum auf einem zusammenrollbaren Futon. Unter der Bettdecke war sie nackt. Zuerst war sie erschrocken, doch dann erinnerte sie sich, dass sie nur den Lackmantel getragen hatte, als sie aus dem Club KABUKI-CHO weggerannt war. Der fensterlose Raum, dessen Wände nicht einmal verputzt waren, so dass man das Mauerwerk sehen konnte, war mit Reisstrohmatten ausgelegt. Es gab nur einen Schrank aus Kirschholz, ansonsten keine weiteren Möbelstücke. In Bree stieg ein Gefühl von Beklemmung auf. Hatte man sie in einen Keller gesperrt?

Augenblicklich schaute sie sich nach einer Tür um. Der Ausgang war von einem Wandschirm aus *shoji*-Papier – einem zähen, weißen, lichtdurchlässigen Papier – verdeckt, somit konnte sie nicht erkennen, ob sich dahinter eine Tür oder womöglich Gitterstäbe befanden.

Da fiel ihr Blick auf einen jungen Japaner, der neben dem Paravent in einer Ecke kniete und sie mit großen Augen ansah. Sein Kopf war rasiert, nur ein dunkler Flaum bedeckte seine Schädeldecke. Er trug eine indigoblaue Bekleidung. Brees 10-jähriger Neffe Chad hatte ihr stolz einen ähnlichen Anzug vorgeführt, als er kürzlich einem

Judo-Verein beigetreten war, allerdings war dieser weiß gewesen. Hatte man sie etwa in den Straßen Kyotos mit einem Kampfsportgriff niedergestreckt?

Sie setzte sich, zog die Decke bis unter die Achseln und wickelte sich darin ein.

Der Mann errötete. Er sah zu Boden und verneigte sich. „*Daijoubu desu ka*?"

„*Wakara nai*, ich verstehe nicht", brachte sie mühsam hervor, ihr Mund war trocken. Entsetzt dachte sie an Zoe, die sie diese Floskel gelehrt hatte. Wo war Zoe? Hatte sie eine Ahnung davon, was geschehen war?

„*O-hayou gozaimasu*, Guten Morgen. Shunpei, mein Name. Es Ihnen geht gut?"

„Gut?", fragte sie laut und blinzelte ihn an. „Ob es mir gut geht, fragst du allen Ernstes? Man hat mich entführt. Ich liege nackt in einem fremden Raum in einem fremden Land und habe keine Ahnung, was vor sich geht. Wie kann es mir gut gehen?"

Erschrocken sprang Shunpei auf. „*Gomen nasai*, ich mich sehr entschuldigen, dass mein Englisch nicht gut. Hole Ishikawa-sensei. *Domo.*"

Bree beobachtete, wie Shunpei die Arme seitlich an den Körper legte, sich mehrmals eifrig verbeugte und hinter dem Paravent verschwand, um irgendwen mit dem Namen Ishikawa zu holen. Wer mochte das sein? Hatte Chad nicht erwähnt, dass er seinen Judo-Lehrer mit sensei ansprach, weil das übersetzt „Meister" bedeutete? Aber was um alles in der Welt hatte das alles mit ihr zu tun?

Sie stand auf und wollte gerade zum Schrank gehen, um nachzuschauen, ob sich darin Kleidung befand, als ein hochgewachsener Mann den Raum betrat. Erleichtert stellte sie fest, dass er nicht nur recht gut aussah, sondern sein Gesicht auch westliche Züge aufwies, somit war die Chance groß, dass er Englisch sprach und sie zur amerikanischen Botschaft bringen würde.

„Was ist hier los? Was haben die mit mir vor?", brach es aus ihr heraus. „Du wirst mich sicher hier rausbringen, nicht wahr? Es ist unfassbar ..."

Er hob die Hand, um sie zum Schweigen zu bringen. „Hör auf! Du solltest mehr Respekt vor Japan und vor mir zeigen. Ich habe den Raum betreten, also verbeuge dich vor mir!"

Bree war sprachlos. Sie merkte, dass ihr Mund offen stand und schloss ihn schnell. Obwohl sich Widerstand in ihr regte, neigte sie den Kopf. Wenn sie sich auch bisher nicht viel um die Gepflogenheiten in Japan geschert hatte, so war es nun an der Zeit, denn dieser Mann schüchterte sie mit seinem selbstsicheren Auftreten ein. Er erweckte den Eindruck, als wäre er sehr beherrscht, und als erwarte er ebenso viel Disziplin von anderen.

„Mein Name ist Ryan Ishikawa. Ich bin nach dem ehrenwerten Großmeister Noguchi Masaru Lehrer an dieser Nito-Schule. Nito ist eine spezielle Form des Kendo, des japanischen Schwertkampfes", erklärte er mit fester Stimme und schob die Hände in die Ärmel seiner weißen Jacke, die mit einem Gürtel gebunden war. Darunter trug er dunkelblaue Hosen, die in Brees Augen befremdlich aussahen. Sie reichten ihm bis zu den Waden, bestanden aus erheblich viel Stoff und waren in der Mitte geteilt wie ein Hosenrock. Vermutlich war dies ein traditionelles Gewand, das weit geschnitten war, um beim Training nicht hinderlich zu sein.

„Ich befinde mich in einer Schule?“ Das wurde ja immer seltsamer! Sie schätzte den Fremden auf Mitte dreißig. Durch seine aufrechte Haltung und seine abgeklärte Miene machte er einen älteren, weisen Eindruck, aber seine Augen strahlten eine jugendliche Frische aus.

Er kam auf sie zu, doch als sie zurückwich, hob er abschätzend eine Augenbraue und blieb stehen. „Am Anfang gestehe ich dir noch einige Flausen zu, aber schon bald wirst du dich angebrachter verhalten müssen, und zwar nicht nur mir gegenüber, sondern gegenüber allen Bewohnern dieser Einrichtung.“

„Ihr wohnt hier?“ Es handelte sich offensichtlich nicht um eine gewöhnliche Schule, die die Kampfsport-Schüler nach dem Schulunterricht oder der Arbeit besuchten, sondern um eine Art Trainingslager, in dem eine intensivere Ausbildung stattfand.

„Du wirst mich und *Masaru-sensei* siezen. Die Schüler darfst du duzen“, klärte er sie auf.

Sie zog die Bettdecke enger um ihren Körper. „Ich habe nicht vor zu bleiben.“

Ein Lächeln zeigte sich auf seinem Gesicht, das so schnell wieder erlosch, wie es gekommen war. „Das liegt nicht in deiner Hand, Bryanna.“

„Sie kennen meinen Namen?“ Der Schreck fuhr ihr in die Glieder, denn wenn er sie kannte, bedeutete das gleichzeitig, dass ihre Entführung kein Irrtum war. Sie war nicht mit einer anderen Frau verwechselt worden, sondern man hatte es auf sie, Bryanna Clover, abgesehen.

„Es tut mir leid, dass es so gekommen ist – und auch wieder nicht“, sagte er zweideutig und musterte sie begehrlich von oben bis unten.

Bree erschauerte. Dieser Ryan Ishikawa besaß eine außergewöhnliche Ausstrahlung, die sie nicht unbeeindruckt ließ. Zoe hätte ihn vermutlich als „Herausforderung“ betitelt, als Mann, dessen harte Schale sie nur allzu gerne knacken würde.

Sie nannte den Bezirk, in dem Yukako wohnte, und zischte: „Bringen Sie mich sofort nach Higashiyama-ku!“ Vielleicht wartete Zoe bei Yukako auf sie oder hatte dort zumindest eine Nachricht hinterlassen.

Ryan rümpfte die Nase. „Ich vermisse das ‚bitte’ in deinem Satz, auch wäre eine Fragestellung angebrachter gewesen. Höflichkeit ist eine Tugend, nicht nur in Japan. Ich sehe, es wartet noch viel Arbeit auf uns. Und Befehle erteile nur ich. Habe ich mich klar ausgedrückt?“

„Ich bin keiner Ihrer Kendo-Schüler und möchte sofort ...“

„Was du möchtest, zählt nicht mehr. Diese Zeiten sind vorbei.“

Das saß! Bree griff die Decke so fest, dass ihre Knöchel weiß hervortraten. „Was soll das heißen? Wollen Sie damit sagen, dass Sie mich nicht gehen lassen werden? Das ist Freiheitsberaubung!“

„Ich werde mich kein zweites Mal für die Situation entschuldigen“, sprach er ruhig. „Wir müssen uns beide damit abfinden, daran führt kein Weg vorbei.“

„Mit welcher Situation?“ Ihre Stimme versagte.

„Der hochangesehene sensei Noguchi Masaru hat dich auserkoren, ein Geschenk für mich zu sein. Diese Geste ist eine große Ehre für mich, denn sie zeigt, wie sehr er mich schätzt. Er möchte, dass ich ausgeglichen bin.“ Ryan blickte auf ihr Dekolleté, die Bettdecke drückte ihre Brüste zusammen. „Und er hat mich sehr glücklich gemacht.“

Sie schnappte nach Luft. „Ich bin ein Geschenk? Sie können doch unmöglich von einer Gabe sprechen, einem Präsent, einer Aufmerksamkeit, die man einem Freund mitbringt. Nein, das kann ich nicht glauben!“

„Eine besondere Auszeichnung für mein Engagement für die Kendo-Schule und eine Anerkennung für mich als sensei. Ich bin sehr stolz ...“

Bree platzte der Kragen. „Das kann nicht Ihr Ernst sein! Das ist doch nicht normal! Ich bin eine selbstständige Frau. Wir leben im 21sten Jahrhundert!“

„Zügele dein Temperament, oder ich werde es tun!“, warnte Ryan sie eindringlich, ohne laut zu werden oder wild zu gestikulieren, um ihr Angst zu machen.

Seine Worte trafen sie. Er besaß das gewisse Etwas, das sie an Männern mochte, er strahlte Stärke und eine erotische Art von Überlegenheit aus. Beides war ihr in diesem Moment jedoch nicht geheuer, denn sie konnte diesen Ryan Ishikawa nicht einschätzen. „Sie können mich doch nicht gegen meinen Willen hier festhalten!“

„In Japan versuchen die Menschen nicht, eine Situation zu ändern, sondern sie passen sich ihr an. Diese Lebensweise solltest du beherzigen.“ Langsam schritt er um den Futon herum.

„Ich bin keine Japanerin!“, protestierte sie.

Er öffnete den Schrank. Dann holte er ein kimonoähnliches Gewand aus Baumwolle heraus und reichte es ihr. „Du befindest dich aber in Japan, also musst du dich in die Gemeinschaft einfügen. Hier, zieh den *yukata* an! Man benutzt ihn als Bademantel, Schlaf- und Hausgewand."

Mit zittrigen Händen nahm sie das Gewand, auf dem filigrane, blassgrüne Bambusblätter auf weißem Untergrund abgebildet waren, und hielt es vor den Oberkörper, ohne die Bettdecke loszulassen. „Wollen Sie wirklich für meine Gefangenschaft verantwortlich sein? Auch wenn Sie mich nicht entführt haben, so wissen Sie doch, dass ich nicht freiwillig hier bin. Mitwisser machen sich ebenso strafbar wie Täter.“

Als er nicht antwortete, entschied sie, ihre Methode zu ändern und bemühte sich, Mitleid zu erzeugen. „Man hat mich in einem fremden Land entführt. Ich fühle mich einsam, ich fürchte mich, die Situation ist belastend und nervenaufreibend. Bitte, Ryan, das können Sie mir doch nicht antun!"

„Oh, ich kann mir so einiges vorstellen, was ich dir antun könnte, aber alles zu seiner Zeit." Ein Lächeln umschmeichelte seine dünnen Lippen. „Ein guter Lehrer kennt das Tempo seines Schülers. Er versucht ihn zwar zu Höherem zu motivieren, überfordert ihn jedoch nicht."

„Ich möchte kein Kendo lernen", antwortete sie schnell und schüttelte den Kopf.

„Ich spreche auch nicht vom Schwertkampf, sondern von deiner Erziehung zur Sklavin."

„Sklavin?", echote sie. Ihr Puls erhöhte sich. Hatte sie richtig verstanden? Nein, sie musste sich verhört haben. Wahrscheinlich spielte ihr ihre Lust mal wieder einen Streich und wollte ihr mitteilen, dass sie sich unbewusst für Ryan interessierte.

Er fuhr sich durch die schwarzen Haare, die zwar länger waren als die von Shunpei, aber immer noch sehr kurz. „Der Großmeister Masaru weiß, wie sehr ich darunter leide, dass ich meine Leidenschaft für sexuelle Dominanz nicht ausleben kann. Die Schule verlasse ich nur selten, hier in den Bergen findet sich keine Frau, die meine Neigung teilt, und die weite Reise nach Kyoto-shi zu unternehmen, nur um ein SM-Studio aufzusuchen, ist sinnlos, denn bezahlte Sklavinnen sind keinen Yen wehrt. Sie spielen ihre Hingabe nur, das ist es nicht, was mich erregt."

Bree befürchtete in Ohnmacht zu fallen. Sie lehnte sich gegen die Wand. Die Mauersteine waren angenehm kühl. Eine Hitze durchflutete sie, die ihre Gedanken noch mehr durcheinanderbrachte, als sie es ohnehin schon gewesen waren, seit sie an diesem Ort aufgewacht war.

Mühsam brachte sie hervor: „Ich bin keine Sub."

„Noch nicht, aber du trägst sie in dir."

„Woher wollen Sie das wissen?", fragte sie atemlos.

„Ich war da." Selbstgefällig sprach er: „Ich habe gesehen, wie deine kleine Freundin dich mit ihren Pseudo-Bondagekünsten gefesselt hat. Zoe hat dir die Dessous vom Leib gerissen und dich vor aller Augen von einem Fremden lecken lassen."

Das Blut schoss ihr in die Wangen Er war im Club KABUKI-CHO gewesen! „Ich will das nicht hören!"

„Es gibt eine VIP-Lounge. Hinter einem verspiegelten Fenster habe ich mit Großmeister Masaru gestanden. Er teilt meine Vorlieben nicht, aber er hat mir seine Gunst erwiesen, indem er sich von mir hat erklären lassen, weshalb BDSM mich erregt."

„Das war so nicht verabredet, ich meine mit Zoe, meiner Freundin“, sprudelte es wirr aus ihr heraus. „Sie hat mich überrumpelt. Bondage, nur Fesseln, war ausgemacht, aber sie hat mich hintergangen, hat gegen meinen Willen ... nun ...“ Bree wagte nicht, es auszusprechen. Ryan wusste ohnehin, was vorgefallen war. Er hatte jedes Stöhnen von ihr gehört, jede Regung auf ihrem Gesicht abgelesen und gesehen, wie verzweifelt sie anfänglich gegen ihre Erregung angekämpft hatte, aber Zoe hatte am Ende gewonnen und Ryan war Zeuge eines öffentlichen Orgasmus geworden.

„Du warst so feucht, dass ich beinahe geglaubt habe, deinen Duft in der Lounge zu riechen, dabei war das unmöglich.“ Sein Blick war verklärt.

„Ich wollte das nicht!“, jammerte sie leise.

„Du wolltest es vielleicht nicht, aber du hast es genossen, und ich sagte Masaru-sensei, dass meine Sklavin mir genauso hingebungsvoll dienen müsste. Er hat mich beim Wort genommen. Das war nicht richtig, doch wir müssen uns damit abfinden.“

„Müssen wir nicht!“, wollte sie sagen, aber die Worte blieben ihr im Hals stecken.

„Zoe hat jedoch einen Fehler begangen“, bemerkte er nachdenklich. „Nach der Vorführung hast du dich unwohl gefühlt. Du bist nicht mit einem Gefühl von Zufriedenheit von der Bühne gegangen, sondern hast unglücklich ausgesehen.“

Bree nahm die Wärme, die in seiner Stimme lag, erstaunt wahr, konnte sich aber trotzdem ihren Spott nicht verkneifen: „Seit wann kümmert sich ein Top um einen Bottom?“

„Auch ein Dominus muss Respekt vor seiner Sub empfinden.“

„Aber er unterwirft sie seinem Willen“, wandte sie ein und fand es merkwürdig, zum ersten Mal mit jemand anderem als Zoe über Sadomasochismus zu reden.

Ryan stemmte die Hände in die Hüften. „Das eine schließt das andere nicht aus. Ich merke, ich muss bei deiner Erziehung bei null beginnen. Aber wir haben alle Zeit der Welt.“

Das sah Bree anders. Sie hatte das starke Bedürfnis, augenblicklich zu fliehen. Sie rannte in Richtung Tür, doch Ryan stellte sich ihr blitzschnell in den Weg, so dass sie nun auf dem Futon stand.

„Es ist unpassend, in solch einem Aufzug auf den Korridor zu treten. Der Korridor ähnelt einem Kreuzgang in christlichen Klöstern, er besitzt zum Innenhof hin große Öffnungen ohne Glas, so dass das Licht vom Hof in den Gang fällt. Das ist wichtig, denn wir haben keinen Strom hier in den Bergen.“ Er schob den Paravent beiseite. „Auf dem Hof trainieren die Schüler gerade. Die *shidachi* dürfen meine Sub nicht halbnackt erblicken.“

Bree sah, was er meinte, sie konnte geradewegs hinausschauen, weil der Ausgang ihres Zimmers keine verschließbare Tür besaß, sondern nicht viel mehr als ein Rundbogen war. Verwundert runzelte sie die Stirn.

„Wir haben keine Türen, denn wir brauchen nichts abzuschließen. Alles hier hat seine festen Regeln.“ Er schob den Wandschirm wieder vor den Eingang. „Aber glaube nicht, dass du fliehen kannst. Ich werde dich nicht beaufsichtigen lassen, doch es befinden sich Wachen auf den Außenmauern der Schule, und diese haben den strikten Auftrag, dich keinesfalls vom Gelände spazieren zu lassen. Innerhalb der Nito-Schule kannst du dich frei bewegen.“

Bree witterte gleich zwei Chancen. Zum einen würde sie versuchen trotzdem hinauszuschlüpfen, zum anderen würde sie alles dafür tun, eine der Wachen zu überzeugen, sie trotz Ryans Befehl ziehen zu lassen. Sie hatte vor, dem Wachmann zu sagen, dass sie sich bei der Polizei für ihn einsetzen würde, denn mit dieser wollte sie zurückkehren.

Als hätte Ryan ihre Gedanken erraten, sprach er: „Selbst wenn dir eine Flucht gelingen würde, wäre die Wahrscheinlichkeit, dass du es bis in die nächste Stadt schaffst, so gering, dass es an Suizid grenzt, dieses Risiko einzugehen.“

„Das sagen Sie nur, um mich einzuschüchtern“, blaffte sie und ärgerte sich, dass er damit erfolgreich war.

„Dein Temperament gefällt mir. Es wird dir noch einige erregende Strafen einbringen.“ Er verschränkte die Arme vor dem Brustkorb und lächelte.

„Sie reden die ganze Zeit von Bergen, aber das ist nur ein Bluff!“, mutmaßte sie trotzig und presste die Schenkel zusammen, um das Feuer in ihrem Schritt, das seine Anspielung entfacht hatte, zu unterdrücken. „Ich wette, wir sind immer noch in Kyoto.“

„Wir befinden uns noch auf der Insel Honshu, so viel zu den guten Nachrichten“, feixte er, ohne seine Beherrschtheit auch nur für eine Sekunde aufzugeben. „Die schlechte Nachricht ist, dass die Schule absichtlich im Gebirge Choguku-chiho gebaut wurde, damit die Schüler sich auf das körperliche und mentale Kendo-Training konzentrieren können, das einfache Leben hier draußen sie Demut lehrt und nichts sie ablenkt.“

„Das ist ja nun vorbei, weil ich da bin“, bemerkte sie spitz.

Unbeeindruckt fuhr er mit seinen Erklärungen fort. „Choguku bedeutet ‚Land der Mitte‘ und ist gleichzeitig der Name für China. Um Verwechslungen zu vermeiden, hängt man den Begriff *chiho*, ‚Region‘ an. Lass dir also keinen Bären von den Schülern aufbinden, wenn du mit ihnen sprichst.“

Sie glaubte ihm kein Wort!

„Demut täte dir auch gut, aber daran werden wir arbeiten.“

Sie spürte, dass ihre Wangen erhitzt waren, bemühte sich jedoch, gefasst zu wirken.

Eine Japanerin kam mit Trippelschritten und gesenktem Blick in den Raum. Sie trug einen violetten Kimono mit einem Muster aus Kirschblüten und einem weißen Kragen. Ihr wunderschönes, kostbares Gewand wurde von einem breiten roséfarbenen Gürtel gehalten. Ihr Haar glänzte wie tiefschwarze Seide und war am Hinterkopf zu einem Knoten gebunden. Sie ließ sich elegant auf die Knie nieder und verneigte sich, bis ihre Stirn die tatami-Matte berührte.

Bree war fasziniert, nicht nur, weil die Schönheit sich mit einer beneidenswerten Leichtigkeit bewegte, sondern auch, weil sie sich so tief verbeugte, wie es eine Sub nicht besser hätte machen können. War diese Frau etwa Ryans japanische Lustdienerin? Eifersucht regte sich in Bree, was sie verwunderte, wünschte sie sich doch nichts sehnlicher, als so weit wie möglich von Ryan und diesem angeblich abgelegenen Ort im Choguku-Gebirge entfernt zu sein.

„*Shitsureshimashita*, Entschuldigung für die Störung", sagte sie sanft. „Sie haben nach mir schicken lassen, Ryan-sana."

Ryans Kopfnicken deutete eine Verneigung an. „Danke, dass du in der Gegenwart von Bryanna-san Englisch sprichst. So soll es immer sein, sag das bitte auch den anderen. Es wäre unhöflich, sich auf Japanisch zu unterhalten, zudem können die Schüler auf diese Weise ihre Fremdsprachenkenntnisse auffrischen."

„*Hai*", hauchte sie und richtete den Oberkörper auf.

„Das ist Kameko-san." Ryan wandte sich wieder an Bree. „Sie spricht hervorragend Englisch und wird dir helfen, bis du dich mit den Sitten vertraut gemacht und Japanisch gelernt hast."

Bree lag auf der Zunge, dass sie nicht vorhatte, die Sprache zu lernen, denn sie wollte sowieso schon sehr bald in die Staaten zurückkehren, sie schwieg jedoch. Vielleicht konnte sie Kameko als Verbündete gewinnen, damit diese ihr zur Flucht verhalf. Die Hoffnung flammte allerdings nur kurz auf und verkümmerte sogleich zu einem Glimmen. Bree bezweifelte, dass jemand, der sich vor einer Person derart klein machte, um seine Ergebenheit zum Ausdruck zu bringen, sich gegen diese wenden würde.

Die Japanerin lächelte. „Herzlich Willkommen, Bryanna-san."

„Danke", antwortete Bree kurz. Sie fragte sich, ob Kameko über die spezielle Beziehung, die Ryan mit Bree anstrebte, Bescheid wusste.

Bree verneigte sich zögerlich, weil eine Verbeugung ihr immer noch befremdlich vorkam. Sie fragte sich, weshalb das so war, wo doch die Fantasie, sich vor einen Mann hinzuknien, sie erregte. Sich unterwürfig zu zeigen sollte ihr eigentlich nicht schwerfallen, wenn das Blut einer Sub in ihr floss.

„Bitte lass uns noch einen Moment allein und warte vor der Tür", wies Ryan Kameko an, die daraufhin hinauseilte. Dann musterte er Bree mit einem unverhohlen lüsternen Blick. „Ich muss erst noch mein Geschenk auspacken."

KAPITEL 4

Mit diesen Worten trat er auf den Futon. Sie versuchte rückwärts auszuweichen, doch Ryan packte die Bettdecke und zog sie zu sich. Nun, da er unmittelbar vor ihr stand, wagte sie kaum zu atmen. Sie konnte nicht gegen ihn ankämpfen, da sie sonst die Decke hätte loslassen müssen, abgesehen davon rechnete sie sich keine Chancen gegen einen Kendo-Meister aus. Daher blieb sie einfach nur stocksteif stehen und sah ihn flehentlich an.

Zärtlich blies er gegen ihren Hals, so dass sein Atem sie kitzelte und ihre Nackenhärchen sich aufstellten. „Ich habe nicht vor, deine Erziehung heute zu beginnen, ja, ich werde dich nicht einmal berühren, wenn du dich aus freien Stücken entblößt. Aber ich möchte dich von Nahem betrachten. Das hatte ich mir schon im Club KABUKI-CHO gewünscht, das und mehr.“

Sie öffnete den Mund, um etwas zu erwidern, doch es kam kein Ton heraus. Sie verlor sich in seinen dunklen Augen, die sowohl für Amerikaner als auch für Japaner exotisch aussahen, da sie weder mandelförmig noch westlich waren.

„Ziehst du es vor, von mir gezwungen zu werden, oder entblätterst du dich freiwillig?“, fragte er sanft. Sein Blick war immer noch fest. Er signalisierte Entschlossenheit.

Bree war hin- und hergerissen. Sie wollte sich nicht in ihr Schicksal fügen. Alles in ihr rebellierte gegen die Gefangenschaft. Aber ihre Vernunft riet ihr, Ryan nicht gegen sich aufzubringen. Es war ihr klar, dass er die Macht besaß, sie mit Gewalt zu beugen. Würde er so weit gehen? Wenn er so nah vor ihr stand, und sein Atem sie streichelte, konnte sie nicht glauben, dass er ein Barbar war. Sie wollte es jedoch auch nicht darauf ankommen lassen und herausfinden, wie viel Gegenwind er brauchte, um die Beherrschung zu verlieren.

Zuerst ließ sie den *yukata* fallen und sah Ryan fragend an.

Dieser hob spöttisch die Augenbrauen. „Meinst du wirklich, das würde mir reichen?“

Zögerlich senkte sie die Hände, die krampfhaft die Bettdecke festhielten, bis zu den Hüften, so dass ihr Oberkörper frei war.

„Seit wann bist du so schüchtern? Im Club hast du deine Lust vor unzähligen Salarymen, den Hostessen und den Angestellten gezeigt, und nun zierst du dich, obwohl nur eine einzige Person anwesend ist, die dich lediglich in Augenschein nehmen will?“

Bree errötete bei der Erinnerung an den Auftritt. „Zoe hat mich überrumpelt ...“, murmelte sie und wunderte sich, denn er betrachtete nicht einmal ihre Brüste, sondern guckte ihr weiterhin ins Gesicht. Ergötzte er sich mehr an ihrer Scham als an ihrem Körper?

„Merke dir eins!“, sagte er und zog sie so nah an sich heran, dass sie schon glaubte, er wollte sie küssen. „Wenn ich erst einmal einen Befehl erteilt habe, nehme ich ihn nicht zurück und fordere, dass er ausgeführt wird. In dieser Hinsicht bin ich konsequent.“

Sie fand ihre eigene Reaktion auf die körperliche Nähe verwirrend, es war ihr keineswegs unangenehm. Obwohl sie Ryan dafür verabscheute, dass er sie gefangen hielt, spürte sie seine aphrodisierende Wirkung. Da sie wusste, er würde ihr die Erregung ansehen, lenkte sie ihn ab, indem sie die Decke fallen ließ. Ihr Ablenkungsmanöver funktionierte offensichtlich, denn er trat zwei Schritte zurück und musterte sie eingehend von den Haaren bis zu den Zehenspitzen. Während sie die Hände zu Fäusten ballte, um die Fassung zu wahren, stieg er vom Futon und begann sie zu umkreisen wie ein Raubtier seine Beute. Eigentlich hätte sie froh sein sollen, dass wieder Abstand zwischen ihnen war, doch sie fühlte sich weitaus mehr ausgeliefert, nun, da er sie betrachtete, als wäre sie eine Stute auf einem Pferdemarkt, die er zu kaufen beabsichtigte. Es fehlte nur noch, dass er ihr in den Mund schaute, um ihre Zähne zu begutachten!

Als Ryan wieder vor ihr stand, war sein Blick finster. Gefiel ihm nicht, was er sah? Vielleicht schickte er sie doch weg, wenn sie seinen Ansprüchen nicht genügte, denn er hatte sich Bree ja nicht selbst ausgesucht. Hoffnung wuchs in ihr, aber sie fühlte sich auch gekränkt. Wäre sie Ryan unter anderen Umständen begegnet, hätte sie ihm gefallen wollen.

„Verschränke deine Arme hinter dem Kopf und strecke den Rücken gerade durch, damit dein neuer Herr deinen Körper eingehender betrachten kann und deine Brüste gut präsentiert werden!“

Der Befehl schlug wie ein Blitz ein. In ihren Gedanken hallte das Wörtchen „Herr“ wider. Schon lange hatte sie sich einen Dominus gewünscht, und nun stand sie ihm gegenüber. Die Gefühle überwältigten sie, aber sie musste sich zusammenreißen. Um klarer denken zu können, rief sie sich ins Gedächtnis, dass sie sich Ryan nicht freiwillig unterwarf. Sie durfte ihn nicht als ihren Herrn anerkennen, musste ihm jedoch vorerst Folge leisten, daher tat sie, was er angeordnet hatte.

„Spreiz die Beine!“, wies er sie an. „Dein Herr muss jederzeit Zugang zu deinen Körperöffnungen haben.“

Sie bekam eine Gänsehaut. So oft hatte sie davon geträumt, diese Worte zu hören! Doch jetzt, da der Moment gekommen war, wirkten sie bizarr. Bree träumte nicht länger, aber die Situation erschien ihr unwirklich. Das Schlimmste jedoch war die Erkenntnis, dass Ryans Befehle sie nicht kalt ließen, denn er war der Letzte, dem sie sich hingeben durfte.

Er weckte sie aus ihren Gedanken auf, indem er scharf sagte: „Ich warte nicht gerne!“

Unsicher schaute sie ihn an, in der Hoffnung, dass er es für den Anfang dabei belassen würde, doch seine Miene war hart. Schließlich spreizte sie die Schenkel und schloss die Augen. Sie wusste, dass Ryans Blick nun auf ihrem Schritt haftete. Er starrte sicherlich ihre Schamlippen an und erregte sich an ihrem rasierten Schoß. Bei jedem anderen Mann hätte sie befürchtet, dass er seine eigenen Ansagen über Bord werfen und sie doch berühren würde, aber Ryan war zu beherrscht, um sich gehen zu lassen. Ein Pluspunkt für ihn, gab sie zähneknirschend zu.

Als sie Schritte auf den Reisstrohmatten hörte, öffnete sie wieder die Augen. Ein zweites Mal lustwandelte Ryan um den Futon herum, auf dem sie stand und ihren Körper auf anzügliche Weise präsentierte. Aber er umkreiste sie nicht ganz, sondern blieb hinter ihrem Rücken stehen. Ein ungutes Gefühl breitete sich in ihr aus. Sie konnte ihn nicht sehen, fühlte jedoch seine Gegenwart, als würde er sie berühren. Ihre Muskeln waren angespannt. Was hatte er vor?

„Knie dich mit gespreizten Beinen hin, beuge dich nach vorne und öffne deine Schamlippen!"

„Ich soll was?", entfuhr es ihr empört.

„Du hast mich schon verstanden", antwortete er streng. „Ich wiederhole meine Anweisungen nicht."

„Das kann ich nicht. Das bringe ich nicht fertig."

Sie wollte die Hände herunternehmen, hob sie aber sofort wieder hoch, denn er knurrte: „Wage es ja nicht! Du wirst noch hunderte Male über deinen eigenen Schatten springen müssen, um mir zu gefallen. Dies ist wirklich keine Aufforderung, die dir viel abverlangt. Also stell dich nicht so an, sonst werde ich eigenhändig deine Spalte erkunden."

„Aber Sie sagten, Sie würden mich nicht berühren!", jammerte Bree.

„Heute noch nicht", korrigierte Ryan sie. „Solltest du jedoch meine Befehle missachten, muss ich durchgreifen. Du hast die Wahl. Mach es selbst oder laufe Gefahr, dass das, was ich mit dir tun werde, schlimmere Konsequenzen haben wird, als sich ein bisschen zu schämen."

Bree biss die Zähne zusammen. Es war ein Hohn von ihm zu behaupten, sie hätte eine Wahl. Oh ja, er ließ ihr tatsächlich zwei Möglichkeiten, aber diese waren beide kein Zuckerschlecken. Entweder musste sie sich selbst erniedrigen, oder er würde das für sie tun, sie vielleicht sogar züchtigen.

Aufgebracht entschied sie sich für das kleinere Übel und kniete sich hin. Es kostete sie viel Überwindung, sich nach vorne zu neigen, damit Ryan einen guten Blick in ihren Schritt bekam.

Doch sie merkte rasch, dass er nicht leicht zufriedenzustellen war, denn er raunte: „Spreiz deine Schenkel weiter auseinander! Tu nicht so verklemmt, Bree! Du hast es faustdick hinter den Ohren, davon habe ich mich schon in Ponto-cho überzeugt."

Auf einmal war sie nicht nur wütend auf Ryan, sondern auch auf Zoe Sharp. Zoe trug maßgeblich Schuld an ihrer Entführung. Hätte sie nicht die Regeln zwischen ihnen gebrochen, wäre sie jetzt nicht in dieser demütigenden Lage, die sie zu aller Schande auch noch erregte.

Ihre Stellung wurde immer unbequemer, da ihre Beine mittlerweile weit gespreizt waren. Glücklicherweise musste sie nicht auf dem harten Boden knien. Der Futon schonte ihre Knie, aber Ryan seine neue Sub nicht. Ihm reichte der Blick von hinten auf ihren Schoß keineswegs.

„Spreiz deine Schamlippen mit den Händen, damit ich alles, wirklich alles sehen kann!", ordnete er mit deutlicher Genugtuung in seiner Stimme an. „Eine Sub darf keine Geheimnisse vor ihrem Herrn haben."

Ihr fiel das Atmen schwer, nicht weil die Haltung unbequem war, sondern weil Ryans Forderung ihr die Luft raubte. Sie versuchte sich mit dem Gedanken aufzumuntern, dass er zwar ihren Körper beherrschen konnte, aber nicht ihren Geist. Sie hatte sehr wohl ein Geheimnis vor ihm: Egal, wie folgsam sie zukünftig erscheinen würde, sie wollte alles dafür tun, um die Nito-Schule bei der ersten sich bietenden Möglichkeit zu verlassen.

Ihr Puls raste, als sie ihre Pobacken ergriff und auseinanderzog, damit Ryan sein „Geschenk" in Augenschein nehmen konnte. Es war erniedrigend, sich auf solch obszöne Weise zur Schau zu stellen, auch wenn es nur für eine einzelne Person war. Niemand hatte sie jemals so gesehen. Ryan konnte ja nicht nur ihren Schritt sehen, sondern auch ihren Anus. Verlegen presste sie ihren Schließmuskel zusammen.

Ryan klang amüsiert, als er sagte: „Du sollst deine Schamlippen spreizen, nicht deine Pobacken."

War er denn nie zufrieden? Er sah doch mehr als genug. Sie musste sich sehr am Riemen reißen, um nicht die Beherrschung zu verlieren, ihre Nerven waren zum Zerreißen gespannt. Trotzdem ergriff sie von hinten ihre Schamlippen und zog sie auseinander. Dabei spürte sie, wie feucht sie war. Kaum hatte sie diese Erkenntnis peinlich berührt wahrgenommen, rutschten ihre Finger auch schon ab.

Ryans leises Lachen trieb ihr die Schamröte ins Gesicht.

Erneut bemühte sie sich, seiner Order Folge zu leisten und fasste ihre Schamlippen fester an, damit sie ihr nicht noch einmal entglitten. Sie bemerkte, wie geschwollen ihre Vulva war. Zwar hatte sie gespürt, dass das schamlose Präsentieren ihres Körpers sie anmachte, aber sie hatte nicht geahnt, wie stark die Erregung bereits war. Während ihre Vernunft sich noch gegen Ryans Dominanz wehrte, hatte ihr Körper sich seiner

Herrschaft längst ergeben – und Ryan wusste es! Er hatte ihre Feuchtigkeit direkt vor Augen.

„Ich habe alles gesehen, was ich sehen wollte." Er kam um sie herum und blieb vor dem Futon stehen. „Sieh mich an!"

Bree konnte nicht. Sie war einfach nicht fähig, den Kopf zu heben und ihn anzuschauen, weil sie sich in Grund und Boden schämte.

Ryan hob seine Stimme und betonte jede Silbe: „Sieh mich an!"

Die Worte klangen wie Donnerschläge. Sie fragte sich, wie viel Kameko, die vor der Tür wartete, von dem mitbekam, was in diesem Raum vor sich ging. Mühsam schaffte sie es, Ryan ins Gesicht zu blicken. Es war demütigend, weil ihr das noch deutlicher bewusst machte, dass er Zeuge ihrer obszönen Show gewesen war. Sie hatte sich dargeboten wie ein Flittchen, aber das war sie nicht, sie war eine wohlerzogene junge Frau. Was würden ihre Eltern nur von ihr denken, wenn sie wüssten, dass sie sich wünschte, von Ryan zwischen den Schenkeln gestreichelt zu werden?

Ihre Augen wurden feucht, und sie senkte den Blick.

„Du warst tapfer, Bree-chan, und wirst es an jedem weiteren Tag sein müssen, den deine Erziehung durch mich andauert", sprach Ryan sanft. „Aber dein Lohn wird eine Lust sein, die bis in deine Eingeweide dringt. Ich werde dich in dein neues Dasein als Sub einführen, dich lehren, was wahre Hingabe bedeutet, und dir beweisen, dass man jemanden nicht bis aufs Blut auspeitschen muss, um ihn zu unterwerfen. Du wirst mir schon bald aus der Hand fressen, Bree-chan. Nun wird Kameko dich in den Waschraum führen. Nimm sie dir als Vorbild. Sie ist eine perfekte Geisha."

„Geisha?" Vor Verblüffung ließ Bree ihre Schamlippen los und richtete den Oberkörper auf.

„Nun besitze ich nicht nur eine japanische Geisha, sondern auch eine amerikanische Sklavin. Das Gleichgewicht in meinen Leben ist wiederhergestellt." Mit diesen Worten ging er hinaus und ließ sie mit ihrem Gefühlschaos und ihrer Erregung allein.

KAPITEL 5

Kameko kam lautlos in den Raum. Sie faltete die Hände vor dem Schoß und verbeugte sich. Lächelnd sprach sie: „Bryanna-san, würdest du mir bitte in den Waschraum folgen?"

Verlegen hob Bree ihren yukata vom Boden auf und zog sie an. „Ich möchte nicht in den Waschraum, sondern nach Kyoto zurück!“, antwortete sie spitz. Da Ryan das Zimmer verlassen hatte, kehrte ihre Aufmüpfigkeit zurück.

„Es tut mir aufrichtig leid, dass eine Rückkehr nicht möglich ist.“ Entschuldigend verneigte Kameko sich zweimal.

„Natürlich ist das möglich!“, erwiderte Bree aufbrausend und zog den Gürtel so fest um ihre Taille, dass sie kaum noch Luft bekam. Sie lockerte ihn rasch wieder. „Du musst mir nur zeigen, wo ich den Ausgang aus der Kendo-Schule finde. Dann gehst du und machst, was du immer so machst, und ich fliehe. Oder du tust einfach so, als wäre ich dir entwischt. Du könntest erzählen, du hättest mich im Waschraum allein gelassen, und ich wäre nicht mehr dagewesen, als du nachgesehen hast.“

„Der Weg zurück nach Kyoto ist viel zu weit. Du kennst dich im Chugoku-chiho Gebirge nicht aus. Dich gehen zu lassen, wäre unverantwortlich von mir!“ Kameko sah ehrlich betroffen aus.

Sie sagt die Wahrheit, dämmerte es Bryanna. Offenbar befanden sie sich tatsächlich in den Bergen. Diese Erkenntnis war niederschmetternd, weil dadurch die Flucht erschwert wurde. Aber sie wollte sich nicht so leicht entmutigen lassen.

Um sicher zu gehen, dass niemand hinter dem Wandschirm lauschte, ging sie in den Gang hinaus. Wie Ryan es beschrieben hatte, stand sie nun in einem langen Korridor, der zum Innenhof hin offen war. Er selbst überquerte gerade den Hof und näherte sich zwei Schülern, die sich wie Kampfhähne gegenüberstanden. Die restlichen Schüler bildeten einen Halbkreis um die Gruppe. Als sie Bree bemerkten, entspannte ein Lächeln ihre starren Mienen. Bree jedoch fühlte sich unwohl und schlang die Arme um die Hüften.

Als Kameko neben sie trat, flüsterte sie: „Du musst mir helfen. Hier sind zu viele Männer, die lange Zeit abstinent waren. Ryan hat erzählt, dass sie fernab der Zivilisation wohnen, um sich auf das Training zu konzentrieren. Das erinnert mich zu sehr an eine Schiffsmannschaft, die lange Zeit ohne Frauen auf See unterwegs ist. Was ist, wenn sie über mich herfallen?“

„Das würden die Schüler niemals wagen!“, entrüstete die Geisha sich auf eine, wie Bree fand, entzückend zurückhaltende Weise. „Sie schauen nur interessiert, weil du ein *gaijin* bist. Ausländer kommen so gut wie nie in diese Bergregion.“

Bree stichelte weiter. Vielleicht konnte sie Kameko überzeugen, dass dies nicht der richtige Ort für die Erziehung einer Sklavin war. „Und was ist, wenn Ryan Lust darauf hat, mich mit seinen Schülern zu teilen?“

„Bree-san, so etwas darfst du nicht einmal denken!“

„Vielleicht wird er mich auf diese Weise bestrafen, weil ich nicht so gehorsam bin wie du. Oder er möchte an mir ein anderes ‚Training' lehren, und ich werde sein Vorzeigeobjekt."

„Bryanna!"

„Du bist als Geisha tabu für alle Männer, aber mich könnten sie als Freiwild betrachten."

Kameko fasste Brees Arm und drückte sanft zu. „Bitte, Ryan-sama würde das niemals zulassen. Er beschützt dich. Er ist ein ehrenwerter Mann. Du bist hier in Sicherheit. Außerdem würden seine Schüler ihm das nicht antun. Sie respektieren ihn, wie auch ich ihn respektiere."

Bree konnte kaum glauben, was sie hörte. Hielt Kameko wirklich so viel von Ryan Ishikawa? War sie ihm hörig oder finanziell von ihm abhängig? Zornig gestikulierte Bree. „Aber du kannst doch unmöglich unterstützen, dass er mich gefangen hält!"

„Wenn ich dich gehen ließe, würde ich ihm Schande bereiten", erklärte Kameko. „Er würde sein Gesicht verlieren und müsste die Schule verlassen. Das würde wiederum Masaru-sensei in großes Unglück stürzen."

„Aber ich will nicht hierbleiben!", protestierte Bree. „Ich gehöre hier nicht hin!"

Kameko lächelte höflich. „In Japan versuchen wir nicht, eine Situation zu ändern, sondern uns der Situation anzupassen. Du solltest es versuchen."

„Undenkbar!" Bree fühlte sich wie eine freiheitsliebende Stute, die man eingesperrt hatte. Mochte Ryans Prüfung sie wider Willen erregt haben und er durchaus in ihr Beuteschema passen, so konnte sie sich doch keinesfalls in ihr Schicksal ergeben. Sie war hier die Beute – und nicht er.

„Vielleicht gefällt dir Ryan-samas Ausbildung, ja?" Kameko kicherte hinter vorgehaltener Hand.

Bree wurde puterrot im Gesicht. Kameko wusste also tatsächlich Bescheid darüber, dass Ryan vorhatte, Bree zur Sklavin zu erziehen! Am liebsten wäre sie im Boden versunken.

„Bryanna-san, das sind deine Schuhe. Wir nennen sie *zori*." Kameko zeigte auf ein paar Reisstrohsandalen. Jede ihrer Bewegungen wirkte würdevoll. Sie selbst schlüpfte in Sandalen, die eine hohe Holzsohle besaßen. Als sie Brees skeptischen Blick bemerkte, erklärte sie: „Das sind *getas*. Wir Geishas tragen diese Holz-Clogs, damit unsere wertvollen Kimonos nicht schmutzig werden."

Beklemmung machte sich in Bree breit. Sie vermutete, dass ihr neuer Meister sie nicht wie ein Kleinod behandeln würde. Ryans Geisha trug wunderschöne Kimonos und war für ihn wahrscheinlich so kostbar wie ein Jadestein. Aber er hatte von Balance gesprochen. War es da nicht naheliegend, dass er seine Sklavin wie Dreck behandeln wollte? Bree würde es erfahren.

Kameko trippelte von dannen, wobei ihre kunstvoll gebundene Gürtelschleife wackelte. Sie bat Bree, ihr zu folgen, indem sie über die Schulter zurückschaute und immer wieder nickte. Bree hatte mit einem Mal Angst, allein zu bleiben, obwohl ihre Chance auf eine Flucht ohne Aufpasser höher gewesen wäre. Aber im Innenhof war irgendetwas im Busch. Vermutlich gab es Streit unter den Schülern. Die jungen Männer, die alle denselben Anzug wie Ryan trugen – jedoch mit einem indigoblauen Oberteil und nicht wie er mit einem weißen – schauten längst nicht mehr zu ihr hinüber, sondern lauschten wieder ehrfürchtig ihrem Lehrer.

„Es gibt noch etwas, das ich dir sagen muss", erwähnte Kameko bedrückt. Die Sohlen ihrer *getas* klackten bei jedem Schritt laut auf dem unebenen Steinboden. „Diese Nito-Schule befindet sich in einem Gebäude, das vor sehr, sehr langer Zeit auf diesem Berggipfel erbaut wurde."

Bree hob argwöhnisch eine Augenbraue. Was wollte Kameko ihr damit sagen?

„Nun, damals gab es noch keinen Strom und auch kein fließendes Wasser. Bree-san, wir haben keine Dusche. Entschuldige."

„Was?" Bree blieb vor Schreck stehen, lief dann aber zügig weiter, um nicht den Anschluss zu verlieren.

„Ich entschuldige mich für die Unannehmlichkeiten. Du bist anderes gewöhnt."

„Warum entschuldigst du dich?" Brees Worte klangen schärfer als beabsichtigt. „Du hast dir diesen Ort nicht für eine Schule ausgesucht."

Kameko lächelte nur.

„Wahrscheinlich gibt es auch nur Plumpsklos. Weshalb hat man die Installationen nicht nachträglich – und vor allen Dingen vor der Eröffnung der Schule einbauen lassen?", fragte sie und beantwortete ihre Frage gleich selbst. „Das einfache Leben formt den Charakter, vermute ich."

„Charakterfestigkeit, Entschlossenheit und moralische Stärke sind erstrebenswerte Eigenschaften, die wir Japaner schätzen und die die Kendo-Schule lehrt", erklärte Kameko und bog nach rechts ab. Sie blieb vor einem Raum stehen, der zwar Fenster besaß, jedoch kein Fensterglas oder Jalousien, auch keine Tür, die man hätte abschließen können.

Bree war etwas außer Atem. Sie schwor sich, zukünftig mehr Sport zu treiben, sollte sie diesen Ort jemals wieder verlassen. „Ich hatte nicht den Eindruck, als wären die Schüler, die auf dem Innenhof standen, so ausgeglichen, wie du behauptest."

„Sie sind ja auch hier, um zu lernen", antwortete die Geisha.

„Warum haben sie gestritten?"

Kameko sah sie verwundert an. Offensichtlich war sie erstaunt, dass Bree die vom Hof in den Korridor gedrungenen japanischen Sprachfetzen richtig erfasst hatte.

„Einer von ihnen war Shunpei. Er hat neben meinem Futon gesessen, als ich aufgewacht bin und ist wie ein verschrecktes Huhn davongelaufen.“

Komeko nickte. „Tonegawa, der andere Junge, hat ihn einen *burakumin* genannt.“

„Und das bedeutet Idiot oder ...“

Um Bree zu unterbrechen – aber die Gesetze der Höflichkeit nicht zu verletzen – räusperte sich Kameko. „Schimpfwörter benutzen wir Japaner nicht. Wir streiten auch nicht. Der Shintoismus und der Buddhismus lehren uns Selbstlosigkeit, Selbstbeherrschung, Selbstüberwindung und Selbstschmiedung.“

Das erinnerte Bryanna erschreckend an BDSM. Die ersten drei Eigenschaften trafen auch auf eine Sklavin zu, geschmiedet wurde sie allerdings durch ihren Meister.

Die Geisha fuhr fort: „Ein Wutausbruch oder Ungeduld kommt einem Gesichtsverlust gleich, der kaum wieder gutzumachen ist. Ein Wutanfall ist ein Zeichen für Inkompetenz und Unzivilisiertheit.“

Bree wich Kamekos Blick aus. Sie schämte sich dafür, ständig aufzubrausen und mit ihrem Spott nicht hinter dem Berg zu halten. „Wer sich nicht beherrscht, gilt als Unperson, egal, wie intelligent oder gut ausgebildet er ist.“

„Aber wenn Tonegawa Shunpei eine Beleidigung an den Kopf geworfen hat, scheint er sich selbst noch nicht sehr im Griff zu haben.“

„*Hai*, er ist ein Hitzkopf und hat noch viel zu lernen. Beide junge Männer sind achtzehn Jahre alt, aber Shunpei ist viel disziplinierter, weil er schon früh sein Leben selbst in die Hand nehmen musste. Tonegawa hatte es dagegen immer leicht, er musste bisher nicht an seinen Aufgaben wachsen.“

Bree musterte neugierig Kamekos blütenweiße Socken, die nur eine Ausbuchtung für den großen Zeh besaßen. „Wenn *burakumin* kein Schimpfwort ist, kann es nichts Schlimmes bedeuten.“

„Es ist nicht nett, so etwas zu sagen“, sprach die Geisha und zuckte mit dem großen Zeh, damit Bree ihr wieder ins Gesicht sah. „Das Wort ist ein abfälliger Begriff für Ghettobewohner. Shunpei fand in seinem Heimatdorf keine Arbeit und ging nach Tokio, um seine Eltern nicht länger zu belasten. Er wohnte lange im Stadtteil Sanya, der keinen guten Ruf hat, aber mehr konnte er sich nicht leisten. Deshalb war es für ihn schwer, Arbeit zu finden. Shunpei schlug sich gerade so durch. Nur Kendo schenkte ihm den Mut durchzuhalten. Glücklicherweise entdeckte Ryan-sensei Shunpei und brachte ihn in seine Schule. Shunpei ist sehr begabt.“

„Tonegawa kann Shunpei nicht leiden, da dieser arm ist?“

„Weil Shunpei aus der Unterklasse kommt, und der Unterricht für die jungen Männer aus den Dörfern und Armenvierteln kostenlos ist, während die Jungen aus den reichen Stadtteilen viel Geld dafür bezahlen. Die Kendo-Schule braucht das Geld, um sich zu finanzieren, aber sie fördert mittellose Hochbegabte kostenlos.“

„Tonegawa scheint ein Snob zu sein“, erwiderte Bree, dachte aber in Wahrheit daran, dass böses Blut hilfreich für ihre Flucht sein konnte. Wenn sowohl Ryan als auch die anderen Bewohner der Schule abgelenkt waren, konnte sie vielleicht schon bald einen turbulenten Moment ausnutzen und fliehen.

„Ryan-sama hat viel Geduld mit ihm, aber er verurteilt ihn nicht.“ Kameko schien das in doppeltem Sinne zu meinen. „Shunpei-san und Tonegawa-san müssen heute die *Ijima*, die Strafe durch die Gemeinschaft – in diesem Fall der anderen Kendo-Schüler – erhalten. Japaner streben nach Harmonie und Einheit innerhalb einer Gruppe.“

„Aber Shunpei hat nichts getan!“, wandte Bree ein.

„Er hat sich von Tonegawa reizen lassen.“

„Japaner bestrafen lieber, als ein Mitglied der Gruppe auszustoßen?“

„Du denkst doch schon wieder an ein Schlupfloch für dich!“ Lachend schlüpfte Kameko in andere Schuhe. „Zieh dir deine *zori* für den Waschbereich an. Vor der Latrine stehen übrigens Strohsandalen, die ausschließlich für den Gang zur Toilette gedacht sind.“

„Schuhe für jede Gelegenheit?“ Bree konnte ihren Sarkasmus einfach nicht abschalten, obwohl sie Kameko mochte, aber sie standen nun einmal nicht auf derselben Seite.

„Es ist unschicklich, mit diesen Sandalen den Wohnbereich zu betreten. *Wakaru ne*? Verstehst du?“

„Ich habe verstanden.“ Instinktiv verneigte Bryanna sich. Sie erschrak, denn die Verbeugung war nicht beabsichtigt, sie kam wie von selbst – wahrscheinlich, weil Kameko sich bei jeder Gelegenheit verneigte.

Die Geisha kicherte leise. „Auf Japanisch antwortest du: *Wakatta.*“

Aus Trotz wiederholte Bree den Satz nicht, obwohl Kameko das offensichtlich von ihr erwartete. Sie sah sie mit großen Augen an, wie eine Mutter ihr Kleinkind, das kurz davor steht, die ersten Worte nachzuplappern. Aber Bree war nicht nach Japan gereist, um eine Fremdsprache zu erlernen, sondern um sich kunstvoll fesseln zu lassen.

Ob Ryan Bondage beherrschte? Bree bekam eine wohlige Gänsehaut.

„Frauen halten ihre Hände vor den Schoß und Männer ihre Arme neben den Körper, aber wenn du Ryan-sama begegnest, wäre es gut, dich auf die Knie zu werfen und dich so tief zu verneigen, dass deine Stirn die tatami-Matte berührt, um ihm die höchste Ehre zu erweisen.“

„Ich soll jemandem Respekt zollen, der mich entführt hat?“, meinte Bree hitzig.

Kameko legte den Zeigefinger an ihre Lippen, um Bree dezent darauf hinzuweisen, dass sie leiser sprechen sollte. „Ryan-sama hat deinen Respekt verdient, du wirst sehen.“

Während Bree in ihre Sandalen für den Waschbereich stieg, fragte sie: „Wieso nennst du ihn sama und nicht san?"

„Du interessierst dich doch ein wenig für Japan, das freut mich sehr!" Auch Kameko wechselte die Schuhe. „Ryan-san ist gut, aber Ryana-sama ist besser, da diese Anrede den höchsten Respekt ausdrückt."

Bree konnte den Begriff „Respekt" nicht mehr hören. Für sie gehörte er nicht an diesen Ort. „Was bedeutet die Endung ‚-chan'?" Sie hoffte, dass es nicht Sklavin bedeutete.

„Bree-chan bedeutet ‚kleine Bree'", erläuterte Kameko.

Statt erleichtert zu sein, wollte Bree protestieren. Ryan sollte sie als Frau und nicht als Mädchen betrachten!

Warum eigentlich?, fragte sie sich selbst. *Weil du von ihm begehrt werden möchtest? Herrje, reiß dich zusammen. Er hält dich schließlich gefangen!*

Bryanna trat hinter Kameko in den Waschbereich und schaute sich um. Der Raum war karg, die Wände weder verputzt noch gefliest, so dass man die nackten Sandsteine sah. Es gab keine Dämmung und keine Heizung.

„Wascht ihr euch auch im Winter hier?", fragte sie entsetzt.

„*Hai*, aber danach gehen wir in das nahe gelegene *onsen.* Wir wärmen uns in den heißen Quellen auf und gehen sofort ins Bett, um die Wärme zu erhalten, da wir keine Heizöfen haben", erklärte Kameko und fügte eilig hinzu: „In Japan mag man keine Seife im Badewasser. Erst waschen, dann baden."

Das verstärkte Brees Wunsch, schnell in die USA oder zumindest nach Kyoto-shi zurückzukehren. Noch war es Sommer und somit warm, aber schon im Herbst würde es in dem alten Gemäuer ohne Heizung bitterkalt sein.

Wie angekündigt, gab es keine Wasserhähne oder Duschvorrichtungen, sondern lediglich in den Boden eingelassene Abflussrinnen, die das Schmutzwasser durch kleine Löcher in den Wänden nach außen leiteten. An der Seite standen akkurat aufgereiht Holzschemel und Holzeimer, in denen sich je eine Bürste und ein Schwamm befanden. Auf einem Regal erspähte Bree dunkelgraue Handtücher und kleine Gefäße aus Holz, die verschlossen waren.

Kameko nahm ein Töpfchen und öffnete den Deckel, so dass Bree den Inhalt sehen konnte. „Wir stellen die Seife selbst her und mischen Kräuter darunter, die hier in der Gegend wachsen."

„Bescheidenheit formt den Charakter, das habe ich mittlerweile begriffen", spottete Bree.

Kameko schaute betroffen, schloss den Seifentopf wieder und klemmte ihn unter die linke Achsel. Nachdem sie sich ein Handtuch über die Schulter gelegt hatte, nahm sie einen Eimer, der bereits mit Wasser gefüllt war. Dann ging sie bis zum Ende des

Raums, hängte das Handtuch an einen Haken und stellte Eimer und Seifengefäß ab. Sie nahm die Waschutensilien aus dem Wasser und wartete darauf, dass Bree ihr folgte.

Diese vermisste Kamekos höfliches Lächeln oder einige besänftigende Worte, aber die Miene der Geisha war neutral, und sie blieb stumm.

Vermutlich hat sie die Nase voll von meinem Sarkasmus, dachte Bree und fühlte sich schlecht, weil Kameko keine Schuld an dieser vertrackten Situation trug und ihr Bestes tat, damit Bree sich an ihr vermeintlich neues Leben gewöhnte.

Sie ging zu ihr und seufzte. „Es tut mir leid, ich wollte nicht unfreundlich zu dir sein. Du bist wirklich nett und kümmerst dich um mich. Unter anderen Umständen könnten wir Freundinnen sein, doch ich kann mich nicht in mein Schicksal fügen. Verstehst du das wenigstens ein bisschen?"

„Ich werde dir helfen, damit du dich wohlfühlst."

Das war eine ausweichende Antwort, die ihr signalisieren sollte, dass Kameko nicht vorhatte, ihr bei der Flucht zu helfen. Bree konnte das nicht nachvollziehen, aber zu diesem Zeitpunkt blieb ihr nichts anderes übrig, als Kamekos Einstellung hinzunehmen. Möglicherweise würde die Geisha ihr helfen zu fliehen, wenn sie erst befreundet waren.

Kameko verbeugte sich und sprach ernst: „Für die Schüler bin ich so etwas wie die *okasan*, die Mutter, aber für dich möchte ich eher wie eine große Schwester sein. Eine Frau kann nur eine *meiko* werden, wenn sie eine große Schwester findet, die sie während ihrer 5-jährigen Ausbildung zur Geisha begleitet."

Fünf Jahre, diese Zahl hallte in Bree wider. Würde sie in fünf Jahren noch immer in dieser Kendo-Schule leben? „Dann bist du mein Lehrer?"

Kameko schüttelte sanft den Kopf. „Ryan, und nur er ist dein Lehrer. Ich bin wohl eher ein Tutor für dich."

„*Wakatta*", sagte Bree verlegen, weil sie sich nun doch bemühte Japanisch zu sprechen, und neigte den Kopf.

„Du erfreust mich mit dieser Geste sehr, Bryanna-san!" Kamekos Mandelaugen strahlten. „Und nun zieh dich bitte aus!"

„Wie bitte?", schoss es aus Bree heraus. Hatte sie sich verhört?

„Ryan-sama gab mir die Aufgabe, dich gründlich zu waschen", sagte Kameko, als wäre diese Anweisung vollkommen normal.

KAPITEL 6

Kameko legte die Bürste weg und tauchte den Schwamm ins Wasser. Als sie aufschaute, runzelte sie die Stirn, weil Bree immer noch den Baumwollbademantel trug. „Du bist eine Frau wie ich und hast nichts, was ich nicht auch habe."

„Ich kann mich selbst waschen!", protestierte Bree und errötete. Sie schämte sich für den Gedanken, dass sie die Fantasie, von einer Frau eingeseift zu werden, durchaus reizvoll fand.

„Natürlich, aber Ryan-sama möchte dich verwöhnen. Auch wenn er hart erscheint, so weiß er dennoch, dass die Eingewöhnung für dich eine schwierige Zeit ist."

Bree verschränkte die Arme vor dem Oberkörper. „Wieso lässt er mich denn dann nicht einfach gehen?"

„Das kann er nicht", erklärte Kameko und legte den patschnassen Schwamm auf eine Ablage. „Er würde sein Gesicht und das Ansehen seiner Schüler verlieren, weil er dann Großmeister Masaru in eine peinliche Situation gebracht hat."

„Peinlich?"

„Wenn Ryan dich nach Kyoto-shi brächte, würde er damit den Großmeister vor den Kopf stoßen, weil er dessen Geschenk ablehnt." Kameko öffnete Brees Gürtel und schob ihr den *yukata* über die Schultern.

Nur weil Bree die Arme verschränkt hatte, stand sie nicht völlig entblößt da. „Man kann keine Menschen verschenken! Wenn überhaupt, dann kann sich ein Mensch nur selbst zum Geschenk machen, und das im romantischen Sinne. So sehe ich das!"

„Du hast sehr schöne Brüste!" Kameko strich mit dem Handrücken so behutsam über Brees rechte Brust, dass sie kaum die Haut berührte. Dann legte sie Bree eine Haarsträhne nach hinten über die Schulter. „Und dein Haar ist so dunkelrot, wie ich es noch nie zuvor gesehen habe. Kein Wunder, dass er an dir Gefallen findet!"

Bree fühlte sich geschmeichelt. Ihr Herz pochte mit einem Mal schneller, und sie ließ sich das Hausgewand ausziehen. „Ryan?"

„*Hai*", antwortete Kameko, faltete den *yukata* und legte ihn auf die Ablage. „Es gibt in Japan drei Wege, eine Beziehung zu vertiefen. Das ist neben regelmäßigen Besuchen und gegenseitigen Einladungen das Schenken. Da Ryan Ishikawa und Noguchi Masaru gemeinsam in der Schule wohnen, fallen die ersten beiden Möglichkeiten so gut wie weg. Deshalb gewinnt das Schenken als Geste an Bedeutung. Sie zeigt besondere Aufmerksamkeit und hohe Wertschätzung."

„Japan scheint in Traditionen und Regeln erstarrt zu sein." Bree folgte Kamekos Anweisung, die Arme hinter dem Kopf zu verschränken und die Beine zu spreizen. Diese Stellung kannte sie schon, Ryan hatte sie sie gelehrt.

Als Kameko den Schwamm erneut ins Wasser tauchte, sagte sie: „Ryan-sama hat es schwer."

„Ach, ja?" Bree hob die Augenbrauen. Dann erschauerte sie, weil Kameko den Schwamm mit dem kühlen Wasser über ihrem Dekolleté auswrang. Es lief in kleinen Rinnsalen hinab und kitzelte sanft ihre Brüste. Verlegen stellte Bree fest, dass sich ihre Brustspitzen aufrichteten. „Mir kommt er vor wie ein Prinz, der neben König Masaru ein eigenes kleines Reich regiert und sich nicht um die Gesetze der Welt außerhalb der Schulmauern schert."

Behutsam begann Kameko Brees Brüste zu benässen. Sie ließ den Schwamm kreisen und rieb immer wieder über die erigierten Brustwarzen. „Du gehst zu hart mit ihm ins Gericht, weil du seine Geschichte nicht kennst. Es ist nicht einfach für ihn, zwischen den Stühlen zu sitzen. Auf der einen Seite fühlt er sich in der japanischen Tradition verwurzelt, auf der anderen kann er die westlichen Einflüsse in seinem Leben nicht verleugnen."

„Wo wurde er geboren?", fragte Bryanna und unterdrückte mühsam einen Seufzer, denn die Schwamm-Massage ihrer Brüste tat gut, allein die Situation an sich war erregend. Sie hatte noch nie davon geträumt, wie ein Kind von einer Frau gewaschen zu werden. Aber nun, da Ryan ihr dieses Erlebnis bot und ihre Lust erwachte, wollte sie diese Erfahrung mitnehmen. Enttäuscht schmollte sie, als Kameko von ihren Brüsten abließ und ihr den Bauch wusch.

„Sein Vater ist ein japanischer Architekt, der einige Jahre in den USA gearbeitet hat", erzählte die Geisha, während sie sich vor Bryanna hinhockte und kräftig über die Oberschenkel rubbelte. Ihre Hand glitt zwischen Brees Beine und widmete sich akribisch den Innenseiten. „Dort lernte er Ryans Mutter kennen. Am Anfang war alles wie im Märchen. Sie verliebten sich unsterblich, heirateten, und Ryan kam auf die Welt. Doch als die kleine Familie nach Japan zog, weil der Auftrag des Vaters in Amerika erledigt war, begann das Unheil."

Bryanna spürte, wie Mitleid in ihr erwachte, aber sie wollte keine Sympathie für Ryan entwickeln.

„Ryans Mutter zog sich immer mehr zurück, weil sie mit der fremden Kultur nicht zurechtkam und flog in einer Nacht-und-Nebel-Aktion zurück in die Vereinigten Staaten – ohne Mann und ohne Sohn. Zu diesem Zeitpunkt war Ryan sechs Jahre alt."

Da passierte es! Nicht nur, dass Brees Herz schwer wurde, weil sie sich vorstellte, wie sehr Ryan unter dem plötzlichen Verlust der Mutter gelitten hatte. Hinzu kam, dass Kameko den Schwamm in das Wasser tunkte, ihn auf Brees Scham drückte und langsam vor und zurück schob. Bryanna versteifte sich, aber ihre Lust loderte trotzdem auf.

Kameko fuhr fort: „Das mag auch ein Grund sein, warum er dich nicht gehen lassen kann. Mir scheint, er leidet unter Verlustängsten und sehnt sich nach einer Sklavin, die ihn ergeben liebt, so dass er sie ebenso hingebungsvoll lieben kann, ohne fürchten zu müssen, sie zu verlieren."

Nur nicht über Ryan sprechen! Nicht jetzt! Bree war schon erregt genug und versuchte abzulenken, indem sie fragte: „Wieso sprichst du so gut englisch?"

Kameko erhob sich, benässte Brees Rücken und legte den Schwamm weg. Mit langsamen, würdevollen Bewegungen, die wirkten, als würde Kameko sich voll und ganz auf die von Ryan erteilte Aufgabe konzentrieren, nahm sie den Seifentopf. „Mein Vater hat in der japanischen Botschaft in Australien als Berater gearbeitet. In Canberra bin ich zur Schule gegangen und habe Englisch gelernt. Meinem Vater war das sehr wichtig."

Sie trippelte um Bree herum und seifte ihr den Rücken ein. Ihre Hände verteilten flink die Seife vom Nacken bis zum Po. Sie hielt das Gefäß mit der Seife in einer Hand, mit der anderen spreizte sie geschickt Brees Pobacken. Plötzlich drang sie mit einem Finger in Brees Anus ein.

Bree zog scharf die Luft zwischen den Zähnen hindurch. Sie konnte nicht glauben, was ihre „große Schwester" mit ihr tat! Das hätte sie Kameko niemals zugetraut! War diese anale Penetration unter dem Deckmantel einer Waschung ihre eigene Idee gewesen, oder hatte Ryan ihr genaue Instruktionen gegeben?

Bree wagte nicht zu fragen, sondern ließ ihren Blick umherschweifen, um sicher zu gehen, dass Ryan nicht die Rolle des Voyeurs eingenommen hatte. Obwohl sie ihn nicht entdeckte, konnte sie trotzdem nicht gewiss sein, denn er mochte durch ein Guckloch in der Mauer spionieren oder sie mit einem Feldstecker beobachten, immerhin waren Fenster und Tür groß und offen.

Um ihre Erregung zu unterdrücken, bemühte Bryanna sich an harte Fakten zu denken. „Dann standen dir doch alle Möglichkeiten offen. Warum bist du nicht Anwältin oder Geschäftsfrau geworden?"

Immer wieder seifte Kameko den Finger neu ein und schob ih in Brees faltigen Ring, als beabsichtigte sie, die enge Öffnung von innen zu reinigen. „So wollte es mein Vater, aber ich sehe meine Bestimmung darin, eine Geisha, eine Hüterin der japanischen Tradition und der alten Künste zu sein."

„Ist er denn nicht stolz auf dich?" Bryannas Ring pochte. Er öffnete sich und zog sich wieder zusammen, als wäre er ein eigenständiges Wesen und nicht Teil von Brees Körper, sie konnte ihn nicht kontrollieren. Er glühte, und diese wollüstige Hitze strahlte bis in ihren Unterleib aus.

Kameko zog ihren Finger heraus und stellte den Seifentopf neben den Wassereimer. Dann nahm sie eine große Portion Seife, verteilte sie in beiden Handflächen und kam so nah an Brees Rücken, dass sie deren Körper zwar nicht berührte, um ihren Kimono nicht zu beschmutzen, aber um Bree herumfassen konnte. Sie legte die Hände auf Brees Brüste. Sachte begann sie das zarte Fleisch zu massieren. Sie verrieb die Seife und rubbelte über die Brustwarzen, bis der Schaum die hochroten Spitzen fast komplett bedeckte und griff dann beherzter zu. Sie konnte nicht sehen, was sie tat, sondern konzentrierte sich ganz auf ihren Tastsinn.

Zuerst genoss Bree die Brustmassage in vollen Zügen. Außer Zoe hatte noch nie eine Frau sie berührt, und auch ihre Freundin hatte sie nur angefasst, um Bondage an ihrem Körper zu demonstrieren – bis auf die ausgeuferte Vorführung im Club KABUKI-CHO. Schon bald jedoch kneteten Kamekos Hände fester. Sie zwirbelten die Brustwarzen hart, quetschte die Brüste am Ansatz zusammen und glitten dann nach vorne zu den Brustspitzen, in die sie hineinkniffen, als wäre dies ein Zeichen, dass die Behandlung zu Ende war.

Schade, dachte Bree im Moment keuchend vor Erregung, im nächsten Augenblick hielt sie jedoch erschrocken sekundenlang die Luft an, denn Kamekos Hände – die sie ein zweites Mal eingeseift hatten – tauchten von hinten zwischen Brees Schenkel ein.

Brees Beine waren wie Gummi. Sie suchte nach Halt, wollte sich an der Wand abstützen, doch diese war zu weit weg. Aufgewühlt rang sie nach Luft. Ihr Atem ging heftig. Ihr Geschlecht war geschwollen, ihr Schoß längst nicht nur feucht von der Seifenlauge – sie spürte es und Kameko ebenfalls. Ihr war vor Erregung und auch vor Scham heiß. Es war peinlich, während einer Waschung derart zu zerfließen.

Nachdem Kameko von ihr abgelassen hatte, wusch sie sich als erstes die Seife von den Händen. Mit der Bürste kehrte sie zu Bree zurück. „Mein Vater hat mich verstoßen“, nahm sie das Gespräch wieder auf, ergriff Brees linke Brustwarze mit Zeigefinger und Daumen und bürstete den Busen ab. „Als Geisha werde ich nie heiraten und eine eigene Familie gründen. Er findet sogar, dass ich undankbar bin, weil ich die Weichen, die er mir gestellt hat, um Karriere zu machen, ignoriere und verbohrt, wie er meint, meinen eigenen Weg gehe.“

Die Seife schäumte und tropfte auf den Boden. Bree biss die Zähne zusammen, denn die Borsten waren hart und röteten ihre Haut. Je länger Kameko ihren Busen bürstete, desto schmerzhafter war es.

Gepresst brachte sie hervor: „Ich dachte, Geishas tragen spezielle Schminke ...“

„Pst!“, unterbrach Kameko sie und lächelte freundlich, während sie die rechte Brustspitze nahm und die zweite Brust ebenfalls abschrubbte. „Jetzt ist nicht der richtige Zeitpunkt, um darüber zu reden. Du solltest überhaupt nicht mehr sprechen. Zen lehrt uns das meditative Arbeiten, es nennt sich *samu* und bedeutet, dass man sich auf das konzentriert, was man gerade macht. Es geht nicht darum, schnell zu sein oder ein gutes Endergebnis vorzuweisen, sondern wichtig ist das ‚wie', die Hingabe, mit der man etwas tut."

Gilt nicht haargenau das gleiche für eine Sub?, fragte sich Bree.

„Die Reinigung erfordert deine ganze Aufmerksamkeit. Lass dich verwöhnen. Danach wird alle Anspannung von dir abgefallen sein, und du wirst dich besser fühlen." Akribisch scheuerte Kameko mit der Bürste über jeden Millimeter Haut. Als sie einen Schritt zurücktrat und Bree eine Pause gönnte, sah diese an sich herab und war fasziniert von dem Anblick, der sich ihr bot. Ihr Busen war so feurig rot, wie ihr Schoß sich anfühlte. Obwohl sie ihre Beine spreizte, spürte sie, dass ihre Schamlippen sehr angeschwollen waren. Ihre Brüste taten weh, aber es war ein bittersüßer Schmerz, der ihr Blut in Wallung brachte.

Wie so oft fragte sie sich, warum sie es mochte, grob angefasst zu werden. Diese Frage bereitete ihr Kopfschmerzen, weil sie befürchtete, nicht normal zu sein. In der Tat war sie anders, denn sie träumte nicht von Blümchensex. Natürlich mochte sie es, gestreichelt zu werden. Aber wenn sie erregt war, wollte sie es derb.

Kameko hob mit dem Zeigefinger Brees Kinn an. „Lass dich fallen. Denke nicht, sondern fühle nur, denn dein Herr spricht und wirkt durch mich und hat dir dieses Geschenk gemacht."

Diese Worte gingen Bree durch Mark und Bein. Sie bekam eine Gänsehaut, weil sie daran dachte, dass Ryan anwesend war und auch wieder nicht. Er wachte über sie und beobachtete sie – ob er bei ihr oder fern von ihr war. Ein bizarres Gefühl ergriff Besitz von ihr, ein Gefühl, das die Beklemmung, die sie empfand, weil er sie offenbar ständig kontrollieren wollte, überlagerte – es war seltsamerweise Geborgenheit.

Sie befand sich in seiner Obhut, unter seinem Schutz. Aber welchen Preis würde er dafür von ihr verlangen?

„Bitte stell dich an die Wand, lehn dich etwas nach vorne und stütze dich mit den Händen ab!", bat Kameko, während sie die Bürste losließ und den Schwamm in den Eimer tunkte.

Nachdem Bree die gewünschte Position eingenommen hatte, bemerkte sie, dass sie automatisch die Schenkel spreizte. Ihre Brustspitzen zeigten nach unten. Bree fand, dass ihre elfenbeinfarbene Haut nicht zu dem dunklen, uralten Steinboden passte. Der Raum wirkte so karg, ihr Teint dagegen fragil. Sie kam sich deplatziert vor.

„Danke." Kameko wusch Brees Haare. Immer wieder tauchte sie den Schwamm in das Wasser und wrang ihn über Brees Schultern aus, so dass sich kühle Rinnsale über Bree ergossen. Aber das Wasser, so frisch es auch war, löschte nicht das Feuer in ihrem Schoß. Sie sehnte sich danach, den Schwamm in ihrem Schritt zu spüren. Beiläufig neigte sie den Oberkörper ein Stück weiter nach vorne, damit ihr Hintern sich der Geisha darbot. Und da, endlich, wusch Kameko die Seife von ihrem Gesäß ab. Sie drückte den Schwamm fest zwischen die Pobacken, das Wasser floss von hinten über Brees Scham und kitzelte sie erregend.

Doch Bree wollte mehr. Sie stöhnte, um Kameko zu zeigen, dass sie sich ihrer Waschstimulation vollkommen hingeben wollte, und sie bereit für einen erlösenden Höhepunkt war – immerhin hatte Kameko doch behauptet, dass sie danach völlig entspannt fühlen würde.

Kameko indes drang mit Zeige- und Mittelfinger in Brees enge Öffnung ein, spreizte die Finger und presste den triefnassen Schwamm genau über dem faltigen Eingang aus.

Das Wasser kribbelte in Brees Enddarm. Instinktiv drückte sie es wieder nach außen, nachdem Kameko die Finger aus ihr herausgezogen hatte. Diese Prozedur wiederholten sie zweimal. Bree war froh, dass ihre „große Schwester" immer noch hinter ihr stand und ihre schamroten Wangen nicht sehen konnte. Sie konnte nicht glauben, was sie mit sich machen ließ, und wie ihr Körper darauf reagierte. Hätte nicht jede anständige Frau Kameko weggestoßen und wäre davongelaufen? Sie dagegen sehnte sich nach schmutzigem Sex. Kameko hatte sie zwar überrumpelt, aber auf eine höfliche Art. Außerdem wollte Bree endlich kommen. Erst hatte sie sich vor Ryan auf peinlichste Weise entblößen müssen, und nun stimulierte Kameko sie bittersüß.

Das ist alles erst der Anfang, sagte sie sich, *deine Erziehung zur Sklavin hat gerade erst begonnen.*

Als Kameko mit dem nassen Schwamm von hinten in Brees Schritt eintauchte und intensiv über das geschwollene Geschlecht rieb, stöhnte Bree laut. Sie verschloss ihren Mund mit der Hand. Da Kameko jedoch unerbittlich weitermassierte, wurden ihre Beine vor Erregung zittrig, und sie musste sich wieder an der Wand festhalten. Sie öffnete die Schenkel noch weiter. Berauscht schloss sie die Augen und riss sie im nächsten Moment wieder auf. Mittlerweile stöhnte sie ungeniert, bemühte sich aber leise zu sein. Ihr Unterleib verkrampfte sich. Lächelnd legte sie den Kopf in den Nacken.

Doch Kameko hörte auf. „Dreh dich bitte um!"

Bree folgte der Anweisung und beobachtete verdrießlich, wie die Geisha den Schwamm auf die Ablage legte und den Eimer in die Hand nahm. Plötzlich goss Kameko schwungvoll und nicht gerade zaghaft das verbliebene Wasser über Bree. Sie spritzte es auf ihren geröteten Busen und ihren Venushügel und den letzten Rest ins Gesicht, bevor Bree schützend die Hände hochhalten konnte.

„Gut!", sprach sie zufrieden und stellte den Eimer ab. „Nun werde ich dich abtrocknen."

Brees Hoffnung auf einen Orgasmus wuchs erneut, doch auch diesmal wurde sie enttäuscht. Kameko rieb und rubbelte mit dem harten Baumwollhandtuch, das wohl noch nie mit Weichspüler gewaschen worden war, über Brees zarte Haut. Sie scheuerte mit dem groben Stoff über den gebürsteten Busen, bis Bree das Gesicht verzog, weil der bittersüße Schmerz zurückkehrte, und frottierte gründlich den faltigen Ring. Nur Brees Schoß tupfte sie behutsam trocken, so dass Bree ihrem Ziel, endlich einen Höhepunkt zu haben, nicht näher kam.

Als Kameko Schwamm und Bürste in den Eimer legte und das Handtuch ordentlich darüber ausbreitete, verfinsterte sich Brees Miene. „Sind wir fertig?"

„*Yatta*, du hast es geschafft! Wir sind fertig mit der Waschzeremonie." Die Geisha verneigte sich kurz und reichte ihr den Bademantel. „Nun gehen wir zurück in deinen Schlafraum. Dort wartet heißer Sake auf dich."

Aufgebracht zog Bree den yukata an. Sie sagte zwar nichts, zeigte aber durch ihren verkniffenen Gesichtsausdruck deutlich, dass sie sich hereingelegt fühlte. Schweigend folgte sie ihrer „großen Schwester", wechselte die Schuhe und ging hinter ihr her durch den Korridor. Sie kam sich wie ein Bauerntrampel vor, weil Kameko kleine Trippelschritte machte, sie dagegen normal ging. Zudem irritierte sie, dass ihre geschwollenen Schamlippen aneinanderrieben. Das Reiben ihrer Brustspitzen gegen den Baumwollstoff erregte sie nur noch mehr.

Ihr Blick schweifte über den Innenhof. „Wo sind die Schüler?"

„Auf dem Feld", antwortete Kameko über die Schulter hinweg, ohne anzuhalten oder langsamer zu gehen. „Wir bauen Reis und Gemüse selbst an."

„Hilfst du auch mit?", fragte Bree spöttisch und musterte den wunderschönen Kimono. Sie konnte sich nicht vorstellen, dass die Geisha über den Boden kroch und Rüben erntete oder Reisfelder umpflügte.

„Ich habe einen Bonsai-Garten angelegt", antwortete Kameko ausweichend. „Um den kümmere ich mich ganz allein."

Mürrisch und mit lustvoll pochendem Schoß stapfte Bree in ihr Zimmer und fand tatsächlich am Kopfende des Futons einen niedrigen, runden Tisch vor, auf dem ein Tonkrug auf einem Stövchen und eine kleine flache Tonschale standen. Daraus folgerte sie, dass Kameko nicht mit ihr trinken würde. In ihrem *yukata* stieg sie ins Bett und kuschelte sich unter die Decke. „Wann bekomme ich endlich richtige Kleidung?"

Sie wollte nach dem Sake greifen, doch Kameko legte die Hand sachte auf Brees Arm und hielt sie davon ab. Die Geisha kniete sich auf das Kopfkissen. Würdevoll nahm sie den Tonkrug, goss langsam den Reiswein in die Schale, die in Brees Augen nicht größer war als eine Espressountertasse, und stellte den Krug zurück auf das Stövchen.

„Ich hole dir Kleidung, sobald du dies getrunken hast", sagte Kameko und reichte Bree die Schale. Dann drückte die Geisha sie an den Schultern herunter, bis Bree mit dem Hinterkopf an ihren Oberkörper gelehnt dalag.

Bree spürte die flachen Brüste ihrer Tutorin. Sie war erschöpft, denn die letzten Stunden hatten sie emotional und körperlich sehr gefordert. Nur die unbefriedigte Lust brodelte noch in ihrem Inneren. Gierig trank sie. Der Sake lief ihr angenehm lauwarm die Kehle hinab und wärmte sie von innen. Der Alkohol machte sie müde, sie hatte noch nichts gegessen.

„Ich habe Hunger!"

„Später", hauchte Kameko sinnlich und goss ein zweites Mal Wein in das Schälchen. „Warum wehrst du dich gegen Ryan-sama? Ist es nicht so, dass er dir genau das gibt, wonach du dich sehnst? Meiner Meinung nach würdet ihr sehr gut harmonieren."

Für Sekunden schloss Bree die Augen und rieb sich über die Stirn, der Alkohol verfehlte seine Wirkung nicht. „Da ist ein großer Widerstand in mir, weil ich nicht um die Erziehung durch ihn gebeten und von SM bisher nur geträumt habe. Ich kann seinen Befehlen nicht aus freien Stücken Folge leisten." Sie wunderte sich, dass sie so offen darüber sprach. Der Sake musste ihre Zunge lockern.

„Aber meine Anweisungen hast du ohne zu zögern befolgt. Deine Bereitschaft zu dienen ist folglich vorhanden." Kamekos Hand glitt unter den yukata. Zärtlich streichelte sie Bryannas harte Brustspitzen.

Überrascht wehrte Bree sich nicht, sondern strich mit dem Hinterkopf über Kamekos Brust. „Ich bin zur Selbstständigkeit erzogen worden. Eine moderne Frau darf sich nicht unterwerfen."

„Ich bin auch eine moderne Frau, und es fiel mir nicht schwer, eine Geisha zu werden, Kunden zu unterhalten und ihnen Vergnügen zu bereiten." Kameko zwickte Brees linke Brustwarze. „Es ist meine Bestimmung. Ich habe sie erkannt und akzeptiert. Erkenne dich selbst. Folge Ryans Anleitungen, wie du meinen gefolgt bist, und du wirst glücklich sein."

Als die Geisha die zweite Brustwarze zwackte, stöhnte Bree ungeniert. Durch den Wein fühlte sie sich benebelt. Sie konnte doch unmöglich von zwei kleinen Schalen Sake betrunken sein! „Vor dir habe ich auch keine Angst!"

„Du hast mir vertraut und musst lernen, Ryan-sama zu vertrauen. Er ist ein guter Mann, vielleicht der Mann, nach dem du suchst. Du bist doch auf der Suche, oder?", hakte Kameko nach und schob den Bademantel beiseite. Ihre Finger suchten Brees weiches Fleisch, das feucht vor Lust war. Sie teilte die Falten, verrieb die Feuchtigkeit und fing mit der freien Hand die Tonschale auf, die Bree aufgewühlt fallen gelassen hatte.

„Ja, aber ich muss erst einmal mich selbst finden", stöhnte Bree mehr, als dass sie sprach. Sie krallte die Finger in die Bettdecke.

„Ich sehe doch, zu welcher Hingabe du fähig bist, eine Hingabe, die dich zu einer guten Dienerin machen wird." Kameko spreizte Zeige- und Ringfinger und streichelte parallel über beide großen Schamlippen, während ihr Mittelfinger zwischen die kleinen Schamlippen eintauchte und über Brees Klitoris rieb. „Ryan wird dir helfen, und du wirst ihm helfen. Sieh ihn nicht als Feind. Ihr ergänzt euch, du bist eine Bereicherung für sein Leben, und er ist eine für dein Leben. Er wird viel von dir verlangen, aber nie zu viel, das musst du mir glauben!“

Bree hatte die Augen längst geschlossen. Ihr Becken drückte sich gegen Kamekos Hand. „Ich dachte, wir wären fertig.“

„*Hai,* mit der Waschzeremonie, aber nicht mit meinem Bestreben, dich zu entspannen“, sprach Kameko mit samtigweicher Stimme. „Du musst genauer darauf achten, was dein Gegenüber sagt, besonders, wenn Ryan-sama mit dir spricht, sonst riskierst du eine Strafe.“

Anstatt sie zu erschrecken, heizte die Vorstellung Bryannas Begierde an. Sie spannte ihre Muskeln an und spürte bereits das Zittern, das einen Orgasmus ankündigte. Erst das schamlose Entblößen vor ihrem ersten Herrn, dann die bittersüße Waschung durch Kameko – Bree hatte das Gefühl, seit Stunden erregt worden zu sein und nun endlich den Lohn zu erhalten. Ihr Stöhnen brach ab, sie hielt die Luft an. Ihr Unterleib zog sich zusammen, und als Kameko zusätzlich zum Reiben über Schamlippen und Klitoris auch noch Brees Brustspitzen fest zwirbelte, war es um Bryanna geschehen. Sie zuckte ekstatisch, stöhnte laut und jammerte zwischendurch immer wieder leise, weil Kameko weiterhin über ihre empfindliche Mitte rieb, der sanfte Schmerz in der Brustwarze mit der Lust im Schoß verschmolz, und der Höhepunkt sie sekundenlang erschütterte. Bree kam es wie Minuten vor.

Als Kameko nach einer langen Zeit von Bree abließ, war diese kaum mehr fähig, sich zu bewegen. Sie war berauscht von dem warmen Reiswein, aufgezehrt von der durchdringenden Lust und kuschelte sich erschöpft in Kamekos Arme.

Sie spürte noch, wie ihre neue Freundin ihr liebevoll die Stirn kraulte und wisperte: „*O-yasumi nasai*, ruh’ dich aus.“

Dann schlummerte sie ein.

***

Als Bryanna erwachte, blieb sie mit geschlossenen Augen liegen und erinnerte sich an das, was geschehen war. Erneut fragte sie sich, ob Kameko ihr den Orgasmus aus Eigeninitiative geschenkt, oder ob Ryan sie damit beauftragt hatte. Egal, wie die Wahrheit aussah, es war offensichtlich, dass Ryan seine Kreise immer enger um sie zog. Bree war nicht so naiv, dass sie es nicht gemerkt hätte.

Im Club hatte er sie nur aus der Ferne betrachtet, in der Schule genauer unter die Lupe genommen, jedoch nur visuell, um sie nicht gleich beim ersten Zusammentreffen mit Berührungen zu verschrecken. Die Entführung an sich war schon angsteinflößend genug gewesen, und ein zu schnelles Vorgehen hätte eine spätere Annäherung unmöglich gemacht. Dann hatte er durch die Geisha gewirkt, sie war so etwas wie sein verlängerter Arm gewesen. Er hatte sich Bree genähert, ohne ihr physisch nah zu sein, hatte sie angefasst und sie erregt, ohne selbst Hand an sie zu legen. Ein geschickter Schachzug, den Bryanna jedoch enttarnt hatte.

Wäre nicht der nächste logische Schritt, sie körperlich in Besitz zu nehmen? Bree fürchtete sich davor, ihn wieder zu sehen und sehnte sich gleichzeitig danach. Sie drehte sich und stieß mit dem Arm an ihre Brustspitzen, um erstaunt festzustellen, dass sie schon wieder erigiert waren.

Sie hörte ein Rascheln. Sie war nicht allein im Zimmer! Alarmiert riss sie die Augen auf. Die Vermutung, Shunpei würde wieder neben dem Eingang sitzen, erwies sich als falsch, und Kameko hatte längst den Raum verlassen. Ein Fremder starrte sie an.

„Wer sind Sie?“, fragte Bryanna scharf, setzte sich auf und zog die Bettdecke schützend bis unter das Kinn.

KAPITEL 7

„Noguchi Masaru“, antwortete er.

Das war also der Kendo-Großmeister, der sie entführt hatte. Bryanna fiel sofort auf, dass er sich nicht vor ihr verbeugte. Die japanische Höflichkeit schien ihm nicht zu Eigen zu sein. Wahrscheinlich gab es wenige Menschen, denen er Respekt zollte, weil sie im Rang über ihm standen, und er war es gewohnt, dass man sich tief vor ihm verneigte, doch Bree war vor Schreck erstarrt. Er lächelte nicht einmal freundlich, sondern schaute grimmig auf sie herab. Sein Gesicht war faltig, seine Zähne merkwürdig grau, seine Augen strahlten Härte aus. Ihr fiel auf, dass das Weiß in seinen Augen gelblich war, was seinem Blick etwas Teuflisches verlieh.

Hatte Bree vor Kurzem noch gedacht, Ryan Ishikawa wäre die personifizierte Beherrschtheit, so musste sie nun zugeben, dass sie sich getäuscht hatte. Noguchi Masaru glich einem Stahlkoloss, und Bryanna musste unweigerlich an den Mecha-Godzilla denken, eine Roboter-Kopie von Godzilla, den sie in einem japanischen Film aus den 90ern gesehen hatte. Masarus Miene wirkte ebenso hart wie unbezwingbar. Sie ermahnte sich, daran zu denken, dass Masaru nur ein Mensch aus Fleisch und Blut war. Er war jedenfalls nicht gekommen, um sich zu entschuldigen, so viel stand fest.

„Dein Befinden ist gut?“, fragte er, wobei seine Miene keine Regung zeigte. Er stand am Ende des Futons, die Hände in den Ärmeln seines indigoblauen Oberteils versteckt.

Bryanna erinnerte sich an die Godzilla-Statue in Tokio und ärgerte sich, weil sie Zoes Wunsch, dort anzuhalten, nicht nachgeben hatte. Vielleicht hätten sie den Shinkansen verpasst, wären mit dem nächsten Schnellzug zu spät in Kyoto eingetroffen, und es hätte keine Vorführung im Club KABUKI-CHO gegeben. Ryan hätte sie nicht gesehen, Masaru sie nicht entführt, und sie wäre womöglich längst wieder zu Hause. Hätte – wenn – wäre.

„Ich habe Hunger.“ Der Geschmack des Sake lag auf ihrer Zunge. „Und Durst.“

„Shunpei wird dir bringen alles. Jetzt wir reden. *Hai*!“

Sein *hai* klang wie ein Peitschenhieb, der knallend sein Ziel traf. Bryanna zuckte zusammen. „Warum ...?“

Gebieterisch hob Masaru die Hand und brachte sie somit zum Schweigen. „Vorsicht! Fragen ich stelle. Du gibst Antworten.“

Er sprach ein abgehacktes Englisch, kurz und auf den Punkt gebracht. Seine Aussprache war hart. Er ließ sich bei den ersten Worten Zeit, als würde er einatmen und spie das Ende des Satzes aus, als wollte er alle Luft aus seinen Lungen herauspressen.

Eingeschüchtert schwieg Bree.

„Du wirst gehorchen Ryan-sensei, *soshite* … äh … außerdem du wirst Regeln der Schule einhalten.“ Er suchte nach den richtigen englischen Begriffen. „Wirst schweigen und zurückhaltend sein. Nicht streiten, nicht beschweren, nicht vorlaut! *Zenzen* … äh … absolut arbeiten fleißig wie gute Japaner.“

Viele Pflichten, keine Rechte. Bryanna fasste sich ein Herz und wollte wissen: „Wann darf ich wieder nach Hause?“

„*Masaka*, unmöglich!“

Sie ahnte, dass Masaru Aufmüpfigkeit nicht tolerieren würde. Vermutlich war er in eine Zeit hineingeboren worden, in der ‚Geschwätzigkeit der Frau’ im Eherecht noch zu den Scheidungsgründen zählte. Sie hatte diesen Satz in Zoes Reiseführer gelesen, als sie auf ihre Freundin gewartet hatte, um zur vermeintlichen Messe der BESTEN BONDAGEMEISTER AUS DER GANZEN WELT zu fahren. Dieser Japan-Trip entwickelte sich zum Fiasko. Von Anfang an war der Wurm drin gewesen. Sie hätten erst gar nicht nach Asien kommen dürfen.

„Es ist wichtig, sich abfinden mit Schicksal.“

„Das kann ich nicht“, sagte sie aufbrausend und stand auf, die Decke eng um den Körper geschlungen. „Ich gehöre nicht hierher. Ich bin Amerikanerin, man wird mich suchen. Ich will sofort freigelassen werden.“

„Hör auf! Zu viel ‚ich', das nicht gut. Demütig zu sein, du musst lernen. Deine Lehrstunden werden sehr mühsam. Das sich nicht lässt vermeiden."

Bryanna traten Tränen in die Augen. „Wie kann ich mich jemals damit abfinden?"

„Viele Erdbeben in Japan, aber im Inneren ist größte und schwerste." Zuerst dachte Bree, er spräche auf ihren inneren Kampf an, doch er meinte seinen Schützling. „Ryan-sensei sich fühlt zerrissen. Ein *uchidachi* … äh … Lehrer kann Gleichgewicht nur lehren, wenn er Gleichgewicht spürt. *Hai*!"

Mehr zu sich selbst als zu ihm flüsterte sie: „Eine japanische Geisha und eine amerikanische Sklavin." Dann wurde ihr mit einem Mal bewusst, was sie ausgesprochen hatte. Sie spürte, wie Hitze in ihre Wangen schoss. Aber Noguchi Masaru wusste, weshalb Ryan sie begehrte. Die beiden Männer waren gemeinsam im Club gewesen und hatten beobachtet, wie Zoe Bree vorgeführt hatte.

„Merke, ich nicht dulden Ungehorsam gegenüber Ryan-sensei!"

Sollte das etwa bedeuten, dass sie von zwei Herren erzogen wurde, von zwei Meistern, die das Recht hatten, sie zu bestrafen, wenn sie nicht eifrig genug lernte und willig war? Nein, das konnte sie nicht akzeptieren! „Wer ist denn nun mein Lehrer, Sie oder er? In Ihren Augen mag ich zu unwichtig sein, um solch eine Frage stellen zu dürfen, aber ich spreche sie trotzdem aus, denn ich bin kein Hund, den man abrichten kann. Ich habe auch ein Recht darauf, glücklich zu sein!"

„Dein Glück ist, Ryan-sensei glücklich zu machen." Masarus Stimme klang jetzt tiefer, bedrohlicher. „Ihm zu dienen ist deine Aufgabe."

„Ich unterwerfe mich nur einem Herrn, den ich mir ausgesucht habe", hielt sie dagegen.

„Eine Sklavin sucht nicht aus – sie wird ausgesucht!"

„Was wissen Sie schon von BDSM?" Obwohl sie sich vor Masaru fürchtete, konnte sie ihre Wut kaum im Zaum halten. Sie ließ die Bettdecke los, richtete ihren yukata und gestikulierte heftig. „Eine Sub muss ihren Herrn lieben, sonst kann sie sich ihm nicht unterwerfen. Dies ist kein römischer Sklavenmarkt, auf dem ein Herr eine Sklavin kauft und benutzt, wie es ihm passt. Bei SM geht es um gemeinsamen Lustgewinn. Natürlich benutzt ein Top seinen Bottom, aber alles geschieht in gegenseitigem Einverständnis. Mit einem Safeword sichert die Sub sich ab. Von einem Safeword war hier bisher aber noch nicht die Rede. Auch konnte ich mich nicht von meiner Freundin Zoe covern, also absichern lassen, weil ich entführt wurde. Das alles hier ist fernab der Wirklichkeit!" Sie war außer Atem. Ihr kam der Gedanke, dass sie eigentlich gar keine Ahnung hatte, wovon sie sprach, weil sie viel über Sadomasochismus gelesen und gehört, es aber selbst nie praktiziert hatte.

Masaru, der ruhig zugehört hatte, knurrte: „Du vergisst, das kein Spiel!"

Sie spürte, wie jegliche Farbe aus ihrem Gesicht wich. In der Tat, er hatte recht. Es ging nicht um eine Session, und ihr Aufenthalt war nicht zeitlicht befristet. Masaru hatte alle Regeln über den Haufen geworfen, um Ryan eine Sub zu schenken, die ihm rund um die Uhr zur freien Verfügung stand, genauso wie seine Geisha. Mit solch einem Extrem wusste Bryanna nicht umzugehen. Vor ihrem Abflug hatte sie noch keinerlei Erfahrungen mit BDSM gehabt, und nun befand sie sich plötzlich in einer 24/7-Beziehung.

Sie fiel auf die Knie und schlang die Arme um ihren Körper, nicht aus Resignation, sondern, weil sie sich kraftlos fühlte. Am liebsten wäre sie ins Bett gekrochen und hätte die Decke bis zur Nasenspitze hochgezogen wie ein Kind, das nachts Angst vor dem hat, was im Dunkeln lauert. „Sie sind ein hartherziger Mann, Masaru-sensei!"

„Wie ein Sohn, Ryan Ishikawa ist für mich", antwortete Masaru ruhig. „Ich tue alles, damit er glücklich!"

Verwundert sah Bryanna ihn an. Masarus Aussage glich einem Gefühlsausbruch. Der Großmeister war wie eine Mauer. Er war unnachgiebig, was seine Meinung betraf, jedoch hatte diese Sturheit auch etwas Gutes, denn er stellte sich schützend vor Ryan.

Shunpei betrat den Raum. Er verneigte sich unzählige Male vor Noguchi Masaru und hielt den Blick gesenkt. Sie unterhielten sich kurz auf Japanisch. Dann verließ der Großmeister den Raum, ohne sich noch einmal zu Bree umzudrehen. Er hatte alles gesagt, was er sagen wollte, und ihr mitgeteilt, was er von ihr erwartete. Auf Widerspruch oder eine Diskussion war er nicht eingestellt.

„*Konnichiwa*." Shunpei legte einen dunkelgrauen Anzug auf den Futon und stellte eine Keramikschale mit Reis und dampfendem Gemüse auf den Tisch.

Bryannas Magen knurrte laut.

Shunpei hockte sich seitlich neben den Futon und grinste. Das war ansteckend, und so lächelte Bree ihn an, obwohl ihr nicht fröhlich zumute war.

„Wie kannst du dich in einem Moment vor Noguchi Masaru klein machen und im nächsten ausgelassen und heiter aussehen?", fragte sie.

„Ich lernen viel von Masaru-sensei!" Er reichte ihr die Essstäbchen. „Das sind *otemoto*. Nur einmal nehmen, *neh*? Abends du kriegen bessere, die du nach dem Essen sauber machen."

„Wieso? Müssen die erst noch geschnitzt werden?", fragte Bryanna sarkastisch. Aber so, wie Shunpei sie ansah, konnte das durchaus der Wahrheit entsprechen. Vielleicht würde man ihren Namen in das Holz schnitzen.

Bryanna dachte daran, wie wohl sie sich in Shunpeis Gegenwart fühlte, ganz im Gegensatz zu der von Noguchi Masaru. Der alte Großmeister war uneinsichtig und schroff. Ihr fiel ein, dass sie sich nicht anders verhalten hatte, seit sie ins Flugzeug nach Tokio gestiegen war. Durch Masaru hatte sie von ihrer eigenen Medizin gekostet und wusste nun, wie Zoe, Kameko und Shunpei sich gefühlt hatten. Sie war ihnen spöttisch und barsch gekommen, obwohl diese freundlich und offen zu ihr gewesen waren, und sie hatte sich geweigert, die japanischen Verhaltensregeln anzunehmen. Nun wurde ihr bewusst, wie gut es tat, höflich behandelt zu werden.

Sie gelobte Besserung, verneigte sich vor Shunpei und bedankte sich: „*Domo arigato.*"

„*Douzu,* bitte, gern."

Während sie die Wegwerfstäbchen entzwei brach, fragte sie sich, ob man vielleicht ein Schlafmittel in ihren Sake gegeben, und ob der Koch auch etwas davon in diese Mahlzeit gerührt hatte. Es kam ihr merkwürdig vor, dass sie nach der Waschung so schnell eingeschlafen war. Auf der anderen Seite hatte sie lange nichts gegessen und anstrengende Stunden hinter sich gehabt. Sie würde weiterhin skeptisch und aufmerksam bleiben, wollte aber ihre Missbilligung gegenüber Masaru und Ryan nicht auf Kameko und Shunpei projizieren, denn sie fühlte sich mit der Situation überfordert und brauchte Freunde.

Sie aß hastig und war froh, in den Staaten schon einige Male mit Zoe in einem Chinarestaurant gewesen zu sein. Dort hatte sie gelernt, mit Stäbchen zu essen. „Gibt es kein Fleisch, keinen Fisch?"

„Zen sagt, Reis und Gemüse essen."

„Es gibt nur vegetarische Kost?" Das konnte ja heiter werden! Von nun an würde sie nichts anderes als Reis und Gemüse mehr zu sich nehmen. Das Essen schmeckte köstlich, aber diese Aussichten schmälerten den Genuss.

„Wenn du fertig, dann ich dich bringen zu Kameko-san. Sie besser spricht. Wir zeigen dir Schule, *neh*?"

Bryanna wurde hellhörig. Sie schlang das Essen hinunter, zum einen, weil sie sehr hungrig war, zum anderen, weil sie bald ihr Gefängnis auskundschaften wollte, um einen Schlupfwinkel zu finden.

Als sie fertig war, zeigte Shunpei auf den grauen Anzug. „Dein. Später ich bringe noch zwei. Jetzt ich warte draußen." Er stand auf und ging hinaus, damit sie sich umziehen konnte.

Sie hob das Hemd an – es war aus dünner Baumwolle und einfach geschnitten – und begutachtete auch die Hose. Da purzelte etwas heraus.

„Mein *omamori*!", rief sie erfreut. Es musste zwischen den Sachen gelegen haben. Hatte Shunpei ihr den Glücksbringer zugespielt? Bei dem Gedanken an Zoe traten ihr Tränen in die Augen, sie fing sich aber rasch wieder. Sie wollte sich mit dem Umziehen beeilen und schon bald einen Fluchtversuch wagen.

Als sie die Kleidung gewechselt hatte, traute sie kaum ihren Augen. Fassungslos spreizte sie die Beine und steckte die Finger durch den Schlitz im Schritt. Dieser

Luftschlitz war wohl kaum ein Sommermodetrend des Bergvolkes. Das Vorderteil des Hemdes bestand aus zwei Stoffbahnen, wobei die obere Bahn die untere überlappte. Da sie nur im Rücken zusammengenäht waren, konnte Bree vorne problemlos die Hand dazwischenstecken.

„Wie ich sehe, hast du dich mit deiner Kleidung schon befasst“, stellte Ryan amüsiert fest. Er hatte den Raum so leise betreten, dass sie ihn nicht gehört hatte.

Eilig steckte sie das *omamori* in die Hosentasche, aus Angst, Ryan könnte es ihr wegnehmen. Sie erinnerte sich, dass das aufgedruckte *kanji* für den Begriff ‚Mut‘ stand, schüttelte den Kopf und protestierte: „So gehe ich nicht aus dem Zimmer!“

„Dein Ton stößt mir immer wieder sauer auf. Das missfällt mir. Es ist das erste, was wir ändern werden.“ Er kam auf sie zu und drängte sie in eine Ecke. Mit dem Zeigefinger lüftete er das obere Stoffteil ihres Hemds, drang aber nur so weit darunter, dass er den Finger unter ihre linke Brust legen konnte. „Dein Herr muss jederzeit Zugang zu deinem Intimbereich haben. Dein Körper gehört nicht länger dir, sondern ihm.“

Sie erstarrte, nur ihr Mundwerk funktionierte noch. „Darum fehlt auch die Unterwäsche?“, brachte sie atemlos hervor und ärgerte sich, weil seine Nähe ihr die Luft raubte.

„BH und Höschen wären nur hinderlich, und nichts darf mich darin hindern, das zu nehmen, was mein ist.“ Während er die letzten Worte sprach, schob er auch seine zweite Hand unter das Hemd und fasste mit beiden Händen Bryannas Brüste von unten, als wären seine Hände die Schalen eines Büstenhalters.

Sie traute sich kaum zu atmen. „Aber auch andere könnten die Umstände ausnutzen.“ Ein Prickeln floss durch ihre Brüste, und ihre Brustspitzen richteten sich auf. Bree verdammte ihren Körper, weil er lustvoll auf Ryan reagierte.

Dieser hob die Augenbrauen. „Davor fürchtest du dich?“

Wieso wehrte sie sich eigentlich nicht gegen seine Anzüglichkeiten? Sie verstand sich selbst nicht. „Die Schüler sind Teenager und befinden sich in der Sturm- und Drangzeit.“

„Sie würden es nicht wagen“, sprach er und lächelte durchtrieben. „Da du dir Gedanken über meine Schüler und nicht über mich machst, folgere ich daraus, dass du nichts dagegen hast, wenn ich dich intim berühre.“

Kaum hatte er dies ausgesprochen, nahm er ihre Brüste ganz in die Hände. Er drückte Bryanna gegen die Wand, während er ihren Busen fest massierte. „Ich werde dir zeigen, wer dein Herr ist. Nur ich bestimme, ob du Zärtlichkeiten oder eine Strafe verdient hast. Ich darf dich anfassen wann, wo und wie ich will. Hast du das verstanden?“

Bree brachte keinen Ton heraus. Sie fühlte sich überrumpelt und sah sich gleichzeitig wieder mit ihren Tagträumen konfrontiert, denen Ryan erschreckend nah kam, was nicht an seinem Aussehen lag, sondern an der unverschämten Art, wie er mit ihr umging. So sehr sie sich auch gegen ihre Lust wehrte, Bree verlor.

Verärgert stieß Ryan mit den Füßen zwischen ihre Beine und spreizte sie mit einem kräftigen Ruck. Dann drang er unverblümt mit einer Hand in den Hosenschlitz ein.

Sie spürte seine Fingerspitzen an ihrer Scham und stellte sich vor, dass Strom durch seine Finger floss. Ihr Schoß wirkte wie elektrisiert.

„Wenn ich dir eine Frage stelle, erwarte ich eine Antwort. Sofort! Ich zähle bis drei. Eins ..." Er fasste ihre Klitoris mit Daumen und Zeigefinger.

Wie ein Stromstoß zuckte die Lust durch Bryannas Geschlecht.

Drohend schob Ryan die Vorhaut zurück „ ... zwei ..."

Bree sah ihn entsetzt an. Noch immer konnte sie sich nicht bewegen, um ihn von sich zu stoßen.

„... drei."

„Bitte nicht!", schrie sie, bevor er ihre ungeschützte Klitoris packen konnte.

Tatsächlich hielt er in der Bewegung inne. Flehend blickte sie ihm in die Augen, in denen sie sich verlor; dunkle, tiefgründige Augen, weder westlich rund, noch asiatisch schmal, mit langen, schwarzen Wimpern. Ryan hatte die Lider halb geschlossen. Sein Blick war gleichzeitig entrückt und herausfordernd. Er genoss seine Macht über Bryanna. Es erregte ihn, seine neue Sub zu dominieren – ebenso, wie es sie erregte.

Sie suchte verzweifelt nach den richtigen Worten. Schließlich griff sie auf eine Phrase zurück, die sie oft in SM-Büchern gelesen, aber noch nie selbst ausgesprochen hatte. „Ja, Herr!"

„Sag, dass du mein Besitz bist. Ich will es aus deinem Mund hören!"

Ihre Kehle war trocken. Unsicher stammelte sie: „Ich gehöre ... ich meine ... also ... ich bin ... Ihr Eigentum." Sie zitterte. Ryan machte ihr Angst, diese Angst erregte sie, die Erregung brachte sie durcheinander, und die Verwirrung trieb sie in seine Arme, in denen sie Halt suchte. Ein teuflischer Kreislauf. Sie fühlte sich gleichermaßen abgestoßen und angezogen von ihm.

Im nächsten Moment war er ihr so nah, dass seine Lippen fast die ihren berührten, doch er küsste sie wider Erwarten nicht, sondern flüsterte: „Ich bin dein Herr und Meister! Ich bestimme über dich, aber ebenso wache ich schützend über dich; bin sowohl dein Himmel als auch deine Hölle."

Sie erschauerte, als er die Hand von ihrer Klitoris nahm, mit dem Mittelfinger zwischen ihre Schamlippen glitt und in ihre Mitte eindrang. Verlegen senkte sie den Blick, doch er legte die Hand, die bisher ihre Brust umschlossen hatte, unter ihr Kinn und hob es an, damit sie ihm wieder in die Augen sah.

„Ab sofort wirst du deine Haare nach hinten binden, damit dein Herr jede Regung auf deinem Gesicht sieht. Du darfst nichts vor mir verstecken, nicht deinen Körper und auch nicht deine Gefühle."

„Ja, Herr.“ Diesmal kam es von selbst aus ihr heraus. Es brauchte Ryans Nachdruck nicht mehr. Aus Selbstschutz? Zumindest versuchte sie sich das einzureden.

„Du sollst die Gewissheit haben, dass ich immer bei dir bin, auch wenn wir nicht zusammen sind, daher werde ich dir jetzt Klammern anlegen, damit sie dich im Griff behalten. Du sollst mich spüren, wenn wir getrennt sind, als würde ich noch immer deine Brüste umklammern, wie ich es eben getan habe. Mein Einfluss hört nicht auf, nur weil wir uns trennen. Habe ich mich klar ausgedrückt?“

Obgleich er immer noch leise, beinahe sinnlich sprach, klangen seine Worte fordernd. Wie hypnotisiert hing sie mit dem Blick an seinen Lippen und glaubte zu träumen. Hatte er sie bisher vorsichtig eingekreist, fiel er nun über sie her. Seine plötzliche Annäherung überwältigte sie, ohne dass er Gewalt anwenden musste.

„Ja, Herr“, brachte sie mühsam hervor.

Sie wusste nicht, ob sie erleichtert oder enttäuscht sein sollte, als Ryan seine Hände wegnahm und in seine Hosentaschen langte, ohne von ihr zurückzuweichen. Er reichte ihr ein Haargummi, mit dem sie sich die Haare im Nacken zusammenband. Kaum hatte sie die Arme wieder gesenkt, präsentierte er ihr zwei schwarze Wäscheklammern. Sie riss entsetzt die Augen auf, jedoch floss ein heißkalter Schauer über ihren Rücken und brandete zwischen ihren Pobacken. Feuchtigkeit umspülte ihren Schritt. Ein furchtsames und doch sehnsüchtiges Kribbeln breitete sich in ihrem Busen aus. Bryanna errötete, weil sie sich ertappt fühlte, aber sie ermahnte sich, dass Ryan keine Gedanken lesen konnte.

„Deine rosigen Wangen verraten dich, Bree-chan“, stellte er schmunzelnd fest, „Du kennst offensichtlich den Schmerz, der durch Klammern verursacht wird. Das ist seltsam, finde ich, wo du doch behauptest hast, bis auf Zoes Bühnen-Bondage mit BDSM keine Erfahrung zu haben.“

Bree saß in der Falle. Sie suchte nach einer Ausrede, einer Erklärung, aber ihr wollte nichts einfallen.

Ryan hielt eine der Klammern vor ihr Gesicht und ließ sie zuschnappen. „Du hast die Erfahrung schon einmal gemacht, habe ich recht?“

Sie beruhigte sich, indem sie sich einredete, dass es nur eine Behauptung war, die er in den Raum stellte. Rasch schüttelte sie den Kopf.

„Lügen werden hart bestraft“, warnte er sie. Er drang wieder in den Hosenschlitz zwischen ihren Schenkeln ein und hielt die Klammern drohend an ihre Klitoris. „Ich will die Wahrheit hören, oder du wirst meinen Zorn zu spüren bekommen!“

Bryanna war fassungslos. Ratlos machte sie den Mund auf, schloss ihn aber sofort wieder, ohne etwas zu sagen. Erst als sie spürte, dass Ryan die Wäscheklammer öffnete, beeilte sie sich zu sagen: „In Ordnung, ich gestehe es ja."

„Was?", fragte er blasiert und fixierte sie mit seinem Blick wie ein Habicht seine Beute, die er bereits in den Krallen hält.

„Wäscheklammern tun mir weh, weil ich den Schmerz nicht gewohnt bin." Mittlerweile war sie puterrot, aber er zwang sie, ihn anzusehen. Sie wollte im Boden versinken, sich in Rauch auflösen oder tot umfallen, doch nichts von all dem geschah. Stattdessen schwollen ihre Schamlippen an, und das Blut pochte in ihrem Schoß, obwohl oder gerade weil Ryan eine Intimbeichte erzwang. Warum nur trug sie diese Neigung in sich? Weshalb konnte sie nicht normal sein wie die Masse? Dann wäre sie nicht nach Japan gereist, wäre Ryan nicht aufgefallen, müsste jetzt nicht seine peinliche Befragung über sich ergehen lassen und diese erniedrigenden Geständnisse machen, die sie zu allem Übel auch noch erregten. Bree war Wachs in Ryans Händen, von einer Minute zur anderen. Wie war das möglich?

„Ich ertrage die Klammern keine zwei Minuten!", jammerte sie.

Er schloss die Wäscheklammer und umkreiste damit Bryannas Klitoris. Interessiert hob er eine Augenbraue. „Du hast die Zeit gestoppt?"

Ihr Blick schweifte durch den Raum, als könnte sie hinter Ryans Rücken irgendwo Antworten finden, die ihn zufriedenstellen würden, während sich in ihrem Schritt ein Lustgewitter zusammenbraute, das sich bald in ihren Schoß ergießen würde.

„Ja", gab sie kleinlaut zu, „Ich habe auf die Uhr gesehen."

„... als dein amerikanischer Herr dich damit gequält hat?" Ryan rieb die Wäscheklammer gegen Brees pochende Klitoris.

„Mein Herr?", fragte sie stirnrunzelnd. Verwirrt schaute sie Ryan an. Im selben Moment, als sie die Frage ausgesprochen hatte, wusste sie, dass sie einen Fehler begangen hatte. Sie schloss die Augen einige Sekunden lang und stöhnte, weil Ryan unentwegt ihre empfindsamste Stelle stimulierte.

Er wisperte: „Du hast dich noch nie jemandem unterworfen, aber du hast Experimente mit dir selbst gemacht, so ist es doch, nicht wahr?"

Seine Stimme klang so süßlich, dass Bryanna an seinen Lippen klebte. Wegen ihrer wachsende Erregung konnte sie kaum noch klar denken. Die Wollust berauschte sie immer mehr.

Da sie nicht antwortete, weil sie befürchtete zu stöhnen, öffnete er die Wäscheklammer. Er steckte sie an eine der Schamlippen, schloss sie aber nicht, sondern hielt sie leicht aufgesperrt fest.

Die Drohung wirkte, denn nun brachte Bree es fertig zuzugeben: „Ich habe es ausprobiert … an meinen Brustwarzen.“ Sie sprach so leise, dass sie sich selbst kaum hören konnte.

„Hat es dir gefallen?“, wollte er wissen. Er nahm die Klammer von der Schamlippe und begann erneut, sie gegen die Klitoris zu reiben.

Stumm nickte Bryanna. Sie war außerstande, ihre Erregung länger zurückzuhalten und stöhnte gleich zweimal laut und brünstig, als wäre sie die Hauptdarstellerin in einem Billigporno. Beschämt wandte sie den Blick ab. Sie wollte Ryan nicht sehen, sondern vergessen, dass er vor ihr stand. Doch so sehr sie sich auch einzureden versuchte, in diesem Moment alleine zu sein und zu masturbieren oder zu träumen, es gelang ihr nicht.

„Mochtest du den Schmerz?“ Sachte kniff er mit der freien Hand in ihre Brustspitze.

Bryanna gab einen heiseren Schrei von sich und kicherte dann nervös. Ihr war es unendlich peinlich zuzugeben, dass Lustschmerz sie erregte. Aber nicht nur der Schmerz an sich, wie sich nun herausstellte. Allein darüber zu reden, machte sie heiß und trieb ihr die Schamröte in die Wangen. Dabei musste Ryan als Dominus ihre Neigung verstehen, schließlich war er ihr Pendant. Weshalb machte sie sich also Sorgen? Etwas machte ‚klick' in ihr, die Blockade brach auf, und sie ließ sich fallen.

Währenddessen schabte Ryan weiter mit der unebenen Klammer über Brees Klitoris. „Hast du dich gestreichelt, während es wehtat?“

„Ja“, sie seufzte bei der Erinnerung, „Ich habe eine Schlangengurke genommen und damit über meinen Schritt gerubbelt.“ Ihre eigene Ehrlichkeit machte sie an. Sie lächelte in sich hinein und hielt sich an Ryans Oberarmen fest. Er war durchtrainiert und hatte harte Muskeln, aber keine bizarren Gebirge wie ein Bodybuilder, sondern kleine, harte Erhebungen, die sich auf natürliche Weise in die Landschaft seines Körpers einfügten. Unter der befremdlichen Kleidung war er bestimmt geschmeidig wie ein Gepard.

Genauso geschmeidig stimulierte er sie nun. „Hast du die Gurke eingeführt?“

Sie antwortete mit einem Seufzen. Ihre Lippen waren trocken, sie leckte darüber.

„Tief?“ Seine Stimme glich einem lüsternen Knurren.

„Bis es nicht mehr ging.“

„Bist du gekommen ...“, Bryanna wollte gerade etwas erwidern, als er hinzufügte „ ... so wie jetzt?“

Ryan rieb schneller. Brees Begierde schwoll an, und innerhalb von Sekunden verkrampfte sich ihr Unterleib. Im nächsten Moment wurde sie bereits von einem Orgasmus erschüttert. Sie bekam eine Gänsehaut, obwohl ihr heiß war. Zuckend und zitternd gab sie sich hin und fand sich plötzlich in Ryans Armen wieder. Er hielt sie fest, sie konnte sich kaum auf den Beinen halten. Erschrocken wollte sie sich von ihm lösen, aber er zog sie an sich. Sie keuchte. Ihr Schoß fühlte sich heiß und feucht an.

Was schaut er mich so an?, grübelte sie. *Erwartet er vielleicht, dass ich ihm für den Höhepunkt danke?*

Ein Dankeschön an ihren Meister war sicherlich angebracht, doch sie brachte es nicht fertig, ein *domo arigato* auszusprechen. Die plötzliche Schüchternheit verwunderte sie. Wo war ihre Aufmüpfigkeit? Ryan hatte sie ihr mit sanften Mitteln ausgetrieben, zumindest für den Augenblick.

Einige Sekunden lang sah es so aus, als wollte er sie küssen, was er aber nicht tat. Er legte die Hand an ihr Kinn und streichelte ihre Wange. „Ich werde dir nun die Wäscheklammern anlegen, um dich zu lehren, dass ich immer bei dir bin. Immer!"

„Muss das sein?", fragte sie zaghaft. „Sie tun schrecklich weh. Ich kann das nicht aushalten."

Er wirkte ernst und erklärte geduldig: „Ich werde dich langsam an den Schmerz heranführen und deine Grenzen immer weiter verschieben. Dein Herr weiß, was gut für dich ist, und er weiß, wie viel du ertragen kannst. Deshalb werde ich die Klammern auf die Warzenhöfe setzen und nicht direkt auf die Brustspitzen."

Bryanna wagte nicht ihn davon abzuhalten unter ihr Oberteil zu greifen, und es nach oben zu schieben. Er gab ihr ein Zeichen, und sie hielt den Stoff fest. Dann schob er den Warzenhof ihrer linken Brust zusammen und setzte die Wäscheklammer auf die dünne Hautfalte. Einige Male zwirbelte er Bryannas harte Brustspitze, zerrte an der Klammer und ließ erst von ihr ab, als Bree das Gesicht verzog.

Er verschönerte auch ihre rechte Brust und schob den Stoff darüber. „Niemand ahnt, dass du mein Zeichen trägst, man kann nichts sehen."

„Wann darf ich die Klammern wieder abnehmen?"

„Gar nicht!", grollte er und kniff die Augen zusammen. „Unter keinen Umständen!"

KAPITEL 8

„Wie bitte?" Sie meinte, sich verhört zu haben. „Das kann nicht Ihr Ernst sein! Bitte nicht, das ist grausam! Meine Haut wird ganz verunstaltet sein, der Schmerz wird unerträglich werden. Ich ... ich ..."

„Beruhige dich!" Er verschloss mit dem Zeigefinger ihre Lippen. „Ich bin kein Monster, Bree-chan!"

Ich bin kein Monster, hallte es in ihr nach. Dieser Satz würde sie noch lange beschäftigen, das ahnte sie.

Belustigt über ihre Verzweiflung klärte er sie auf: „Du musst besser zuhören! Ich sagte, dass *du* die Klammern nicht entfernen darfst. Das steht nur deinem Herrn zu."

Ihr fielen Kamekos mahnende Worte ein. Ihre „große Schwester" hatte sie vor Ryans Ausgefuchstheit gewarnt. Nervös knabberte sie an ihrer Unterlippe.

„Nach dem Abendessen, das du mit allen gemeinsam im Speisesaal einnehmen wirst, gehst du hinter das Teehaus. Du wirst dich ausziehen, hinknien und mit gespreizten Beinen und demütig gesenktem Blick auf mich warten, egal, ob ich sofort oder erst um Mitternacht komme, um dich von den quälenden Klammern zu befreien."

Er sagte dies nicht besonders streng, dennoch nickte Bryanna eingeschüchtert. Allein die Vorstellung, in dieser unterwürfigen Stellung im Freien auf ihn zu warten, erregte sie aufs Neue. Sie wusste nur nicht, ob sie es fertig bringen würde, seinen Befehl auszuführen, die Angst vor der eigenen Courage war immer noch gegenwärtig.

Erleichtert stellte Bryanna fest, dass sie an den Brustspitzen nur ein vages Ziehen spürte. Doch schon, als Ryan sie verlassen hatte, und sie zu Shunpei auf den Gang hinaustrat, merkte sie, dass der Stoff bei jedem Schritt über die Wäscheklammern rieb, die wiederum am Warzenhof zupften. Der sanfte Druck war ertragbar, keine Frage, aber sie wusste nicht, wie lange das so bleiben würde.

Shunpei stand kerzengerade am Eingang zu Bryannas Raum. Er beobachtete Tonegawa und zwei andere Schüler, die mit schnellen Bewegungen den Korridor wischten, wobei sie keinen Schrubber benutzten, sondern nur ein einfaches Tuch. Während die zwei jungen Männer, die Bree nicht kannte, sich auf die Arbeit konzentrierten, warf Tonegawa ihr und Shunpei böse Blicke zu.

Als er an ihnen vorüberwischte, murmelte er: *„Onna! Ainoko, teme*!"

„Was hat er gesagt?", fragte Bryanna und schlüpfte in ihre *zori*.

Shunpei schüttelte den Kopf. „Hab nicht gehört. Zu leise."

„Lügner!"

„Es nicht gut, diese Worte zu erklären." Shunpei wiegelte ab. „Tonegawa-san sauer, weil er putzen Boden, und ich gehe mit schöne *gaijin*. Er nicht versteht, was Zen ist."

Bree überhörte seine Schmeichelei. Ryan vertraute Shunpei offenbar mehr als Tonegawa. „Was hat Zen damit zu tun?"

„Zen sagt, man muss konzentrieren auf Alltag, und Gedanken alle ausmachen. Das ist schwerer, als sich anhört."

„Bitte", flehte Bree. „Ich komme mir vor, als wäre ich auf einem anderen Stern. Ich spreche kein Japanisch, verstehe rein gar nichts und fühle mich wie eine Ausgestoßene." Vielleicht sollte sie doch ein paar Phrasen und Floskeln lernen, nur einige Vokabeln für die kurze Zeit, die sie in der Nito-Schule klarkommen musste – bis zu ihrer Flucht.

Er nickte. „*Onna* ist abfälliges Wort für Frau, *gomen nasai*."

„Es muss dir doch nicht leidtun. Schließlich hat er mich beschimpft und nicht du."

„*Ainoko* heißt ‚Kind aus verbotenes Abenteuer', *teme* ist ‚Bastard'", gab er verlegen zu und fügte rasch an: „Er meint mich, nicht dich. Aber er ist dumm, weil ich gutes Haus hab."

Shunpei meinte Elternhaus, das war Bree klar. „Wir lassen uns nicht von einem Dummkopf provozieren, richtig?"

Sie wollte sich bei ihm einhaken, doch er zog sich entsetzt zurück. „Nicht gut in Japan", dann grinste er schelmisch und zwinkerte, „nicht, wenn andere sehen, *neh*?"

Bryanna ahnte, dass Shunpei ein Schlitzohr war und folgte ihm in den Innenhof. Heiße Sommerluft umgab sie, aber die Hitze war weitaus angenehmer als in Kyoto, wo die Sonne auf den Asphalt gebrannt hatte. Die Luft war frischer, es wehte eine leichte Brise. Es musste mittlerweile später Nachmittag sein. Die Sonne stand tief, der leere Hof lag bereits zur Hälfte im Schatten. Ursache war eine Mauer, die das Schulgelände umgab. Bree erspähte nur einen Ausgang, ein zweitüriges Holztor, das geschlossen war. Auf der Mauer hockte ein Junge, der gerade einmal wie zwölf Jahre aussah, was aber auch an seiner schmächtigen Figur liegen mochte.

„Warum wird das Gelände bewacht?", wollte Bree wissen und machte kleine Schritte, damit der Hosenschlitz zwischen ihren Schenkeln nicht aufklaffte. Nun trippelte sie schon wie Kameko, obwohl sie nicht einmal einen Kimono trug. Die Begriffe ‚Sklaven-Kleidung' und ‚Gefängnis-Kluft' kamen ihr in den Sinn. „Was soll im Gebirge schon passieren?"

Shunpei blieb stehen und sie ebenfalls. „Unsere Schule wurde überfallen. Viele, viele Jahre her. Rache von andere Kendo-Schule, weil Nito-Kendo besser war als sie. Seitdem sie wird immer noch bewacht."

Und ich muss das jetzt ausbaden!, beschwerte Bryanna sich in Gedanken. Ihr fiel auf, dass der Lehmboden so fest wie Beton war, weil ihn schon Generationen von Kendo-Schülern während des Trainings festgetrampelt hatten. Sie drehte sich um und musterte das einzige Gebäude aus Stein, sehr altem Stein, der grau und verwittert, aber gleichzeitig unverwüstlich aussah – wie Noguchi Masaru. Es war ein anspruchsloses, langes und recht flaches Bauwerk mit nur einer Etage, dem Erdgeschoss, in dem sich folglich alle Räume befinden mussten: Schlafzimmer der Schüler und der beiden Lehrer, Waschraum, Speisesaal ... alles nah beieinander und einfach strukturiert. Alle Räume gingen vom Korridor ab, den man vom Innenhof aus einsehen konnte. Das geschwungene Dach war mit anthrazitfarbenen Ziegeln bedeckt. Auf der linken Seite neben dem Hauptgebäude erspähte Bree einen altmodischen Brunnen.

„Hof ist unser *dojo*, Platz für Training." Shunpei zeigte auf ein kleines, traditionelles Haus links neben dem Brunnen. Es wirkte viel zerbrechlicher, da es aus Holz gebaut war und Wände mit Blumen verziertem *shoji*-Papier besaß, während das Dach aus Holzpaneelen bestand. „Haus von Kameko-san, wie ein *ochaya* … Teehaus, aber sie auch dort schlafen. Geisha nicht passt in alte Gemäuer, *neh*?"

Aber eine Sklavin schon, dachte Bree bitter. „Was befindet sich hinter der Hecke?" Mannshoher Kirschlorbeer säumte an der Seite, die dem Tor gegenüber lag, einen Teil des Hofes und verdeckte die Sicht auf das, was neben dem Teehäuschen war.

„Bonsai-Garten von Kameko-san."

Bree errötete und war froh, dass Shunpei bereits weitergegangen war und ihren krebsroten Teint nicht bemerkte. Bei der Vorstellung, bald zwischen den Miniaturbäumchen zu knien, spürte sie die Wäscheklammern an ihren Warzenhöfen intensiver. Vor ihrem inneren Auge sah sie Ryan und empfand auf einmal Vorfreude. Das durfte sie aber nicht!

Sie schritt hinter Shunpei her, der rasch den Innenhof überquerte und neben der Kirschlorbeerhecke stehen blieb. Er winkte Kameko zu, die mit einer Harke behutsam das Erdreich um die Bäumchen auflockerte. Die Geisha hörte mit ihrer Arbeit auf und kam langsam auf die Besucher zugetrippelt.

„Mehr ist nicht auf diesem Gelände?", fragte Bree und schaute sich verwundert um. Gleichzeitig fragte sie sich, ob sie die Mauer erklimmen konnte, um auf diesem Weg zu entwischen. „Es ist nicht gerade klein, aber ich vermisse die Reisfelder und die Gemüseäcker."

„Sind hinter Mauer." Er zeigte auf die Steinwand direkt vor ihnen.

Bree wurde hellhörig. „Dann muss man ja um das ganze Geländer herumgehen. Wie umständlich!"

„*Iia*, nein. Du siehst Ahorn? Dahinter ist Tür."

Bryanna ging ein Stück auf Kameko zu, um hinter den Schlitzahorn spähen zu können. Er sah tatsächlich flammend aus: Seine dünnen Blätter strahlten in einem Purpurrot. Mit seinem ausladenden Wuchs verdeckte er den Ausgang.

Kameko deutete Brees Entgegenkommen als Interesse für ihre Bonsais, denn sie sagte: „Du wunderst dich vielleicht, dass nicht alle Miniaturbäume in Schalen, sondern in der Erde eingepflanzt sind, obwohl Bonsai übersetzt 'Anpflanzung in der Schale' bedeutet."

Das war Bryanna bisher nicht einmal aufgefallen, weil sie nur die Tür angestarrt hatte. Trotzdem nickte sie eifrig.

„Es ist gut für das Wachstum und die Widerstandskraft des Baums, wenn man ihn im Frühjahr in den Garten pflanzt. Er kann dort die natürlichen Nährstoffe direkt aus dem Boden ziehen. In der Schale dagegen muss man ihn regelmäßig düngen. Aber man muss ihn vor Wintereinbruch wieder in die Schale setzen und ins Haus stellen oder zumindest mit Laub schützen, weil Bonsai keinen Frost vertragen.“ Sie holte kurz Luft. Man spürte ihre Liebe zu den Bäumchen in jedem Wort. „Den dichten Wuchs erreicht man durch einen regelmäßigen Rückschnitt, die Verzweigung des Wurzelballens durch das Entfernen der Hauptwurzel.“

„Bonsai brauchen viel Zuwendung. *Sou da ka*? Ist doch so?“, warf Shunpei ein. Kameko nickte.

„Hhm“, machte Bree und spähte zum Ausgang. Sah sie richtig? Sie kniff die Augen zusammen und linste. Tatsächlich! Die Holztür besaß kein Schloss. Es gab nur einen einfachen Holzknauf. Konnte es wirklich sein, dass man sie nicht abschließen konnte? Bree musste einen Weg finden, um das nachzuprüfen.

Kameko legte die Harke auf einen Findling. „Ich habe mich auf traditionelle Bonsais spezialisiert. Bei mir findest du sie alle: Kiefer, Wacholder, diverse Ahornarten, asiatische Ulmenarten, Azaleen und Fruchtbäume wie Apfel oder japanische Aprikose.“ Ihre Wangen waren rosig vor Euphorie.

Bree hatte schon den Arm gehoben, um auf die Tür zu deuten und das Gespräch auf die Felder und Äcker zu lenken, als Shunpei sprach: „Fünfzehn verschiedene Formen haben Kamekos Bonsais. *Osu*! Jawohl!“

Die Geisha verbesserte sein Englisch nicht, sondern lächelte nur milde. „Die Formen erhält man, indem man die Äste vorsichtig verbiegt und umwickelt, heutzutage benutzt man dazu Spanndrähte, aber ich bevorzuge die traditionellen Palmfaserschnüre. Siehst du die Kaskadenform hier vorne? Man nennt sie *kengai*.“

„Aha.“ Bree senkte frustriert den Arm.

Aufgeregt verlagerte Shunpei sein Gewicht von einem Fuß auf den anderen. „*Bankan*.“

„Ja, Shunpei-kun, die Drachenform ist wirklich etwas Besonderes“, pflichtete Kameko ihm bei.

Bryanna runzelte die Stirn. „*Kun*?“

„Das bedeutet ‚Shunpei-Junge‘, ähnlich wie Bree-chan“, erklärte ihre „große Schwester“.

Bree-chan, so nannte Ryan sie. Bryanna wandte sich ab, weil sie befürchtete, dass Kameko ihr die Verschämtheit ansah, die sich sofort wieder einstellte, da sie an ihren Herrn und die Wäscheklammern dachte. Der Schmerz der Klammern war subtil, nicht mehr als ein Zwicken, das sie jedoch konstant spürte. Wie Ryan angekündigt hatte, war er durch die Klammern immer bei ihr.

Kameko fuhr mit ihren Erklärungen fort: „Bonsais können aus Sämlingen, Jungpflanzen und in der Natur gesammelten Pflanzen geformt werden.“

„Man kann sie alt sehen lassen, *neh*?“, gab Shunpei sein Wissen zum Besten.

„Ich glaube nicht, dass Bryanna das Entrinden interessiert“, wandte Kameko ein, „das geht zu sehr ins Detail.“

Bree fühlte sich ertappt und räusperte sich verlegen. Sie tat so, als wäre sie neugierig, und ging auf einen Bonsai zu, der nah an der Tür stand. Sein Stamm und seine Äste wuchsen waagerecht zum Boden. „Was ist das für eine Form? Sie ist sehr hübsch.“

„*Fukinagashi*“, ereiferte Shunpei sich zu sagen.

Kameko übersetzte: „Wind gepeitscht.“

„Oh!“, Bree tat überrascht, „da ist ja der Ausgang, von dem du mir berichtet hast, Shunpei. Ich würde zu gerne einmal ein Reisfeld sehen. Hab ich noch nie, da ich ja in der Großstadt wohne.“

In Gedanken korrigierte sie sich: *Es müsste 'wohnte' heißen, Präteritum, denn wenn es nach Ryan geht, gehört mein Leben in New York meiner Vergangenheit an.*

„Wir sollten besser zum Speisesaal gehen“, schlug Kameko ausweichend vor und versteckte ihr ‚Nein' hinter einem Lächeln.

Shunpei pflichtete ihr bei: „*Hai*, dürfen nicht kommen zu spät.“

So leicht ließ Bryanna sich jedoch nicht abwimmeln. Stur ging sie auf die Tür zu.

Sie hatte gerade die Hand um den Knauf gelegt, als Kameko aufgeregt sagte: „Ich habe Kräuter und Tee abgeschnitten. Sie liegen auf der Veranda des Teehauses. Der Koch wartet schon darauf.“

Und Shunpei fügte hinzu: „Besser bringen beides in Küche, *neh*?“

„Ja, ja, geht ruhig schon“, antwortete Bree und drückte die Tür auf. „Ich schaue mich nur ein wenig um.“

Sie erschrak. Ein hochgewachsener Mann stand vor ihr. Sie schätzte ihn auf Mitte zwanzig, tat sich aber generell schwer, den Asiaten ein Alter zuzuordnen. Er hielt einen seltsamen Stab aus vier Bambusstöcken in der Hand, wahrscheinlich war es seine Waffe. Die Hintertür war tatsächlich nicht abgeschlossen, wurde aber bewacht! Das war übel, fand Bree, aber die Wache stand bestimmt nicht die ganze Nacht stocksteif auf demselben Platz neben der Tür. Vielleicht gab es eine Möglichkeit, trotz Bewachung unbemerkt zu entfliehen. Ein schwacher Hoffnungsschimmer, zu schwach, um Bree fröhlich zu stimmen. Entmutigt ließ sie die Schultern hängen.

Kameko trat neben Bree und zeigte zum Abhang. „Die Reisfelder sind dort hinten und die Äcker mit dem Gemüse gleich daneben.“

„Bäume alles verstecken“, sprach Shunpei und zuckte entschuldigend mit den Schultern.

Um ihr vorgeheucheltes Interesse nicht auffliegen zu lassen, schleppte Bryanna sich an der Wache vorbei in Richtung der Reisfelder. Der Mann ließ sie nur passieren, weil Kameko ihm zunickte, als wollte sie mit dieser Geste andeuten, dass sie schon auf die Gefangene aufpassen würde. Bree fühlte sich erschöpft, ihre Glieder waren schwer.

Als sie stehen blieb, legte sie die Handfläche an die Augenbrauen und tat so, als würde sie über die Felder schauen, dabei spähte sie darüber hinweg in die Ferne. Überall nur Berge und Wälder, keine Straßen, keine Häuser, nicht einmal Rauch, der auf eine Hütte schließen ließ. Nun hatte sie es Schwarz auf Weiß: Sie befand sich in der Einöde. Hier im Gebirge gab es nichts außer Bäume und dieser vermaledeiten Kendo-Schule.

„*Onsen* dort hinter Steine." Heiter deutete Shunpei zu einem Gewässer, das sich inmitten einer Baumgruppe befand und von Steinen umsäumt wurde.

„Das sind die heißen Quellen, von denen ich dir erzählt hatte", erklärte die Geisha.

„Sehr interessant. Danke, dass ich das alles sehen durfte", sagte Bree, klang jedoch wenig überzeugend. Sie drehte sich um und schlenderte zurück zur Tür. Da fiel ihr Blick auf einen Weg. Er war nicht asphaltiert und führte vermutlich vom Haupttor hinunter ins Tal. Sie wunderte sich nicht darüber, dass es einen Weg gab, sondern darüber, dass er breit genug für ein Auto war. Sie war sich nicht sicher, ob sie tatsächlich Wagenspuren erkennen konnte, oder ob das reines Wunschdenken war, aber aus irgendeinem Grund wusste sie, dass der Weg absichtlich so breit angelegt worden war, damit ein Auto ihn befahren konnte. Wie sonst sollte die Schule mit Lebensmittel versorgt werden? Bree konnte sich nicht vorstellen, dass die Bewohner sich ausnahmslos selbst versorgten und zudem das Risiko eingingen, in einem Notfall nicht schnell genug Hilfe holen zu können oder keine Zufahrt zu haben.

Noch während Shunpei sie höflich zurück auf das Schulgelände schob, nahm sie sich vor herauszufinden, ob die Schule ein Auto besaß oder regelmäßig Lieferungen bekam. Nun ging es ihr schon wieder besser. Die Hoffnung, die eben noch zu einem Glimmen verkümmert war, flackerte wieder auf.

Die Wache schloss die Hintertür. Bree blickte über ihre Schulter zurück und seufzte. Die Wäscheklammern meldeten sich schmerzhaft, als versuchten sie Bree durch Lustschmerz von ihrem Heimweh abzulenken. Die Druckstellen taten immer mehr weh und waren mittlerweile nicht mehr nur ein Ziehen und Zwacken, sondern die Klammern bissen in die dünne Haut von Brees Warzenhöfen. Zu allem Leidwesen spürte sie, wie sich Feuchtigkeit zwischen ihren Schenkeln sammelte. Es war furchtbar für sie, berechenbar zu sein, besonders in der Situation, in der sie sich befand. Ryan wusste sehr genau, wie ihr Körper auf die Klammern reagierte. Zuerst war der Druck ein Zuckerschlecken gewesen, doch der Schmerz hatte sich langsam aufgebaut und nun kniff es heftig. Hinzu kam die innere Unruhe, weil Bree es nicht abwarten konnte zu fliehen, und weil sie die Verabredung mit Ryan im Bonsai-Garten sowohl herbeisehnte, als auch sich davor fürchtete. Es braute sich ein Sturm in ihr zusammen, dabei war es wichtig für sie, einen klaren Kopf zu bewahren.

Während Kameko die Bündel mit Kräutern und Tee von der Veranda ihres Häuschens holte, kam Shunpei zu Bryanna und flüsterte: „Darf ich dir geben Tipp?“ Er hatte ihr offenbar angesehen, dass etwas sie arg beschäftigte und quälte.

Bree nickte stumm.

„Aufstand bringt es nicht weit in Japan“, meinte er leise. „Mehr Glück bei Erfolg durch Rücksicht und höflich.“

Zuerst verstand sie nicht. Dann ging ihr ein Licht auf. Er meinte, dass sie mit Konfrontation nicht an ihr Ziel kommen würde. In Japan standen Rücksichtnahme und Höflichkeit über allem. Soviel war Bree bekannt. „Ich kann mich nicht in mein Schicksal fügen, Shunpei-kun.“

Er schüttelte den Kopf. „Nicht fügen … leise kämpfen, mit Kopf, nicht mit Fäusten, *neh*?“

Erstaunt hob sie die Augenbrauen, weil sie eventuell einen ersten Verbündeten gefunden hatte, und schaute ihm hinterher, wie er zu Kameko lief und ihr die Bündel abnahm. Gemeinsam schritten sie zum Hauptgebäude.

„Was tragt ihr eigentlich für eine komische Kleidung?“, fragte Bryanna und schloss mit ihnen auf.

Er strich über den indigoblauen Stoff seiner Hose, die vielmehr an einen Hosenrock erinnerte: „*Hakame* – Lehrer tragen weiß, Schüler blau.“ Dann hob und senkte er die Schultern, um die Aufmerksamkeit auf seine Jacke zu lenken. „*Keikogi,* und Gürtel heißen *obi.* Nur zum Kampf wir tragen *bogu.*“

„Das bedeutet ‚Rüstung‘“, übersetzte Kameko. „In Japan ist Kendo neben Sumo und Baseball der beliebteste Sport, der auch an öffentlichen Schulen unterrichtet wird.“

Bree runzelte die Stirn. „Kampfsport an Schulen? Ist das nicht gefährlich?“

„Lernen nicht nur Technik und Taktik mit Schwert, auch geistige Ausbildung“, erklärte Shunpei und blieb stehen. „Kendo ist gut für Charakter, Moral und Entschlossenheit.“

Kameko meldete sich zu Wort: „Hast du das Schwert gesehen, das Kozo, der Wachmann in der Hand gehalten hat? Das ist ein *shinai*, ein Übungsschwert.“

Keine scharfe Waffe, schoss es Bryanna durch den Kopf, aber das war nur ein schwacher Trost. Auch ohne Schwert wäre Kozo stärker als sie, sollte sie ihm bei ihrem Fluchtversuch begegnen.

„Ich muss ...“ Shunpei beendete den Satz nicht, sondern übergab Kameko mit gesenktem Blick die Bündel.

Die Geisha nickte und wandte sich höflich um, während Bree dem jungen Schüler zusah, wie er in Richtung Latrine hetzte, die augenscheinlich hinter dem Gebäude lag. Erst bei genauem Hinsehen entdeckte sie in seiner Hand einige Brennnesseln, aus denen der Koch Tee hatte zubereiten wollen. Shunpei fühlte sich unbeobachtet und steckte im Gehen die Hand in die Hose. Als er sie wieder herauszog, war sie leer.

Bryanna traute ihren Augen kaum. Shunpei hatte sich das Kraut in den Slip gesteckt! Er hatte es also tatsächlich faustdick hinter den Ohren. Er musste verrückt werden, weil sein Schritt nun juckte und kratzte. Was wollte er in der Latrine? Das musste Bree unbedingt wissen.

Verlegen räusperte sie sich. „Ich würde auch gerne vor dem Abendessen kurz austreten."

„Ich warte hier auf dich. Der ehrenwerte Ryan-sama hat für mich einen eigenen Abort gebaut, damit ich nicht auf die Gemeinschaftstoilette muss. Es ist die erste, kleinere Latrine. Es wäre mir eine Ehre, sie mit dir zu teilen."

„Danke", sagte Bree und huschte hinter Shunpei her. Sie versteckte sich in dem Häuschen, regte sich darüber auf, dass das Damen-WC nicht vielmehr als ein Plumpsklo war und linste aus dem Türspalt. Nichts, sie konnte Shunpei nicht sehen.

Einen Moment lang dachte sie darüber nach, in der Sicherheit der Hütte die Klammern wenigstens für eine Minute abzunehmen. Doch wenn Ryan sie danach fragte, könnte sie ihm nicht ins Gesicht lügen. Also biss sie die Zähne zusammen und versuchte den Schmerz und das lustvolle Pochen zwischen ihren Beinen zu ignorieren.

Sie hörte ein leises Stöhnen und schlich aus ihrem Versteck hinüber zum Stillen Örtchen der Männer, aber auch dort war Shunpei nicht. Das Stöhnen war weiterhin zu hören. Sie lugte um die Ecke.

Hinter der Latrine, wo die Küchenabfälle gelagert wurden, fand sie ihn endlich und konnte nicht glauben, was sie sah. Shunpei hatte eine ausgehöhlte Aubergine in einen Spalt im Mauerwerk gesteckt. Sein Blick war entrückt, sein Glied stand steif und hochrot von seinen Lenden ab, während er es mit den Brennnesseln abrieb. Dann warf er das Kraut weg, massierte seine Hoden und drang mit der Penisspitze in die Eierfrucht ein. Das restliche, weiche Fleisch der Frucht wurde herausgedrückt. Shunpei stöhnte, als er seinen Phallus herauszog. Er kratzte sich und stieß erneut hinein. Sein Adamsapfel zuckte, die Adern an seinem Hals traten hervor, Schweiß tropfte von seiner Stirn. Seufzend hielt er sich an der Mauer fest und begann rhythmisch in die Aubergine einzudringen. Seine Stöße wurden bald schneller. Ungestüm stieß er in die Frucht hinein, seine Gesäßmuskulatur spannte sich an, seine Lenden zuckten.

Als er kam, zog er sein Glied heraus und ergoss sich in die Schale. Weißliche Flüssigkeit tropfte von der Aubergine auf den Boden. Rasch nahm Shunpei die Eierfrucht, tauchte Zeige- und Mittelfinger in das Sperma und rieb sein Geschlecht damit ein, als würde es das Brennen der Nesseln lindern, was Bryanna sich kaum vorstellen konnte. Sie deutete es als Zeichen, dass Shunpeis Lust noch nicht abgeklungen war. Sein Glied war durch die Brennesseln immer noch hochrot und halb erigiert.

Dennoch zog er die Hose hoch. Bree suchte den Schutz der Damen-Latrine, bevor er sie entdecken konnte. Er ging an dem Häuschen vorüber und trug die gefüllte Aubergine in der Hand.

Bree fragte sich, weshalb er die Frucht nicht einfach zu den Küchenabfällen gelegt hatte. Als sie zu Kameko zurückkehrte, war Shunpei verschwunden. Dieser Ort im Gebirge Chugoku-chiho mochte zwar abgeschieden sein, aber als langweilig und hinterwäldlerisch konnte man ihn nicht bezeichnen.

„Du lächelst", stellte Kameko zufrieden fest, „das freut mich. Ich hoffe, du wirst eines Tages Frieden mit dir und deiner Bestimmung schließen."

„Bestimmung?" Bree schluckte. Ihr Lächeln erstarb. Sie spürte Ryans unsichtbare Ketten an Hand- und Fußgelenken, auch das Sklavenhalsband, das sie gar nicht trug, und seinen Griff an ihren Brüsten. Am liebsten hätte sie sich die Wäscheklammern von den Warzenhöfen gerissen. Immer, wenn sie an die Klammern erinnert wurde, schwoll das Ziehen zu Schmerz an, und ihre Tapferkeit welkte. Ryan hatte die Wäscheklammern gnädigerweise ‚nur' auf die Höfe gesetzt. Zuerst hatte Bree sich gewundert, dass er so rücksichtsvoll war und sie nicht überforderte. Doch nun, da sie wusste, dass der Schmerz sich einfach nur langsamer aufbaute und am Ende doch unerträglich war, wurde sie sauer – besonders auf sich selbst, da sie beim Gehen die Feuchte zwischen ihren Schenkeln verrieb.

Sie trottete hinter Kameko her zur Küche und fragte sich, weshalb sie sich die Klammern nicht einfach von den Brüsten riss. War es Angst? Fürchtete sie sich vor einer Strafe? Oder wollte sie gar das intensive Kneifen spüren, das sie an Ryan erinnerte und erregte?

Sie schaute in die verschiedenen Räume hinein. Die meisten besaßen keine Türen, die Eingänge waren nicht einmal mit Wandschirmen verdeckt. Sie entdeckte ein Zimmer, in dem gleich zwei Altäre standen.

Kameko bemerkte ihren neugierigen Blick und erklärte: „Buddhismus und Shintoismus spielen in Japan eine zentrale Rolle. Man besucht bei Hochzeiten und Taufen einen shintoistischen Tempel und bei einem Todesfall oder Todestag einen buddhistischen. Manche Familien haben sogar zusätzlich eine Christusfigur neben ihren Hausaltären stehen, wir hier allerdings nicht."

„Bizarr."

„Japaner möchten mit allen Göttern in Frieden leben. Der Konfuzianismus lehrt uns, die Dinge zu akzeptieren und kompromissbereit zu sein."

Womit wir wieder beim Thema wären, dachte Bryanna grimmig und schwieg.

Als sie im Speisesaal Platz nahm und Ryan am Ende der Tafel neben Noguchi Masaru sitzen sah, wurde ihr heiß und kalt zugleich. Ryan Ishikawa wusste als einziger, dass sie unter dem unauffälligen Hemd Klammern an den Brustspitzen trug. Sie war ja nicht einmal in der Lage, mit einem einzigen Gott in Frieden zu leben. Das war es doch, was Ryan für sie sein wollte. Er wollte bestimmen, ob es ihr gut oder schlecht ging, sie bestrafen oder lustvoll belohnen – wann, wie hart oder geil, wo und aus welchem Grund auch immer. Ryan war das Gesetz. Der Gedanke machte sie an.

Um sich abzulenken, flüsterte sie Kameko zu: „Was sind das für kleine, verzierte Bänkchen, die vor Ryan und Masaru auf dem Tisch stehen?"

„Man nennt sie *hashi-oki* und legt während des Essens die Essstäbchen darauf." Die Geisha legte den Zeigefinger an die Lippen. „Aber jetzt nicht reden, sondern essen. Zen sagt uns, wir sollen uns auf das konzentrieren, was wir gerade tun, um es gut zu machen und intensiv zu erleben."

Alle aßen schweigend. Bryanna war ihren Gedanken ausgeliefert. Wie konnte sie sich Ryan nur nackt in Kamekos Garten präsentieren, wo sie doch so feucht war? Hätte sie sich doch nur gereinigt, anstatt Shunpei zu bespitzeln! Jetzt war es zu spät. Nach dem Essen erwartete Ryan sie gehorsam kniend zwischen den Bonsais. Nein, das würde sie nicht über sich bringen, dazu war sie nicht stark genug. Aber sie wollte unbedingt die Wäscheklammern loswerden, denn viel länger würde sie das Zwacken nicht mehr aushalten. Was sollte sie nur tun? Sollte sie die Krallen zeigen oder sich ihm unterwerfen, nur dies eine Mal, nur um ihn milde zu stimmen und später im Schutz der Dunkelheit nach einer Fluchtmöglichkeit zu suchen? Ja, das würde sie tun. Sie brauchte ihre Kräfte, um sich davonzuschleichen und in die nächste Stadt oder wenigstens in ein Dorf zu wandern. Ein Kampf mit ihm wäre zu anstrengend und darüber hinaus völlig aussichtslos.

Bryanna begleitete Kameko zu ihrem Teehäuschen und verabschiedete sich von ihr. Es kostete sie enorm viel Kraft, überhaupt in den Garten zu gehen. Während die Schüler den Speisesaal putzten, stand sie allein zwischen den Miniaturbäumchen und fühlte sich beobachtet. Von Kameko. Von den Schülern. Und von Ryan. So stand sie einfach nur da, während die Sonne unterging, und der Abend das Schulgelände allmählich in Dunkelheit tauchte.

Erst als es vollkommen dunkel war und nur noch schwaches Licht aus Kamekos kleinem Haus und dem Schlafsaal der Schüler drang, wagte sie es, das Hemd auszuziehen. Immer wieder schaute sie sich um, doch weit und breit war niemand zu sehen. Sie wandte dem Hauptgebäude den Rücken zu, stellte sich in die hinterste Ecke des Gartens dicht an die Hecken aus Kirschlorbeer und schlüpfte aus der Hose. Beschämt nahm sie den Duft ihrer Scham wahr. Das Tragen der Klammern und die

Gewissheit, dass Ryan, ihr Herr, während dieser Zeit genauso oft an sie, sein neuestes Spielzeug, gedacht hatte wie sie an ihn, hatten sie erregt.

Ihre Beine zitterten, als sie sich auf die Knie niederließ, die Arme hinter dem Kopf verschränkte und den Rücken durchdrückte. Ihre Brüste präsentierten sich auf lüsterne Weise. Durch ihre Haltung wurden sie nach vorne gestreckt, so dass der erste Blick sofort auf die schwarzen Klammern fiel. Kozo brauchte nur durch die Hintertür das Gelände zu betreten und würde Bree sofort sehen. Sie erschauerte, als eine lauwarme Brise ihre nackten Rundungen umspielte, die sich an ihrem feuchten Schoß kühler anfühlte, als sie tatsächlich war. Die Lorbeerhecke raschelte. Dann war alles ruhig. Kein Geschwätz, keine Motorengeräusche wie in New York oder Kyoto, in denen es selbst nachts laut war. Hier in den Bergen flüsterte nur die Natur. Die Atmosphäre war sinnlich, romantisch. Bryanna beruhigte sich ein wenig. Bis sie Schritte hinter sich hörte.

Bree verspannte sich. War Ryan gekommen? Oder hatte einer der Schüler sie entdeckt und nutzte die Gunst der Stunde? Vielleicht wollte Masaru-sensei sein Geschenk selbst testen?

Sie bekam eine Gänsehaut, wollte in Panik aufspringen, doch ihre Glieder waren vor Furcht wie gelähmt. Ängstlich hielt sie die Luft an.

KAPITEL 9

„Meine kleine Schülerin ist ausnahmsweise gehorsam, ohne dass ich eine Strafe einsetzen muss. Dir müssen die Klammern so arg wehtun, dass du meinem Befehl widerstandslos Folge leistest. Gut zu wissen für deine Erziehung.“

Bryanna atmete erleichtert auf. Es war doch Ryan! Sie hatte vermutet, dass er sie die halbe Nacht warten lassen würde, nur um zu prüfen, wie lange sie die Anspannung aushielt, aber möglicherweise hatte die Vorfreude ihn ungeduldig werden lassen.

Keine romantischen Gedanken, ermahnte sie sich, *ihm geht es nicht um Liebe, sondern um Sex.*

„Das ist kein Spiel“, hatte Masaru zu ihr gesagt, und er hatte recht. Sie war nicht hier, um eine erotische Session mit Ryan zu verbringen, sondern um ihm sexuell zu dienen – für immer.

Doch er überraschte sie. Hinter ihrem Rücken blieb er stehen und flüsterte: „Dein Hintern sieht schön aus im Mondlicht.“

Sie spürte einen Windhauch an ihrer Schulter, fast so, als wollte er sie berühren und wäre im letzten Moment zurückgezuckt. Erstaunt fragte sie: „Ein Kompliment?“

„Findest du deinen Hintern nicht schön?“ Noch immer stand er hinter ihr.

Für Bree war es irritierend, nicht in sein Gesicht schauen zu können. Lächelte er spöttisch? Schaute er ernst? „Ist es nicht so, dass ein Herr seiner Sklavin nicht sagen darf, dass er sie begehrt, damit sie sich nicht einbildet, ihn mit ihrem Charme milde stimmen zu können?“

„Woher hast du denn diese Weisheit?“ Nun schlenderte er um Bree herum, schaute auf sie herab und hob eine Augenbraue an.

Bryanna errötete leicht und hoffte, dass der zunehmende Mond nicht hell genug war, um ihren Teint zu offenbaren. Verlegen beichtete sie: „Aus Büchern.“

Ryan lachte ironisch. Er hatte seine Arme hinter dem Rücken verschränkt gehabt, und nun, da er sie vor dem Körper hielt, erkannte Bree, dass ein Bambusstock in seiner Hand lag. Ryan ließ ihn durch die Luft sausen und fragte scharf: „Solltest du nicht besser deine eigenen Erfahrungen machen?“

„Ja, das schon, aber ...“

Wieder surrte der Stock durch die Luft. „Ist es nicht so, dass jede Beziehung anders ist, egal ob Vanillasex oder BDSM praktiziert wird?“

„Ja“, musste sie betreten zugeben.

„Meinst du nicht, dass ein *guter* Herr sich nicht von seiner Sub auf der Nase herumtanzen lässt, auch wenn er ihr die Ehre erweist, ihr zu gestehen, dass er sie hübsch findet?“ Bryanna öffnete den Mund, um etwas zu erwidern, aber er schwang den Rohrstock erneut und sprach unbeirrt weiter: „Zeichnet es nicht einen guten Herrn aus, dass er unnachgiebig bleibt, auch wenn er seine Sklavin über alles liebt, und dass er ihr Gesäß mit Striemen schmückt, obwohl oder gerade weil er ihre Pobacken schön findet?“

Hatte er vor, sie zu schlagen? Bree spürte bereits eine Phantom-Hitze in ihrem Hintern, als hätte der Stock sie längst getroffen. Die Hitze floss zwischen ihre Pobacken in ihre Spalte und entflammte ihren Schoß.

„Ich sollte dir die Klammern von den Brustspitzen schlagen, weil du deinen Herrn in Frage stellst“, murrte er.

Erschrocken nahm sie die Arme herunter und hielt sie schützend vor ihre Brüste. Dabei stieß sie versehentlich an die Klammern und verzog das Gesicht. Kleinlaut sprach sie: „Das war doch nur allgemein gesprochen. Ich habe doch keine Ahnung von ...“ Sie brach ab und senkte den Blick.

„ … von einer Herr-Sklavin-Beziehung“, führte Ryan ihren Satz zu Ende.

Als sie ihn wieder ansah, hatte er die Nase gerümpft. Sie bemühte sich die Beherrschung zu bewahren, damit er seine Drohung nicht wahr machte, aber es fiel ihr nicht leicht. „Ich will keine Sklavin sein … ich ... ich meine …“, stammelte sie, „ich mag diesen Begriff einfach nicht, so ist es nun mal.“

„Aber du hast ein Sklavenherz, Bree-chan.“ Die Sanftheit seiner Stimme stand im Gegensatz zu dem bedrohlichen Schwingen des Bambusstocks.

„Der Begriff erinnert mich zu sehr an unfreiwillige Knechtschaft, an farbige Leibeigene auf Baumwollfeldern mit Striemen auf dem Rücken, an in Keller gesperrte Opfer ...“

Aufgebracht hob Ryan die Hand, um ihr Einhalt zu gewähren. „Sexuelle Belästigung hat nichts mit BDSM zu tun! Die Hingabe muss freiwillig erfolgen.“

Sie vermied es, auf ihre Entführung einzugehen und suchte nach den richtigen Worten. „Ich möchte eine Sub sein.“

„Du *möchtest* es nicht, sondern du *bist* eine. Je eher du das begreifst, desto besser für dich.“ Er holte tief Luft und dachte einen Moment nach. „Ich werde dich nicht jeden Morgen auspeitschen, um dir zu beweisen, dass ich Macht über dich habe.“

Bryanna war erleichtert, aber weiterhin wachsam.

„Ich erkenne die Dienerin in dir, *meine* Dienerin. Du wirst sehen, wie ekstatisch es für dich sein wird, meinen Befehlen zu folgen und dich mir mit Leib und Seele zu unterwerfen.“

„Ich habe Angst“, gestand sie und war erstaunt über ihre eigene Ehrlichkeit.

Nun lächelte Ryan. Er legte die Hand an ihre Wange und streichelte sie. „Angst gehört dazu. Sie erregt dich.“

Tapfer führte sie die Hände hinter den Rücken, um ihre Bereitschaft, ihm zu gehorchen, zu signalisieren, und schlang die Finger ineinander. „Bitte, schlagen Sie die Wäscheklammern nicht ab! Das würde ich nicht ertragen können.“

„Gut, ich bin kein Barbar“, begann er und zog die Hand zurück. „Aber um dieser Strafe zu entgehen und mich trotzdem zu besänftigen, weil du meine Qualitäten als dein Herr in Frage gestellt hast, wirst du mir einen Gefallen tun müssen.“ Er wollte gerade den Hosenbund seines indigoblauen *hakame* nach unten schieben, als Stimmen zu hören waren.

Erschrocken schaute Bree über die Schulter, aber durch die Hecke konnte sie niemanden sehen. Sie erkannte Masaru Noguchi an seinem harschen Ton und vermutete, dass er im Innenhof seine Schüler um sich versammelte und ihnen Anweisungen gab. Dann hörte sie rhythmische Tritte auf dem harten Lehmboden. Die Schüler gaben den Kampfschrei *„Kiai!“* von sich. Konnte es wirklich sein, dass eine Trainingsstunde gleich hinter dem Kirschlorbeer begonnen hatte, während Bree auf der anderen Seite nackt im Bonsai-Garten kniete?

Jegliche Farbe wich aus ihrem Gesicht. Entgeistert blickte sie zu Ryan auf und wollte aufstehen, um sich schnellstmöglichst anzukleiden, doch er legte ihr die Hand auf die Schulter und drückte sie zurück auf ihre Knie. Entsetzt schüttelte sie den Kopf.

„Willst du die Klammern loswerden, oder nicht?“, fauchte er sie gedämpft an.

Sie schüttelte den Kopf. „Nicht hier, nicht so. Sie werden uns hören.“

„Dann musst du eben leiser sein.“

Bryanna versuchte sich die Klammern abzunehmen, denn das ging ihr zu weit. Sie würde sich nicht vor der gesamten Schule lächerlich machen. Nicht auszudenken, wenn sie in dieser beschämenden Stellung entdeckt würde!

Doch Ryan drückte sie blitzschnell mit dem Bauch auf den Boden. Er riss ihre Arme auf den Rücken und stülpte ihr etwas über die Unterarme. „Ich hatte mir schon gedacht, dass du Probleme machst, deshalb habe ich einen Monohandschuh mitgebracht.“

Bree spürte Leder, das von ihren Handgelenken bis über ihre Ellbogen reichte, steifes Leder, das ihre Arme unbeweglich machte und sie unangenehm eng hinter ihrem Rücken zusammenhielt. „Sie sagten, Sie würden mich nicht zwingen!“

„Das habe ich auch nicht. Ich sagte, ich werde dich zu einer Dienerin erziehen, die ihr größtes Glück darin erfährt, sich meinem Willen zu unterwerfen.“ Ryan legte die Hand in ihren Nacken und hielt sie mit diesem Griff unten. „Lernprozesse sind immer anstrengend. Das hat nichts mit Knechtschaft zu tun, sondern mit einer Erziehung, die du dir selbst wünschst, auch wenn du nicht den Mut hast, es zuzugeben. Aber eines Tages wirst du dazu stehen können. Bis dahin zwinge ich dich zu deinem Glück, um dir die Augen zu öffnen.“

Wut flammte in Bryanna auf. Sie war zornig, weil sie sich nur halbherzig wehrte und auch, weil dieser kleine Kampf ihr durchaus Spaß machte.

Unnachgiebig zog Ryan die Lederriemen am Monohandschuh enger und verknotete sie. „Du wirst lernen, meinen Anweisungen zu folgen und mir zu vertrauen. Nur durch meine Güte wirst du Orgasmen erleben, die in dir nachhallen. Lust musst du dir aber erst verdienen.“

Während Bryanna noch in ihren Fesseln zappelte, richtete Ryan ihren Oberkörper auf. Er streichelte ihren Bauch und ihre Brüste, um sie zu beruhigen und befreite sie von Schmutz und Blättern.

Bree war fassungslos! Nur wenige Schritte von ihr entfernt fand das Abschlusstraining des Tages statt, und sie kniete auf dem Boden, die Schultern unnatürlich zurückgeschoben, da die Ledermanschetten ihre Arme nach hinten bogen. Ihre Brüste standen weit hervor, die schwarzen Klammern malten sich dank der Mondsichel auf ihrer blassen Haut ab. Sie war Ryan hilflos ausgeliefert und spürte zu allem Übel, dass Feuchtigkeit an ihrem Oberschenkel herabfloss.

„Willst du diese Strafe?“, fragte er streng. „Willst du, dass ich dir die Klammern mit dem Bambusstock von den Brüsten schlage?“

Heftig schüttelte sie den Kopf, wagte aber wegen der Anwesenheit von Masaru und den Schülern nicht zu sprechen.

„Dann wirst du mir nun dienen, wie es sich für eine Sub gehört! Gleich beginnt eine Übung, in der Masaru-sensei viermal den Gong schlagen wird. Schaffst du es nicht, mich in dieser Zeit zu befriedigen, werde ich die Klammern mit dem Stock entfernen.“ Ryan stellte sich nah vor Bree, löste seinen Gürtel, schob seinen *hakame* herunter und spreizte die Beine, so dass die Hose an seinen Knien hängen blieb und nicht auf den Boden rutschte und schmutzig wurde. Den *obi* wickelte er einmal um Brees Hals und zog sie damit an sein Geschlecht heran. Er war rasiert. Offensichtlich hatte er sich auf das Treffen vorbereitet. Das gefiel Bryanna.

Sie hoffte, dass der Gürtel nur eine Drohung war, denn er hing locker um ihren Hals und würgte sie nicht. Ryan hielt die Enden locker fest. Er wusste, wie er ihr einfach, aber effektiv Angst machen konnte. Bree war sich ebenso bewusst, dass sie nun sein Glied in den Mund nehmen und kräftig zubeißen konnte. Doch Ryan war kein Monster, das hatte er bewiesen, daher öffnete sie die Lippen und küsste seinen Penis, der halb erigiert von seinen Lenden abstand. Sie wollte erfahren, wie er schmeckte, wollte ihn unter ihren Mundfertigkeiten vor Lust wimmern hören, um wenigstens kurzfristig die Macht über ihn zu erlangen. Außerdem ahnte sie, dass er in den nächsten Minuten mehr Schwierigkeiten haben würde als sie, leise zu bleiben, um keine Aufmerksamkeit zu erregen.

Das Blut staute sich in ihren Armen. Bryanna bewegte die Finger ebenso wie ihre Zunge, die nun über Ryans Schaft leckte. Sie hinterließ eine feuchte Spur. Bree schaute neckisch zu Ryan auf, als sie die Penisspitze zwischen die Lippen nahm. Er blickte auf sie herab, und sie genoss seinen entrückten Blick, dabei hatte sie nicht einmal richtig begonnen, ihn zu verwöhnen.

Die Angst war verschwunden, doch noch während sie diese Tatsache feststellte, ertönte der Gong nebenan im Innenhof, begleitet vom Aufschrei der Schüler. Bree bekam eine Gänsehaut und nahm das anschwellende Glied tief in den Mund auf. Die Eichel stieß gegen ihre Wangentasche. Sie traute sich nicht, den imposanten Phallus in den Rachen aufzunehmen, da er zu weit hineinreichen würde. Aber was, wenn Ryan das von ihr erwartete? Plötzlich fragte sie sich, ob sie ihm überhaupt jemals genügen könnte. Sie war nicht so, wie er sie gerne hätte, war keine perfekte Dienerin, die ihm die Wünsche von den Augen ablas. Was würde geschehen, wenn er ihre Unzulänglichkeit feststellte? Würde er sie nach Kyoto zurückbringen oder sich ihrer anderweitig entledigen?

Sie drängte die finsteren Gedanken beiseite und konzentrierte sich auf ihre Aufgabe. Wenn sie die Wäscheklammern endlich und vor allen Dingen auf sanftem Wege loswerden wollte, musste sie sich beeilen und ihn durch die orale Stimulation beeindrucken.

Sie benetzte seinen Phallus mit ihrem Speichel, legte ihre Lippen eng um seinen Penis und rieb vor und zurück, bis er zu seiner ganzen Größe angewachsen war. Mit dem Mund drängte sie die Vorhaut zurück und strich mit der Zungenspitze über die Unterseite des Gliedes. Sie spürte, dass Ryan unruhig wurde. Er war bemüht sich zu beherrschen, um ja nicht vor dem vierten Gongschlag zu kommen, um noch mehr Spaß mit seiner kleinen Sklavin zu haben. Aber Bree würde ihm einen Strich durch die Rechnung machen! Es war ein Kampf, in dem sie die Einzige war, die eine Waffe trug – nämlich ihren Mund, der ihn liebkoste. Er dagegen musste standhaft bleiben und gegen die eigene Lust ankämpfen, was Bree sich weitaus schwieriger vorstellte.

Masaru-sensei schlug den Gong ein zweites Mal und Bree leckte eifriger. Sie widmete sich den prallen Hoden. Behutsam knabberte sie an ihnen, bis Ryan den *obi* losließ, in ihr Haar fasste und warnend Druck ausübte, ohne sie von seinem Geschlecht wegzuziehen.

Bree lächelte in sich hinein und wunderte sich über sich selbst. Obwohl ihre Schultern aufgrund des Monohandschuhs schmerzten, und die Wäscheklammern immer heftiger in ihre Warzenhöfe zwackten, wollte sie in diesem Moment nichts mehr, als Ryan zu spüren und zu schmecken. Sie wünschte sich, mit den Fingern seinen Schaft zu umschließen, und das Blut durch ihren festen Griff zu stauen, aber er hatte sie durch die Fessel auf ihren Mund reduziert, deshalb bedeckte sie seinen Penis mit lasziven Küssen.

Obwohl er es war, der stimuliert wurde, stöhnte Bree. Sie rang nach Atem und war allein durch ihren Dienst an ihm erregt. Ihre Sehnsucht wuchs mit jedem Zungenschlag. Ihre orale Befriedigung hätte der Auftakt eines wundervollen Liebesspiels sein können, doch sie bezweifelte, dass er sie später ebenfalls verwöhnen würde, zumindest nicht so wie ein normaler Liebhaber. Wenn er sie überhaupt belohnen würde, dann auf seine spezielle Art und Weise.

Der dritte Gongschlag ertönte. Langsam machte Bryanna sich Gedanken. Was würde er ihr alles antun, wenn sie ihm nicht rechtzeitig zu einem Orgasmus verhalf? Sie leckte schneller, schleckte und lutschte an seinem Phallus, der hochrot und hart war, doch Ryan hatte sich im Griff. Er stöhnte leise und ließ sich verwöhnen, aber er sah nicht aus, als würde er es nicht mehr lange aushalten.

Kampfgeist spornte Bree an, auch die drohende Aussicht auf eine Strafe. Sie nahm den Penis tief in den Mund auf, tiefer, als sie es unter anderen Umständen getan hatte. Eine Träne löste sich aus ihrem Auge. Es brauchte eine Weile, bis sie sich an den

Fremdkörper in ihrem Rachen gewöhnt hatte. Als sie sich gefangen hatte, presste sie den Mund fest auf das Glied und massierte mit den Lippen kräftig das pulsierende Geschlecht. Dann gab sie es ein Stück weit frei und drang mit der Zungenspitze in das kleine Loch an der Penisspitze ein. Sie stieß so weit wie möglich hinein, als wollte sie das Sperma aus Ryan herausholen, aber ihre ganze Ausbeute war ein einziger salziger Tropfen. Als sie ihn auf der Zunge zergehen ließ, konnte sie selbst kaum glauben, wie draufgängerisch sie vorging.

Doch die Zeit lief gegen sie. Also schob sie mit dem Mund die Vorhaut so weit wie es ging zurück, presste die Lippen fest um den Phallus und begann kraftvoll vor und zurück zu reiben, während ihre Zunge gleichzeitig über die Penisspitze zuckte.

Kurz bevor Masaru den Gong ein viertes Mal schlug, spannte Ryan die Muskeln in seinen Oberschenkeln an. Seine Lenden bebten, er zitterte, und vor Anstrengung trat eine Ader auf seiner Stirn hervor. Ryan schnaufte, bemüht, lautes Stöhnen zu unterdrücken, und zog Bryannas Kopf zurück. Als ihre Zähne über sein Glied schabten, konnte er nicht länger an sich halten. Er wandte sich ab und ergoss sich auf einen der Bonsais. Zähflüssig tropfte die weißliche Flüssigkeit von den zarten Ästen.

Eine Weile noch hielt er sich an Bree fest. Er atmete schwer und hatte die Augen geschlossen. Vornübergebeugt stand er vor ihr. Sein Gesicht wirkte nun entspannt. Bree fürchtete, dass er sie trotz all ihrer Bemühungen bestrafen würde, weil er erst nach dem Gong gekommen war. Aber sie würde darauf bestehen, dass der Orgasmus sich schon vor dem Gongschlag angekündigt hatte.

Ihr taten mittlerweile die Knie weh. Sie rutschte hin und her, wartete ungeduldig auf sein Urteil und lauschte dem Schlurfen, das vom Hof zu ihnen herüberdrang. Masaru-sensei und seine Schüler hatten das Abendtraining beendet und kehrten in ihre Quartiere zurück. Es wurde still. Nur das Zirpen einer einsamen Grille war zu hören.

Als Ryan seine Augen öffnete, starrte er eine Weile schweigend auf Bryanna herunter. Dann richtete er sich auf, zog seine Hose hoch und band sie mit dem Gürtel fest.

„Sehr schön, meine kleine Sub!“, lobte er sie. „Ich bin erstaunt, wie ehrgeizig du sein kannst. Wo waren auf einmal deine Scheu, deine Ablehnung und deine Furcht?“

Bryanna verstand es selbst nicht. „Ich weiß es nicht“, antwortete sie und senkte den Blick.

Er hob ihr Kinn an, damit sie ihm ins Gesicht schaute. „Sprich die Wahrheit. Vertrau mir. Du kannst mir alles erzählen. Ich dulde nicht, dass du deine Gefühle vor mir versteckst, ebenso wenig wie deinen Körper. Beides gehört mir, also sag mir, was in dir passiert ist!“

„Es fiel mir plötzlich leicht“, antwortete sie leise. „Ich habe mich losgelöst und befreit gefühlt, dabei hätte ich doch Angst haben müssen. Der Widerstand war weg, wahrscheinlich durch den Zeitdruck und die drohende Strafe.“

„Das stimmt, aber viel wichtiger ist, dass ich dir die Verantwortung abgenommen habe. Indem ich dich gezwungen habe, konntest du dich von deiner Moral befreien. Du konntest endlich tun, was du wirklich wolltest. Habe ich recht?“ Er sah ihr tief in die Augen.

Sie nickte stumm. Ja, er hatte recht. Er hatte sie manipuliert.

Nein, das ist nicht fair, korrigierte sie sich gedanklich, eigentlich hat er mir geholfen.

Vielleicht war das auch der Grund, weshalb sie sich von Zoe hatte fesseln lassen. Das war nicht nur ihre einzige Möglichkeit gewesen, sich BDSM überhaupt zu nähern, ohne als naives Freiwild auftreten und öffentlich zu ihrer Neigung stehen zu müssen. Wenn Zoe sie mit Bondage unbeweglich gemacht und sie vor Publikum ausgestellt hatte, hatte sie Bree damit jeglicher Verantwortung entbunden, und diese hatte sich keine Kopfschmerzen darüber machen müssen, wie sie sich einer Menschenmenge auf solch lüsterne Weise zeigen konnte. Es war ihr egal gewesen, was die Zuschauer von ihr gedacht hatten, denn es war ja schließlich nicht ihre Entscheidung gewesen, in welche aufreizende Pose Zoe sie gezwungen hatte.

Ryan steckte Bryanna eine Haarsträhne, die sich gelöst hatte, hinter das Ohr. „Sieh den Druck, den ich auf dich ausgeübt habe, als Krücke an, die dich beim Gehen unterstützt. Sie hilft dir, bis du selbstständig gehen kannst und endlich bis in die Tiefen deiner Seele spürst, dass du nur als Sub wirklich glücklich werden kannst.“

Unsicher runzelte sie die Stirn.

„Du bist, was du bist“, sprach er sanft, „Eine devote Frau, die es erregt, erniedrigt zu werden.“

„Niemals!“, widersprach Bree erschrocken.

„Und was ist das?“, fragte er amüsiert und zeigte auf ihre feuchten Oberschenkel. „Nun werde ich dir die Klammern abnehmen. Du hast sie tapfer getragen, Bree-chan.“

Ryan kniete sich hinter Bryanna und schmiegte sich an ihren Rücken, soweit der Monohandschuh das zuließ. Seine Hand massierte ihren Unterbauch, glitt tiefer und kraulte ihren rasierten Venushügel, um danach zwischen ihren gespreizten Schenkeln einzutauchen. Zärtlich streichelte er ihre Scham. Brees erste Reaktion war Abwehr, doch dann sagte sie sich, dass sie sich einen Orgasmus verdient hatte und hielt still. Sie lehnte den Hinterkopf an ihn und hob ihr Becken seiner Hand entgegen, um ihm zu zeigen, dass sie mehr wollte.

In diesem Moment nahm Ryan mit der freien Hand die Wäscheklammer vom Warzenhof ihrer rechten Brust. Gequält jammerte sie auf, da die Stelle plötzlich mehr schmerzte, nun, da Blut zurückströmte, doch der Schmerz ebbte so schnell ab, wie er gekommen war, und zudem beruhigten sie Ryans Liebkosungen. Seine Finger drangen in sie ein. Er verteilte ihre Feuchtigkeit und umkreiste immer wieder ihre Klitoris. Er legte ihre Falten eine nach der anderen um, als wären sie Buchseiten. Und las er nicht tatsächlich in ihr? Ryan wusste genau, wie sie reagieren würde, wenn er sie in die Enge drängte, und holte sie sanft wieder aus ihrem Schneckenhaus heraus.

Bryanna kam zu dem Schluss, dass er gefährlicher war, als sie anfangs gedacht hatte, wobei es ihr nicht so sehr um die körperliche Überlegenheit ging, sondern um sein Wissen, was BDSM und ihre Reaktionen betraf. Er spielte mit ihrem Körper und ihren Gefühlen wie auf einer Harfe und entlockte ihr zielsicher die Töne, die er hören wollte. Sie befürchtete in seinen Armen zu ertrinken, denn es zog sie wie ein Sog, dem sie sich nicht entziehen konnte, zu ihm hin. Seufzend wand sie sich unter seinen Berührungen. Er fasste sie ganz selbstverständlich an ihren Intimzonen an, da er sie als seinen Besitz betrachtete.

Was ist falsch daran? fragte sie sich. Immerhin war sie es, die davon profitierte. Er zahlte ihr den Lohn für ihre Bemühungen aus, zeigte ihr, dass ein Herr nicht nur nahm, sondern seiner Sub auch etwas schenkte.

„*Urusai wa yo*. Nicht so laut“, flüsterte er, als Bree seufzte.

Bryanna war nur noch Lust. Sie biss sich auf die Unterlippe, um keinen Laut von sich zu geben. Nicht auszudenken, wenn Kameko aus ihrem kleinen Teehaus käme! Oder Kozo, der Wachmann, der vor der Hintertür stand, unweit von der Stelle, an der Bree kniete, neugierig den Kopf durch die Tür steckte! Oder der schmächtige Junge, der auf der Mauer hockte und das Haupttor bewachte, über die Mauer zu ihnen käme!

Sie verbot sich selbst, weiter darüber nachzudenken und versuchte ihre Gedanken auszuschalten. Ryan nahm unterdessen ihre Klitoris zwischen Zeigefinger und Daumen. Quälend langsam rollte er sachte die Klitoris und hauchte Brees Nacken an. Als er die Wäscheklammer von ihrer linken Brust entfernte, zuckte Bryanna zusammen. Ryan zwirbelte die Klitoris schneller, und durch die anschwellende Lust spürte Bree den Schmerz kaum, als das Blut in die ehemals gestaute Haut zurückfloss.

Plötzlich hörte Ryan mit der süßen Stimulation auf. Er band den ledernen Monohandschuh los und befreite Bryanna von der Fessel. Nachdem er sich erhoben hatte, half er ihr auf die Beine.

Ihre Glieder taten weh, die Kniegelenke fühlten sich steif an. Bree dehnte und streckte sich. Dann wartete sie. Ryan musste doch weitere Pläne mit ihr haben! Durch seine Liebkosungen war ihr Geschlecht warm und weich und bereit, von der Erregung erlöst zu werden.

Doch er dachte offensichtlich nicht daran. „Zieh dich an! Ich will nicht, dass jemand meine Dienerin nackt sieht.“

„Aber …“ Unsicher sah sie ihn an. Bree fasste sich ein Herz. „Was ist mit mir?“

Er kniff die Augen zusammen. „Mit dir?“

„Wollen Sie nicht beenden, was Sie begonnen haben?“ Dass er von ihr forderte, gesiezt zu werden, fiel ihr in diesem Augenblick schwerer als jemals zuvor. Jemand, mit dem man intim war, duzt man, aber sie wagte es nicht, da er schon wieder durch seinen harschen Ton Distanz zwischen ihnen gebracht hatte.

„Erstens hast du nicht das Recht, etwas von mir zu verlangen.“ Er machte einen Schritt auf Bree zu, sie wich zurück „Und zweitens hast du eine Belohnung gar nicht verdient, da der vierte Gong vor meiner Erleichterung kam.“

Ryan ließ sie einfach stehen und schlenderte ins Haus. Bryanna kochte vor Wut. Eine Weile blieb sie wie angewurzelt stehen, weil sie nicht wusste, an wem oder was sie ihren Zorn abreagieren konnte. Als ihr jedoch bewusst wurde, dass sie immer noch splitterfasernackt war, kleidete sie sich schnell an und lief in ihr Zimmer. Den Tränen nahe legte sie sich nackt auf den Futon und starrte in die Dunkelheit. Wie hatte sie nur so einfältig sein und denken können, Ryan und sie hätten sich angenähert? Er hatte ihr etwas vorgemacht, hatte sie umschmeichelt, um ihr am Ende den Dolch ins Herz zu stoßen. Wahrscheinlich hatte allein diese Aussicht ihn heiß gemacht. Er hatte das doch geplant, oder? Er musste es geplant haben!

Aufgebracht trat Bryanna die Bettdecke weg. Sie spreizte die Schenkel, benässte ihre Finger mit Speichel und legte die Hand auf ihren Schritt. Dann besorgte sie es sich eben selbst. Das konnte sie gut, darin war sie eine Meisterin. Aber es war nicht wirklich das, was sie wollte. Sie begehrte Ryan und wollte ihn in sich spüren. Er sollte sie ausfüllen, doch da war nur ihre eigene Hand, die ihre Klitoris zu streicheln begann.

„Was machst du da?“ Ryan trat hinter dem Wandschirm hervor. Er hielt eine Kerze und betrachtete im flackernden Kerzenlicht das Szenario, das sich ihm bot. „Habe ich dir erlaubt, dich zu berühren?“

„Nein“, fauchte Bree ihn an. „Aber das eben war nicht fair.“

Er kam zu ihr und stellte die Kerze auf dem kleinen, runden Beistelltisch ab. „Wer sagt, dass dein Leben als Sub fair ist? Niemand! Dein Leben ist nicht fair, sondern abhängig von mir, und ohne meine ausdrückliche Erlaubnis wirst du nicht masturbieren. Ich sollte dich für deinen Ungehorsam tatsächlich auspeitschen. Eine ordentliche Züchtigung würde dir deine Aufsässigkeit austreiben.“

Ryan kniete sich auf das Bett. Bryanna versuchte zu flüchten, doch er packte ihre Arme und drückte sie zurück auf den Futon. Wie eine Furie kämpfte sie gegen ihn an. Sie wehrte sich aus Leibeskräften und ahnte bald, dass sie nicht den Hauch einer Chance hatte. Trotzdem gab sie erst klein bei, als er sich mit seinem ganzen Körpergewicht auf sie legte und ihren Mund mit einem Kuss verschloss.

Fest presste er seine Lippen auf die ihren, während er ihre Handgelenke auf dem Kopfkissen festhielt. Der Kampf ging in Leidenschaft über. Bree wusste nicht mehr, ob sie miteinander rangen oder wilden Sex hatten. Ihr Herz pochte aufgeregt, als Ryan geschickt mit einer Hand den Gürtel auszog und die Hose über die Hüften nach unten schob. Er drückte ihre Beine noch weiter auseinander und drang mit einem kräftigen Stoß in sie ein. Erregt bäumte Bree sich auf. Es war genau das, was sie in diesem Moment brauchte. Wenn das seine Strafe sein sollte, nahm sie die gerne in Kauf.

Ryan nahm sie rücksichtslos. Er stieß immer wieder in sie hinein und peitschte nicht nur seine Lust an, sondern auch ihre. Es dauerte nicht lange, und ihr Unterleib zog sich zusammen. Ihre Muskeln verkrampften sich, sie schloss die Augen und sandte ein Stoßgebet gen Himmel, damit Ryan nicht ein zweites Mal kurz vor dem Orgasmus mit der Penetration aufhörte. Doch diesmal war er selbst beteiligt. Er war beherrscht, aber so eine extreme Beherrschung konnte nicht einmal er an den Tag legen.

Er hörte nicht auf, sondern nahm sie weiterhin ungehemmt und stürmisch. Bryanna hielt den Atem an und brach zuckend unter Ryan zusammen, als der Höhepunkt sie erschütterte. Zitternd rang sie nach Luft. Ihre Lippen suchten Ryans Mund, doch sie fanden nur sein Kinn, und so küsste sie seinen Hals, bis er laut aufstöhnte und sich auf seine Unterarme fallen ließ. Keuchend lag er über ihr.

Nach einer Weile schaute er Bryanna tief in die Augen. Die Sekunden verstrichen. Worüber dachte er nach? Sinnierte er über eine Strafe, oder war er wütend auf sich selbst, weil er sich hatte gehen lassen?

Schließlich blies Ryan die Kerze aus. Er legte sich neben Bree, drehte sie auf die Seite, als wäre sie eine Puppe, die er so drapierte, wie er sie haben wollte, und zog sie an sich heran. Dann deckte er sie beide zu.

„Gute Nacht“, murmelte er und gähnte.

Erstaunt blieb Bryanna stocksteif liegen. Schon bald atmete Ryan ruhig – er war eingeschlafen.

Auch Bree entspannte sich. Wäre Ryan nach dem Sex aufgestanden und hätte sie allein gelassen, wäre sie mit dem Gefühl zurückgeblieben, sein Lustspielzeug zu sein, das er achtlos liegen ließ, nachdem er es benutzt hatte. Aber er lag nah hinter ihr, sie genoss seine Wärme und schlummerte glücklich ermattet ein.

***

Da Ryan Bryanna erst in den frühen Morgenstunden verließ, um seine Schüler schon bei Tagesanbruch zu trainieren, konnte sie erst in der darauffolgenden Nacht zu fliehen versuchen oder zumindest nach Lücken im Bewachungssystem zu suchen. Trotz des wundervollen Erlebnisses mit ihm überwog ihr Freiheitsdrang.

Eine Nacht später schlich Bree auf leisen Sohlen aus ihrem Zimmer. Es saß keine Wache auf der Mauer neben dem Tor. So beschloss sie, es erst einmal dort zu probieren. Geduckt schlich sie nach rechts durch den Korridor in Richtung Brunnen, bog am Ende rechts ab und lief vorbei an den Latrinen, um hinter dem Gebäude entlangzugehen. Der Koch hatte die Küchenabfälle mittlerweile in Müllsäcke gepackt, wahrscheinlich, damit keine Ratten angelockt wurden. Ratten sah Bryanna nicht, dafür aber ein schwarz-weißes Kätzchen, das mit seiner kleinen Pfote an einem der Plastiksäcke zerrte. Die kleine Katze schaffte es tatsächlich, mit ihren Krallen ein Loch hineinzureißen. Aufgeregt schnupperte sie am Inhalt. Dann entdeckte das Kätzchen Bree und kam maunzend auf sie zu.

Am Vortag hatte Bryanna in der Küche geholfen, weil Ryan ihr eine Aufgabe geben und sie in den Alltag der Nito-Schule einbinden wollte. Putzen sollte sie jedoch nicht. Er hatte ihr klargemacht, dass er sie als Lustdienerin und nicht als Putzfrau betrachtete. Das Kätzchen hatte sie während ihres Küchendienstes nicht gesehen.

Sie legte den Finger an die Lippen und flüsterte: „Pst, wirst du wohl still sein! Du verrätst mich noch!“

Doch das Kätzchen miaute kläglich. Es musste sehr hungrig sein. Erst als es näher kam, sah Bree, dass sein linkes Auge und das Fell am linken Ohr verklebt waren. Sie beugte sich hinunter und kraulte es am Hinterkopf.

„Ich habe leider nichts für dich.“ Sie gab ihm einen sanften Schubs in Richtung der Säcke. „Nun such schön weiter und lass mich in Ruhe.“

Bryanna richtete sich auf und ging weiter zum anderen Ende des Gebäudes, doch das Kätzchen folgte ihr. Immer wieder scheuchte sie es fort, aber es sah Bree nur mit großen Augen verständnislos und hungrig an und ließ sich nicht abschütteln.

Bree schwankte zwischen Mitleid und Ärger. Unter anderen Umständen wäre sie sofort in die Küche gegangen und hätte nach etwas Essbarem für die kleine Katze geschaut. Aber jetzt hatte sie Wichtigeres vor. Sie musste nach einem Fluchtweg suchen.

Vorsichtig lugte sie um die Ecke. Noch immer war kein Wachposten zu sehen. Vielleicht hatte man ihr einen Bären aufgebunden, und das Gelände wurde gar nicht bewacht. Die Zuversicht sprach aus ihr.

Sie bemerkte eine Gruppe von drei Ginkgobäumen in der Ecke links neben dem Tor. Hatte sie in einem Moment noch die Hoffnung gehabt, im Dickicht der Bäume einen Wagen zu finden, schwand ihre Zuversicht im nächsten Moment. Dort stand nichts, auch gab es nirgends eine Garage. Vielleicht stand ein Auto vor der Mauer. Vielleicht besaß die Kendo-Schule aber auch gar keins.

Irgendjemand muss doch die Küchenabfälle wegtransportieren!, sagte sie sich und vermutete, dass ein Lieferant die Schule anfuhr und gleichzeitig die Säcke mitnahm. Sie konnte ihn abpassen und um Hilfe bitten, aber so lange hatte sie nicht vor auszuharren.

Das Kätzchen maunzte und strich um ihre Beine. Bryanna verdrehte die Augen. In diesem Augenblick öffnete sich das Haupttor. Ein junger Mann steckte den Kopf herein und sah sich um. Er musste etwas gehört haben.

Rasch nahm Bree das Kätzchen auf den Arm. Sie streichelte es beruhigend, trat einen Schritt zurück und drückte den Rücken gegen die Rückseite des Gebäudes, damit die Wache sie nicht bemerkte. Angespannt wartete sie. Sie wagte kaum zu atmen. Beschwörend sah sie die kleine Katze an.

Sie meinte Kozos Gesicht wiedererkannt zu haben. Wenn er am Haupteingang Wache hielt, konnte er nicht gleichzeitig den Hintereingang im Auge behalten. Ob es möglich war, dass nachts nur eine Wache um das Gelände patrouillierte? Sie musste zur Hintertür und das überprüfen.

Vorsichtig linste sie um die Ecke. Kozo war fort, das Tor wieder geschlossen. Bryanna betete, dass er nicht über das Gelände streifte, um nach dem Rechten zu schauen, und setzte das Kätzchen auf den Boden. Dann huschte sie zu den Latrinen zurück. Die Katze folgte ihr und begann wieder zu maunzen.

Bree fluchte innerlich, nahm das Kätzchen jedoch sanft hoch und trug es zu dem Müllsack, in den es ein Loch gerissen hatte. „Da ist sicher etwas drin, was dir schmeckt!"

Es schnupperte und sprang auf den Sack, um von oben die Pfote erneut in das Plastik zu schlagen und mit seinen Krallen das Loch weiter aufzureißen.

Da kam Bree eine Idee. So leise wie möglich nahm sie einen Müllsack nach dem anderen und stapelte die Säcke an der Mauer aufeinander. Zufrieden schaute sie ihre Leiter an. Es könnte reichen. Die Mauer war sehr hoch, aber wenn sie auf den Säcken stand, könnte sie nach oben greifen und sich hochziehen. Sie wollte es zumindest auf einen Versuch ankommen lassen.

Als sie mit einem Fuß auf den obersten Plastiksack trat, gab er ein Geräusch von sich, das in der Stille der Nacht fürchterlich laut klang. Bree biss sich auf die Unterlippe und lauschte. Da sich nichts regte, stieg sie auch mit dem zweiten Fuß hinauf und sackte ein. Die Luft entwich aus den Säcken, die Küchenabfälle wurden zusammengedrückt, und ihre Leiter war nur noch halb so hoch.

Sie schimpfte leise vor sich hin. Sie langte nach oben, konnte das obere Ende der Mauer aber nicht erreichen. Enttäuscht sprang sie herunter. Ihr Blick fiel auf das Loch in der Mauer, das Shunpei als Halterung für die Aubergine benutzt hatte. Bryanna steckte ihre Fußspitze in den kleinen Hohlraum, versuchte sich hochzudrücken und sich an hervorstehenden Steinen hochzuziehen. Vergeblich. Aufgebracht suchte sie eine andere Möglichkeit, um die Mauer zu erklimmen. Aber ohne Hilfsmittel, auf die sie sich stellen konnte, war es sinnlos.

Das Kätzchen beschwerte sich lautstark. Daher rollte Bree die Müllsäcke zurück unter das Küchenfenster, das einzige Fenster an der Rückseite. Sie vermutete, dass die anderen Räume keine Fenster besaßen, um im Sommer die Hitze und im Winter die Kälte nicht in die Zimmer zu lassen. Es gab weder eine Klimaanlage noch eine Heizung. Bryanna vergrößerte das Loch im Sack mit ihren Fingern und setzte das Kätzchen ein zweites Mal davor.

„Folge mir ja nicht!“, drohte sie und streichelte es zum Abschied ein letztes Mal.

Dann huschte sie vorbei an den Latrinen, hinter Kamekos Teehaus und hockte sich im Schutz des Schlitzahorns hin, der neben der Hintertür wuchs. Da sie keinerlei Geräusche von außerhalb der Mauer hörte, schlich sie zur Tür. Ihr Herz schlug ihr bis zum Hals. Mit zitternden Fingern drückte sie die Holztür auf, doch schon als diese nur einen Spalt breit offen stand, konnte Bree einen jungen Mann sehen. Es war Tonegawa! Ausgerechnet Tonegawa. Er stand neben dem Eingang, hielt seinen Penis in der Hand und urinierte einfach dort, wo er Wache hielt.

Der Schreck fuhr ihr in die Glieder. Er drehte sich langsam zu ihr um. Bryanna taumelte rückwärts und stieß gegen die Kirschlorbeerhecke. Sie hörte Stoff rascheln und ahnte, dass Tonegawa die Hose hochzog und den *hakame* an seiner Taille mit dem Gürtel festband, um zu prüfen, was vor sich ging. Hatte er sie erkannt?

KAPITEL 10

Panisch sprintete Bryanna los. Sie hastete vorbei an Kamekos Haus. Just in dem Moment, in dem sie das Hauptgebäude erreichte, öffnete sich das vordere Tor. Kozo kam herein. Bryanna hatte keine Zeit mehr, durch den Korridor in ihr Zimmer zu laufen. Da der Flur große Fenster besaß, würde sie dort gesehen werden. Ihr blieb nichts anderes übrig, als sich bei den Latrinen zu verstecken. Kaum war sie in den Schutz des Hauses eingetaucht, hörte sie zwei Stimmen. Sie lugte um die Ecke und sah, dass Tonegawa und Kozo aufeinander zugingen. Sie trafen sich im Hof. Ihre Stimmen klangen aufgebracht. Plötzlich verstummten sie. Während Tonegawa auf Bryanna zukam, lief Kozo zurück zum Tor, doch Bree ahnte, dass er nicht zurück auf seinen Posten ging. Die beiden heckten etwas aus, denn sie nickten einander verschwörerisch zu.

Angsterfüllt preschte Bree los. Nicht auszudenken, was Ryan mit ihr machen würde, wenn er von ihrem Fluchtversuch erfuhr! Sie schaute hektisch in die Latrinen, aber sich dort zu verstecken wäre eine Sackgasse. Wenn die beiden jungen Männer dort nachschauen würden, gäbe es für Bree kein Entrinnen mehr. Daher hetzte sie weiter. Ihr blieb keine andere Möglichkeit, als durch das Küchenfenster zu klettern, weil sie vermutete, dass Kozo von der entgegengesetzten Seite zur Rückseite des Gebäudes laufen würde, um ihr den Fluchtweg abzuschneiden.

Als sie auf die Müllsäcke sprang, fauchte das Kätzchen. Es machte einen Buckel, plusterte sich auf und bekam einen buschigen Schwanz. Bryanna zog sich am Fensterabsatz hoch und stieg in die Küche. In dem Raum war es um einiges dunkler als unter freiem Himmel. Sie tastete sich voran, stieß gegen einen Zinnbecher und konnte ihn gerade noch festhalten, bevor er scheppernd auf dem Boden auftraf.

Plötzlich hörte sie Stimmen. Tonegawa rief etwas vor dem Küchenfenster, doch Kozo, der ihm antwortete, stand keinesfalls neben ihm. Bree stellte entsetzt fest, dass seine Stimme vom Korridor kam. Sie hatte sich getäuscht! Die Jungen hatten sie nicht hinter dem Gebäude einkreisen wollen. Oder war Kozo schon wieder nach vorne gelaufen, als er gesehen hatte, dass niemand mehr hinter dem Haus war? Die jungen Männer waren durch das harte Kendo-Training viel flinker als Bryanna. Hatte sie überhaupt eine Chance?

Nun klangen ihre Schritte anders, sie klackerten nicht mehr über den Steinboden. Holz! Sie lief auf Holz. Ihr fiel die *yukashita* ein. Der Koch hatte Bree Gewürze holen geschickt, und sie hatte den Vorratsraum gesucht, bis einer der Schüler, der ebenfalls in der Küche half, ihr die *yukashita* gezeigt hatte, das Vorratsfach im Fußboden der Küche.

Fast blind vor Dunkelheit tastete sie über den Boden. Als sie den Eisenring fand, zog sie daran. Die Bodenklappe ging nach oben auf. Ohne noch mehr wertvolle Zeit verstreichen zu lassen, sprang Bree hinein. Sie schloss den Holzdeckel über sich. Die Stimmen waren nun über ihr. Sie sah Kerzenschein durch die Ritzen im Holz. Ängstlich schlang sie die Arme um den Körper. Dieser Tonegawa war ihr nicht geheuer. Sie wollte ihm auf keinen Fall alleine begegnen, erst recht nicht im Dunkeln. Er hatte stets einen feindseligen Gesichtsausdruck. Auf Kozo als Schutz konnte sie sich nicht verlassen, da sie nicht wusste, ob die beiden befreundet waren. Sollte Tonegawa ihr etwas antun, konnte sie nicht einmal um Hilfe schreien oder zu Ryan gehen, damit er sich für sie einsetzte, denn dann würde ihr Fluchtversuch auffliegen. Sie befand sich in einer Sackgasse, auf zweierlei Art.

Jemand machte sich am Deckel zu schaffen. Das Scharnier des Stahlrings knarrte. Bryannas Puls raste. Sie ertastete einige Säcke Reis und versuchte sich dazwischen zu zwängen. Es gelang ihr nur mit Mühe. Als sie die Beine nachzog, rutschte ein *zori* von ihrem Fuß. Er blieb zwischen den Reissäcken stecken, jedoch recht weit vorne, wo er Tonegawa und Kozo durchaus auffallen könnte. Sie biss die Zähne zusammen. Gerade, als sie mit dem Fuß nach der Reisstrohsandalette fischen wollte, wurde der Deckel angehoben und jemand leuchtete in das Vorratsfach. Bree sah den flackernden Kerzenschein und hielt die Luft an. Sekunden wurden zu Minuten. In ihrem Kopf war ein Vakuum. Irgendwann schloss sie die Augen und wartete angespannt.

Sie atmete erst wieder aus, nachdem der Holzdeckel sich geschlossen hatte. Tonegawa und Kozo hatten sie nicht entdeckt. Erleichtert öffnete sie die Augen, doch im nächsten Moment fühlte sie Beklemmung. Finsternis umgab sie. Sie sah nicht einmal die Hand vor Augen.

Die innere Unruhe nahm mit jeder Minute, die sie in der *yukashita* blieb, zu. Ihr war, als würden die Reissäcke, zwischen denen sie eingeklemmt war, immer näher rücken und sie schon bald zerquetschen, aber sie zwang sich liegenzubleiben. Tonegawa und Kozo konnten noch umherstreifen. Vielleicht hatten sie Bryanna doch entdeckt und machten sich einen Spaß daraus, dass Bree sich in Sicherheit wähnte, nur weil sie den Deckel wieder geschlossen hatten. Sie würden über Bree herfallen, sobald sie aus ihrem Versteck heraussteigen würde. Oder hatten die jungen Männer gar den Deckel mit einem schweren Gegenstand verschlossen, damit Bryanna nicht mehr aus dem Vorratsfach im Küchenboden entkommen konnte?

Brees Beklommenheit nahm zu. Ihr Herz pochte schmerzhaft. Sie hörte ein Rascheln in der *yukashita,* und augenblicklich erschienen Bilder vor ihrem inneren Auge: Mäuse, die neben ihren nackten Zehen an den Reissäcken knabberten, Spinnen, die über ihrem Kopf krabbelten und sich dann an einem Faden auf sie herabließen, Silberfische, Küchenschaben, Ratten ...

Bryanna hielt es nicht mehr aus. Sie angelte mit dem Fuß nach der Sandalette, erreichte sie jedoch nicht. Mühsam quetschte sie sich aus ihrem Gefängnis. Sie drückte den Holzdeckel ein Stück weit nach oben, linste durch einen Spalt und öffnete den Deckel ganz, als sie niemanden sah. Sofort stellte sie sich auf. Sie hustete, merkte erst jetzt, wie staubig es in dem Vorratsfach gewesen war, und atmete mehrmals tief durch.

Im schwachen Mondlicht, das in die Küche fiel, hockte sie sich hin und tastete nach ihrer Sandalette. Sie war nicht da! Sie ließ sich auf die Knie nieder und steckte ihre Hände in jede Ritze, aber ihre Strohsandale fand sie nicht.

„Die beiden haben sie mitgenommen!“ Das war die einzige Möglichkeit. Bree wollte es nicht wahrhaben. So stieg sie aus dem Fach im Boden und suchte eine Kerze. Glücklicherweise fand sie einen Stumpen und Streichhölzer, beides lag neben dem Gasherd. Sie entzündete die Kerze erst, nachdem sie in das Vorratsfach gestiegen war, damit so wenig Licht wie möglich nach draußen drang, und suchte im Schein des Kerzenlichts erneut nach der Sandale. Sie war nicht da.

Erschrocken blies Bryanna die Kerze aus. Sie stellte den Stumpen dorthin zurück, wo sie ihn gefunden hatte. Leise verschloss sie die *yukashita* und spähte hinaus in den Korridor. Da sie keinen der beiden jungen Männer sah, zog sie den zweiten *zori* aus und lief barfuß zurück in ihr Zimmer.

Bree tauschte rasch ihre Kleidung gegen den *yukata* und schlüpfte ins Bett. Verzweifelt lag sie da und starrte mit offenen Augen in die Dunkelheit. Wussten Tonegawa und Kozo, dass Bree es war, die sie verfolgt hatten? Und wenn ja, würden die beiden jungen Männer sie bei Ryan verraten, warten, bis sie durch den fehlenden Schuh auffiel oder sie gar erpressen?

Tausend Gedanken schwirrten durch ihren Kopf. Unruhig wälzte sie sich von einer Seite auf die andere. Sie tat die ganze Nacht kein Auge zu und stand auf, als die ersten Vögel mit ihrem Gezwitscher den Morgen ankündigten. Es gab nur eine Person, die ihr helfen konnte. Sie war Brees einzige Möglichkeit, das Unheil in letzter Sekunde abzuwenden.

Bryanna zog sich an und wäre vermutlich vor Müdigkeit umgefallen, hätte das Adrenalin sie nicht aufgeputscht. Auf leisen Sohlen schlich sie durch den Korridor. Alle schliefen noch, aber nicht mehr lange, denn sobald die Sonne aufging begann das erste Training. In dieser Schule Nito-Kendo zu erlernen war wahrlich kein Zuckerschlecken.

Vor dem Waschraum fiel ihr Blick auf die Waschraum-Sandalen, die graue V-Bänder anstatt schwarze Kreuzbänder besaßen. Sie ärgerte sich über die Tatsache, dass jedes Paar Strohsandalen andere Riemen hatte, damit man ja nicht vergaß, z.B. die Toilettenschuhe auszuziehen, wenn man die Latrine verließ. Bree hätte auch nicht die *zori* eines Schülers stiebitzen können, denn die Füße der Jungen waren alle größer als ihre. Zudem wagte sie es nicht, sich dem Schlafsaal der Schüler zu nähern, weil diese jeden Moment aufstehen würden.

Mit großen Schritten ging sie zu Kamekos kleinem Teehaus hinüber, schob die Tür aus *shoji*-Papier beiseite und trat ein. Zeit für höfliches Anklopfen hatte Bryanna nicht. Sofort schloss sie die Tür hinter sich. Das *ochaya* bestand nur aus zwei kleinen Räumen, getrennt durch einen Wandschirm aus Kirschholz, auf dem Malereien von Geishas mit Kunden in sinnlichen, aber keineswegs obszönen Posen zu sehen waren. Der vordere Bereich, in dem Bree stand, war mit *tatami*-Matten ausgelegt. In der Mitte sah sie einen *kotatsu*, wie sie ihn bei Yukako gesehen hatte – ein niedriger Tisch mit befestigten Decken und integrierter Heizung und mit zwei Sitzkissen. Für Kameko und Ryan? Oder empfing sie auch andere Gäste in ihrem Domizil? Eifersucht kochte in Bree hoch, als Kameko hinter dem Wandschirm hervortrat, der den Wohnbereich offensichtlich vom Schlafzimmer abschirmte, und sich müde die Augen rieb.

„*O-hayo gozaimasu*, Bree-san!“, sagte sie erstaunt und verneigte sich.

„Guten Morgen, Tutorin!“ Bryanna stürmte auf ihre „große Schwester“ zu und fasste sie an den Schultern. „Kameko-kyoushi, ich brauche deine Hilfe! Es ist wirklich wichtig!“

„Was ist geschehen? Du bist so aufgeregt. Beruhige dich erst einmal!“

Bree bemerkte, wie unwohl Kameko sich in ihrer Umklammerung fühlte und ließ sie los. „Mir fehlt ein *zori*. Die Sandalette ist mir ... abhanden gekommen.“

„Heute Nacht?“

„Bitte!“, fiel Bryanna ihr ins Wort. „Kannst du mir sagen, wie ich eine neue bekomme, bevor der Gong alle zum Frühstück ruft? Wenn auffällt, dass sie mir fehlt, wird Ryan-sama sehr böse sein.“

„Er wird dir nichts tun. Bitte ihn einfach um einen neuen Schuh.“

Bree schüttelte den Kopf. „Das kann ich nicht. Er darf nicht erfahren, dass mir einer fehlt.“

„Das verstehe ich nicht“, sagte Kameko, während sie ihre Haare zu einem Knoten hochband.

Bryanna überlegte. Sie suchte nach den richtigen Worten. Inwieweit sollte sie ihre „große Schwester“ einweihen? Auf welcher Seite stand Kameko, auf ihrer oder auf Ryans?

„Die anderen stehen bald auf. Kannst du mir nun helfen oder nicht?“ Sie klang harscher als beabsichtigt und entschuldigte sich sogleich, sogar auf Japanisch, um Kameko zu besänftigen. „*Sumimasen*, ich bin verzweifelt. Ryan-sama wird mich bestrafen, wenn er herausfindet, dass ich ... eine Strohsandalette verloren habe, obwohl ich hätte schlafen sollen.“

Die Geisha kicherte hinter erhobener Hand. „Es wird eine lustvolle Strafe werden.“

„Nein, ganz bestimmt nicht!“ Da war Bryanna sicher. „Er wird mir zeigen, wo meine Grenzen sind, weil er mich zu einem Vögelchen erziehen möchte, das nicht aus seinem Käfig fliegt, obwohl die Tür offen steht.“

Kameko verstand Brees Andeutung. Sie wurde ernst, ging zum Wandschirm und schob ihn beiseite. Dahinter kamen ein Futon, eine reich verzierte Kommode und ein großer Schrank zum Vorschein. Als sie ihn öffnete, sah Bryanna, dass die unterschiedlichsten Kleidungsstücke darin hingen und auf dem Boden *zori* in verschiedenen Größen standen.

Kameko nahm Brees verbliebenen Schuh, kramte eine Weile und verglich einzelne Sandaletten. Als sie die passende Größe gefunden hatte, reichte sie Bryanna die Strohsandalen.

Bree fiel ein Stein vom Herzen. Sie zog die Sandalen freudestrahlend an. „*Domo arigato*, du bist ein Engel, Kameko!“

In diesem Moment klopfte es. Hektisch schloss die Geisha den Schrank. Sie zerrte Bryanna in den Wohnbereich und schob den Wandschirm zurück an seinen Platz. Dann ging sie würdevoll zum Eingang.

„Ryan-sama, welch eine Freude!“ Sie ließ sich auf die Knie nieder und verbeugte sich so tief, dass ihre Stirn die Reisstrohmatte berührte.

„*O-hayo gozaimasu*“, sagte er, ohne sie anzuschauen, ging an ihr vorüber und musterte Bryanna kritisch. „So früh auf den Beinen?“

Obwohl sie innerlich erbebte, bemühte Bree sich, ebenso gelassen wie ihre „große Schwester“ zu wirken. „Ich wünsche Ihnen einen guten Morgen, ehrenwerter Ryan-sensei!“

Kaum hatte sie das ausgesprochen, wusste sie, dass sie zu viel Enthusiasmus in die Begrüßung gelegt hatte und ihm das suspekt vorkommen musste. Schweren Herzen kniete sie sich hin und verneigte sich ebenso tief wie Kameko. Es war das erste Mal, dass sie das tat, und es fiel ihr schwer, aber in diesem Augenblick schien es das einzig Richtige zu sein.

Ihre Stimme zitterte verdächtig, als sie log: „Ich war früh wach und wollte Kameko-kyoushi zum Frühstück abholen.“

„So so … ihr dürft euch erheben“, murrte er und verschränkte die Arme vor dem Körper.

Kameko lächelte ihn verführerisch an. Sie senkte verlegen den Blick und schaute ihn von unten herauf an, wie ein schüchternes Mädchen. „Bryanna-san hat mir zugesagt, mir heute beim Flicken der Kleidung zu helfen. Ich werde ihr auch zeigen, wie man *zori* herstellt, damit sie mir in Zukunft zur Hand gehen kann.“

„Gut, sie braucht eine feste Aufgabe, damit sie nicht auf dumme Gedanken kommt.“ Ryan sagte dies mit einem gewissen Unterton, der Bree aufhorchen ließ.

Nachdem sie aufgestanden war, bemerkte sie, dass er auf ihre Strohsandalen starrte. Erst jetzt fiel ihr auf, dass kleine Lehmklumpen an einer Sandalette klebten, während die andere wie neu strahlte. Sie spürte, wie Hitze in ihre Wangen schoss. Am liebsten wäre sie im Erdboden versunken, doch sie stand vor Ryan wie ein Schulmädchen vor seinem Lehrer in Erwartung einer Bestrafung. Die Sekunden verstrichen quälend langsam.

„Kozo und Tonegawa haben einen *zori* in der *yukashita* gefunden.“ Mehr sagte er nicht. Er stellte weder Kameko noch Bryanna die Frage, ob sie etwas darüber wussten.

Ryan sah Bree an wie ein Raubtier, das seine Beute anvisierte, kurz bevor es sein Opfer ansprang und erlegte. Sein Kiefer bewegte sich unruhig. Das Schweigen zerrte an Bryannas Nerven. Sie wischte ihre feuchten Handflächen an ihrer Hose ab und überlegte angestrengt, was sie sagen könnte, doch ihr fiel nichts ein. Ihre Gedanken waren vor Furcht blockiert. Sie konnte Ryan nicht einschätzen. Wie weit würde er gehen, um seine Sub zu unterwerfen?

Sein Blick schweifte noch einmal zu ihren Strohsandalen. „Shunpei vermisst einen Schuh", sagte er, drehte sich um und verließ Kamekos Haus in Richtung Hauptgebäude.

„Shunpei?" Bryanna fiel aus allen Wolken. „Ryan glaubt, der Junge wäre heimlich im Vorratsfach gewesen."

Kameko war ganz blass geworden. „Shunpei-kun würde sich niemals ungefragt an den Speisen bedienen!"

Bree zählte zwei und zwei zusammen. „Tonegawa hat den Verdacht auf ihn gelenkt, um ihm eins auszuwischen. Aber ich bin mir sicher, Ryan weiß, dass ich die Schuldige bin, und er weiß auch von meinem Fluchtversuch."

„Bree-san!"

„Er ist zu schlau, um sich von Tonegawa hinters Licht führen zu lassen."

„Wenn er es weiß, warum klärt er dann nicht alles auf? Das kann er Shunpei-kun doch nicht antun!"

Bryanna ließ die Schultern hängen. „Ryan möchte, dass ich mich selbst stelle. Ich soll zu ihm kommen und meinen Fluchtversuch beichten, als Erniedrigung, und damit er über mich richten kann. Vielleicht will er mich auch testen und sehen, ob ich Shunpei ins Verderben schicke, um meine eigene Haut zu retten, oder ob ich aufrichtig bin und meinen Versuch, seiner Herrschaft zu entkommen, gestehe."

„Was wirst du tun?", fragte Kameko. Diesmal war sie es, die Bree an den Schultern fasste und sie eindringlich ansah.

„Es gibt nur eine Möglichkeit." Bryanna riss sich los. Sie ging vor das Teehaus, setzte sich auf die Veranda und entfernte die Lehmklumpen, die an der einen Sandale hingen. Nachdem Kameko ihre Morgentoilette verrichtet und einen wunderschönen Kimono aus himmelblauem Stoff mit violetten Stickereien und einem dunkelblauen *obi* angezogen hatte, nahm sie neben ihr Platz. Bree beobachtete, wie Kameko ihre Hauspantoffeln gegen *getas* tauschte und sagte resignierend: „Ich werde Ryan natürlich alles gestehen und Shunpei entlasten."

Doch es war nicht so einfach, Ryan alleine anzutreffen, und sie wagte nicht, ihn während des Trainings oder der Meditation zu stören. Möglicherweise wollte sie die Beichte auch ein wenig hinausschieben.

Jedenfalls verging der Vormittag rasch, ohne dass sie ein Geständnis ablegte oder auch nur in die Nähe von Ryan kam.

Nach dem Frühstück suchte Bryanna das schwarz-weiße Kätzchen. Sie fand es dösend unter den Gingko-Bäumen, nahm es mit in den Waschraum und reinigte sein verklebtes Auge, ebenso das Fell.

„Das machen wir jetzt täglich, dann wird dein Auge hoffentlich wieder gesund werden.“ Zärtlich streichelte sie es, woraufhin es leise zu schnurren anfing. Immer wenn Bree kurz aufhörte, stieß es sie mit seinem Köpfchen an, damit sie weiterkraulte. „Wenn nicht, fragen wir Kameko, ob sie nicht eine Kräutertinktur oder etwas Ähnliches hat.“

Sie gab ihm in einer Schale frisches Wasser zu trinken und stibitzte etwas Milch aus der Küche, die sie mit großem Unbehagen betrat und gerne schnell wieder verließ, wobei sie es vermied, auf den Holzdeckel der *yukashita* zu treten. Mit dem Kätzchen unter dem Arm ging Bree zu Kameko, setzte es ab und nahm neben ihrer Freundin Platz, die auf der kleinen Veranda saß und Trainingskleidung flickte.

„Das gehört normalerweise nicht zu den Aufgaben einer Geisha, habe ich recht?“, fragte Bryanna. Aus dem Augenwinkel beobachtete sie Ryan, der seine Schüler im Innenhof trainierte. Wie gelenkig er war! Seine Schläge und Tritte waren hart und präzise, sein Blick entschlossen.

Kameko lächelte verlegen. „Ich bin glücklich hier.“

Es amüsierte Bree immer wieder, dass ihre „große Schwester“ sich redlich bemühte, Verneinungen zu vermeiden, weil sie ihren Gesprächspartner nicht vor den Kopf stoßen wollte. „Wieso bist du nicht wie eine Geisha geschminkt und trägst Haarschmuck?“

„Nur Geishas in Ausbildung müssen ständig Schminke tragen und perfekt frisiert sein. Sie gehen einmal in der Woche zu einem erfahrenen Frisör und schlafen nachts auf Nackenstützen, um ihre Frisur nicht zu ruinieren. Das ist sehr anstrengend, genauso wie die traditionellen Künste fünf Jahre lang zu studieren.“

„Was sind das für Künste?“ Bryanna überlegte, ob sie Kameko bitten sollte, die Schlitze in ihrer Kleidung zuzunähen, denn sie selbst hatte noch nie Nadel und Faden in der Hand gehabt, schwieg jedoch, weil sie Ryan nicht noch mehr erzürnen wollte.

„Kalligrafie, Ikebana und das Spielen auf dem *shamisen*, der dreiseitigen Laute, der vierseitigen Laute *biwa*, aber auch auf anderen traditionellen Musikinstrumenten, wie z.B. der *shakuhachi*- und *hayashi*-Flöte, der *tsuzumi*-Trommel und der *kote*, einer mit Seide bespannten, gewölbten Zither“, erklärte Kameko und fädelte einen blauen Faden ein, um den Riss in einer Trainingshose zu flicken. „*Gei-sha* bedeutet Kunst-Person. Geishas müssen auch gut in Konversation, Gesang und Tanz sein und die Teezeremonie beherrschen. Wenn eine *meiko* ausgelernt hat, steigt sie zur Geisha auf und muss sich nur noch dezent schminken, wenn sie gebucht wurde.“

„Gebucht?“ Das hörte sich für Bree zu sehr nach Callgirl an.

„Während *meikos* Frisuren aus Echthaar tragen, dürfen Geishas bei offiziellen Anlässen sogar Perücken aufsetzen. Je älter eine Geisha wird, desto weniger schminkt sie sich, weil sie mit ihren Künsten überzeugen möchte und nicht mit ihrem Aussehen. Ihre Kimonos werden immer kürzer, die Farben der Stoffe dezenter. Die Tarife für junge und betagte Geishas sind dieselben, ein faires System.“ Kameko drehte die Hose auf links und begann zu nähen. „Man kann eine Geisha über eine Geisha-Agentur, *kenban*, oder ein Geisha-Haus, wir nennen es *geigi okiya* oder *geigi geshuku*, buchen.“

„Buchen hört sich schrecklich an.“

Kameko lachte. „Es verhält sich anders. Wie in einer Künstleragentur, nicht wie in einem Bordell.“

„So war das nicht gemeint“, entschuldigte Bryanna sich. „Wenn das so ist, was machst du dann an diesem abgelegenen Ort in den Bergen?“

Nachdem der Riss zugenäht war, verknotete Kameko das Garn und riss den verbliebenen Faden ab. „Ryan-sama ist mein *danna*, mein Patron. Er sorgt für mich.“

Brees Magen zog sich zusammen. Konnte Eifersucht der Grund sein?

„In Kyotos Vergnügungsviertel Gion leben nur noch an die 110 Geishas und insgesamt in Japan nicht mehr als 5000, wobei ich nur die traditionellen Geishas zähle und nicht Frauen, die sich wie Geishas kleiden, aber niemals eine Maiko waren und wie Showgirls in Vergnügungsparks vor Publikum auftreten oder sich gar prostituieren.“ Kamekos Stimme klang schwermütig. Sie faltete die Hose und legte sie beiseite. „In den zwanziger Jahren, während der Blütezeit der Geishas, gab es 80.000 im ganzen Land, vor 200 Jahren in Gion immerhin noch 3000. Von solchen Zahlen kann Japan heutzutage nur noch träumen. Es gibt immer weniger Männer, die zu ihrer Unterhaltung eine Geisha buchen. Meist sind es ältere Männer, die jüngeren sind immer weniger traditionsbewusst. Die Zeit verändert sich, die Welt ist freizügig geworden. Umso wichtiger ist es, einen *danna* zu haben. Das mag sich jetzt hart anhören, Bree, aber er ist meine Arbeitslosenversicherung und meine Rente. Ich bin dem großzügigen Ryan-sama sehr dankbar.“

Bryanns Eifersucht löste sich in Schall und Rauch auf. Trotzdem fragte sie behutsam: „Verlangt ein Gönner nicht mehr Zuwendung als ein Mann, der eine Geisha nur für ein paar Stunden oder einen Abend bucht?“

„Ich erkläre dir alles, was ich kann“, sagte Kameko höflich lächelnd und verneigte sich leicht. „Aber ein Gesetz der Geishas ist Verschwiegenheit.“

Bree war ein wenig verärgert, weil Kameko sie über ihre wahre Beziehung zu Ryan im Ungewissen ließ. Konnte es wirklich sein, dass rein gar nichts Sexuelles zwischen ihnen lief? Immerhin malten sich Geishas mit weißer Schminke ein Muster in den Nacken, das Schamlippen symbolisieren sollte und in Japan als äußerst erotisch galt. In Ryans Adern floss japanisches Blut. Konnte er einer Geisha widerstehen oder sie ihm? Aber wenn sie ein sexuelles Verhältnis hätten, brauchte er dann noch eine Sub?

Ihr Blick schweifte in den Innenhof. Das Training war hart. Ryan konzentrierte sich auf seine Schüler und schaute kein einziges Mal zu ihr herüber. Das störte sie.

„Hast du schon von Ginko Nishikawa gehört?", riss Kameko sie aus ihren Gedanken. „Sie war die langjährige Leiterin eines traditionsreichen Geisha-Hauses und gründete 2002 den VEREIN ZUR ERHALTUNG DER ÜBERLIEFERUNG DER EDOZEITLICHEN KÜNSTE."

„Was bedeutet ‚Edo'?" Bryanna hatte diesen Begriff noch nie gehört.

„Tokio war früher ein unbedeutender Fischereihafen und hieß ‚Edo'. 1603 wurde Edo zum Regierungssitz, weil Shogun Tokugawa Ieyasu die neue Hauptstadt weit weg vom Kaiserhof in Kyoto haben wollte, um den Einfluss des japanischen Kaisers so gering wie möglich zu halten." Während Kameko einen *keikogi* nahm, der unter beiden Achseln gerissen war, schüttelte sie den Kopf. „Aber es geht zu weit, das alles zu erläutern. Ich schweife ab. Jedenfalls wird die Zeit von 1603 bis 1868 als ‚Edo-Zeit' bezeichnet."

Danach folgte eine Japanisch-Stunde. Kameko konnte es nicht lassen, Bryanna Vokabeln und Phrasen vorzusagen und fuhr sogar fort, obwohl Bree die Wörter und Sätze nicht wiederholte.

Kaum war das Kendo-Training beendet, schlug der Gong, der alle zum Mittagessen rief. Bryanna half Kameko, die Nähutensilien wegzuräumen. Dann gingen sie gemeinsam in den Speisesaal. Aber auch nach dem Essen fand Bree keine Gelegenheit, mit Ryan zu sprechen. Erst als die Schüler eine Stunde später mit Masaru-sensei zum Meditieren in den Wald gingen, und Bryanna beobachtete, wie Ryan mit Shunpei sprach und seinen Schüler dann in den Schlafraum schickte, nahm Bree allen Mut zusammen und ging zu ihm.

Sie verbeugte sich tief. „Darf ich mit Ihnen unter vier Augen reden, ehrenwerter Ryan-sensei?" Noch immer kam sie sich lächerlich dabei vor, sich vor einem Gesprächspartner derart klein zu machen, aber wenn alle Japaner das taten, konnte es nicht falsch sein. Zudem hatte Shunpei ihr gesagt, dass man mit Höflichkeit in Japan eher etwas erreichen konnte.

„*Hai.*" Ryan ging in sein Zimmer, Bree folgte ihm.

Sie kam sich wie ein Schoßhündchen vor und bekam vor Anspannung leichte Kopfschmerzen. Wie würde er auf ihre Beichte reagieren?

Als sie in seinem kleinen privaten Reich stand, fiel ihr wieder einmal auf, wie spartanisch alle Zimmer eingerichtet waren. Während des Aufenthalts in der Schule hatten weder Schüler noch Lehrer viel Privatsphäre und Freizeit, denn das körperliche und mentale Training bestimmte den Alltag. Aber was war mit ihren Familien? Vermissten sie sie nicht? Bisher hatte Bryanna nicht einmal Fotos der Angehörigen in den Zimmern gesichtet. Oder durften die Schüler sie nicht aufhängen, damit sie nicht abgelenkt wurden oder sogar Heimweh bekamen?

Ryan musste seinen Futon zusammengerollt und in den Wandschrank geräumt haben, denn auf dem Boden lagen nur Reisstrohmatten. In der Ecke standen zwei *shinai*, eins aus Bambuslamellen und eins aus Karbon, letzteres sah in Bryannas Augen um einiges stabiler und gefährlicher aus. Vor den Übungsschwertern lag ordentlich zusammengefaltet Ryans *bogu*, so hieß die Kendo-Rüstung, die aus Fechtmaske, Rumpfschutz, Hüftschutz und den Handschuhen, die Hände und Unterarme bedecken, bestand. Das hatte Shunpei ihr zwischenzeitlich erklärt.

Es gab ein kleines Regal, auf dem eine seltsame Puppe stand. Sie war gerade mal handgroß, hatte einen blassen Porzellanteint und wies kindliche Züge auf. Der pausbäckige Kopf steckte auf einer üppigen Robe, die aus einer älteren japanischen Epoche stammen musste. Bree fand, die Puppe sah aus wie ein Babysumoringer. Neben der Puppe befand sich ein Holzdruck, der ein sehr offenherziges Paar während des Beischlafes zeigte. Der überdimensionale Phallus des Mannes ragte wie ein Speer empor, die Frau war über die pralle Eichel geneigt, ihr Mund stand offen. Schnell wandte Bree sich ab.

Bryanna erinnerte sich daran, wie Kameko Ryan bezirzt hatte. Obwohl es ihr schwerfiel, kniete sie sich hin und verneigte sich, bis ihre Stirn fast die *tatami*-Matte berührte. Dann schaute sie ihn scheu von unten herauf an und bemühte sich, unterwürfig und reuevoll zu klingen. „Ich bin gekommen, um ein Geständnis abzulegen. Es tut mir unendlich leid. Shunpei-san trägt keine Schuld. Er hat nichts Unrechtes getan.“

„Aber du?“ Ryan verschränkte die Arme vor dem Oberkörper und schaute sie herablassend an.

Ihr wurde heiß. Sie wünschte sich, so beherrscht wie Ryan zu sein, aber das war sie einfach nicht. Sie musste sich räuspern, um fortfahren zu können. „Shunpei hat geschlafen, wie alle anderen auch. Ich war es, die den *zori* in der *yukashita* verloren hat.“ Sie benutzte so viele japanische Worte, wie sie kannte, um ihn milde zu stimmen, doch seine Miene wurde immer finsterer.

„Was hattest du im Vorratsfach im Küchenboden zu suchen?“, wollte er wissen.

Bree erschauderte aufgrund der Kälte in seiner Stimme. „Ich habe mich vor Tonegawa und Kozo versteckt.“

„Hättest du nur die Latrine aufsuchen wollen, wärst du wohl kaum vor den Wachen davongelaufen. Also, ich höre!“ Ungeduldig wippte er mit dem Fuß.

„Ich habe ... also ... ich ...“, sie atmete einmal tief durch, „Ich habe versucht zu fliehen. So machen das Gefangene nun mal. Sie sind eingesperrt und möchten ihre Freiheit wiedererlangen.“

„Du kannst dich nur frei fühlen, indem du dich unterwirfst, denn du bist eine Sub. Eines Tages wird du meine Worte verstehen.“

„*Sumimasen*! Nichts lag mir ferner, als Shunpei-san oder irgendjemand anderes in Schwierigkeiten zu bringen. Ich weiß, dass Sie sehr zornig auf mich sind, Herr. Ich bin mir bewusst, dass ich in Ihren Augen etwas Unrechtes getan habe, aber diese Mauern erdrücken mich. Ich bin ein Mensch, keine gefühllose Puppe, die man verschenkt und mit der man spielt, wenn man Lust dazu hat." Bryanna erhob den Oberkörper und setzte sich auf ihre Fersen. Ihr Blick fiel wieder auf die seltsame Puppe, die auf dem Regal gleich neben dem frivolen Holzdruck stand. Wieso hatte ein Mann wie Ryan solch eine kindlich anmutende Figur im Raum stehen?

Ängstlich wartete Bree auf seine Reaktion, doch das Donnerwetter blieb aus. Er blickte besonnen auf sie herab – die Ruhe vor dem Sturm?

„Nun?"

Bryanna verstand nicht. Was wollte er von ihr? Sie hatte sich mehr als genug entschuldigt, ahnte jedoch, dass Worte ihm nicht genügen würden. Unsicher begann sie: „Ich bitte um Verzeihung und möchte Shunpei-san entlasten ..."

Er fiel ihr barsch ins Wort. „Bitte nicht um Nachsicht, denn die hast du verspielt, weil du keinerlei Reue für deine Fluchtgedanken zeigst, sondern immer wieder versuchen würdest zu fliehen. Bitte mich um etwas anderes!"

Verwirrt runzelte sie die Stirn. Ihr Blick schweifte im Raum umher, als könnte sie dort irgendwo eine Antwort finden. Sie hatte keine Ahnung, was er von ihr wollte, und schwieg.

Ungeduld spiegelte sich in seinem Gesicht. Ryan sagte schließlich: „Bitte mich um eine Strafe!"

Kapitel 11

„Ich soll was?", entfuhr es ihr entsetzt.

Er klang gereizt, als er sprach: „Du hast mich schon verstanden. Ich wiederhole mich ungern. Du hast einen Fehler begangen. Damit ich dir verzeihe, wirst du mich um eine Züchtigung anflehen."

„*Masaka*! Unmöglich!" Bryanna versuchte aufzustehen, doch Ryan drückte sie auf die Knie zurück.

„Ich gebe dir einen Rat, und es ist weise, ihn anzunehmen. Es wäre besser, wenn du dir eine Strafe ausdenkst und sie deinem Herrn vorschlägst. Denn wenn ich mir etwas zu deiner Buße und Läuterung aussuche, könnte es sehr schmerzhaft für dich werden."

Bree hatte einen Kloß im Hals. Entsetzt schaute sie zu Ryan hoch, der so nah vor ihr stand, dass sie den Kopf weit in den Nacken legen musste, um seinem Blick begegnen zu können. Wahrscheinlich wäre es besser gewesen, demütig auf den Boden zu schauen, doch sie wollte ihm in die Augen sehen, um zu prüfen, ob er wirklich meinte, was er verlangte. Seine Miene war ernst, doch da war ein lüsternes Funkeln in seinen Augen, das ihr nicht entging. Er spielte mit ihr. Er genoss es, sie in die Ecke zu drängen, damit sie sich in einer ausweglosen Situation wähnte. Ihr blieb nur eins übrig: Sie musste sich auf sein Spiel einlassen.

Die Worte kamen ihr unendlich schwer über die Lippen, aber sie erregten Bree wider Erwarten. „Ich bitte Sie, mein Herr, mich zu bestrafen."

Verbissen grübelte sie, was sie als Strafe nennen könnte. Es musste etwas sein, das ihn zufrieden stellen, und für sie selbst nicht besonders schmerzvoll sein würde. Aber was? Sie konnte sich kaum konzentrieren. Schließlich brachte sie kleinlaut hervor: „Wie wäre es mit Schlägen auf den Hintern? Nur nicht so viele, weil ich damit noch keine Erfahrung habe."

„Ein jämmerlicher Versuch, deinen Herrn zu besänftigen!" Ryan ging zu seinem Schrank, öffnete ihn und entnahm eine mehrschwänzige Peitsche. Ihr Griff, der die Form eines Phallus hatte, war mit Leder überzogen. Deutlich konnte Bree die schwarze Eichel erkennen. Während der Anblick sie beeindruckte und ein wohliges Prickeln der Vorfreude in ihrem Schoß entstand, erschreckten die Lederriemen sie zutiefst. Sie war noch nie ausgepeitscht worden, konnte sich aber sehr gut vorstellen, dass das Leder tief in ihre Haut beißen würde.

Bree war wie gelähmt. Sie starrte das Schlagwerkzeug an und konnte nicht glauben, dass Ryan sie so hart bestrafen wollte. „Bitte, das können Sie mir doch nicht antun, Ryan-sensei!"

„Kann ich nicht?" Blasiert hob er eine Augenbraue.

Natürlich konnte er. Bryanna biss die Zähne zusammen. Hilflosigkeit brannte in ihrem Magen, als hätte sie Sodbrennen. Sie war ihm wehrlos ausgeliefert. Egal, wie sehr sie schrie und zeterte, sie würde hier an diesem Ort nichts gegen Ryan Ishikawa ausrichten können. Die Kendo-Schule war sein Reich, die Schüler blickten ehrfürchtig zu ihm auf, und Noguchi Masaru sah in ihm einen Sohn. Bree konnte nicht mit Hilfe rechnen. Gegen einen Meister im Nito-Kendo war sie machtlos. Resignierend ließ sie den Kopf hängen.

Ryan ließ immer wieder die Peitsche durch die Luft surren, als wollte er vorab ihre Schlagkraft testen. „Wieviele Schläge wären wohl angebracht?"

„Vier vielleicht“, antwortete Bree betroffen. Sie zuckte bei jedem Surren zusammen.

„Nein, du wirst so viele Hiebe bekommen, wie Stunden vergangen sind, seit wir uns heute Morgen in Kamekos *ochaya* getroffen haben. Du hättest die Chance gehabt, mir alles zu beichten, aber du hast es vorgezogen, den ganzen Vormittag zu schweigen.“

„Ich hatte Angst.“ Sie konnte sich selbst kaum hören.

„Shunpei-san hat den ganzen Morgen in Angst verbracht!“ Ryan schnaubte. Dann wickelte er die Schnüre der Peitsche um seine Hand und zog daran, um die Festigkeit zu prüfen. „Wir haben uns um fünf Uhr bei Kameko gesehen, aber du bist erst gegen ein Uhr zu mir gekommen - das macht acht Stunden, folglich acht Schläge.“

„Acht?“, echote sie fassungslos.

„Shunpei-san muss Genugtuung erfahren, daher werden es acht Schläge pro Pobacke sein, um das Unrecht an ihm wieder gutzumachen.“ Fest zog er an den Schnüren.

Die Riemen würden ihr die Haut aufreißen. Bryanna schüttelte mit weit aufgerissenen Augen den Kopf.

„Kameko muss ebenso bestraft werden. Sie hat dir einen neuen Schuh gegeben. Auch ohne dass einer von euch beiden gesteht, weiß ich es.“

„Nein, bitte, Ryan-sensei, sie trifft keine Schuld!“ Bree faltete die Hände und hielt sie ihm entgegen. „Sie ist ein zu guter Mensch, als dass sie mir in meiner Misere nicht geholfen hätte. Eine Geisha darf nicht ausgepeitscht werden. Sie ist zart wie eine Elfe.“

„Heißt das, du übernimmst ihre Züchtigung, weitere acht Schläge?“ Provozierend hielt er inne und schaute sie mit gespielter Neugier an.

Bryanna ärgerte sich. Er hatte sie mal wieder dort, wo er sie haben wollte. Immer wieder tappte sie in seine Fallen. Sie befand sich in der Zwickmühle, und er wusste genau, sie würde Kameko beschützen, wie sie es bei Shunpei bereits getan hatte. „Ja.“

„Gut, dann zieh dich jetzt aus!“

Bree erschauerte, als er mit den zahlreichen Lederriemen, die so arges Leid zufügen konnten, zärtlich ihre Wange streichelte. Dann machte er einige Schritte rückwärts, lehnte sich gegen die Wand und beobachtete unverhohlen selbstzufrieden und lüstern, wie sie sich auszog. Obwohl sie sich langsam entkleidete, saß sie doch schon bald nackt vor ihm. Sie hatte eine Gänsehaut, nicht vor Kälte, sondern vor Angst. In ihren Fantasien ertrug sie viel Schmerz, aber die Wirklichkeit sah anders aus. Alles in ihr wehrte sich gegen die kommende Bestrafung. Es war zu viel. Viel zu viel! Ihr war zum Weinen zumute. Sie wich Ryans bohrendem Blick aus.

„Was haderst du mit dir und der Situation, Bree-chan?“, fragte er sanft.

Sie hatte Mühe, nicht zu schluchzen. „Die Peitsche wird mir keinen Lustschmerz bereiten.“

„Das soll sie ja auch nicht.“

„Aber bei BDSM gehört doch der Schmerz mit zum Vorspiel.“

Ryan kam zu ihr, legte den Peitschengriff unter ihr Kinn und sprach: „Nicht in diesem Fall. Die Schläge sind als ernsthafte Strafe gedacht, und diese muss wehtun, ohne Lust zu bereiten, sonst erfährst du durch sie doch keine Läuterung. Das verstehst du doch, kleine Sub, oder?“

Eine Träne lief über Bryannas Wange. Sie war verzweifelt. Wie konnte er ihr das nur antun? Hatte sie auch in der ersten gemeinsamen Nacht einen Hoffnungsschimmer gehabt, weil er mit ihr in Löffelchenstellung eingeschlafen war, so verblasste die Erinnerung nun, und mit einem Mal kam es ihr so vor, als wäre diese Nacht bereits ein Jahr her. Er hatte von sich behauptet, kein Monster zu sein, aber das war eine Lüge gewesen! Oder falsche Selbsteinschätzung. Auf Verzweiflung folgte Wut. Am liebsten hätte Bryanna ihm sein selbstgefälliges Gesicht zerkratzt. Er weidete sich an ihrem Leid, denn er wusste, dass ein Sturm in ihr tobte.

Ryan legte die Handfläche an ihre Wange und liebkoste mit dem Daumen ihre Schläfe. Plötzlich griff er in ihren Haarschopf und führte sie durch den Raum, als würde er mit einer Hündin Gassi gehen. Auf allen vieren krabbelte Bree hinter ihm her, um mit ihm Schritt zu halten. Sie fühlte sich so gedemütigt und hoffte beim Leben ihrer Eltern, dass niemand das Zimmer betreten würde, weil irgendjemand etwas von Ryan wollte. Und dennoch kribbelte es zwischen ihren Beinen.

Was ist nur mit mir los?, fragte sie sich. Sie wollte nicht erregt sein, doch ihr Körper gehorchte ihr nicht. Ihre Schamlippen waren geschwollen, sie rieben aneinander und fachten ihre Lust noch mehr an. Ihre Erregung beschämte sie. Sie hatte für Sekunden ihre Angst vergessen, wurde aber wieder daran erinnert, als Ryan sich auf die *tatami*-Matte setzte, den Rücken gegen die Wand lehnte und sie auf seinen Schoß zog. Er legte sie quer über seine Oberschenkel, so dass er ihren entblößten Hintern gut treffen konnte. Dann fasste er mit der linken Hand ihren Nacken und drückte ihren Kopf herunter. Nun bildete ihr Gesäß den höchsten Punkt ihres Körpers und präsentierte sich ihm auf schamlose Weise.

Bryanna zappelte, sie kam sich erniedrigt vor wie eine unartige Schülerin, die von ihrem Lehrer übers Knie gelegt wurde. Sie versuchte sich zu wehren, weil sie an die Lederschnüre dachte, die bald ihr Fleisch mit Striemen zeichnen würden. Aber Ryan hatte sie fest im Griff. Gerade, als er ein Knie anhob, damit zwischen ihre Beine stieß und ihre Schenkel ein wenig öffnete, fiel Brees Blick auf die Peitsche. Das Schlaginstrument lag auf dem Regal vor dem obszönen japanischen Holzdruck. Ryan musste es dort abgelegt haben, ohne dass sie es bemerkt hatte, so beschäftigt war sie mit ihrem Elend gewesen.

Erstaunt hielt sie inne und wehrte sich nicht länger. Womit wollte er sie züchtigen? Sie würde 24 Schläge erhalten, eine Zahl, bei der ihr schwindelig wurde. Das Chaos in ihrem Inneren beruhigte sich trotzdem ein wenig. Keine Peitsche! Bryanna war erleichtert, wollte diesem Gefühl aber nicht nachgeben, denn Ryan verfolgte offensichtlich einen Plan. Nur welchen?

Kaum hatte sie sich diese Frage gestellt, schlug er das erste Mal mit der flachen Hand auf ihren Hintern. Sie zuckte erschrocken zusammen. Schon folgte der nächste Schlag. Zuerst tat es gar nicht weh, doch nachdem eine ganze Salve von Schlägen auf ihre Pobacken geprasselt war, brannte ihr Hintern wie Feuer. Als Ryan eine Pause machte, spürte sie die Hitze in ihrem Gesäß. Dann fuhr er fort, und sie begann, gegen ihn anzukämpfen, weil das Brennen immer unerträglicher wurde. Sie schlug und trat nach ihm, doch gegen Ryan kam sie nicht an. Sein Griff in ihrem Nacken lockerte sich nicht ein bisschen. Aufgrund ihrer Gegenwehr verschärfte er sogar seine Schläge, indem er auf die Stelle schlug, an dem ihr Hintern in den Schritt überging und mit den Fingerspitzen hin und wieder den hinteren Teil ihrer Schamlippen traf.

Das Blut rauschte in ihren Ohren, es pulsierte durch ihr Gesäß. Sie wurde feucht. Bryanna keuchte erregt. Ihr entging trotz allem nicht, dass unter ihr etwas wuchs. Ryans Hose wölbte sich ihr entgegen. Die Schläge mit der flachen Hand taten immer schlimmer weh, doch es war ein Schmerz, der bei ihr Lust erzeugte, weil er genau richtig dosiert war, nicht zu stark und nicht zu schwach. Ryan verstand sein Handwerk. Er besaß die Erfahrung, seine Hiebe genau zu platzieren, aber er fiel nie in einen Rhythmus, sondern überraschte Bree immer wieder. Mal gab es mehrere leichte Klapse hintereinander, dann einen festen, der sie aufschreien ließ, und manchmal setzte er bewusst aus, um die Angst in ihr zu schüren. Aber er übertrieb es nie, schlug sie nicht so hart, dass sie meinte, sterben zu müssen, wie es bei der mehrschwänzeigen Peitsche der Fall gewesen wäre. Er war kein Barbar, aber auf jeden Fall ein Schuft, da er sie zum Weinen gebracht hatte, obwohl er gar nicht beabsichtigte hatte, sie auszupeitschen. Er hatte Bryanna hereingelegt. Seltsamerweise empfand sie keine Abneigung, sondern Dankbarkeit. Sie fühlte sich zu Ryan hingezogen und konnte es sich selbst nicht erklären.

Wieso hatte er die Mehrschwänzige nicht benutzt? Wollte er es nicht übertreiben, oder war der Wunsch, seine Hand auf ihrer nackten Haut zu spüren, stärker? Er war überpünktlich im Bonsai Garten erschienen, nun das Poversohlen mit der bloßen Hand – Bree mutmaßte, dass Ryan sich zu seiner Dienerin hingezogen fühlte, vielleicht sogar mehr als es für einen Herrn gut war.

Nachdem er den letzten Schlag platziert hatte, sprach er sanft: „*Ochitsuite*, Bree-chan, beruhige dich!“, und ihre Aufschreie verstummten. Er hob ihren Oberkörper an. Instinktiv schmiegte sie sich in seine Arme. Zärtlich strich er ihr einige Haarsträhnen aus dem Gesicht. Während sie vor ihm kniete und den Kopf gegen seinen Brustkorb gelehnt hatte, liebkoste er ihren geschundenen Hintern. Er streichelte mit den

Fingerspitzen ihre heißen Pobacken, rieb sinnlich über ihren faltigen Ring und drang dann und wann mit dem Mittelfinger von hinten in ihre feuchte Spalte ein.

„Warum bist du so zu mir?"

„Du?", wiederholte Ryan. In seiner Stimme lag ein bedrohlicher Unterton.

Bree druckste herum. „Ich dachte, also, nach allem, was passiert ist …"

„Du missinterpretierst", sagte er warmherzig. Er zog mit dem Finger ihre Augenbrauen nach. „Wir stehen nicht auf derselben Stufe, und das werden wir auch nie."

Seine Worte trafen Bryanna hart, obwohl er sie so sanft sprach und sie währenddessen liebkoste. Sie schluckte schwer, versuchte sich nichts anmerken zu lassen und wusste doch gleichzeitig, dass Ryan ihr ganz genau ansah, wie gekränkt sie war. Vermutlich weidete er sich sogar an ihrem Kummer, denn er lächelte milde.

Sie formulierte ihre Frage korrekt: „Warum sind Sie jetzt so zu mir?"

„Wie bin ich denn?"

Bree überlegte und entschied sich für eine schwammige Antwort. „So gut."

„War ich das vor dem Liebkosen nicht?", fragte er und küsste sie auf die Stirn. „Ich habe dir das gegeben, was du haben wolltest, und was du brauchst. Ich habe deine Wünsche wahr werden lassen."

Beschämt kuschelte sie sich tiefer in seine Arme, damit er ihre geröteten Wangen nicht bemerkte. Sie fühlte sich ertappt. Er hatte recht, sie sehnte sich nicht nur nach Zärtlichkeiten, sondern mochte es auch manchmal derb. Es war grotesk, dass genau hier, in der Gefangenschaft, ihre geheimsten Träume wahr wurden. „Aber ich dachte nicht, dass ein Herr seine Sub liebevoll umarmen darf. Muss er nicht immer hart zu ihr sein und Distanz wahren?"

„Liebkosungen nach dem Lustschmerz sind wichtig, damit die Seele einer Dienerin keinen Schaden nimmt, denn es geht schließlich nicht um echte Gewalt, sondern um Lustgewinn auf beiden Seiten.

Brynna wünschte sich nichts sehnlicher, als ihn zu küssen. Sie hob ihm ihr Gesicht entgegen und öffnete leicht ihre Lippen.

Ryan lächelte amüsiert über ihre Zuneigung und legte den Zeigefinger auf ihren Mund. „Ich bestimme, wann wir uns küssen, nicht du, meine hingebungsvolle Dienerin. Wenn du einen Kuss möchtest, musst du ihn dir verdienen."

„Wie?"

„Durch Meditation. Du hast ein unruhiges Gemüt, bist spöttisch und aufbrausend. Ich möchte, dass du ausgeglichener wirst und bei äußeren Reizen nicht gleich die Beherrschung verlierst."

Das klang einfach. Bryanna nickte ihn strahlend an.

„Es existieren viele Methoden. Zu den gebräuchlichsten im Zen gehören *zazen*, die Sitzmeditation, *kinhin*, die Gehmeditation, *samu*, das meditative Arbeiten, und *koans*.“

Bree ahnte, dass ihre neue Aufgabe doch nicht so leicht werden würde, wie sie gedacht hatte. „Was sind *koans*?“

„Ein *koan* ist eine kurze paradoxe Anekdote, eine Art Rätsel, das der Zen-Meister seinem Schüler zu lösen gibt, damit er gedankliche Grenzen überschreitet und seinen Horizont erweitert, um die wahre Natur der Dinge zu begreifen. Aber das geht jetzt zu weit. Du bist keine Zen-Schülerin, sondern in der Erziehung zur Lustdienerin.“ Verführerisch strich Ryan mit der Fingerspitze über ihre Lippen. „Ich möchte, dass du dich dem *zazen* widmest, von heute an täglich. Bei der Stille- bzw. Ruhemeditation musst du versuchen, alle Wahrnehmungen zu ignorieren und so wenig wie möglich zu denken.“

„Wie soll ich mich hinsetzen?“ Bree wollte aufstehen, um sich anzukleiden, aber Ryan hielt sie zurück.

„Ich möchte dich nicht im Kreuzbeinsitz sehen, denn du sollst gleichzeitig lernen, lange zu knien, was schmerzhaft ist, wenn man es nicht gewohnt ist. Daher knie dich mit dem Gesicht zur Wand und setze dich auf die Fersen. Während deine Füße sich berühren, müssen deine Schenkel gespreizt sein, so dass deine Beine ein Dreieck bilden“, wies er sie an. Er beobachtete, wie sie die Stellung einnahm, und korrigierte sie hier und da. „Leg deine Hände mit den Innenflächen nach oben auf die Knie und streck deinen Rücken durch.“

Bryanna vermutete, dass diese Sitzposition nicht alleine vom Zen motiviert wurde, weil die Intimzonen einer Dienerin für ihren Herrn stets zugänglich sein mussten. Ob er hinausgehen und sie alleine lassen würde? Eher nicht, wähnte sie.

Zuerst dachte sie, sie hätte sich getäuscht, denn er sagte: „Lausche in dich hinein. Suche deine Mitte“, und ging hinaus. Doch schon bald kehrte er zurück.

Bree schaute über die Schulter und sah, dass er einen Wassereimer und eine Kerze geholt hatte.

„Du sollst alles, was um dich herum geschieht, ignorieren!“, herrschte er sie an. „Schließ deine Augen und hör auf deinen Atem, das wird dir helfen.“

Bryanna folgte seiner Order. Sie atmete tief ein und kraftvoll aus und versuchte in sich zu ruhen. Die Tatsache, dass Ryan sich im selben Raum aufhielt und zudem einige Utensilien geholt hatte, machte sie fahrig. Doch die Nervosität glich eher einer Vorfreude. Ihr Herz klopfte laut, ihr Schoß prickelte, und ihre Brustspitzen zogen sich zusammen. Ihr war, als würde eine Ameisenarmee über ihren Rücken laufen, denn irgendwo hinter ihr stand Ryan und beobachtete sie.

Es fiel ihr unendlich schwer, sich auf sich selbst zu konzentrieren. Stoff raschelte, das musste Ryans *hakame* sein. Er ging durch den Raum, doch er schien trainiert zu haben, sich leise zu bewegen, denn seine Schritte hörte sie nicht, nur das Rascheln seiner Hose. Dann vernahm sie ein Zischen und roch im nächsten Moment Feuer. Ryan musste die Kerze angezündet haben. Bestimmt diente sie nicht der Romantik oder förderte die Meditation.

Bryanna verbot sich, weiter darüber nachzudenken. Sie wurde immer unruhiger und hätte am liebsten die Augen aufgerissen, um zu sehen, was vor sich ging. Eine Abwehrhaltung, genau die wollte sie einnehmen. Nicht weit geöffnet, blind, nackt und schutzlos sein. Sie fühlte wieder diese Hilflosigkeit, die sie verzweifeln ließ und sie gleichzeitig erregte. Ihre Eingeweide zogen sich vor Ungewissheit zusammen. Aber ihr blieb nichts anderes übrig, als Ryan zu vertrauen. Außerdem hatte sie sich vorgenommen, sich auf sein Spiel einzulassen, bis sich ihr eine Fluchtmöglichkeit bot, nicht nur, damit Ryan sich in Sicherheit wiegte und ihr mehr Freiheiten zugestand, sondern auch um ihrer selbst willen. Sie fürchtete, durch das Hadern mit ihrem Schicksal zugrunde zu gehen. Doch nun bedeutete dieser Selbstschutz, sich Ryan komplett zu öffnen und sich ihm hinzugeben.

Plötzlich floss kühles Wasser über ihre rechte Schulter. Bryanna zuckte zusammen, erschauerte dann aber wohlig, weil es über ihr Dekolleté rann, ihre Brüste streichelte und von ihren Brustspitzen tropfte. Ryan schöpfte Wasser über ihre linke Schulter, und Bree seufzte.

„Du sollst dich auf die Meditation konzentrieren!“, ermahnte er sie streng. „Ertrage schweigend alles, was ich dir antun werde. Vermeide jegliche Reaktion und wage es ja nicht, deine Augen zu öffnen oder dich zu bewegen. *Wakaru ka*? Verstehst du?“

„*Hai,* Ryan-sensei“, antwortete Bree und wusste doch, dass das unmöglich war. Sie war nicht aus Eis und ein viel zu unruhiger Geist, um zu meditieren, zumal Ryan sie nur zu berühren brauchte, und schon war sie mit den Gedanken ganz bei ihm und nicht länger auf der Suche nach Entspannung.

Sanft streichelte er ihren Nacken. Er rieb die Feuchtigkeit in ihr Dekolleté ein, strich zwischen ihren Brüsten hindurch und liebkoste ihren Unterbauch. Ihre Brüste fasste er nicht unmittelbar an, was sie für einen Augenblick zornig machte. Doch der Anflug von Wut verflog sogleich, als er seine Hände bewegungslos auf ihre Oberschenkel legte. Ihr Atem ging rascher. Würden seine Finger in ihren Schritt eintauchen? Sie wünschte es sich. Alles in ihr sehnte sich nach Stimulation, denn das Versohlen ihres Pos hatte sie in Erregung versetzt, seltsamerweise auch die Angst, die sie vor der mehrschwänzigen Peitsche gehabt hatte, aber nur weil Ryan diese nicht wirklich eingesetzt hatte. Nun, da sie mit dem Hintern auf ihren Fersen saß, spürte sie ihr geschundenes Gesäß wieder, aber es war ein angenehmer Druck, ein leichtes Ziehen und erregende Hitze.

Ryan goss Wasser über ihre gespreizten Schenkel. Die Flüssigkeit bahnte sich ihren Weg durch Bryannas fleischige Schluchten und kitzelte ihren Schoß, Ryan ließ ihren Venushügel nicht aus. Nun verrieb er das Wasser über ihre rasierten Schamlippen, als wäre es Gleitgel. Bree hielt die Luft an. Es war wunderschön, seine warmen Hände zu spüren.

„Meditiere!“, knurrte er. „Versuch deine Wahrnehmung zu minimieren.“

Er schimpfte seine Worte Lügen, indem er mit dem Finger in Bree eindrang. In diesem Moment lag ihr nichts ferner als das *zazen*. Sie gab sich den Berührungen hin und bemühte sich angestrengt, keine Reaktion zu zeigen, aber das gelang ihr nur dürftig, denn die Muskeln in ihren Oberschenkeln verkrampften sich, und ihr Becken kreiste. Sie konnte einfach nicht stillhalten.

Leise lachend stand Ryan auf. Er schöpfte erneut kaltes Wasser aus dem Eimer und benässte damit Brees Schulter. Im nächsten Augenblick schoss ein sanfter Schmerz durch ihren Nacken. Doch er verschwand so schnell, wie er gekommen war. Da Ryan hinter ihr stand, wagte sie einen Blick zur Seite, ohne den Kopf zu drehen, und sah im Augenwinkel getrocknetes Kerzenwachs. Ihr blieb keine Zeit zum Nachdenken, denn es folgte ein Schwall Wasser und sofort danach flüssiges Wachs über die andere Schulter. Beides rann ihr Dekolleté herab. Bree hielt die Luft an, bis der Schmerz vorüber war. Er war nicht durchdringend, erschreckte sie aber immer wieder aufs Neue, auch als Ryan nacheinander ihre Brüste und ihre Oberschenkel mit Kerzenwachs beträufelte. Rasch begriff sie, dass er immer vorher Wasser über sie goss, damit die Stelle, die er danach mit Kerzenwachs besprenkelte, gekühlt wurde, und die Hitze des Wachses nicht so intensiv war. Hätte sie ihm dafür danken müssen? Bryanna schwieg und bemühte sich wirklich zu meditieren, um nicht jedes Mal zusammenzuzucken, wenn sie die heißen Wachstropfen trafen. Sie wusste, dass ihr Aufschrecken Ryan verzückte, doch so sehr sie sich auch bemühte, ihm einen Strich durch die Rechnung zu machen, es gelang ihr nicht. Aber immerhin lagen ihre Hände immer noch auf ihren Schenkeln, und sie ließ alles über sich ergehen. Sie selbst sah dies als kleinen Triumph an, um ihrem Wunsch, eine Lustdienerin zu sein, näher zu kommen.

Aufwachen! Du bist eine Dienerin, stellte Bree erfreut fest. Sie befand sich mitten in einer Session, sie hatte einen Herrn, den sie immer anziehender fand, und der sie begehrte. Der Gedanke an die Gefangenschaft nagte zwar an ihr, aber für eine Meditation lang wollte sie ihn beiseiteschieben und sich ihrem Lehrer hingeben.

Als Ryan Wasser über ihren Unterbauch kippte, ahnte sie Schlimmes. Bryanna haderte mit sich. Sollte sie die Augen öffnen? Sie wollte ihn ansehen, mit ihrem Blick stumm flehen, es nicht zu tun, aber sie unterwarf sich Ryans Willen, denn sie hatte doch eben erst den Entschluss dazu gefasst. Das Wasser floss durch ihren Schritt. Es kitzelte. Sie hielt sekundenlang den Atem an, doch nichts geschah.

Erst als sie ausatmete, tröpfelte Ryan heißes Kerzenwachs auf ihren Venushügel. Ängstlich schüttelte sie den Kopf, schwieg jedoch und rührte sich nicht. Glücklicherweise erkaltete das Wachs kurz vor ihrer empfindsamsten Stelle. Bree entspannte sich, zitterte aber. Sie ahnte, dass Ryan das Kerzenwachs sehr wohl dosiert hatte. Er hatte einmal gesagt, er würde sie nicht überfordern, und das tat er auch nicht, aber er wusste nur zu gut, wie er ihr eine Heidenangst einjagen konnte.

Im nächsten Moment spürte Bryanna etwas an ihrer Mitte. Dieses Etwas drängte sich in sie hinein. Es war dick und hart, aber ganz sicher nicht Ryans Phallus, da sie zu nah vor der Wand kniete.

Vorsichtig öffnete sie ihre Augen nur so weit, dass sie durch einen Spalt linsen konnte.

„Wag es nicht!“, blaffte Ryan.

Bree schloss gehorsam die Augen und war erleichtert, dass nur der lederne Peitschengriff in ihr steckte. Die Spitze des Dildos hatte Ryan schon in ihr versenkt. Der restliche Griff samt den Lederriemen schaute heraus. Ihre Schamlippen schlossen ihn ein, als würden sie ihn festhalten und tiefer in die feuchte Öffnung ziehen wollen.

Ryan begann den Dildo zu drehen und bohrte ihn in sie hinein, um ihn wieder herauszuziehen und von vorne zu beginnen. Erst jetzt, da das harte Leder über ihre Scham rieb, spürte Bryanna, wie erregt sie bereits war. Ihre Schamlippen waren geschwollen und prickelten wie elektrisiert. Brees Lust wuchs mit jeder Umdrehung des Peitschengriffs.

Ryan entfernte den Lederdildo und drückte ihn erneut hinein. Es schmatzte. Bree schämte sich dafür, aber sie konnte es nicht verhindern. Ihr Körper gehorchte ihr nicht. Sie war vergeblich bemüht, die Haltung zu wahren, denn sie wusste, dass Ryan sie bestrafen würde, sollte er der Meinung sein, sie würde sich nicht genug anstrengen – dabei war er es, der sie reizte. Paradox!

Mit der Eichel rieb Ryan über die Innenwände, suchte Brees G-Punkt und ließ die falsche Penisspitze darüber kreisen. Dann stieß er seine Sub ein paar Mal mit dem Griff, bis der Dildo ganz in ihr steckte. Er drehte den Ledergriff in ihr und entfernte ihn wieder. Doch bevor Bree der Enttäuschung, die in ihr aufkam, Ausdruck verleihen konnte, legte er den Dildo der Länge nach auf ihre Scham und rieb ihn kräftig gegen ihre Klitoris.

Bryanna bäumte sich auf. Die Erregung kochte in ihr hoch. Das gesamte Vorspiel – die Angst vor der mehrschwänzigen Peitsche, das Poversohlen und das heiße Kerzenwachs – hatte sie so erregt, dass ihre Lust nun explodierte. Ihr Becken drückte sich gegen den Dildo, den Ryan immer noch wie wild gegen ihren Schoß rieb. Sie hob den Hintern an. Ihre Hände waren nicht länger geöffnet, sondern zu Fäusten geballt.

Dann kam sie. Sie stöhnte laut auf und federte mit dem Körper hoch und runter, als würde sie auf einem Hengst galoppieren. Nachdem Ryan von ihr abgelassen hatte, blieb sie schließlich zitternd auf ihren Knien liegen.

„Platz!“, sagte er scharf, als wäre er dabei, einen Hund zu erziehen.

Artig ließ Bree sich auf ihre Fersen nieder und versuchte ihren Atem zu beruhigen. Ihr Herz raste immer noch. Während ihr Schritt glühte, breitete sich eine wohlige Wärme in ihrem Inneren aus. Sie fühlte sich satt und befriedigt.

Doch ihr Wunsch, sich wieder an Ryan schmiegen zu dürfen, erfüllte sich nicht. Statt sie in seine Arme zu ziehen, küsste er ihre Schulter. Er schob ihren Haarzopf beiseite und zog mit den Zähnen neckend an den kleinen Härchen in ihrem Nacken. Seine Lippen zupften an ihrem Ohrläppchen, seine Zungenspitze drang in ihre Ohrmuschel ein, nur kurz, um bis hinunter zu ihrem Hals feuchte Kreise zu ziehen. Bree spürte seinen Atem an ihren Lippen und öffnete den Mund ein Stück, wagte aber nicht sich vorzuneigen, um seinem Kuss entgegenzukommen. Ryan war ihr Herr, entweder er küsste sie oder befahl ihr zumindest, ihn zu küssen. Das hatte sie als Dienerin zu akzeptieren.

Leider entfernte er sich von ihr. Seine Nase rieb über ihre linke Brustspitze. Obwohl sie den Anblick gerne genossen hätte, verbot sie sich, die Augen zu öffnen. Unendlich zärtlich küsste er ihr Dekolleté. Er saugte sich zwischen ihren Brüsten fest und gab ihre Haut erst wieder frei, als Bree scharf Luft zwischen ihren zusammengepressten Zähnen einatmete. Sie hörte sein belustigtes Lachen, bevor er ihre Brustwarze ebenfalls in den Mund einsaugte. Ohne diese loszulassen, rieb er mit der Zungenspitze über die Kuppe. Dasselbe tat er mit der anderen Warze. Danach biss er behutsam in die fleischigen Berge, während seine Finger die sensibilisierten Brustspitzen zwirbelten.

Bryanna meinte wahnsinnig zu werden. Ihre Lust war durch den Orgasmus zwar befriedigt worden, aber nicht komplett erloschen, und Ryan schürte die Glut nun, so dass sie erneut aufflammte.

Als er mit der Breitseite seiner Zunge über ihren blanken Venushügel leckte, stöhnte sie schon wieder.

Strafend, aber nicht sonderlich fest biss er in ihren Schenkel. „Du sollst dich auf die Ruhemeditation konzentrieren, Bree!“

Wie denn?, rief sie stumm. *Kein Zen-Schüler würde jemals von seinem Meister derart vom Lernen abgelenkt werden.*

Im nächsten Moment spürte sie seinen Atem an ihrem Schoß. Er blies gegen die Innenseiten ihrer Oberschenkel, gegen die äußeren Schamlippen und zwischen die geöffneten Falten. Offener hätte Bree nicht für ihn sein können, es sei denn, sie machte einen Spagat.

Quälend langsam begann er ihre Feuchtigkeit abzulecken. Er schleckte ihre Spalte gründlich ab und lutschte an den kleinen Schamlippen. Seine Zungenspitze tauchte in ihre Mitte ein, liebkoste feucht den Eingang und glitt höher zu ihrer Klitoris.

Bree keuchte. Die Gefühle brachen über ihr zusammen. Während er immer wieder von unten gegen die Klitoris klopfte, zuckte sie jedes Mal. Sie versuchte Haltung zu bewahren und kämpfte gegen die Erregung an, doch sie war machtlos gegenüber ihrer Lust und gegenüber Ryan. Dann und wann biss er sanft in ihre Oberschenkel, hauchte gegen ihren Schoß und klopfte dann wieder. Das Blut pochte in ihrer Scham. Bree konnte kaum klar denken. Er berührte ihre empfindlichste Stelle mit seiner Zunge immer nur kurz und biss danach neckend in ihre Schenkel. Schmerz und Lust wechselten sich ab.

Plötzlich saugte er ihre Klitoris in den Mund ein. Er nuckelte daran wie ein Baby an seinem Schnuller. Bree drehte die Handflächen um und krallte die Finger in ihre Knie. Sie stöhnte laut, bog den Oberkörper nach vorne und setzte sich wieder gerade hin. Ein Lustkrampf zog ihr Inneres zusammen. Sie wimmerte leise und bewegte ihre Zehen. Als der Orgasmus sie erschütterte, schrie sie auf. Automatisch griff sie nach Ryans *keikigo* und hielt sich an der Trainingsjacke fest. Ihre Augen wurden feucht, weil der Höhepunkt sie durchdrang und ihr alle Kraftreserven raubte. Schweiß perlte ihre Schläfen hinab. Bree erschauerte, sie zitterte und zuckte unter Ryans Zungenschlägen und seufzte erlöst, als er nach einer halben Ewigkeit von ihr abließ. Erschöpft ließ sie den Kopf hängen.

„Du hast dich nicht sonderlich bemüht, alle Wahrnehmungen auszuschalten!“, rügte Ryan sie ironisch. „Ich gebe dir eine letzte Chance. Das ist äußerst großzügig von deinem Herrn, also danke ihm!“

Entsetzt hob Bryanna den Kopf und sah ihm in die Augen. Hatte er etwa vor, mit der Stimulation fortzufahren? Widerwillig sagte sie: „Danke, Meister!“ Zwei Höhepunkte waren ihr genug. Sie fühlte sich matt und wollte schlafen, am liebsten in Ryans Armen.

Amüsiert stand er auf und kehrte mit einem Messer zurück. Der Kerzenschein spiegelte sich in der breiten Klinge. Er hockte sich neben Bree. Als er das Messer an ihren Hals hob, schreckte sie zurück, doch er legte ihr die Hand in den Rücken, damit sie gerade sitzenblieb. Sie riss die Augen immer weiter auf, je näher die Klinge ihrer Kehle kam. Schließlich griff Ryan in ihr Haar und hielt ihren Kopf fest, damit sie nicht ausweichen konnte. Sie erstarrte.

Vorsichtig begann er das harte Kerzenwachs mit der Klinge von ihrer Haut zu schaben. Er begann an den Schultern, widmete sich ihrem Dekolleté und machte auch vor ihren Brüsten nicht Halt. Bryanna war derart entsetzt, dass sie sich nicht wehrte. Sie befürchtete, bei der kleinsten Bewegung würde Ryan sie schneiden und auch noch behaupten, es sei ihre eigene Schuld. Deshalb blieb sie stocksteif auf ihren Fersen sitzen, und er ging äußerst behutsam vor. Die Brustspitzen befreite er nicht mit dem Messer, sondern kratzte sie genüsslich mit dem Fingernagel ab. Durch das zarte Kratzen bekam Bree eine Gänsehaut und entspannte sich, doch schon in der nächsten Sekunde saß sie wieder hölzern da, weil Ryan ihren Venushügel mit der Klinge abschabte. Er verletzte sie kein einziges Mal, nicht einmal der kleinste Kratzer blieb zurück.

„Du musst lernen, mir zu vertrauen, Bree-chan!“, hauchte er sinnlich. „Nur wenn du mir vertraust, kannst du dich ganz fallen lassen. Du wirst aufhören nachzudenken – keine Zweifel, keine Barriere – und wirst dich in Gefühl auflösen.“

Das hörte sich verdammt gut in Bryannas Ohren an.

Ryan hielt das Messer an der Klinge fest und drückte den glasierten Holzgriff gegen Brees Scham. Bedächtig rieb er über ihre Klitoris.

„Nicht noch einmal“, brach es wenig unterwürfig aus Bree heraus. Ihr Geschlecht fühlte sich durch die intensive Stimulation bereits etwas wund an. „Ich bin erschöpft.“

Ryan führte den Griff in ihre Mitte ein, die so feucht war, dass sie ihn leicht aufnahm. „Ich bestimme, wann du genug hast.“

„Bitte. Ich kann nicht mehr.“ Bryanna sah ihn flehentlich an. „Mir tut schon alles weh: mein Rücken, meine Knie, mein Schoß. Zu weiteren Höhenflügen bin ich sowieso nicht fähig.“ Als er mit dem Griff ihre Feuchtigkeit auf ihren Schamlippen verteilte und sich erneut ihrer empfindsamsten Stelle näherte, schob sie seine Hand weg.

Ryans Miene verfinsterte sich. Er fuchtelte mit der Klinge vor ihrem Gesicht herum und zischte: „Dein Körper gehört nicht länger dir, sondern deinem Herrn. Ich kann damit tun, machen, was mir Spaß macht. Du brauchst noch nicht einmal einen Fehler zu begehen, damit ich dich bestrafen kann, denn züchtigen darf ich dich auch grundlos, einfach nur, weil ich Lust darauf habe.“

Bestürzt nickte Bryanna, nur damit er nicht noch wütender wurde. Sein plötzlicher Stimmungswandel verwirrte sie. War er wirklich wütend auf sie, oder spielte er das nur, um ihr Angst zu machen?

„Ich darf mich deiner bedienen, wann es mir beliebt, dich an andere Meister ausleihen und dich öffentlich zur Schau stellen. Hast du das kapiert?“

Sie rang schockiert nach Luft. Vor ihrem inneren Auge stellte sie sich vor, wie Ryan sie an Großmeister Masaru übergab, damit er eine Nacht mit ihr verbringen durfte. „Würden Sie mich wirklich teilen, Ryan-sensei?“

„Wenn ich eines Tages Lust darauf bekomme …“, sprach er, nun schon wieder amüsiert über ihr Entsetzen. „Vielleicht auch, um dich zu bestrafen, denn offensichtlich wäre das Ausleihen eine Strafe für dich.“

„Alles, nur das nicht.“

„Alles?“, hakte er nach und hob eine Augenbraue. „Du würdest eher einen ganzen Tag auf dem Spanischen Reiter sitzen als meinem Befehl zu folgen, einem anderen Herrn zu dienen?“

Beschämt über ihr Unwissen errötete sie. „Spanischer Reiter?“

„Ein Holzpferd, das in der Mitte spitz nach oben zuläuft.“

In Gedanken spielte Bree das Szenario durch und erkannte schnell, dass das Sitzen auf diesem Pferd immer schmerzvoller werden würde, je länger man darauf saß, nackt natürlich, so dass das Holz durch das Eigengewicht in die Weichteile gedrückt wurde.

Ryan hatte sie schon wieder in die Ecke gedrängt. Sie kam sich vor wie ein erfolgloser Spieler beim Gesellschaftsspiel Mühle, der, egal welche Entscheidung er trifft und welchen Zug er wählt, einen Stein verliert. Falls sie sagte, sie würde sich für den Spanischen Reiter entscheiden, käme Ryan womöglich auf die Idee, sie wirklich auf solch ein Holzpferd zu setzen. Falls sie dem Ausleihen zustimmte, konnte Ryan sie noch in derselben Nacht zum Beispiel zu Masaru bringen, um ihre Bereitschaft zur Hingabe zu prüfen. Was war schlimmer? Sie wusste es nicht. Beides behagte ihr absolut nicht.

„Nun?“ Ryan riss sie ungeduldig aus ihren Gedanken.

Brees Augen wurden feucht, und sie senkte den Blick. Es war eine ausweglose Situation. Sie fühlte sich ohnmächtig, spürte die Mauern ihres Gefängnisses und erinnerte sich daran, dass sie Ryans Gefangene war. Er hatte sie nicht als Sub erwählt und sie ihn nicht als Herrn. Der Großmeister hatte sie zusammengeführt. Aber sie mochte Ryan. Er zeigte ihr den Weg, den sie immer hatte beschreiten wollen. Eben noch hatte sie sich in seine Arme schmiegen wollen. Weshalb war er auf einmal so grausam zu ihr?

Kapitel 12

Ryan legte die Hände unter ihr Kinn und hob es an, damit sie ihm ins Gesicht sah. Während er sprach, rieb er über ihre Wangen, als wollte er ihre noch nicht geweinten Tränen fortwischen. „Verzweifle nicht, Bree-chan! Ich habe nicht vor, dich jemals an eine Domina oder an einen Dominus auszuleihen.“

Bryanna horchte auf.

„Du bist meine Sub und dienst nur mir. Du gehörst mir, bist mein Besitz, da bin ich egoistisch. Und sollte ich dich eines Tages mit jemandem teilen wollen, wird es nur ein Sklave oder eine Sklavin sein, niemals eine Herrin oder ein Herr, denn du unterwirfst dich mir und sonst niemandem. Hab ich mich klar ausgedrückt?“

Bree wollte antworten, doch es kam nur ein Schluchzen aus ihrem Mund, dabei war sie glücklich. Erleichtert bemühte sie sich, ein Lächeln zustande zu bringen.

„Das bedeutet aber auch, dass ich dich kontrolliere, auch deine Orgasmen, und ich möchte dich ein drittes Mal kommen sehen.“

Ryan stand auf, schritt zum Schrank und kehrte mit zwei kurzen Seilen und einem Seidentuch zurück. Während Bryanna sich fragte, welche Spielsachen er noch in seinem Schrank aufbewahrte, fesselte er ihre Handgelenke an die Knie, ähnlich wie Zoe es im Club KABUKI-CHO getan hatte, so dass Bree weder die Hände bewegen noch aufstehen konnte. Doch diesmal fühlte es sich richtig an! In der *hostess bar* war sie zwar vor Lust zerflossen, aber die Atmosphäre war kühl gewesen. Hier, alleine mit Ryan, empfand sie Wärme und Intimität. Er würde sie nicht teilen! Sie fühlte sich in diesem Moment sehr zu ihm hingezogen, obwohl er sie so oft in ein Gefühlschaos stürzte, doch am Ende war immer alles gut.

Nachdem er ihre Augen verbunden hatte, streichelte er ihre Brüste. Er rollte die Brustspitzen zwischen Daumen und Zeigefinger, benässte sie mit der Zungenspitze und verrieb seinen Speichel auf den Warzenhöfen. Eine Weile liebkoste er ihren Bauch. Er küsste ihren Hintern, massierte den faltigen Ring und kitzelte sanft ihre Fußsohlen, so dass Bryanna von Lachkrämpfen geschüttelt wurde. Er saß noch hinter ihr, als seine Hand um sie herumgriff und in ihren Schritt eintauchte. Während er ihren Nacken küsste, massierte er ihre Scham. Er streichelte mal zärtlich, mal fordernd und kreiste um ihre Klitoris, ohne sie zu berühren. Aber Bryanna wehrte sich. Sie konnte nicht anders, beugte sich vor und versuchte Ryan mit Oberkörper und Arm daran zu hindern fortzufahren. Das Blut pulsierte schon wieder durch ihre Schamlippen, die Feuchtigkeit begann erneut aus ihrer Mitte zu fließen, aber ihre Klitoris war immer noch höllisch empfindlich. Es war unangenehm, dort berührt zu werden.

Ryan kniete sich nah hinter Bryanna. Er legte den linken Arm um ihren Hals, zog sie an sich und nahm ihr somit die Bewegungsfreiheit des Oberkörpers. Dann fuhr er fort. Er drang mit Zeige- und Mittelfinger in ihre Mitte ein, befeuchtete die beiden Finger und massierte ihre Klitoris. Bryanna zerrte an ihren Fesseln, stöhnte geplagt und dachte einen Augenblick daran, ihn in den Arm zu beißen, tat es aber nicht, da die Erregung ihr den Atem raubte. Das unangenehme Gefühl wich immer mehr, der Orgasmus baute sich langsamer auf als bei den beiden Malen zuvor. Es war anstrengend, auf den Höhepunkt getrieben zu werden, obwohl sie gar nicht mehr wollte. Sie hatte eigentlich genug, aber Ryan zwang sie zu einem weiteren Höhenflug. Er kontrollierte sie, und sie schmolz unter seiner Klitorismassage dahin. Qualvolle, anstrengende Sekunden vergingen, die Bree wie endlos lange Minuten erschienen. Dann endlich brach der Orgasmus über sie herein. Sie schrie auf und rang nach Luft.

Ryan nahm ihr die Augenbinde ab und wischte ihr damit den Schweiß von der Stirn. „Du duftest aus allen Poren nach Lust. Nein, schäm dich nicht dafür, Bree-chan. Das ist das Parfüm der Dienerin.“

Er band ihre Fesseln los, drehte ihren Kopf zur Seite und küsste sie leidenschaftlich. „Das war deine Belohnung, nun kommt meine. Ich werde dich nehmen, denn länger halte ich es nicht mehr aus. Du schaffst mich.“

„Noch einmal?“ Bryanna traute ihren Ohren kaum und legte instinktiv die Hände schützend auf ihren Schoß.

Ryan lächelte. Er brachte die Utensilien in den Schrank, kehrte mit seinem zusammengebundenen Futon zurück und legte ihn in die Mitte des Raums, ohne ihn auseinanderzurollen. „Wenn du deine jämmerlich sensible Scham schützen möchtest, musst du mir eben deine Kehrseite bieten.“

Erstaunt riss Bree die Augen auf. Ihr faltiger Ring prickelte.

„Wurdest du schon einmal anal genommen?“

Obwohl es keinen Grund dafür gab, wurde sie verlegen, als sie nickte.

„Gut, dann leg dich hin.“

Weil Bryanna erschöpft war, stand sie nicht auf, sondern kroch auf allen vieren zum Futon und legte sich mit dem Unterleib auf die zusammengerollte Matratze, so dass ihr Hintern den höchsten Punkt ihre Körpers darstellte. Aus dem Augenwinkel sah sie, wie Ryan den *obi* löste und seine Hose auszog. Sein Phallus stand hochrot von den Lenden ab. Bree fragte sich, wie er seine Lust all die Zeit, die sie an diesem Nachmittag miteinander verbracht hatten, hatte zurückhalten können. Während sie dreimal gekommen war, musste sich die Erregung schmerzhaft in ihm aufgestaut haben.

Er benässte seine Hand mit Bryannas Feuchtigkeit und verrieb sie auf ihrem Anus. Vorsichtig drang er in sie ein, erst mit einem Finger, dann mit zweien und am Ende steckten drei Finger in ihrem After, um ihn geschmeidig zu machen, zu dehnen und auf etwas viel Größeres vorzubereiten. Glücklicherweise war Bree so ermattet, dass sie keine Kraft mehr hatte, um sich vor der analen Penetration zu fürchten und sich zu verkrampfen. Sie lag einfach nur da und genoss die Intimität mit Ryan, der sie behutsam bearbeitete.

Er spreizte ihre Schenkel, kniete sich dazwischen und drang zweimal in ihre Mitte ein, um sein erigiertes Glied zu befeuchten. Dann massierte er ihren Anus mit seiner Penisspitze und führte diese ganz langsam ein Stück ein. Ein Stöhnen entrang sich seiner Kehle, es klang dunkel und animalisch. Er verharrte einen Moment, damit Bree sich an den Eindringling gewöhnen konnte. Nach einer Weile, in der nur sein Keuchen zu hören war, glitt er tiefer, Stück für Stück. Immer wieder wartete er, doch Bree war bereit für ihn. Ihr gesamter Unterleib war durch die drei Orgasmen gelockert. Als er ganz in ihr steckte, stöhnte er auf und begann sie behutsam zu nehmen. So sehr er sich auch bemühte langsam vorzugehen, er schaffte es nicht, sonder fiel bald in einen gierigen Rhythmus. Bree streckte ihm ihr Hinterteil entgegen, damit er tiefer eindringen konnte. Seine Hoden schaukelten gegen ihre Pobacken. Sie atmete schwer und war berauscht durch die Tatsache, dass er sie einfach benutzte. Es dauerte nicht lange, und er kam. Er gab einen Laut von sich, der irgendwo zwischen einem Stöhnen und einem Aufschrei lag, verkrampfte sich, zitterte und brach über Bryanna zusammen.

So blieben sie eine Zeit lang liegen. Ryan war noch immer in ihr, er stützte sich auf seinen Ellbogen ab, um sie mit seinem Gewicht nicht zu belasten. Bree lächelte glücklich.

Irgendwann erhob er sich. Er zog sich an und half ihr beim Aufstehen. Ihre Knie taten fürchterlich weh, ihre Beine fühlten sich steif an, und sie hätte auf der Stelle umfallen und schlafen können.

Während sie sich ankleidete, sagte Ryan: „Geh dich waschen. Gleich kehren die Schüler von der Arbeit auf den Feldern zurück."

„*Sore jaa, ittekimasu.* Also, ich gehe dann." Sie war selbst erstaunt, dass wider Erwarten einige japanische Vokabeln und Sätze, die Kameko ihr vorgesagt hatte, hängen geblieben waren.

Ihr Blick fiel auf den obszönen Holzdruck hinter Ryan. Er dachte jedoch, sie würde die blasse Kindfigur anschauen, die auf demselben Regal stand und erklärte: „Das ist eine Gosho-Puppe und nun beeile dich. Jeder sieht dir an, was du in den letzten Stunden gemacht hast."

Bryanna verneigte sich tief und kniff die Pobacken zusammen, um Ryans Sperma zu halten, bis sie die Latrine erreichen würde. Vor seinem Zimmer schlüpfte sie in ihre Reisstrohsandalen und lief eilig den Korridor entlang. Als sie an den Schülerunterkünften vorüberkam, bemerkte sie Shunpei, der auf seinem Futon saß und meditierte.

Er hatte Bree gehört und schaute auf. „Hey!"

„Ryan-sensei wird sicherlich gleich mit dir sprechen." Sie schenkte ihm ein warmes Lächeln. „Ich habe alles aufgeklärt."

„Bin ich froh", stieß er aus, stand auf und kam zu ihr. „*Doushita no*? Was ist los?" Er zog seine Trainingsjacke zurecht, die unter dem Gürtel hochgerutscht war.

Bryanna wich einen Schritt zurück, damit er den Duft ihrer Lust nicht roch, faltete die Hände vor dem Schoß und hielt sie vor den Hosenschlitz in ihrem Schritt. „Ich habe gestern Nacht – wie soll ich es ausdrücken? – das Gelände erkundet und mich vor Tonegawa und Kozo in der *yukashita* versteckt."

„Du waren das?“ Erstaunt riss er die Augen auf.

Sie nickte. „Bitte, erzähl es niemandem. Ich könnte schwören, dass Tonegawa mich gesehen hat.“

„Vorsicht vor Tonegawa! Er hat geklaut mein *zori*. Er mich nicht mag, *neh*? Immer machen Ärger!“

„Das befürchte ich auch. Er wollte dich reinlegen, aber ich habe Ryan alles gestanden, und du bist aus der Sache raus.“

„*Domo arigato*.“ Shunpei verneigte sich dankbar.

Obwohl sie völlig erschöpft war, fühlte sie sich beschwingt. Sie war gut gelaunt. Es war trotz der Bewölkung am Morgen doch noch ein schöner Tag geworden. Der Himmel war mittlerweile strahlend blau, die Sonne schien mild. Bree lächelte unentwegt, sie konnte nicht anders. Langsam wurde ihr das unangenehm, denn sie wollte nicht, dass Shunpei meinte, sie würde ihn auslachen. Sie dachte daran, wie ängstlich sie gewesen war, als sie Ryans Schlafraum betreten hatte, und wie zufrieden sie wieder aus seinem Zimmer herausgetreten war. War sie etwa verliebt?

Ihre Gedanken drehten sich um Liebe und Sex. Dabei fiel ihr die Aubergine ein, die Shunpei genommen hatte, als wäre sie die Mitte einer Frau. Gerade heraus sagte Bryanna: „Ich habe dich beobachtet!“

„*Wari, wakara nai*. ’schuldigung, aber ich nicht verstehen.“

„Gestern, nachdem wir beide uns mit Kameko im Bonsai Garten-getroffen hatten.“ Sie zwinkerte ihm frivol zu. „Hinter der Latrine mit der Eierfrucht.“

Augenblicklich lief er feuerrot an. Er betrachtete seine nackten Zehen, als wären sie das achte Weltwunder. „Niemandem erzählen, bitte!“

„Oh, das werde ich auf keinen Fall, das musst du mir glauben! Ich möchte nur wissen, was du mit dem Inhalt gemacht hast, und ich meine nicht das Fruchtfleisch.“

Auf einmal blitzten seine Augen schelmisch. Er schaute nach allen Seiten, um sich zu vergewissern, dass ihn niemand außer Bree hören konnte, und flüsterte: „Hab getan in Essen von Tonegawa, spezielle Würze, *neh*?“ Dann kicherte er.

„Du hast dein Sperma in sein Essen gemischt?“ Sie konnte es kaum glauben. Der Druck in ihrem After schien sich von einer Sekunde zur anderen verstärkt zu haben. Es war Zeit, ihn endlich loszuwerden.

„*Hai*, ich hatte geholfen in Küche abends.“

„Respekt! Daumen hoch. Rache ist süß“, sagte Bryanna, machte das entsprechende Zeichen und wusste, dass Rachegelüste nicht im Sinne des Zen-Buddhismus waren, der bei der mentalen Kendo-Ausbildung gelehrt wurde. Seine Schwäche machte Shunpei menschlicher in ihren Augen, genauso wie es Ryan menschlicher machte, dass er am Ende jeder Session doch von seinen Gefühlen übermannt wurde. Sie hoffte, dies könnte sich nicht nur auf seine Lenden, sondern auch auf sein Herz beziehen.

Bevor die romantischen Gefühle überhand nahmen, verabschiedete sie sich: „Dein Geheimnis ist bei mir sicher. Ich schweige wie ein Grab. Aber jetzt muss ich dringend weiter."

„*Jaa na*! 'schüs."

Schnell lief Bree zur Latrine und erleichterte sich. Danach wusch sie sich gründlich im Waschraum.

Als sie in den Hof zurückkehrte, hörte sie Gesang. Kameko saß auf der Veranda ihres kleinen Teehauses und sang leise vor sich hin, während sie aus Stoffresten eine Decke nähte, die Bryanna sehr an die Quilts ihrer Großmutter erinnerte. Granny Dixie, wie Bree sie nannte, hatte schon in South Carolina, Alabama und Georgia gelebt und verbrachte nun ihren Lebensabend am Yazoo River, einem Nebenfluss des Mississippi. Sie stellte eine Patchworkdecke nach der anderen her, während sie laut Dixie Musik hörte. Nicht etwa, weil ihr Gehör nicht mehr das Beste war, sondern ‚weil es nach dem Tod noch ruhig genug wird', wie sie immer sagte. Granny war genau so eine unruhige Seele wie Bree.

„Was singst du da?"

„*Minyo* – ein Volkslied."

„Magst du mir etwas auf dem *shamisen* vorspielen, bitte?", fragte Bryanna und nahm neben der Geisha Platz, um sich nach den Strapazen in Ryans Quartier im Sonnenschein auszuruhen. Leider war der Himmel schon nicht mehr strahlend blau, wie noch kurz zuvor, sondern von grauen Schichtwolken bedeckt, die sich immer wieder vor die Sonne schoben, aber glücklicherweise rasch weiter zogen. „Ich habe den Klang noch nie gehört."

Kameko kicherte. „Für Amerikaner hört sich das Lautenspiel befremdlich an, hat man mir einmal gesagt. Es ist so ganz anders."

„Anders ist doch nicht schlecht", erwiderte Bree und war selbst erstaunt über das, was sie da sagte. Endlich lebte sie das Leben einer Sub. Ihre Träume waren wahr geworden. Ryan hatte sie gezwungen, sich ihren Sehnsüchten zu stellen, und sie hatte erkannt, dass lustvolles Dienen ihr Weg war. Sie sah BDSM nicht mehr als Gefahr an. Ryan war ein Meister, der sein Handwerk verstand und sie weder schamlos ausnutzte, noch sie überforderte. Vor ihrer Japanreise war SM ein Traum gewesen, nun war es ihr zur Berufung geworden.

Nur mit den Mauern der Schule vermochte Bryanna sich nicht anzufreunden. Sie konnte nicht vergessen, dass sie nicht aus freien Stücken an diesen entlegenen Ort im Chugoku-chiho Gebirge gekommen war.

Mit einmal Mal wurde ihr bewusst, wie grotesk das alles war – sie war entführt worden und machte die wundervollsten Erfahrungen ihres Lebens.

„Du veränderst dich, und das ist gut." Kameko nickte.

Bryanna fühlte sich ertappt. Als könnte ihre „große Schwester“ ihre Gedanken lesen, versuchte Bree von ihrer Neigung abzulenken und sagte: „Japan gefällt mir immer besser, nun, da ich keine Scheuklappen mehr trage, sondern mich auf eure Kultur einlasse.“

„Natürlich.“ Es sah so aus, als könnte sich Kameko nur mit Mühe ein sarkastisches Zwinkern verkneifen. Sie zeigte in den Hof, wo Ryan mit seinen Schülern trainierte. „Ich würde dir lieber etwas auf dem *shamisen* vorspielen, wenn das Training beendet ist.“

„Dann tanz mir stattdessen etwas vor. Das ist doch leise“, schlug Bree nicht ohne neckische Hintergedanken vor.

„*Hai*, lass uns ins *ochaya* gehen.“

Kameko wollte sich erheben, aber Bree hielt sie sanft am Arm zurück. „Nein, genau hier vor dem Teehaus. Es ist so schön sonnig heute, und es weht eine angenehme Brise.“

Die Geisha schüttelte den Kopf. „Ich möchte das Training nicht stören.“

„Du meinst, du willst die *shidachi* nicht vom Lernen ablenken.“ Bree lehnte sich zurück und stützte sich hinter dem Rücken mit den Händen ab. „Oder machst du dir um die Konzentration des Meisters Gedanken?“

„Ryan-sensei würde sich von nichts ablenken lassen.“

Obwohl Kameko rasch ihr Nähzeug nahm und eifrig mit ihrer Arbeit fortfuhr, bemerkte Bryanna dennoch, dass ihre Freundin errötete. Ein seltsames Gefühl meldete sich in ihr. Sie wusste es zuerst nicht zu deuten und dachte schon, ihr würde übel werden. Aber dann wusste sie, was es war. Eifersucht. Es war nicht das erste Mal, dass Bree eifersüchtig war, wenn sie an Kameko und Ryan dachte. Sie hatte das nagende Gefühl verdrängt und redete sich auch jetzt wieder selbst gut zu, dass die Geisha keine Konkurrentin, sondern eine Freundin war. Kameko war eine Unterhaltungskünstlerin, aber Bree ärgerte es mit einem Mal, dass sie die Fähigkeiten ihrer „großen Schwester“ nicht besaß.

Sie würde Kameko nie ersetzen können. Aber wie sah es andersherum aus?

Gezeter riss Bryanna aus ihren Gedanken. Sie schreckte auf, weil es normalerweise angenehm ruhig in der Kendo-Schule war, abgesehen von den *kiai*-Schreien, wie ‚*Men*!‘, ‚*Do*!‘ und ‚*Kote*!‘, die während der Übungen ausgerufen wurden, um die Trefferfläche zu benennen und dem Gegner so zu zeigen, dass man ihn nicht zufällig an einer bestimmten Stelle traf. Ein Zeichen von Überlegenheit und gleichzeitig Einschüchterung, hatte Shunpei das genannt, als er ihr die Ausrufe zwischenzeitlich erklärt hatte. Sie spähte in den Innenhof hinüber.

Kameko legte die halbfertige Decke auf den Schoß und riss entsetzt die Augen auf. „Tonegawa!“

Er lieferte sich mit Ryan ein hitziges Wortgefecht, bei dem Ryan ruhig stehen blieb, während der junge Mann seine Stimme erhob und wild gestikulierte, wie Bryanna es von Japanern nicht gewohnt war. Sie verstand nur ein Wort: *zori*. „Streiten sich die beiden wegen des Vorfalls letzte Nacht?"

„*Uso darou*", schrie Tonegawa aufgebracht.

„Was heißt das?"

„Es bedeutet: Das ist gelogen." Kameko war blass geworden. „Ryan-sama hat Tonegawa-san offenbar vor dem Training zur Rede gestellt, weil die aufgefundene Reisstrohsandalette nicht Shunpei-san gehört, wie Tonegawa angedeutet hatte, höre ich heraus. Nun ist der Junge sauer und stellt Ryan zur Rede, denn angeblich nimmt dieser ihn beim Training besonders hart ran."

„Warum hat er Ryan nicht nach dem Training beiseite genommen?" Als ‚Junge' hätte Bryanna Tonegawa nicht bezeichnet, denn er war groß gewachsen und besaß den gleichen verkniffenen Gesichtsausdruck wie Noguchi Masaru. „Ich kenne mich mit den japanischen Gepflogenheiten nicht aus, aber so viel Anstand würde man auch in den Staaten verlangen."

„Tonegawa versucht Ryan zu provozieren."

„Was ist mit dem Streben nach Harmonie, dem Einfügen in die Gruppe und dem maßlosen Respekt gegenüber dem *sensei*?"

„Er hat Ryan Ishikawa noch nie gemocht."

Als hätte Tonegawa ihr Gespräch belauscht, schaute er in Brees Richtung, und sie hörte die Begriffe *onna*, ein abfälliges Wort für Frau, und *gaijin*, Ausländerin, aus seinem Wortschwall heraus. „Er beschimpft mich gerade, stimmt es?"

„Tonegawa-san wirft Ryan vor, sich mehr um dich zu kümmern als um die Ausbildung seiner Schüler", gab Kameko verlegen zu. „Du würdest ihn von Kendo ablenken."

„Dabei hat Masaru-sensei mich Ryan doch geschenkt, damit dieser ausgeglichener und zufriedener wird. Durch mich ist die Balance in seinem Leben wieder hergestellt", bemerkte Bryanna ironisch.

„Tonegawa sucht nur etwas, um Ryan-samas Ruf zu beschmutzen oder ihn aus der Reserve zu locken, damit er ausrastet, aber Ryan ruht in sich selbst."

„Was sagt er jetzt? Bitte, übersetze doch!"

„Er wirft Ryan vor, die armen Jungs aus den Dörfern und den Slums zu bevorzugen, weil diese nichts für den Unterricht zahlen müssen, während er die Reichen aus den Großstädten angeblich ausnimmt." Kameko lächelte. „Aber Ryan hat geantwortet, dass er Talente fördert und jeden umsonst trainiert, der großes Potential in sich birgt."

„Damit wirft er Tonegawa vor, nichts Besonderes zu sein, *neh*?"

„*Hai*." Kameko versuchte vergeblich ihre Schadenfreude zu verbergen.

„Warum hat Ryan ihn nicht schon längst aus der Schule geworfen?“

„Er gibt die Menschen nicht so schnell auf. Tonegawa ist kein herausragender, aber ein guter Nito-Kämpfer, und Ryan hofft, ihn durch Kendo Werte wie Demut und Zurückhaltung zu lehren und ihm ein Ziel zu geben.“

Bryanna schnappte ein Wort auf, das der junge Mann mehrmals wiederholte. Er spie es vor Ryans Füße, doch dieser sah ihn so gelassen an, als würden sie sich über das Wetter unterhalten.

„Was bedeutet *konketsujin*?“, fragte Bree.

„Mischling. Er sagt, dass Ryans Blut schmutzig sei, und er kein guter *sensei* sei, weil er als halber Amerikaner nie die japanischen Werte verinnerlichen und somit lehren könnte.“

„Nachdem, was ich von Shunpei über Tonegawa gehört habe, meint er das sicher ernst und sucht nicht nur irgendeinen Angriffspunkt.“

Kameko schüttelte den Kopf und legte die Handflächen an die Wangen, weil sie kaum ertrug, was Ungeheuerliches im Hof vor sich ging. „Tonegawa ist nicht wirklich rassistisch. Er ist nur ein jähzorniger junger Mann, der gegen alles rebelliert. Seine Eltern hatten ihn auf ein teures Internat geschickt. Er sah sie kaum, und ich glaube, er hat sie sehr vermisst. Eines Tages hat er das Internat Hals über Kopf verlassen und sich hier beworben, nur um sich gegen seine Eltern aufzulehnen. Sein Vater, ein erfolgreicher Industrieller in der Metallproduktion, ist nicht glücklich darüber, zahlt aber, weil er hofft, dass Kendo seinen Sohn auf den rechten Weg führt.“

„Das ist ja wohl mächtig fehlgeschlagen“, feixte Bree.

„Wenn er so weitermacht, wird Tonegawa-san sein Gesicht verlieren, und dann muss selbst Ryan-sama mit seiner Engelsgeduld ihn aufgeben.“ Kameko seufzte betrübt.

„Weshalb kümmert es dich? Es ist doch Tonegawas eigene Schuld.“

„Auch du warst ein Wildfang, als du zu uns gekommen bist ...“

„Hierher gebracht wurdest“, verbesserte Bryanna sie. „Das ist ein großer Unterschied. Tonegawa kam freiwillig.“

„Das trifft nicht ganz zu. Er kam nicht, weil sein Herz ihm gesagt hat, dass Kendo das Richtige für ihn ist, sondern um zu rebellieren und die Aufmerksamkeit seiner Eltern zu bekommen.“

Bryanna spähte zu Ryan hinüber und war stolz auf ihn, weil er sich nicht so leicht aus der Fassung bringen ließ, besonders nicht von einem Heißsporn. Seine Beherrschtheit, vor der sie sich anfänglich gefürchtet hatte, imponierte ihr.

„Ryan-sama hat dich gezähmt, hoffentlich schafft er das auch mit Tonegawa.“

Letzteres sagte Kameko mit solch einer Ernsthaftigkeit, dass Bree sie einen Moment lang von der Seite anstarrte. Dann zog das Geschehen im Innenhof wieder ihre Aufmerksamkeit auf sich. Die Schüler gingen ins Gebäude. Masaru stand im Eingang des Korridors, beäugte mürrisch Ryan und Tonegawa, die noch alleine im Hof standen, und schritt bald hinter den Schülern her.

„Kämpfen sie jetzt gegeneinander?“, fragte Bryanna bestürzt.

KAPITEL 13

Kameko schüttelte den Kopf. „Man lernt Kendo, um das Kämpfen zu vermeiden.“ Sie schaute einen Moment lang zum Himmel, der sich mittlerweile zugezogen hatte. Die Sonne war unbemerkt hinter schweren, dunklen Regenwolken verschwunden. Der Wind frischte auf. „Wir sollten reingehen. Es fängt gleich an zu regnen.“

Ungeduldig legte Bree die Hand auf den Arm der Geisha. „Was passiert jetzt?“

„Ryan-sama hat seine *shidachi* zum Meditieren geschickt. Er selbst wird mit Tonegawa-san die *kata* üben, denn er hat gesagt, wenn Tonegawa noch genug Energie zum Streiten hat, hat er wohl noch nicht genug trainiert.“

Bryanna grinste. Das war typisch Ryan, soweit sie das beurteilen konnte. Jedenfalls hätte er das auch zu ihr sagen können. ‚Wenn du noch aufmüpfig sein kannst, habe ich dich noch nicht genug beansprucht.’

Die beiden Männer begannen die vorgeschriebenen Schläge auszuführen. Bree zuckte bei jedem Mal, wenn Ryan „*To*!“ rief und Tonegawa mit „*Ya*!“ antwortete, zusammen, weil sie befürchtete, die beiden könnten jeden Moment aufeinander losgehen. „Ist das nicht zu riskant? Könnte das Adrenalin, das beim Training freigesetzt wird, Tonegawa nicht dazu veranlassen, mit dem *shinai* richtig zuzuschlagen? Das Übungsschwert ist zwar nur aus Bambus, aber richtig platziert hat es bestimmt auch eine durchschlagende Wirkung.“

„Er ist für Ryan-sensei kein ernsthafter Gegner, außerdem würde er jeglichen Respekt verlieren und mit Schimpf und Schande fortgejagt werden. Sein Vater würde ihn verstoßen, da bin ich mir sicher.“ Kameko stand auf, weil die ersten Regentropfen fielen. „Aber du hast recht, sich in diesem Moment im Zaum zu halten, ist eine weitere Herausforderung für den jungen Schüler.“

Bryanna folgte ihr ins Teehaus. Während ihre „große Schwester“ die Laute holte, blickte sie hinaus und spürte die Spannung, die in der Luft lag. Ryan und Tonegawa trainierten inzwischen im strömenden Regen. Bree war sich im Gegensatz zu Kameko nicht sicher, dass Tonegawa nicht die Beherrschung verlieren würde, aber die Geisha kannte ihn besser.

Als ihre Freundin mit dem Musikinstrument zurückkehrte, fragte Bryanna: „Warum trainiert Ryan mit ihm? Er bestraft sich doch selbst damit.“

„Training ist keine Strafe. Nur wer viel übt, kann immer besser werden. Lernen hört nie auf, nicht einmal, wenn man Großmeister wie Masaru-sensei ist.“ Kameko schloss die Tür aus *shoji*-Papier, aber durch den Regen, der dröhnend aufs Holzdach prasselte, drang nur noch spärlich Licht durch das zähe weiße Papier ins Innere des *ochayas*. Daher entzündete sie eine Kerze. „Ryan möchte, dass Tonegawa sich innerlich mit ihm auseinandersetzt und lernt, seine Wut zu kontrollieren.“ Dann begann sie auf dem *shamisen* zu spielen.

Ryan und Tonegawa waren beim Abendessen abwesend und trainierten die halbe Nacht, selbst noch, als es wie aus Kübeln schüttete. Bryanna ertappte sich dabei, wie sie sich auf dem Futon enttäuscht von einer Seite auf die andere wälzte, Ryans *kiai*-Schreien lauschte und ihn an ihrer Seite vermisste. In dieser Nacht würde er sie sicherlich nicht mehr besuchen. Es dauerte sehr lange, bis sie einschlief.

Am nächsten Morgen ging jeder seinen Pflichten nach. Tonegawa sah erschöpft aus und schaute kaum auf.

Die nächsten Tage begannen für Bryanna jeweils mit einer Intimrasur, die Kameko bei ihr durchführte, weil Bree sich nach Ryans Meinung nicht geflissentlich genug rasierte. Er hatte empört Haare im hinteren Bereich ihrer Scham gefunden, und Bryanna hatte sich gerechtfertig, dass sie diesen Teil ihres Körpers nicht richtig sehen konnte. Nachdem Ryan ihr angedroht hatte, ihr die Schamhaare, die sie zu entfernen vergaß, mit einer Pinzette auszuzupfen, hatte sie zugestimmt, dass Kameko die Rasur ihrer Spalte übernahm.

Die Tage endeten damit, dass Bryanna sich wusch und Ryan sie danach zum *onsen* führte. Aber er nahm nicht einfach nur ihre Hand. Sie musste sich ausziehen, sobald sie in den Wald traten, und er legte ihr seinen Gürtel um den Hals. Ryan kündigte amüsiert an, sie eines Tages auf allen vieren spazieren zu führen, doch bisher durfte sie aufrecht gehen und war dankbar dafür.

Er vergnügte sich ausgiebig mit ihr in den heißen Quellen. Am Ende lag sie jedes Mal glücklich ermattet in seinen Armen, schaute zwischen den Bäumen, die das *onsen* umsäumten, hindurch zum Nachthimmel und lauschte dem Zirpen der Grillen, dem Zwitschern der Vögel und dem Rascheln der Blätter. Die Anstrengungen, Ryans Anweisungen gerecht zu werden, wurden mit Nähe und Romantik belohnt. Bree hätte das niemals für möglich gehalten. Sie hatte gedacht, Herr und Sub würden sich nach dem Höhepunkt trennen. Aber so war es nicht. Nicht mit Ryan. Er schickte sie durch die Hölle und belohnte sie himmlisch.

Ryan verbrachte so manche Nacht bei ihr und gestand ihr schließlich auch zu, auf den Feldern außerhalb der Mauern zu helfen, wies aber Shunpei an, ein Auge auf sie zu werfen. Am liebsten hätte sie aufgebracht gesagt, dass er immer von Vertrauen sprach, aber selbst ihr gegenüber keins aufbrachte. Sie schwieg jedoch, weil sein Argwohn durchaus gerechtfertigt war. Auch wenn Bree sich immer mehr zu Ryan hingezogen fühlte, hatte sie oft das Gefühl, dass die Mauern der Kendo-Schule sie zu erdrücken drohten. Sie war nicht freiwillig an diesen Ort gezogen – diese Tatsache würde sich nie ändern!

Zoe fehlte ihr. Oft hielt Bryanna das *omamori* in der Hand, und es zerriss sie innerlich vor Sehnsucht nach ihrer besten Freundin, ihren Freunden und ihrer Familie. Sie konnte sich nicht komplett von ihrem alten Leben lösen. Wenn sie sich von allen hätte verabschieden können und die Aussicht auf gegenseitige Besuche bestünde, wäre ihr der Aufenthalt im Chugoku-chiho Gebirge vielleicht gar nicht so schwer gefallen, denn Ryan war der Erste und Einzige, der sie endlich als das ansah, was sie war: eine Sub.

Manchmal baute Bree sich mit dem Gedanken auf, dass sie ihre Neigung jetzt wenigstens nicht mehr verleugnen und unterdrücken musste. Außerdem brauchte sie nicht länger zahnärztliche Medizin zu studieren, weil ihr Vater darauf bestand, dass sie seine Zahnarztpraxis eines Tages übernehmen sollte. Sie vermisste die Columbia Universität kein bisschen.

Zahnschmerzen – plötzlich hatte sie eine Idee. Als sie in ihrem Bett lag, fragte sie sich, wie Ryan reagieren würde, wenn jemand Schmerzen hatte. Egal, ob er einen Arzt rufen oder den Kranken zu einem Arzt bringen würde, er wäre gezwungen, seinen Mikrokosmos zu verlassen oder ihn für eine außenstehende Person zu öffnen.

Das ist meine Chance, durchfuhr es Bryanna, ich werde Zahnweh vortäuschen.

Sie setzte sich auf und starrte in die Dunkelheit. Schritte drangen aus dem Korridor zu ihr. In der Stadt hätte man das leise Geräusch, das die Reisstrohsandalen von sich gaben, und das Rascheln von Stoff gar nicht gehört, aber auf dem Gelände der Kendo-Schule war es so leise, dass man eine Stecknadel fallen hören könnte.

Wer war so spät noch unterwegs? Eine Wache, die etwas erspäht hatte? Noguchi Masaru, der kontrollierte, ob alle tatsächlich schliefen? Oder kam Ryan zu ihr, um ihr eine weitere lustvolle Lektion in Sachen Gehorsam zu geben?

Vorfreude regte sich in Bryanna, doch wer immer durch den Korridor schritt, ging an ihrem Zimmer vorüber. Sie stand auf, zog das Hausgewand an und schlich neugierig zum Wandschirm, der ihren Eingang anstelle einer Tür verdeckte. Vorsichtig linste sie aus dem Zimmer. Die Nacht war finster, der Mond versteckte sich hinter Wolken. Nur Sterne lugten vereinzelt zwischen Wolkenformationen hervor. Die Sommerluft war schwül, ein Regenschauer war gerade erst weitergezogen. Durch die feuchtwarme Luft klebte der *yukata* an Bryannas Körper. Die Nacht war geheimnisvoll leise, bis ein Vogel aus der Kirschlorbeerhecke aufstieg und über den Bonsai-Garten davonflog.

Bree konnte einen Mann erspähen, der in Richtung Kamekos Teehäuschen schlenderte. Es war Ryan! Das *ochaya* leuchtete von innen, Kameko musste unzählige Kerzen angezündet haben. Am Dach, das die Veranda halb überragte, hingen rote Papierlampions mit schwarzen *kanji.*

Bryanna hätte zu gerne gewusst, was die Schriftzeichen bedeuteten. So geschmückt und leuchtend hatte sie das kleine Haus noch nie gesehen.

Ihr Magen krampfte sich zusammen, als Ryan auf die Veranda trat. Augenblicklich öffnete sich die Eingangstür. Bree konnte erspähen, dass Kameko im Innenraum kniete und sich tief vor Ryan verneigte. Er streifte seine *zori* ab und trat ein. Sofort schloss Kameko die Tür. Obwohl die Wände aus *shoji*-Papier bestanden, konnte Bree nicht mehr erkennen als vage Schatten. Im nächsten Moment sah sie gar nichts mehr. Kameko musste den Wandschirm aus Kirschholz, der normalerweise ihren Futon vom Wohnraum trennte, vor den Eingang geschoben haben, damit nichts von dem, was im *ochaya* geschehen würde, nach außen drang. Bryanna erinnerte sich an die erotischen Malereien auf dem Wandschirm.

„Die Geisha empfängt ihren *danna*“, murrte sie und biss in ihren Handballen, um nicht zu schreien.

Sie setzte sich auf die Treppe, die in den Hof führte, lehnte sich gegen die Wand und starrte zum Teehaus hinüber. Was passierte nun zwischen Kameko und Ryan? Würde die Geisha wirklich nur für ihn tanzen und singen und Konversation machen? Wirklich nicht mehr? Immerhin war er ihr Patron, er kaufte ihr kostbare Kimonos, und sie hatte freie Kost und Logis, auch wenn die Kendo-Schule nicht das Ritz Carlton war.

Sicherlich beeindruckt sie ihn in dieser Minute mit der perfekten Durchführung der Teezeremonie und blickt ihn lasziv von unten herauf an, während sie Tee in seine Keramiktasse gießt, dachte Bree und rieb sich die Schläfen.

Ihre Gedanken schwirrten durcheinander, Bree stellte sich die gleichen Fragen immer wieder und wieder, bis ihr Kopf zu schmerzen begann. Sie zog die Beine heran, schlang die Arme um ihre Knie und wippte mit dem Oberkörper vor und zurück, ohne das *ochaya* aus den Augen zu lassen.

„Beruhige dich!“, redete sie sich gut zu. Wenn Kameko auch seine Geliebte wäre, bräuchte er doch keine Sub, versuchte sie sich einzureden, aber der Vergleich hinkte. Vielleicht war Kameko die Bettgenossin, die ihn sanft massierte und danach zärtlich verführte, während er mit Bree eine härtere Gangart einschlagen konnte, da sie seine Neigung teilte.

Warum regst du dich eigentlich so auf?, fragte sie sich. *Sei doch froh, dass Kameko ihn ablenkt, eventuell lässt er dich sogar gehen, weil er sie liebt und merkt, dass er nur noch mit ihr zusammen sein möchte.*

Liebe? Die Kopfschmerzen wurden stärker. Bryanna wollte, dass Ryan ausschließlich sie ansah. Er sollte nur mit ihr intim sein.

„Was ist nur los mit dir?", schimpfte sie leise mit sich selbst. „Er hält dich gefangen. Leidest du etwa nach der kurzen Zeit schon am Stockholm Syndrom?"

Aber so sehr sie sich auch bemühte, sie konnte Ryan nicht als Tyrann betrachten. Er ließ ihre Träume wahr werden, machte aus ihren Fantasien Wirklichkeit und hatte ihr gezeigt, dass sie keine Angst davor haben musste, sich zu unterwerfen. Trotz aller Härte, die er dann und wann an den Tag legte, war er oft liebevoll, küsste sie und schlief eng umschlungen mit ihr ein. Wenn sie mit ihm zusammen war, spürte sie nicht die befürchtete Kälte, sondern wohlige Wärme.

Bryanna zitterte. Am liebsten wäre sie aufgesprungen, zum Teehäuschen gelaufen und hätte die Wände aus *shoji*-Papier niedergerissen! Aber sie hatte kein Recht dazu, eifersüchtig zu sein. Sie war Ryans Besitz, nicht andersherum. Eigentlich mochte sie Kameko, doch in diesem Moment verspürte Bree den Wunsch, sie an den glänzenden schwarzen Haaren aus dem *ochaya* zu zerren und ihr die Augen auszukratzen.

Sie malte sich aus, was alles in dem Häuschen vor sich gehen könnte, sah vor ihrem inneren Auge Kamekos Kopf zwischen Ryans Schenkeln und stellte sich vor, wie er sie sanft mit dem Bauch auf die *tatami*-Matte drückte, um sie von hinten zu nehmen. Bree quälte sich selbst mit wollüstigen Fantasien. „Du bist wahrhaftig eine Masochistin, Bryanna Clover!"

Verwundert darüber, dass sie so heftig auf das Treffen zwischen Kameko und Ryan reagierte, schüttelte sie den Kopf. Eben wollte sie noch fliehen und jetzt stellte sie Besitzansprüche? Das war krank. Sie fühlte sich schrecklich verwirrt, sogar verletzt, dabei gab es keinen Grund dafür. Ryan besuchte Kameko nicht, um Bree wehzutun, und sie wusste nicht mit Sicherheit, dass die beiden miteinander schliefen.

„Darauf laufen doch alle deine Gedanken hinaus, nicht wahr?", sprach sie zu sich selbst. „Tun die beiden es, oder tun sie es nicht?"

Ihre schlechte Laune nahm zu, ebenso das Kopfweh. Sie ließ den Kopf kreisen, aber es half nicht.

Bryanna stand auf und lief geduckt und auf nackten Sohlen durch den Korridor zum Waschraum. Dort schaufelte sie sich kühles Wasser aus einem Holzeimer über den Nacken und befeuchtete auch ihre Stirn.

Erschrocken fuhr sie herum, als sie ein Schaben hörte, dann Schritte auf Erdreich und leises Rascheln von Stoff. Bree stellte sich an die Wand neben dem Eingang und spähte vorsichtig aus dem Raum. Kameko hatte die Tür ihres Teehäuschens geöffnet, und Ryan ging über den Hof zu seinem Zimmer.

Das ging ja schnell, spottete Bree innerlich*, mich benutzt er oft stundenlang.*

Sie beobachtete, wie Ryan in seinen vier Wänden verschwand und Kameko im *ochaya* werkelte, vermutlich räumte sie einiges weg. Die Geisha ließ die Tür offen und wollte wohl lüften, bevor sie zu Bett ging. Aber die Nacht schien drückend zu bleiben.

Oder sie will die von Körperdüften geschwängerte Luft im Inneren rauslassen, dachte Bryanna. Sie konnte nicht anders, schlich am Brunnen vorbei zum Teehäuschen und lugte hinein. Was vermutete sie zu entdecken? Dildos, Lederpaddel und Gleitcreme? Bree sah nichts dergleichen, nur ein Tischchen mit einer reich verzierten Teekanne und zwei Keramikschälchen. Zwei kleine Fächer lagen auf dem Boden, ebenso ein Seidentuch. Bree hoffte, dass Kameko das Tuch nur zum Tanzen benutzt hatte und nicht zum Augenverbinden oder zum sanften Fesseln.

„Bree!“ Kameko tauchte auf der Veranda auf und sah sie erstaunt an. „Was machst du hier?“

Sie trug das erste Mal, seit Bryanna in die Schule gebracht worden war, das typische Geisha-Make up mit der weißen Grundierung aus Puder, dem verführerischen rubinrot geschminkten Schmollmund und dem schwarzen Lidstrich. Zu dem roséfarbenen Lidschatten trug sie einen Seidenkimono im gleichen Farbton. Der Kimono war mit Silberfäden durchwoben und ließ den Nacken frei. Als Kameko ihre Perücke abnahm und sie einem Styroporkopf, der in der Ecke stand, aufzog, fiel Brees Blick auf Kamekos Nacken. Die weiße Grundierung lief dort zusammen und sollte stilisierte Schamlippen darstellen, eine äußerst erotische Symbolik in Japan – und Ryan war, obwohl halber Amerikaner, sehr in der japanischen Tradition verwurzelt.

„Fühlst du dich ertappt?“, schoss es aus Bryanna heraus. Sie stieg auf die Veranda, stolzierte an ihrer „großen Schwester“ vorbei und betrat das *ochaya*. Neugierig schaute sie sich um.

„Suchst du etwas?“

Anstatt zu antworten, eilte Bree um den Wandschirm aus Kirschholz, der wieder an seinem eigentlichen Platz zwischen Wohn- und Schlafbereich stand, herum und betrachtete den Futon. Er sah unbenutzt aus, aber das hieß gar nichts.

„Suchst du Ryan-sama?“, fragte Kameko und sah besorgt aus.

Wütend stampfte Bree mit dem Fuß auf. Sie wusste, das war kindisch, aber es geschah einfach, sie konnte es nicht verhindern, fast so, als wollte sie die dünnen Wände des Häuschens erschüttern, um ihre Wut zu demonstrieren. „Ich weiß, dass er sich schlafen gelegt hat. Ryan war mit dir fertig und ist gegangen. Bei mir bleibt er meist die ganze Nacht.“

Die Geisha legte den Kopf schief. „Ich verstehe nicht.“

„Du weißt sehr wohl, was ich meine. Tu doch nicht so naiv!“

„Beruhige dich erst einmal. *Ochitsuite*“, sagte Kameko mit sanfter Stimme und legte den Arm um Bryannas Schultern.

Bree riss sich los. „Hör auf, so schrecklich verständnisvoll zu sein! Deine mütterliche, zurückhaltende Art geht mir langsam auf die Nerven!“

„Besser als aufzubrausen“, erwiderte die Geisha pikiert.

Zornig machte Bryanna einen Schritt auf sie zu. „Ich sage wenigstens, was ich denke und halte meine wahren Gedanken und Gefühle nicht zurück.“

Kameko wich zurück. „Ich mag dich, Bree-chan, und das ist die Wahrheit.“

„Ich mochte dich auch – bisher, aber jetzt bin ich mir nicht mehr sicher, weil ich nicht weiß, was für ein Spiel du spielst.“ Bree holte tief Luft. „Und nenn mich nie wieder ‚Bree-chan‘, das darf nur Ryan.“

„*Hai.*“ Betreten nickte die Geisha. „Was ist denn los?“

Bryanna gestikulierte wild, was Kameko veranlasste, noch weiter zurückzuweichen. „Das würde ich auch gerne wissen. Was läuft zwischen dir und Ryan? Erzähl mir nicht, ihr würdet nur plaudern!“

„Es ist nicht so, wie du denkst.“

„Als *danna* hat er doch sicherlich einen anderen Status als ein normaler Kunde, der eine Geisha nur für einen Abend bucht.“

„Bitte sprich leiser!“ Kameko legte den Zeigefinger an ihre kirschroten Lippen. Bryanna stellte sich vor, wie Ryan die Geisha geküsst hatte ... Hatte er?

„Ich möchte es wissen, ehrlich wissen.“

Kameko faltete die Hände zusammen und hielt sie flehentlich hoch. „Ich habe dir doch erzählt, welche Aufgaben eine Geisha hat.“

„Aber du hast den Bonus für den Patron ausgelassen.“

„Wie bitte?“

„Der *danna* wird doch eine Zusatzleistung erhalten.“ Schnippischer hätte Bryanna nicht klingen können.

„Ich gebe mich ihm nicht hin, falls es das ist, was du andeutest“, antwortete Kameko und faltete die Hände vor dem Schoß. „Es gibt Geishas, die mit ihrem Gönner eine sexuelle Beziehung haben, aber nicht ich. Ryan und ich, wir sind traditionelle Menschen. Wenn eine junge Frau eine Maiko wird und die Ausbildung zur Geisha beginnt, hat sie sich bereits dazu entschieden, ihr Leben der Kunst zu widmen. Dafür bringt sie ein großes Opfer, nämlich dass Liebe für sie auf ewig eine Illusion bleiben wird.“

Bree rümpfte die Nase und kniff die Augen zusammen, weil ihre „große Schwester“ um den heißen Brei herumredete. Noch hatte Kameko nicht eindeutig ‚nein, ich schlafe nicht mit ihm‘ gesagt. „Das glaube ich nicht, denn ...“

Die Geisha fiel ihr ins Wort, was sehr ungewöhnlich für sie war. „Du willst es nicht glauben."

„Was redest du da?", blaffte Bree und stemmte die Hände in die Hüften.

„Du bist blind vor Eifersucht."

„Ich bin nicht eifersüchtig!", erwiderte sie empört und errötete.

Kameko lächelte verständnisvoll. „*Sumimasen,* aber das ist gelogen. Du hast dich in Ryan-sama verliebt. Das ist schön, sehr schön. Ihr seid ein wundervolles Paar und ergänzt euch wie *yin* und *yang*."

Yin und *yang*, diese Worte hallten in Bryanna nach. Sie dachte an das Symbol der Lotosblüte. Wie hieß die Blüte noch auf Japanisch? *Hasu no hana*, fiel ihr ein. Zoe hatte sie einmal erwähnt, als sie über den perfekten Sklaven sprach, den sie sich wünschte. Er sollte aufhören, wo sie anfing, wie ein Kreis. Und auch Bree träumte von vollkommener Harmonie, wenn auch in der Beziehung Herr-Dienerin. Aber in ihren Träumen kamen nur zwei Personen vor – in der Realität gab es drei Personen, die sich nah standen. Eine war definitiv zu viel, und das war Kameko.

„Halte dich von ihm fern!", zeterte Bryanna und begann erneut wild zu gestikulieren.

Plötzlich hielt jemand ihren rechten Arm fest. Ryan trat neben sie, seine Finger legten sich fest um ihr Handgelenk. „*Urusai wa yo.* Nicht so laut! Was geht hier vor? Es ist unangebracht, derart lautstark zu streiten. Ihr weckt noch alle auf. Ich will sofort wissen, warum du so schreist!" Er wandte sich an Bree.

„Natürlich! Jetzt bin ich wieder schuld! Ich bin es ja auch, die bestraft wird. Ich trage Sträflingskleidung, während die Geisha teure Kimonos besitzt. Kameko ist die Gute, ich bin die Böse. Das Gleichgewicht in Ryan Ishikawas Leben ist wieder hergestellt."

„Was redest du für einen Unsinn?"

Sein Griff tat mittlerweile weh. Bryanna versuchte sich loszureißen, bis Kameko sagte: „Sie ist eifersüchtig."

Bree erstarrte. Schamgefühl trieb ihr die Röte ins Gesicht.

Erstaunt hob Ryan die Augenbrauen.

„Bilde dir ja nichts ein!" Sie wich seinem Blick aus und wäre am liebsten im Boden versunken.

Seine Stimme bekam einen dunklen, drohenden Unterton. „Du duzt mich? Ich habe dich schon einmal auf deine Stellung hingewiesen, aber Worte scheinen nicht zu dir durchzudringen, deshalb werde ich Taten folgen lassen müssen."

„Lass nicht deine Wut an mir aus, nur weil deine amerikanische Mutter dich als Kind verlassen hat, und ich Amerikanerin bin. Ich bin nicht deine Prügelmagd!"

„Jetzt reicht es!", knurrte Ryan und zerrte Bree aus dem Teehaus.

Aufgeregt trippelte Kameko hinter ihnen her. „Ryan-sama!"

„Geh ins *ochaya* und schließ die Tür!", befahl Ryan, und die Geisha gehorchte ihm.

Bryanna versuchte verzweifelt von ihm loszukommen. Das Blut rauschte in ihren Ohren. Was hatte er mit ihr vor? „Das ist wieder typisch! Ich werde gezüchtigt, und sie bleibt in deinen Augen die Unschuld in Person.“

„Im Gegensatz zu dir ist sie eine hingebungsvolle Dienerin.“ Gnadenlos zog er sie mit sich in Richtung Latrine.

„Also gibst du es zu?“

Ryan blieb abrupt stehen und legte ihr als bedrohliche Geste die Hand an die Kehle. „Was?“

Nun, da sie nah vor ihm stand und ihm unmittelbar in die Augen schaute, fürchtete sie sich. Zaghaft deutete sie an: „Na, du und Kameko ...“

„Du hast mich einmal gefragt, ob ich dich an andere Meister ausleihen würde, und ich antwortete mit ‚nein‘. Aber du hast nicht wissen wollen, ob ich andere Sklavinnen benutze oder mich auf dich beschränke, weil du immer nur an dich denkst.“

Bree schwante Böses.

Er sprach langsam, damit auch jedes seiner Worte wie Messerstiche wirkte. „Ich kann mich vergnügen wann, wie oft und mit wem ich will, und du musst es ertragen, denn du bist nur meine Sklavin und nicht mehr.“

„Bitte sagen Sie das nicht!“, war alles, was Bryanna hervorbrachte. Es schmerzte zu hören, dass sie für ihn nur ein Nichts war oder lediglich ein Mittel zur Befriedigung seiner Neigung.

„Ich kann dich sogar zwingen, dabei zuzusehen. Wie würde dir das gefallen?“

Sie nahm all ihren Mut zusammen und fragte: „Dann stimmt es also?“

„Dass ich ein Verhältnis mit Kameko habe?“

Stumm nickte sie. Tränen traten in ihre Augen, aber sie sah ihn weiterhin an.

Er brauchte eine Weile, bevor er antwortete: „Zuerst dachte ich, es wäre eine faire Strafe, dich in dem Glauben zu lassen, dass ich mit meiner Geisha schlafe, aber das wäre Kameko gegenüber ungerecht. Nein, Bree-chan, ich schlafe nur mit dir.“

„Das kann ich nicht glauben, nach allem, was ich gesehen habe – Kamekos rote Lippen, ihre erotische Nackenbemalung und ihr frivoler Blick – und nach allem, was du gesagt hast.“ Sie schluckte ihre Tränen herunter und versuchte erneut sich loszureißen.

„Wie Kameko sagte, du willst es nicht glauben, weil die Eifersucht dich blind und taub macht.“ Kaum hatte er dies gesagt, zerrte er sie zum Brunnen.

Bryanna kämpfte gegen ihn an, war aber chancenlos. „Du hast unsere Diskussion belauscht.“

Ohne ihr Handgelenk loszulassen, band Ryan den Eimer los. Er warf ihn achtlos beiseite und schlang das Seil um Brees Hand. „Das brauchte ich nicht. Euch konnte man bis in den Innenhof hören. Ich warne dich zum allerletzten Mal. Wage nicht noch einmal mich zu duzen, Sklavin!“

Bree wusste, dass er diesen Begriff nur benutzte, weil er wusste, dass sie ihn nicht mochte. Aufmüpfig widersprach sie: „Ich bin nicht Ihre Sklavin, Herr, sondern Ihre Lustdienerin.“

Nun lachte er leise. „Und jetzt habe ich Lust, dich zu lehren, dass Strafen für eine Dienerin erregend sein können – oder auch nicht.“

Er fesselte ihr rechtes Handgelenk mit dem Seil an einen der beiden Holzpfosten, die am oberen Ende mit dem Querbalken verbunden waren, an dem der Eimer normalerweise baumelte. Dann band er das Seil um Bryannas linke Hand, ging zum zweiten Pfosten und zerrte so lange daran, bis Bree mit weit gespreizten Armen vor dem Brunnen stand und den Oberkörper über das Mäuerchen lehnen musste. Vergnügt fesselte er ihre Handgelenke an den Holzsteg und weidete sich an der unbequemen Position, in die er sie gebracht hatte. Ihr Hintern ragte hervor, sie konnte zwar noch treten, aber sonst war sie wehrlos.

„Nun bist du mir ausgeliefert.“

„Was haben Sie mit mir vor?“

„Ich?“ Er grinste scheinheilig. „Ich werde wieder schlafen gehen, denn das Treffen mit Kameko hat mich erschöpft.“

Wütend zerrte Bryanna an ihren Fesseln. Ihr Haarzopf fiel über ihre Schulter nach vorne und hing herab. Bree spähte in den Brunnen, konnte aber rein gar nichts erkennen. In der Finsternis der Nacht war er nur ein dunkles Loch. Sie bekam eine Gänsehaut.

„Du bist nur denjenigen schutzlos ausgeliefert, die sich heute Nacht erleichtern müssen und zufällig diese prallen Pobacken entdecken.“ Ryan schob ihren *yukata* hoch, steckte den Saum unter ihrem Gürtel fest, damit der Stoff nicht wieder herunterrutschen konnte und streichelte zärtlich ihr Hinterteil.

„Sie haben gesagt, Sie würden mich nicht ausleihen!“

„Nicht an eine Domina oder einen Dominus. Meine Schüler hatte ich nicht erwähnt.“

„Scheusal!“, entfuhr es Bree. Er hatte sich wieder einmal ein Hintertürchen offengehalten.

Ryan schlug ihr mit der flachen Hand auf das Gesäß. „Du scheinst dich noch nicht genug zu fürchten.“ Er schlenderte zurück zum *ochaya* und kehrte mit einem von Kamekos Seidentüchern zurück. Nachdem er das Tuch gefaltet hatte, verband er Bree die Augen. „Nun bist du nicht mehr nur blind vor Eifersucht, sondern kannst wirklich nichts mehr sehen.“

„Ich bin nicht eifersüchtig!“, keifte sie.

„Du hast noch die halbe Nacht Zeit, um darüber nachzugrübeln. Ich werde dich erst losbinden, wenn du eingesehen hast, dass du dich wie eine Kratzbürste und eine Furie verhalten hast“, sprach Ryan und klang nicht einmal zornig, sondern eher gelangweilt. Er war die Ruhe selbst. „Denk gut darüber nach, wie du dich bei Kameko für deine infame Lüge und deinen Ausbruch entschuldigen wirst!“

Bree hörte Schritte, die sich von ihr entfernten; Ryan ging tatsächlich weg und ließ sie alleine. Das durfte alles nicht wahr sein! Was war das nur für eine Nacht? Ihre Eingeweide krampften sich zusammen. „Bitte, gehen Sie nicht!“

Er blieb stehen. Zumindest das. Es war Bryannas Chance. Sie suchte nach den richtigen Worten und entschied, dass Demut angebracht war. Es fiel ihr nicht leicht, sich zu erniedrigen, aber es musste sein.

„Ich bitte Sie, lassen Sie mich nicht hier zurück!“

Ryan schnaubte. „Ist das alles, was du zustande bringst?“

Wütend knirschte Bree mit den Zähnen, bis ihr Kiefer schmerzte. „Ich beschwöre Sie, gehen Sie nicht! Jeder wird über mich herfallen können.“

„Wie jämmerlich! Ich werde dich lehren müssen, wie man bettelt und fleht“, sagte er amüsiert und wandte sich bereits während des Redens ab, was Bryanna am Klang seiner Stimme hörte.

„Nein!“, schrie sie. „Tun Sie das nicht, Herr! Lassen Sie Gnade walten! Ich bin eine unerfahrene Dienerin und aufbrausend, ich gebe es ja zu.“

„Ich, ich, ich“, murrte Ryan, ohne stehen zu bleiben.

Bryanna drehte den Kopf so weit zur Seite, wie es ging. „Bitte, ich flehe Sie an! Ich gestehe, dass ich Sie nicht teilen möchte. Eine schlechte Eigenschaft für eine Sub, denn Subs müssen sich dem Willen ihres Meisters unterwerfen. In Zukunft werde ich alles erdulden.“

„Alles?“ Erneut blieb er stehen.

Sie hasste es, wenn er diese Frage stellte. Sie bestand nur aus einem einzigen Wort, das jedoch alle Möglichkeiten offenließ. „Alles“ konnte bedeuten, dass er vor Bryannas Augen mit Kameko oder mit einer anderen Frau schlief, sie öffentlich bis aufs Blut auspeitschte oder sie an einen anderen Dominus verkaufte.

„Schlagen Sie mich, aber bitte gehen Sie nicht fort!“, schlug sie leise vor. „Bestrafen Sie mich.“

Er lachte. „Das tue ich doch gerade. Eine Strafe besteht nicht immer aus Schmerz, sondern manchmal mal auch aus Erniedrigung, und ich setze dich gerade herab. Ich mache dich zu einem Lustobjekt, das jeder benutzen darf.“

„Das will ich aber nicht! Ich möchte nur von Ihnen genommen werden.“

Eine Weile schwieg er, als würde er nachdenken. Dann sprach er trocken: „Du hast keinen eigenen Willen mehr, seitdem du mir geschenkt wurdest.“

Bryanna hörte, wie er in den Korridor trat und davonging.

„*Gomen nasai. Gomen nasai*!“, rief sie ihm hinterher, doch ihre Entschuldigung blieb ungehört. Ryan war verschwunden.

Dann war es still. Nicht einmal ein Vogel zwitscherte. Die Tiere schliefen, die Schüler hoffentlich auch. Nicht auszudenken, wenn jemand Bryanna in dieser Position entdecken würde! Sie streckte jedem ihr nacktes Hinterteil entgegen, als wollte sie alle Welt dazu einladen, sie zu nehmen.

Bree riss erneut an ihren Fesseln, diese lockerten sich jedoch kein bisschen. Ryan hatte das Seil eng um ihre Handgelenke gewickelt, es war fast so, als würde er Bree immer noch festhalten. Dem Weinen nah ließ sie den Kopf hängen. Sie schluchzte, kämpfte aber gegen die Tränen an.

In der Nähe war ein Scharren zu hören. Wahrscheinlich suchte eine Maus nach Nahrung. Bryanna überlegte, ob sie Kameko rufen sollte, aber ihre Rufe würden nicht nur die Geisha, sondern die ganze Schule aufwecken. Wahrscheinlich würde ihre „große Schwester“ ihr nicht einmal helfen, so wie Bree sich ihr gegenüber verhalten hatte. Mittlerweile war sie gar nicht mehr sicher, ob Ryan mit Kameko schlief. Sie hatte keine Anzeichen dafür im *ochaya* aufgespürt, und Kameko hatte bei dem Vorwurf, ihren *danna* zu verführen, ernsthaft entsetzt ausgesehen, sich dafür aber gefreut, dass Bryanna sich in Ryan verliebt hatte.

„Verliebt!“, prustete sie. „Wie kann man sich in ein Monster verlieben?“

Das, was sie sich mit Ryan aufgebaut hatte, fiel wie ein Kartenhaus zusammen. Sie wollte keinen Herrn haben, der sie von Hinz und Kunz benutzen ließ, wie Ryan es gerade tat, sondern seine Sub egoistisch für sich behielt. Im Internet hatte Bree gelesen, dass sich ein Herr seine Dienerin aussuchte, denn er ließ sich schließlich herab, diese in seinen Dienst aufzunehmen. Nach Brees Meinung jedoch suchte eine Sub sich ihren Herrn ebenfalls aus, weil sie sich jemandem, den sie nicht mochte, überhaupt nicht mit Haut und Haaren hingeben konnte. Kurioserweise schien es bei ihr und Ryan zu passen, obwohl sie sich gegenseitig nicht auserwählt hatten. Auch wenn Ryan ihren Auftritt im Club KABUKI-CHO genossen hatte, hatte er Distanz gewahrt. Jetzt allerdings zerriss er das zarte Band, das sich zwischen ihnen entwickelt hatte.

Offensichtlich war eine Beziehung zwischen Herr und Dienerin nicht möglich. Bryanna wurde schmerzlich bewusst, dass sie sich genau danach sehnte. Sie gierte nach weitaus mehr als nach Unterwerfung. Sie wollte Liebe. Aber das war scheinbar unmöglich. Liebe konnte in einer Beziehung, in der die Partner nicht gleichberechtigt waren, nicht existieren.

„Du hast erreicht, was du wolltest“, sprach sie, als würde Ryan noch hinter ihr stehen. „Ich gebe zu, ich *war* eifersüchtig. Die Betonung liegt auf ‚war‘.“

Das Rascheln war wieder zu hören. Bryanna lauschte. Es war keine Maus, die nach Futter suchte, so viel war sicher.

„Wer ist da?“ Ihre Stimme klang dünn.

Jemand trat aus dem Korridor hinaus ins Freie und blieb stehen.

Bree krächzte: „Fass mich ja nicht an!“ Sie wünschte sich nun mehr denn je, zumindest einige Brocken Japanisch zu sprechen, denn es konnte durchaus sein, dass ein Schüler, der nicht so gut Englisch sprach, sie entdeckt hatte. „*Wakaru ne*? Verstehst du mich?“

Schritte waren zu hören. Wer auch immer es war, kam auf sie zu. Schweigend stellte er sich so nah an Bree, dass der Stoff seines *hakame* ihre Waden kitzelte. Panisch wandte sie den Kopf zur Seite, aber das Seidentuch nahm ihr jegliche Sicht. Ihr Puls raste. Sie schwitzte. Die Luft erschien ihr noch schwüler als bei Anbruch der Nacht.

Anstatt zu antworten, legte er seine Handfläche auf ihren Oberschenkel.

Bryanna hielt den Atem an, doch der Unbekannte regte sich nicht. War der Erste gekommen, um sich an ihr zu vergehen?

KAPITEL 14

Als sie wieder nach Luft rang, begann er zärtlich ihre Schenkel zu streicheln. Das hatte Bree nicht erwartet. Sie dachte, wenn jemand die Situation ausnutzen wollte, würde er rasch seine Lust an ihr stillen und verschwinden. Wer mochte hinter ihr stehen? Sie war bemüht, sich zu konzentrieren, konnte aber nichts ausmachen, um den Fremden zu entlarven. Besaß er kleine Hände, oder bildete sie sich das nur ein?

Er drang mit den Fingerspitzen in ihre Spalte ein und versuchte ihre Schamlippen zu erreichen, doch Bryanna presste die Pobacken zusammen. Deshalb stieß er mit dem Fuß zwischen ihre Beine und zwang sie mithilfe seiner Knie, ihre Schenkel für ihn zu öffnen.

„Schuft!“, entfuhr es Bryanna, aber sie konnte nicht leugnen, dass sie ihre Lage mit einem Mal ein ganz klein wenig genoss. Es stellte sich einfach keine Abscheu ein Der Unbekannte fuhr fort, sie sanft an den Oberschenkeln zu liebkosen. Wäre Ryan an seiner Stelle gewesen, hätte Bryanna sich ihrer aufkeimenden Erregung hingegeben. Auch, obwohl er ein Scheusal war, denn er wusste ihre Dämme zu brechen. Aber da sie keine Ahnung hatte, wer sich ihr auf obszöne, aber zärtliche Weise genähert hatte, wehrte sie sich gegen ihre Lust.

Kleine Hände? Bryanna grübelte darüber nach. Shunpei besaß Hände, die viel zu zart für Kampfsport wirkten. Ja, es musste Shunpei-kun sein. Zumindest beruhigte sie der Gedanke. Er wäre viel zu schüchtern, um sich zu erkennen zu geben und liebte eine Frau sicherlich sehr sanft und behutsam.

Bree entspannte sich. Die Finger des Mannes tauchten in ihre Mitte ein, zuerst nur zwei, dann drei und schlussendlich vier. Sie glitten tief in Bryanna hinein, bis ihre Enge die Eindringlinge daran hinderte, noch weiter vorzudringen. Dann zogen sie sich zurück, stießen wieder hinein und penetrierten Bree.

Sie merkte, dass sie feucht war und schämte sich. Warum um Himmels Willen war sie nass? Sie durfte nicht, wollte nicht! Der Grund für ihre Feuchtigkeit war die unglaubliche Zärtlichkeit von Shunpei oder von dem Unbekannten, der sich ihrer bemächtigte.

Seine vier Finger steckten nun in ihr, während sein Daumen über ihre anschwellenden Schamlippen strich, immer und immer wieder. Er zog seine Hand zurück, und Bree empfand ein gewisses Verlustgefühl. Dann legte er die Fingerspitzen auf ihre empfindsamste Stelle und verrieb ihre Feuchtigkeit. Er massierte sie ein, so dass Bryannas Begierde weiter zunahm. Aus dem anfänglichen Funken wurde eine stattliche Flamme, die Bree ein Seufzen entlockte.

In diesem Moment ließ er von ihr ab. Sie vernahm das Rascheln von Stoff und spürte im nächsten Moment den Phallus des Fremden an ihrer Scham. Er drückte ihn ungeniert zwischen ihre Falten und glitt auf ihrem Damm vor und zurück, ohne in Bree einzudringen.

Sie versuchte die Beine zu schließen, und es gelang ihr sogar wider Erwarten. Der Fremde war ein Stück zurückgetreten, aber sein Phallus steckte immer noch zwischen ihren Oberschenkeln. Durch Brees geschlossene Beine hatte er nun einen feuchten Kanal, in den er hineinstieß und sich befriedigte, ohne sie richtig zu nehmen.

Aufgebracht öffnete sie die Beine wieder ein Stück, um ihm den Spaß zu verderben, aber es war schon zu spät. Er kam mit einem unterdrückten Stöhnen und entlud sich ins Gras.

Es musste Shunpei sein, Bryanna wurde immer sicherer. Er hätte es nie gewagt, sie ohne Ryans Erlaubnis zu stoßen. Und das hatte er auch nicht, zumindest nicht vaginal. Wer, außer Shunpei, wäre schon so rücksichtsvoll gewesen?

Er zog sich an und entfernte sich.

„*Ano saa* … Hey, sag mal ...“ Warum hatte sie sich nur immer gegen Kamekos Japanisch-Lehrstunden gewehrt? „Was ist mit mir?“ Sie wurde sich ihrer Worte bewusst und kniff die Lippen zusammen. Wenn Ryan jemals erfuhr, dass sie von den

Liebkosungen des Unbekannten nicht unbeeindruckt geblieben war, würde er sie in Stücke reißen. Hoffentlich trocknete ihre Mitte rasch. Das war aufgrund der hohen Luftfeuchtigkeit nicht zu erwarten, allerdings war die Nacht noch lang.

Tatsächlich zogen sich die folgenden Stunden wie Gummi. Bryanna schreckte bei jedem noch so leisen Geräusch auf. Ihre Arme taten mittlerweile weh. Ryan hatte ihr bei den Fesseln keinerlei Spielraum gelassen. Sie kam sich vor, als läge sie mit dem Oberkörper auf einer Streckbank. Es kostete sie Mühe, den Kopf hoch zu halten. Die Verspannung in ihrem Nacken nahm zu. Ihr war heiß, und sie wünschte sich nichts mehr, als in das kühle Grundwasser des Brunnens einzutauchen, aber sie konnte es nur riechen, nicht sehen. Langsam bekam sie Angst vor dem schwarzen Loch, über dem ihr Oberkörper schwebte. Sie erinnerte sich an einen *hentai*, einem japanischen Zeichentrick-Pornofilm, in dem ein Schulmädchen bei einem Strandausflug mit der Schulklasse von einem purpurfarbenen Kraken in die Wellen gezogen und später vernascht worden war. Er drang in einer einsamen Bucht mit seinen Tentakeln in alle Öffnungen des Mädchens ein, saugte sich mit seinen Saugnäpfen an ihren Intimstellen fest und brachte sie fast um den Verstand vor Lust.

„Aber Krakenhausen ist nicht im Brunnen", ermahnte sie sich. Obwohl sie *hentais* arg seltsam, fast ein wenig bedrohlich fand, spürte sie allein bei dem Gedanken daran, gleichzeitig alle drei Öffnungen ausgefüllt zu bekommen, ein Prickeln in ihrem Schoß. Denn der Krake war eher wie eine Wolke der Ekstase, er waberte um sein Opfer herum und brachte es in einen Erregungszustand, den ein Mensch beim Partner nur selten hervorzauberte, weil er nicht überall gleichzeitig sein konnte.

„Geh weg!", sagte Bryanna zu ihrer Fantasie. Sie schüttelte den Kopf. Eine Haarsträhne blieb an ihrer schweißnassen Stirn kleben.

Kaum hatte sie einen tiefen Seufzer ausgestoßen, da hörte sie jemanden kommen. Forsch ging der Unbekannte durch den Korridor, kam, ohne anzuhalten und sich über den Anblick von Brees prallem, nacktem Hinterteil zu wundern, zu ihr und schlug auf ihr Gesäß. Ein-, zwei-, dreimal hintereinander, fester als Ryan geschlagen hatte, so dass sie panisch versuchte, seiner Hand auszuweichen. Sie meinte ein kehliges Lachen gehört zu haben, war sich aber nicht sicher, weil das Blut in ihren Ohren laut rauschte.

„Wer sind Sie?" Bryanna wunderte sich, dass sie ihn automatisch siezte, dabei konnte er durchaus einer der Schüler sein. Sie grübelte. Würde einer der jungen Männer sich ihr derart dreist nähern? Ein solches Verhalten würde Bree den *shidachi* nicht zutrauen. Also konnte es nur ... Sie verbot sich den Gedanken.

Der Mann packte ihre Pobacken und massierte sie, als würde er Teig mengen. Sein Griff war kräftig. Er schien zu wissen, was er wollte und zögerte keinen Augenblick. Hatte er sich vorher überlegt, was er mit ihr anstellen wollte? Hatte er sich einen Plan zurechtgelegt? Er trat nicht impulsiv auf, sondern knetete selbstsicher ihr Gesäß, als hätte er das schon zigmal getan. Ihr Po war schon ganz heiß. Langsam wurde sein fester Griff unangenehm, er kniff fast in ihr Fleisch. Bree wurde immer unruhiger, konnte aber nicht leugnen, dass seine Derbheit ihr gefiel.

Plötzlich drückte der Unbekannte seine Lenden an ihren Hintern.

Er ist nackt, stellte Bryanna erstaunt fest. Wer immer seinen Phallus – denn erigiert war sein gutes Stück bereits – an ihr rieb, hatte sich auf das bizarre Zusammentreffen vorbereitet. Wie konnte das sein? Hatte der Mann sie aus der Ferne erspäht und sich an ihrer Hilflosigkeit erregt? Nein, das war wohl eher abwegig, weil es wegen der Regenwolken in dieser Nacht zu dunkel war. Folglich blieb nur eine Möglichkeit: Ryan musste ihn geschickt haben.

Schockiert versteifte Bryanna sich. Sie spannte die Pobacken an, was den Anonymen dazu motivierte, sich stärker an ihr zu reiben, da der Widerstand nun größer war. Er neigte sich über sie, presste seinen Phallus an ihre Spalte und schob seine Hände unter ihren *yukata*. Als er ihre Brüste gefunden hatte, setzte er dort seine Massage fort. Er knetete sie minutenlang, jedoch nicht so fest wie zuvor ihren Hintern, massierte das empfindliche Fleisch und zwirbelte abschließend ihre Brustspitzen, bis Bree stöhnte. Auf der einen Seite wollte sie, dass er endlich aufhörte, auf der anderen gierte sie nach mehr. Sie ging im Strudel ihrer Gefühle unter und spürte die anale Penetration erst, als die Penisspitze des Mannes bereits in ihrem Anus steckte.

Nun streichelte er sie beruhigend, damit sie sich entspannte. Bree gab sich alle Mühe, aber es fiel ihr nicht leicht. Sie redete sich ein, dass er ohnehin mit ihr machen würde, was ihm beliebte, aber im Grunde wollte sie genau das. Also ließ sie ihre Gesäßmuskulatur locker, damit er ein Stück weiter eindringen konnte, was er sofort tat. Offensichtlich hatte er sein Geschlecht vorher mit seinem Speichel oder einer Gleitcreme eingerieben, denn er glitt sanft in die enge Öffnung hinein.

Der Phallus war mächtig, so kam es Bryanna zumindest vor. Er füllte sie mehr aus, als Ryan es getan hatte. Oder war das nur ein Trugschluss, weil sie blind war und sich auf Sinne konzentrieren musste, die nicht so geübt und geschärft waren? Nein, nein, das konnte nicht sein. Der Fremde glitt tiefer und verharrte, damit sie sich an sein Gemächt, das ihr so kolossal erschien, gewöhnen konnte.

Stück für Stück drang er tiefer, bis er schließlich ganz in ihr steckte. Bree spürte seine Hoden an ihrem Hintern. Diese kamen ihr ebenfalls riesig vor. Niemand konnte solche Straußeneier besitzen. Oder doch? Sie spürte das gewaltige Geschlecht, nun, da der Fremde begann, sie behutsam zu stoßen. Bryanna traute nur einem Einzigen in der Kendo-Schule zu, solch ein Gemächt unter dem *hakame* zu verstecken. Einem *uchidachi*. Einem Lehrer. Aber es war nicht Ryan.

Brees faltiger Ring pulsierte. Der Eindringling weitete ihn ungewohnt heftig. Ihr Anus versuchte ihn herauszudrücken, es war eine natürliche Reaktion auf die gewaltige

Penetration, aber es war eine Erfahrung, die Bree schon immer hatte machen wollen. Dehnung. Nun wurde sie gedehnt, und es tat nicht weh, sondern war nur ungewöhnlich und neu. Aber konnte es wirklich Masaru-sensei sein, der das Spielzeug seines Freundes ausprobierte? Vermochte Ryan ihn geschickt zu haben, um Bree zu bestrafen oder Noguchi Masaru eine Befriedigung zu ermöglichen, die er hier oben im Gebirge Chugoku-chiho wahrlich nur selten genießen konnte?

Wie auch immer es sich verhielt, die Größe und die Stöße fachten Bryannas Lust aufs Neue an. Sie wünschte sich, dass der Mann parallel ihre Spalte liebkosen würde, weil sie anal keinen Orgasmus erleben konnte. Es waren keine guten Aussichten, denn sie wurde erregt, fand aber keine Erlösung. Der Fremde stützte sich rechts und links von Bree auf dem Mäuerchen des Brunnens ab und nahm sie immer schneller, aber immer noch vorsichtig. Er fasste sie nicht mehr an, bis sein Körper erzitterte. Dann hielt er ihre Hüften umklammert, um sich behutsam aus ihr zu entfernen und erleichterte sich ins Gras. Der Unbekannte konnte folglich nicht Ryan sein, denn der hätte sich einfach in ihren After ergossen, wie schon zuvor. Bree war sich immer sicherer, dass der Großmeister sie soeben benutzt hatte.

Bryanna lauschte bestürzt und erbost seinem Keuchen, als er fortging, ohne ein Wort mit ihr zu wechseln oder sich um ihre Befriedigung zu kümmern. Nach zwei unerfüllten Stimulationen zerrte die unbefriedigte Lust an ihren Nerven. Ihr Rücken schmerzte vom Nacken bis zu den Hüften. Jeder Muskel in ihrem Oberkörper tat ihr in dieser unbequemen Haltung weh. Zudem brannte ihr Schoß vor Begierde. Wären ihre Arme nicht gefesselt gewesen, hätte sie es sich auf der Stelle selbst besorgt. Wie konnte Ryan ihr das nur antun?

Bree befürchtete, dass es bereits dämmerte, weil es ihr so vorkam, als würde sie schon unzählige Stunden an dem Brunnen gefesselt stehen. Da sie die Augenbinde loswerden wollte, versuchte sie den Kopf zur Seite zu drehen, um das Seidentuch mithilfe ihres Arms abzustreifen oder zumindest hochzuschieben, aber sie kam gerade mal mit dem Ohr an ihre Schulter, was ihr nichts nutzte, und schimpfte mit sich selbst, weil sie zu ungelenkig war. Sie rieb die Oberschenkel aneinander. Das Feuer in ihrem Schoß flackerte zwar auf, mehr aber auch nicht, und alles wurde nur noch schlimmer. Die Idee, ihre Klitoris gegen das Mäuerchen zu reiben, bereute sie schmerzhaft, denn das Mauerwerk war viel zu rau und rissig.

Hätte sie noch vor wenigen Stunden Ryan am liebsten in den Boden gestampft, so sehnte sie sich jetzt nur noch nach ihrem Futon. Sie gierte nach einem Höhepunkt und wollte danach einfach nur schlafen, lange und tief, doch beides blieb ihr verwehrt.

„Ich hoffe, du hast einen Alptraum!“, blaffte sie, als sie sich vorstellte, dass Ryan seit Stunden fest schlief, während sie sich quälte.

In der Ferne hörte sie Gemurmel. Jemand sprach gedämpft Japanisch, und es klang nicht gerade freundlich. Sie konnte nicht ausmachen, zu wem die Stimme gehörte, dachte aber bei dem harschen Tonfall automatisch an Tonegawa.

Jemand kam zu ihr gelaufen. Ihr Herzschlag beschleunigte sich mit seinen Schritten. Dann folgte hektisches Rascheln. Der Unbekannte öffnete fahrig seinen *obi*, sprang aus seinem *hakame* und warf beides achtlos zu Boden. Mit den Knien stieß er zwischen Brees Beine und öffnete sie, soweit ihre Fesseln es zuließen. Ohne sie mit den Händen zu berühren, drang er in ihre Mitte ein. Er stöhnte unterdrückt. Dann fing er an zu pumpen. Er nahm Bryanna hemmungslos, als hätte er die ganze Nacht darauf gehofft, sich ihrer endlich bemächtigen zu können. Worauf hatte er gewartet? War es wirklich Tonegawa, der immer wieder in sie hineinstieß und sie von hinten nahm, als wären sie Tiere? Zumindest legte er eine gewisse Machohaftigkeit an den Tag und besaß die Aggressivität, um animalisch über sie herzufallen und damit nicht nur seine Lust anzustacheln, sondern auch ihre. Sie stöhnte rhythmisch zu seinen Stößen. Durch die zwei Männer zuvor war sie bereits so erregt worden, dass die Dreistigkeit und die harten Stöße von Tonegawa – oder wer auch immer sich so herrlich hemmungslos in ihr bewegte – sie rasch einem Höhepunkt entgegenbrachten.

Bryanna war zu aufgelöst, um beschämt zu sein, weil ein Fremder sie benutzte, und ihr das auch noch gefiel. Sie war zu berauscht und zu entrückt, als dass sie sich um die Lautstärke ihres Stöhnens hätte kümmern können. Daher gab sie sich dem Unbekannten und ihrer eigenen Wollust hin, bis ihr Unterleib sich zusammenzog. Diesmal war sie schneller als der Mann. Schon bald lag sie zuckend unter ihm. Sie nahm seine Stöße in Empfang, obwohl sie längst gekommen war. Was hätte sie auch tun können? Schließlich war sie immer noch gefesselt. Schwer atmend lag sie mit dem Bauch auf dem Mäuerchen und wunderte sich, dass der Fremde so lange brauchte, obwohl es den Anschein gehabt hatte, als hätte er den Druck nicht länger aushalten können. Auch er zog seinen Phallus rechtzeitig aus ihr heraus. Er schnappte sich Gürtel und Hose und rannte davon wie ein Schuljunge, der etwas angestellt hatte und nun befürchtete, entdeckt zu werden.

Ein richtiges Mannsbild bist du wohl doch noch nicht, Tonegawa, feixte Bryanna in Gedanken. Das Nachglühen überlagerte die Rückenschmerzen ein wenig, worüber sie froh war. Trotzdem konnte sie sich kaum mehr auf den Beinen halten. Ihre Füße rutschten immer öfter weg, ihre Beine klappten zusammen, und sie ließ erschöpft ihren Kopf hängen.

Sie war so müde, dass sie im Stehen eingeschlafen wäre, hätte sie nicht erneut Schritte gehört. Wider Erwarten machte der Unbekannte sich nicht an ihrem Hintern zu schaffen, sondern an ihren Fesseln. Das Seil wurde gelöst, Bryanna glitt zu Boden. Ihre Beine versagten. Völlig erschöpft hockte sie im Gras und lehnte sich gegen das

Mäuerchen. Sie löste nicht einmal die Augenbinde, denn die Augen hatte sie ohnehin längst geschlossen und schaffte es nicht, sie wieder zu öffnen. Sie ließ es wehrlos geschehen, dass der Mann sie auf seine Arme hob und wegtrug. Erst, nachdem er sie auf einen Futon abgelegt hatte, löste er das Seidentuch.

Sie schaute träge auf. „Ryan."

Er hatte sie in ihren Schlafraum getragen. Auf dem kleinen, runden Beistelltisch standen ein Krug und ein Tonbecher. Nun zog er ihr den verschwitzten *yukata* aus, als wäre sie ein Kleinkind, und strich ihr einige Haarsträhnen aus dem Gesicht. Lächelnd setzte er sich neben sie, bettete ihren Kopf auf seine Oberschenkel und liebkoste ihr Dekolleté.

„*Daijoubu desu ka*? Ist alles in Ordnung?"

„Nicht wirklich." Bryanna versuchte sich von ihm loszureißen, doch er hielt sie fest in seinen Armen, und sie war zu geschwächt, um mehr Kraft aufzubringen. „Nichts ist okay."

„Für mich siehst du glücklich ermattet aus."

Bree wollte ihm sein zweideutiges Grinsen aus dem Gesicht kratzen, aber er packte ihre Handgelenke und zog sie an sich. „Sie haben zugesehen, stimmt's? War es geil zu beobachten, wie ich mich die ganze Nacht hindurch gequält habe? Hat es Sie angemacht, mich an andere Männer zu verschenken und dabei Voyeur zu sein? Sie haben mich belogen, als Sie behaupteten, mich niemals an jemanden ausleihen zu wollen. Genau das haben Sie letzte Nacht getan, obwohl Sie wussten, wie sehr ich es hasse, und wie arg es mich kränkt. Ich finde es widerlich! Ich will nur einem Herrn gehören! Ich bin keine Hure ..."

Ryan drückte sie aufs Kopfkissen. Er kreuzte ihre Arme über ihrem Kopf und kam ihrem Gesicht so nah, dass sie seinen Atem auf ihren Lippen spürte. „Doch, das bist du."

„Völlig falsch!" Bree schluchzte.

„Du bist meine Hure, meine ganz alleine."

„*Uso da*", spie sie ihm entgegen. „Das ist gelogen."

„Du hast es doch genossen, von unbekannten Männern benutzt zu werden. Ich war da, ich habe gesehen, wie feucht du warst und habe dein Stöhnen gehört", höhnte er. „Dein großes Finale ist mir auch nicht entgangen. Du bist ein richtiges Luder, Bree-chan."

Sie kämpfte gegen ihn an, war jedoch zu kraftlos, um irgendetwas zu erreichen. „Ich bin gekommen, na gut. Es war erregend, aber nicht das, was ich mir als Dienerin wünsche. Ich möchte nur meinem Herrn dienen und mich nur ihm unterwerfen."

„Du hast dich nur mir unterworfen."

„Aber hingegeben habe ich mich gezwungenermaßen auch anderen Männern."

„Hast du nicht."

„Wie bitte?“ Sie traute ihren Ohren kaum. Hatte Ryan irgendein Kraut geraucht? „Du hast es doch mit eigenen Augen verfolgt und dich daran erregt.“

„Ich habe dich benutzt und niemand anders.“

„Ich verstehe nicht.“ Ihre Worte troffen vor Widerspenstigkeit.

„Ich, und niemand sonst, habe dich dreimal besucht und mich lustvoll an deinem Körper vergangen. Und glaube mir, Bree, wenn ich nicht gewollt hätte, dass du einen Höhepunkt hast, hättest du auch keinen bekommen. Meiner Meinung nach solltest du etwas mehr Dankbarkeit zeigen.“

Bryanna war sprachlos.

„Niemals würde ich es einem Mann erlauben, in meine Lustdienerin einzudringen oder sich auf irgendeine andere Weise an ihr zu vergehen. Das ist das Privileg deines Herrn – meins! Und sollten wir jemals einen Sklaven in unser Spiel mit einbeziehen, so würde ich es ihm keinesfalls erlauben, dich zu penetrieren. Das ist mein alleiniges Recht.“

„Du warst es? Dreimal?“ Ihr Mund war staubtrocken.

Er nickte. „Ich war immer in deiner Nähe. Niemand hätte sich dir nähern können. Du warst die ganze Zeit in Sicherheit – in meiner Obhut. Denn ich benutze dich nicht nur, sondern beschütze dich auch.“

„Wie konnten Sie mich in dem Glauben lassen, ich sei Freiwild?“

„Es war eine Strafe, schon vergessen? Ich weiß doch, dass du dich nur mir hingeben möchtest.“

Er lächelte sie an, und Bree ahnte, dass er sich ihrer Zuneigung sicher war. Diese Zuneigung war ihre Schwäche, und diesen Schwachpunkt hatte er ausgenutzt, um sie zu erziehen. Sie dachte an Kameko und die Szene, die sie der Geisha im Teehaus gemacht hatte. Nun schämte sie sich dafür, denn sie glaubte nicht mehr, dass Kameko und Ryan ein Liebesverhältnis hatten. Obwohl sie erschöpft war, erschienen ihre Gedanken klarer zu sein als noch am letzten Abend. Der unbändige Zorn war verflogen und hatte sich als unbegründet herausgestellt. Ihr Aufbrausen war lächerlich und peinlich gewesen.

„Wirst du mir von nun an mehr vertrauen?“, fragte Ryan und gab ihre Handgelenke frei.

Er hatte sie nicht jedem, der zufällig in der letzten Nacht zur Latrine musste, ausgeliefert. Shunpei, Noguchi Masaru und Tonegawa hatten sich nicht Brees Körpers bemächtigt. Es beschämte Bryanna, dass sie diese Fantasien gehabt hatte. „*Hai*.“

„Es heißt: ‚Ja, mein Herr‘“, korrigierte er sie.

„Ja, mein Herr.“

Zärtlich streichelte Ryan ihre Wange. „Wirst du dich bei Kameko entschuldigen?“

„Selbstverständlich, mein Herr.“

„Gibst du zu, eifersüchtig gewesen zu sein?“ Seine Augen funkelten herausfordernd und gleichzeitig begehrlich.

Es fiel Bree schwer zu antworten, weil sie damit zugab, etwas für Ryan zu empfinden. Sie wusste nicht, ob er sie nur als Spielzeug betrachtete oder ebenfalls fühlte, dass mehr zwischen ihnen war. Ihre Wangen glühten, als sie wisperte: „Ja, Herr.“

Ryan hob ihr Kinn an und küsste sie leidenschaftlich. Seine Zungenspitze drang in sie ein, suchte ihre Zunge und umkreiste sie lange und sinnlich.

Nachdem er den Kuss gelöst hatte, deckte er Bryanna bis zum Hals zu. „Ich möchte dich erst beim Mittagessen wieder sehen. *Wakaru ka*?“

Und ob Bree verstand. Sie durfte ausschlafen, obwohl normalerweise die Anwesenheit bei den Mahlzeiten Pflicht war. Dankbar lächelte sie ihn an.

„Bist du durstig?“

„Ja, mein Herr, sehr sogar.“ Sie wollte sich aufsetzen, doch er drückte sie zurück auf das Kissen.

Er goss Wasser in den Becher und stellte den Tonkrug beinahe geräuschlos wieder auf dem Tisch ab.

„Öffne deinen Mund!“, wies er sie an und trank einen Schluck, zumindest glaubte Bree das im ersten Moment, doch dann bemerkte sie, dass seine Wangen aufgebläht blieben. Er neigte sich zu ihr herunter, und da ihre Lippen immer noch geschlossen waren, drang er mit Daumen und Zeigefinger in ihre Mundhöhle ein, um nachzuhelfen und ihre Kiefer auseinanderzuschieben, was jedoch mehr eine Geste war, denn er wendete keine Kraft an.

Erstaunt ließ Bree alles mit sich geschehen und zuckte erschrocken zusammen, als er seinen Mund öffnete und das Wasser, das sich eben noch in seiner Mundhöhle befunden hatte, herausfloss – direkt in ihren Mund. Sie schluckte es verdutzt.

Einige Male wiederholte er diese Prozedur. Es war eine ungewöhnliche Art von Intimität, die Bree noch mit keinem anderen Menschen geteilt hatte.

Schließlich sprach er sanft: „Schlaf jetzt. Du kannst ja kaum mehr deine Augen aufhalten.“ Er strich ihr mit der Handfläche über das Gesicht, so dass sie ihre Augen automatisch schloss und verließ den Raum.

Mit einem Mal wusste Bryanna das Gefühl zu deuten, das sie bei ihrer Vorführung durch Zoe trotz der Erregung vermisst und das erste Mal bei Ryans lustvoller Meditations-Lehrstunde empfunden hatte. Diese Wärme, die sie bei BDSM kaum für möglich geglaubt hätte, musste Liebe sein.

Mit einem Lächeln schlief sie ein.

***

Am späten Vormittag wurde sie von *kiai*-Schreien geweckt. Schläfrig schälte sie sich aus der Bettdecke, zog sich an und trat in den Korridor hinaus. Ryan trainierte mit seinen Schülern im Innenhof, Noguchi Masaru war nirgendwo zu sehen. Sie hoffte, dass sie ihn nicht im Waschraum antreffen würde, was glücklicherweise nicht der Fall war. Ausgiebig wusch sie sich und trat erfrischt an die Luft, die mittlerweile klar war. Die Sonne stand hoch am strahlend blauen Himmel. Nichts erinnerte mehr an die Schwüle und den Regen der vergangenen Nacht.

Ihr Blick fiel auf Kameko, die in ihrem Garten arbeitete und ihre Bonsais goss. Sie trug einen fliederfarbenen Kimono mit einem Muster aus filigranen weißen Kranichen und einen breiten weißen Gürtel, aber nicht mehr ihre Geisha-Schminke, sondern sah wieder wie die Freundin aus, die Bree ihre Eingewöhnung erleichtert hatte.

Bryanna atmete tief durch und schlenderte zu ihr. Ein wenig zögerlich kniete sie sich vor sie. Ryan konnte sie vom Hof aus sehen, für die *shidachi* wurde sie aber von der Kirschlorbeerhecke verdeckt. Sie verbeugte sich tief, und als sie aufschaute, sah sie, dass Kameko die Augen erstaunt aufgerissen hatte und in ihrem Tun innehielt.

„*Konnichiwa*, ehrenwerte Kameko-san. Ich möchte mich für mein gestriges Auftreten von ganzem Herzen entschuldigen." Sie neigte den Kopf noch einmal. „Ich habe mich wie eine Furie aufgeführt und dir Dinge vorgeworfen, die ungeheuerlich und falsch waren. Ich weiß auch nicht, was in mich gefahren war. *Gomen nasai*."

„Bitte, steh auf, Bree!", sprach die Geisha sanft und fasste sie am Oberarm.

Bryanna erhob sich. „Ich schäme mich. Kannst du mir jemals verzeihen?"

„Ich bin froh, dass alles wieder gut zwischen uns ist. Ich bin doch deine „große Schwester", deine Freundin, und ich habe Verständnis für deine Situation."

„Wie bitte?"

„In dir muss ein Gefühlschaos wüten. Du bist entführt worden, wurdest an einen Fremden verschenkt und hast dich nun in ihn verliebt. Das ist nichts, womit man leicht fertig wird."

Bree schaute sich verschämt im Garten um. „Ich war selbst verblüfft darüber, wie ich reagiert habe, als ich euch ins Teehäuschen gehen sah. Eigentlich hätte es mich kalt lassen sollen, hat es aber nicht."

„Gefühle kann man nicht immer verstehen, und das ist gut so, denn man liebt nicht mit dem Verstand, sondern mit dem Herzen. Warum freust du dich nicht über deine Zuneigung zu Ryan-sama? Er empfindet doch genauso für dich."

„Woher weißt du das?"

„Das hat er mir gestern während der Teezeremonie gestanden." Kameko kicherte hinter vorgehaltener Hand. „Er kann sich kaum noch auf Kendo konzentrieren, weil er ständig an dich denken muss."

„Ich möchte nach Hause, aber ich möchte auch bei Ryan sein", sagte Bryanna so leise, dass sie sich selbst kaum hören konnte.

Die Geisha nahm Brees Hand und zwinkerte fröhlich. „Wusste ich's doch! Oh, ich freue mich so für euch! Gib dir Zeit. Alles wird gut werden. Versuch die Entführung nicht als Verletzung zu betrachten, sondern als Wink des Schicksals."

„Masaru-sensei als Amor, nackt und mit Pfeil und Bogen", lachte Bryanna laut, „Das kann ich mir beim besten Willen nicht vorstellen."

Kameko fiel in Brees Lachen ein, und es löste die Anspannung bei beiden. „Komm, ich zeige dir *shodo.*"

„Was ist das?", fragte Bryanna und folgte ihr zur Veranda.

Ihre „große Schwester" schob ihre Gießkanne unter den hölzernen Vorbau, dort bewahrte sie auch ihre anderen Werkzeuge zur Pflege der Bonsais auf. „Es bedeutet: Weg des Schreibens."

„Kalligraphie?"

„*Hai.* Ich zeige dir einige *kanji* und den Unterschied zu den Silbenschriften *katakana* und *hiranga.* Das macht Spaß, und du lernst weitere japanische Begriffe."

Bree unterdrückte ein Aufstöhnen. Sie war froh darüber gewesen, nicht mehr studieren zu müssen, aber das Lernen schien trotzdem kein Ende zu nehmen, es hatte sich nur verlagert. Aber später, als sie zur Vorbereitung Tusche von der Tuschestange mit Wasser im Tuschereibstein zermalmte, musste sie zugeben, dass es ihr Freude machte. Auf jeden Fall viel mehr, als im Hörsaal zu sitzen und einem Vortrag über Zahnmedizin zuzuhören. Diese Art des Unterrichts war viel lebendiger. Kameko zeigte ihr die Strichformen, referierte über Ästhetik, Siegel-, Kursiv-, Gras-, Kanzlei- und Regelschrift und erklärte ihr, dass es keineswegs nur um die Beherrschung der Schrift, sondern auch um die Schulung der Konzentrationsfähigkeit und die Bündelung der inneren Kräfte ging, die man beim Schreiben zum Ausdruck brachte. Bewundernd beobachtete Bryanna, wie Kameko es anhand der Verdünnung und der Pinselführung schaffte, auf dem *hanshi,* einem besonders saugfähigen Papier, Schattierungen zu erzeugen.

Jeden Tag zeigte die Geisha Bree etwas Neues. Kameko lehrte sie ein Musikstück auf dem *shamisen* zu spielen und führte sie in die Kunst des Ikebana ein. Bryannas kleine Oase, ihr privater Raum, wurde immer gemütlicher, er füllte sich mit all ihren selbst hergestellten Blumenkunstwerken. Sie schenkte Ryan eine Hängerolle mit *kanji,* die ein wenig anzüglich waren – nur widerwillig hatte Kameko sie ihr gezeigt – und erntete dafür eine lustvolle Nacht, nach der ihre Glieder schmerzten, weil er sie verschnürt hatte wie Zoe es niemals zustande gebracht hätte, und sie von Ryans unersättlichem Hunger zwischen den Beinen wund war. Immer öfter verlor er seine starre Beherrschung. Er warf ihr, entgegen der Zen-Regel, die besagte, sich auf das Essen zu konzentrieren, während der Mahlzeit lüsterne Blicke zu, die ein Lächeln auf Bryannas Gesicht zauberten, und sie schaute erst weg, als sie bemerkte, dass Tonegawa sie mit zusammengekniffenen Augen musterte. Er beobachtete Bree vermehrt, aber sie wagte es nicht, Ryan darauf anzusprechen, damit es nicht schon wieder Ärger zwischen den beiden gab. Es war gerade erst wieder Ruhe eingekehrt. Die Ruhe vor dem nächsten Sturm?

Bryanna ging jeden Abend ins Bett mit der Hoffnung, dass Ryan sie besuchen käme. Er kündigte sich nie an und ließ sie so manche Nacht alleine, um ihre Sehnsucht nach ihm zu vergrößern und vielleicht auch, um ihr immer wieder klar zu machen, dass er ihre Beziehung dominierte. Er kam und ging, wann er wollte, benutzte Bree, wenn er Lust hatte, und sie gab sich ihm hin, ließ sich auf das Machtgefüge ein, denn die Belohnung war königlich. Niemals traute sie sich, ihn in seinem Zimmer aufzusuchen. Das wäre gegen die Regeln gewesen.

Auch in dieser Nacht lag sie mit geschlossenen Augen auf dem Futon und betete, dass Ryan ihr einmal mehr zeigen würde, was es bedeutete, eine Dienerin zu sein. Tatsächlich hörte sie das Rascheln von Stoff. Voller Vorfreude lächelte sie.

Sie lauschte den Schritten, die langsam über die *tatami*-Matten auf sie zukamen. Bree meinte zwei Personen zu hören; die jeweils zur entgegengesetzten Seite des Futons gingen. Oder war da noch eine dritte, die am Fußende des Bettes stehen geblieben war?

Bree wollte sich gerade aufrichten, als eine Hand sich auf ihren Mund legte und sie zurück auf das Kopfkissen drückte.

Erschrocken riss sie die Augen auf. Das Feuer der Lust erlosch sofort in ihr, denn es war nicht Ryan, der auf sie herabblickte, sondern Tonegawa!

KAPITEL 15

In seiner anderen Hand bemerkte sie einen Gürtel. Es standen noch zwei weitere junge Männer im Zimmer, die nun ihre Hände und Beine festhielten. Bryanna wehrte sich aus Leibeskräften. Sie trat nach den jungen Männern, versuchte ihre Arme loszureißen und warf den Kopf in alle Richtungen, war aber chancenlos.

Tonegawa gab ihren Mund frei, um ein Stoffknäuel aus seiner Hosentasche zu holen.

„Hände weg, du perverses Schwein! *Hentai! Te o dokete yo!*“, blaffte Bryanna, ein Satz, den Shunpei ihr beigebracht hatte. Kameko hatte sie dabei erwischt und geschimpft. Doch weder Shunpei noch ihre „große Schwester“ hatten auch nur die leiseste Ahnung, dass Bree gerade überfallen wurde.

„Halt die Klappe, Idiotin!“ Tonegawa stopfte ihr den zusammengeknüllten Stoff zwischen die Zähne, als sie den Mund öffnete, um nach Hilfe zu schreien. Mit dem *obi* fixierte er den Knebel und band die Enden an ihrem Hinterkopf fest. Einer der Schüler zwang ihre Arme auf den Rücken und band ihre Handgelenke mit einem Seil zusammen.

Bryanna kam sich schrecklich hilflos vor, als die *shidachi* sie aufrichteten und Tonegawa sie über seine Schulter legte. Ihr Puls raste. Panisch trat sie aus, aber er umschlang ihre Beine mit den Armen, so dass sie bewegungsunfähig war. Nachdem seine zwei Komplizen überprüft hatten, ob auch wirklich niemand im Korridor stand, ging Tonegawa mit ihr hinaus. Er schritt eilig zum Brunnen, bog in Richtung Kamekos Teehäuschen ab und durchquerte den Bonsai-Garten. Kaum hatte er den Schlitzahorn erreicht, öffnete die Wache die Hintertür, und Tonegawa schlüpfte mit Bree hindurch. Offensichtlich war ihr Kidnapping ein abgekartetes Spiel. Die Entführte wurde ihren eigentlichen Entführern, Masaru und Ishikawa, geraubt. Fast hätte Bree hysterisch gekichert. Sie spähte mit weit aufgerissen Augen zum *ochaya* und zum Hauptgebäude zurück, aber alle anderen schienen selig zu schlafen.

Es war keine Rettung in Sicht. Die Tür schloss sich, sie schrie verzweifelt in ihren Knebel hinein und wurde in den Wald getragen.

Tonegawa lief schnell zwischen den Bäumen hindurch und am *onsen* vorüber. Er schien einen Plan zu haben. Offensichtlich wollte er Bree nicht einfach nur im Wald abladen, um sie zu erschrecken. Oder hatte er etwa vor, sich weit genug von der Schule zu entfernen, um seine Späße mit ihr zu treiben, sich vielleicht sogar an ihr zu bedienen? Sie war ihm immer aus dem Weg gegangen, denn er flößte ihr Angst ein. Er hatte etwas Aggressives an sich, Bree konnte es nicht einmal an irgendetwas festmachen. Lag es an dem feindseligen Blick? Der ständigen Anspannung, die man ihm ansah? Oder dass er sowohl Shunpei als auch Ryan schon angegriffen hatte, Männer, mit denen Bree befreundet war?

Zwei Dinge waren klar: Erstens, sie standen nicht auf derselben Seite und zweitens, er ging diesmal definitiv zu weit.

Nachdem Tonegawa ein Stück den Abhang hinuntergegangen war, wurde er langsamer. Bryanna schaute ängstlich über die Schulter und sah, was sein Ziel war. Eine Höhle! Er schlenderte nun vergnügt darauf zu und sagte etwas auf Japanisch zu seinen Freunden, worauf sie in Gelächter ausbrachen. Bree begann sich wieder zu wehren. Sie konnte zwar nicht viel mehr tun, als zu zappeln und in den Knebel zu fluchen, aber in dieses schwarze Loch im Berg wollte sie auf keinen Fall gebracht werden. Doch genau das hatte Tonegawa vor. Er spazierte in die Höhle, direkt auf einen kleinen Lichtkegel zu. Erst nachdem er Bree abgesetzt hatte, und sie sich umsehen konnte, erkannte sie, dass es eine Kerze war.

Bree machte einen Schritt in Richtung Ausgang, aber Tonegawa stellte sich ihr in den Weg. Die Kerze erhellte die Höhle nur spärlich, doch das Licht fiel genau auf ihn. Der Kerzenschein flackerte und warf gespenstische Schatten auf sein Gesicht.

„Das liebste Spielzeug unseres ehrenwerten Ryan-sensei", sagte er spöttisch. Er lächelte abfällig und löste das Band aus ihren Haaren, so dass Haarsträhnen wie Kaskaden über ihre Schulter fielen.

Bryanna versuchte den Knebel mit der Zunge herauszudrücken, was natürlich durch den Gürtel unmöglich war. Sie trat einen Schritt zurück, Tonegawa jedoch legte den Arm um ihre Hüfte und zog sie an seinen Körper heran. Glücklicherweise spürte sie keine Erektion bei ihm.

Missfallend schüttelte er den Kopf. „Du glaubst nicht im Ernst, dass ich vorhabe, mich an dir zu vergreifen, *neh*?" Er besaß einen deutlichen Akzent, aber sein Englisch war fast perfekt. Immerhin merkte man an seinen Englischkenntnissen, dass er eine gute Erziehung genossen hatte. Sein Verhalten entsprach dem jedoch nicht. „Das Rot ist billig, nur Huren haben rote Haare." Er riss an einer Strähne, und Bryanna schrie in den Knebel hinein.

Wütend kniff sie die Augen zusammen.

„Japaner bleiben weitestgehend unter sich. Wir mischen unser Blut nur selten mit dem anderer Nationen. Ich wette, in Kyoto-shi hast du keinen einzigen naturblonden Japaner oder einen mit grünen oder blauen Augen gesehen."

Es machte sie rasend, dass sie zum Schweigen verurteilt war. Sie wollte ihm nicht zuhören!

„Aber Ryan-sensei ist ja auch kein echter Japaner. Er ist ein Mischling, und hätte niemals Kendo, den Japanischen Nationalsport, unterrichten dürfen. Dieser Bastard hat mich zu oft erniedrigt und vor allen bloßgestellt. Die Zeit der Rache ist gekommen!"

In diesem Moment konnte Bryanna sich nicht mehr im Zaum halten. Sie riss das Knie hoch, aber Tonegawa wich katzengleich aus und zwängte sie dann zwischen der Wand und seinem Körper ein. Er packte ihren Hals, drückte jedoch nicht zu.

Ängstlich schaute sie ihn an.

„Keine Sorge! Ich würde mich nie an einer Hure wie dir vergehen. Ich treibe es nicht mit einer *gaijin*. Du bist wertlos!" Kaum hatte er das ausgesprochen, löste er sich von ihr und gab ihr einen Schubser.

Bryanna fiel wie ein Stein zu Boden, da sie sich mit den Händen nicht abfangen konnte. Der Aufprall war schmerzhaft. Sie prellte sich die Schulter und schürfte sich beim Aufrichten des Oberkörpers die Haut am Oberarm ab. Der Boden war übersät mit Steinchen, die scharfe Kanten besaßen, wahrscheinlich Gestein, das von den

Höhlenwänden abgesplittert war. Einer von Tonegawas Komplizen fesselte Bree an einen Eisenhaken, der in die Wand geschlagen worden war. Tonegawa selbst nahm die Kerze in die Hand und hielt sie so, dass das Licht sein Gesicht beschien.

„Wir werden sehen, ob Ryan-sensei sein Spielzeug überhaupt sucht, oder ob er denkt, es sei geflüchtet.“ Er lachte gehässig und blies die Kerze aus.

Nun saß Bryanna im Dunkeln. Sie hörte, wie die drei Männer die Höhle verließen und war im nächsten Augenblick alleine. Nervös blinzelte sie, konnte aber nicht einmal Schemen ausmachen, geschweige denn den Ausgang sehen. Sie kniete sich hin und riss an ihren Fesseln, aber sie gaben nicht nach. Irgendetwas krabbelte über ihr Bein. Angewidert schüttelte sie es ab. In Gedanken malte sie sich aus, welches Getier in dieser Höhle wohl hauste. Lebten Bären in den japanischen Bergen? Würde bald eine Schar Fledermäuse von ihrem Nachtflug zurückkehren, um den Tag an diesem feuchten Ort zu verschlafen?

Sie bekam eine Gänsehaut. Selbst wenn sie von Schaben und Spinnen verschont bliebe, würde ihr das wenig nutzen. Niemand wusste, dass sie sich an diesem Ort befand, außer Tonegawa und seiner Bande, die vermutlich aus reichen Jungs bestand, die er hatte aufhetzen können, weil sie für den Unterricht zahlten, während die ärmeren Talente umsonst gefördert wurden.

„So ein Mist!“, nuschelte Bryanna und verstand ihre Worte selbst nicht. Resignierend ließ sie den Kopf hängen. Es bestand die Möglichkeit, dass sie in dieser Höhle vor sich hinschimmelte, ohne jemals entdeckt zu werden. Ihr war elend zumute. Die Entführung durch Noguchi Masaru erschien ihr nun wie das Paradies.

Sie schlotterte, weil sie nur den dünnen *yukata* trug. Im Berginneren war es merklich kühler als unter freiem Himmel. Sie konnte nicht abschätzen, wie weit die Höhle in den Berg hineinragte, meinte aber tiefer im Inneren Wasser von der Decke herabtropfen zu hören. Es roch muffig, sogar ein wenig faulig. Sie fragte sich, welcher Tierkadaver wohl in ihrer Nähe verweste.

Bei dem Gedanken würgte sie, aber sie fing sich wieder. Der Knebel kitzelte an ihrem Rachen. Sie versuchte ihn mit der Zunge gegen die Zähne zu drücken, um ihn von ihrem Gaumen fernzuhalten, was auf Dauer anstrengend war. Ihre Zehen stießen an etwas Glitschiges. Rasch winkelte sie die Beine an, keuchte und wunderte sich darüber, wie laut ihr Atmen klang.

Nur nicht den Mut verlieren, das ist das Wichtigste, du musst durchhalten!, redete sie sich gerade gut zu, als Schritte die Stille störten. Auf leisen Sohlen kam jemand in ihre Richtung. Bree lauschte intensiver, konnte aber nichts ausmachen, was den Unbekannten entlarvt hätte. Ihre Gedanken schwirrten wirr durcheinander. Kam Tonegawa zurück, um sie zu quälen? War es einer seiner Begleiter, der sich an ihr vergehen wollte? Egal, wer es war, sie würde nicht kampflos aufgeben.

Bree wappnete sich. Kraftvoll trat sie nach dem Fremden, kaum dass sie seine Hand auf ihrer Schulter fühlte. Der Mann schrie auf, fiel rücklings auf den Boden und blieb winselnd liegen. Sie gönnte sich einen Moment des Triumphes, weil sie wusste, dass sie ihre Gegenwehr in Kürze bitter bereuen würde. Der Unbekannte würde jeden Augenblick aufstehen und ihr die Attacke heimzahlen.

„Das haben wehgetan. Du sein kräftige Frau, *neh*?"

Diese Stimme kannte sie doch! Bree hörte, wie er aufstand und zu ihr kam. Diesmal wehrte sie sich nicht, als er ihre Schulter berührte, über ihre Wange strich und den Knebel entfernte. „Shunpei-kun?"

„*Hai.*"

Sie verneigte sich entschuldigend, dabei konnte er genauso wenig sehen wie sie. „*Sumimasen*, ich dachte, du seist Tonegawa oder einer seiner Komplizen."

„Ich bin gefolgt, weil sie alle nachts aufgestanden, wie als ob sich verschwören." Seine Hand glitt ihren Rücken hinab. Er fand den *obi*, mit dem sie an den Haken gefesselt war und löste ihn.

Bree seufzte erleichtert auf und rieb ihre Handgelenke. „Es ist tatsächlich eine Verschwörung, aber Ryan ist das Ziel. Ich bin nur Mittel zum Zweck."

„Tonegawa sein verrückt geworden."

„Du sagst es", pflichtete sie ihm bei und schmunzelte über Shunpei. Er war ein liebenswürdiger Kerl, sie mochte ihn gut leiden. „Lass uns hier verschwinden."

Shunpei griff nach ihrem Oberarm und half ihr beim Aufstehen. Langsam führte er sie zum Höhlenausgang, während Bryanna sich mit der anderen Hand an der rauen Felswand entlangtastete und leise jammerte, weil die Steine in ihre Fußsohlen stachen. Aber sie riss sich zusammen, denn sie wollte nur raus aus der Finsternis und weg von diesem Gestank. Sie ließ sich von Shunpei leiten. Ihr Herzschlag beruhigte sich mit jedem Schritt, den sie dem Ausgang näher kam. Nur noch wenige Sekunden, und sie würde wieder den Nachthimmel sehen. Gedanklich war sie schon einige Minuten voraus. Sie sah sich mit Shunpei zur Schule laufen und Ryan aufwecken. Bestimmt würden sich ihre Worte überschlagen, wenn sie ihm erzählte, was vorgefallen war. Sie konnte immer noch nicht fassen, dass Tonegawa tatsächlich zu solchen Mitteln gegriffen hatte, um sich an Ryan zu rächen und diesen aus der Nito-Schule zu vertreiben.

„Wenn wir draußen, ich dir geben mein *zori.* Hier sein zu dunkel."

„Das kann ich nicht von dir verlangen." Sie biss die Zähne zusammen, nur noch wenige Schritte.

„Nicht verlangen, nur *zori* anziehen, *neh*?"

„*Domo arigato*. Das ist lieb von dir."

Bryanna sah den Ausgang. Sie ging automatisch schneller, obwohl das die Schmerzen an den Fußsohlen verstärkte. Als sie ins Freie trat, lächelte sie und blickte zum Sternenhimmel. Die Nacht war klar, angenehm warm und vom Licht des Halbmondes erhellt.

„*Kuso*!“, schimpfte Shunpei und riss sie am Arm zurück.

Bryanna erschrak. „Was ...?“, begann sie beunruhigt. *Kuso* bedeutete so viel wie ‚Mist‘ oder ‚Verdammt‘. Sie brachte ihre Frage jedoch nicht zu Ende, denn sie sah, was er meinte.

Tonegawa und seine zwei Mitstreiter versperrten ihnen den Weg. Großkotzig bauten sich die *shidachi* vor ihnen auf, so dass sie nicht vorbeikamen. Die beiden jungen Männer, deren Namen Bryanna nicht kannte, schwangen japanische Schwerter, die nichts mit *shinai* aus Bambus gemein hatten, sondern verdammt gefährlich aussahen. Eine scharfe schmale Klinge wuchs aus dem Ledergriff. Die Kendo-Schüler fuchtelten damit herum und waren mit ihren Drohgebärden erfolgreich, denn Brees Magen krampfte sich ängstlich zusammen. Sie wirkten wie Leibwächter von Tonegawa.

„Du hast geschrien wie ein Baby, Shunpei. Hat sie dir in den Hintern gebissen, diese Schlange?“ Tonegawa stemmte die Hände in die Hüften und lachte gehässig.

Bryanna ahnte, dass er Englisch sprach, damit sie seine Beschimpfungen verstand und hörte, dass er ihren Freund demütigte.

„Du sein Schlange!“, erwiderte Shunpei. Er ließ Brees Arm los und stellte sich wie ein Schutzschild vor sie. „Du haben dich in Schule geschlichen, tun so, als ob du wollen lernen Kendo, aber du nur wollen kämpfen, nicht folgen geistige Ausbildung.“

„Kendo bedeutet ‚Weg des Schwertes’. Das zeigt doch eindeutig, dass es auf den Kampf ankommt. Meditation ist etwas für Schwächlinge wie dich.“

„Festes Charakter, starkes Moral und Entschlossen ...“

Tonegawa fiel ihm ins Wort: „Besitze ich alles schon.“

„Lass uns durch, ist vorbei dein Plan“, blaffte Shunpei und machte eine wegwischende Geste, als wollte er die drei jungen Männer einfach beiseiteschieben.

„Mein Plan ist nicht gescheitert. Ich werde lediglich ein wenig umdisponieren müssen.“ Tonegawa rümpfte die Nase und verschränkte selbstgefällig die Arme vor dem Körper. „Und nun zeige ich dir, wie entschlossen ich bin. Macht ihn fertig!“

Lässig schlenderten die beiden *shidachi* auf Bryanna und Shunpei zu. Sie schwangen ihre Schwerter und schlugen Äste von den Bäumen, um ihre Überlegenheit zu demonstrieren.

Bryanna und Shunpei wichen zurück. Aber Bree wollte nicht wieder in die Höhle gehen, denn dort war es finster. In ihren Augen war die Höhle eine Falle. Die Männer konnten wahllos in die Dunkelheit schlagen und würden sie irgendwann treffen. Oder sie würden vor dem Eingang auf ihre Opfer warten. Bree blieb stehen und flüchtete nicht weiter rückwärts, so dass Shunpei gegen sie stieß. Über die Schulter hinweg schaute er sie an.

„In der Höhle sind wir ihnen ausgeliefert“, flüsterte sie hilflos.

Er nickte, breitete schützend die Arme vor ihr aus und stellte sich breitbeinig hin, das rechte Bein einen halben Schritt vor dem linken, um einen sicheren Stand zu haben. Bryanna wusste, dass er sie verteidigen würde, obwohl er kein *shinai* hatte.

„Halt!“

Ryan erschien hinter den jungen Männern, die ungläubig zu ihm herumflogen. Tonegawa riss entsetzt die Augen auf. Er nahm einem seiner Komplizen das Schwert aus der Hand, fasste den Griff mit beiden Händen und hielt es kampfbereit hoch.

„Was geht hier vor?“ Ryan sprach mit ruhiger Stimme, aber es schwang ein drohender Unterton mit.

Tonegawa antwortete auf Japanisch, so dass Bryanna kein Wort verstand. Sie vermutete, dass er mit Ryan unterwürfiger redete als mit Shunpei und nicht wollte, dass sie seine Schwäche mitbekam. Leider bat Ryan ihn nicht Englisch zu sprechen, sondern antwortete ebenfalls auf Japanisch. Nur am Klang der Stimmen konnte Bree erkennen, dass die Diskussion immer hitziger wurde.

Sie neigte sich zu Shunpei und flüsterte: „Was sagen sie?“

„Mein Englisch sein nicht gut genug, um so schnell alles zu erzählen“, erwiderte er mit einem betroffenen Gesicht und zog seine Reisstrohsandalen aus. „Bitte, anziehen. Füße von Frau sein zart.“

Bryanna bedankte sich und rieb mit den Handflächen über ihre Fußsohlen, um sie von Sand und Steinen zu säubern. Anschließend schlüpfte sie in die *zori*, die ihr viel zu groß waren.

Mit Schrecken bemerkte sie, dass die Diskussion von Ryan und Tonegawa mittlerweile zum Streitgespräch geworden war. Während Ryan immer noch ruhig blieb und lediglich eine finstere Miene machte, hatte sein Schüler die linke Hand zur Faust geballt, seine rechte Hand hielt noch immer das japanische Schwert.

„Bitte, Shunpei, übersetz doch für mich!“, bat Bryanna eindringlich und erntete verächtliche Blicke von Tonegawas Komplizen. Aber seit Ryan gekommen war, hatte sich ihre Körperhaltung geändert. Die jungen Männer schienen nicht mehr kampflustig und aggressiv zu sein, sondern sie ließen ihre Arme hängen und waren zur Seite getreten. Offensichtlich erinnerte Ryans Anwesenheit sie an den großen Respekt, den sie vor ihm hatten.

Am Ende steht jeder alleine da, Tonegawa!, feixte Bree in Gedanken.

Als Ryan zu ihr herüberschaute, vermutete sie, dass er gerade über sie sprach. Sie verstand nur ein einziges Wort. „Ich weiß genau, er redet über mich. Aber was bedeutet *gosho*? Ich kenne nur den Begriff Gosho-Puppe. Ich habe sie in Ryans Zimmer gesehen."

Shunpei errötete, als sie erwähnte, dass sie in Ryans Raum gewesen war. „Ishikawa-sensei sagen, er dich würdigen wie seine Gosho-Puppe."

„Wie bitte?" Mokiert hob Bryanna die Augenbrauen. „Er vergleicht mich mit seiner Puppe?"

„Gosho-Puppe", korrigierte er.

Bree war entsetzt über diesen Vergleich. Eine ganze Flut von Gedanken brach über sie herein und riss alte Wunden auf. Ryan hatte behauptet, dass er keine Sklavin wollte, sondern eine Dienerin, die sich freiwillig und aus ganzem Herzen hingab. Damit hatte er ihr Vertrauen und ihre Leidenschaft gewonnen, denn genau das war es, was sie hatte sein wollen, ohne dass sie sich zu dem Zeitpunkt mit den feinen Nuancen der Begrifflichkeiten ausgekannt hatte.

Doch nun brach ihr Mikrokosmos auseinander. Ryan hatte vor, sie zu seiner lebendigen Puppe zu machen, einem willenlosen Ding, das er benutzen konnte, ohne auf ihre Gefühle zu achten. So wollte Bree nicht leben! Kam jetzt die Wahrheit ans Licht? War Ryans Gerede über gegenseitigen Respekt nur Überredungskunst, um sie dahin zu bekommen, wo er sie haben wollte? Sie ahnte Schlimmes.

In ihren Augen war die Gosho-Puppe nur billiger Kitsch. Wollte er mit seiner Aussage etwa andeuten, dass sie für ihn nur ein billiges Flittchen war? Der Vergleich entzog ihr den Boden unter den Füßen. Der fragile Kokon, den Ryan für sie gesponnen hatte, brach auf, und die Realität klatschte ihr wie eine Welle eiskalten Wassers ins Gesicht. Bree wurde wieder bewusst, was sie wirklich war: eine Gefangene, die ausgebeutet wurde. Die Liebe hatte sie blind gemacht. Ihr war übel.

Tonegawa rief einem seiner Komplizen etwas zu. Dieser zögerte.

Shunpei murmelte: „*Ara ara*", was so viel wie oh je, oh je hieß, wusste Bryanna.

Ihr Blick schweifte von Tonegawa zu Ryan und wieder zurück, um dann auf Shunpei zu ruhen. Da er schwieg, stieß sie ihn in die Rippen. „Was passiert jetzt?"

In diesem Moment warf der junge Mann Ryan das Schwert zu. Dieser fing es mit einer Hand auf und verneigte sich vor Tonegawa.

„Sie werden kämpfen? Hier, jetzt und ohne Schutzrüstung?", fragte sie fassungslos.

„*Hai,* ohne *bogu*. Tonegawa-san haben Ryan-sensei herausgefordert, lassen keine Wahl."

Ryan sagte etwas, und Bree schüttelte Shunpei. „Was? Was?"

„Er warnen Tonegawa-san, denn Schüler hat gegen *sensei* keine Chance."

„*Ganbarimasu*." Nun verneigte sich auch Tonegawa und schrie: „*Shinde*!"

Dann stürzte er auf Ryan los, dieser parierte leichtfüßig. Binnen weniger Sekunden entbrannte ein Kampf, der mit dem Training, das Bryanna im Hof der Schule beobachtet hatte, wenig gemein hatte. Klingen klirrten, aggressive Schreie hallten durch den Wald, und ein Vogel flüchtete, weil Tonegawa in seiner ungezügelten Wut den einen oder anderen Ast abhieb.

„Was heißt das?" Bree verlangte nach einer Übersetzung.

„Ich werden Bestes geben."

Shunpei hatte es eilig, den beiden Kämpfenden zu folgen, die den Hang hinauf zum *onsen* liefen, während sie weiterhin die Klingen kreuzten. Er wich Brees Blick aus und drehte ihr den Rücken zu. Daher ahnte sie, dass er nicht alles übersetzt hatte.

„Und *shinde*?" Da er tat, als wäre er zu abgelenkt von Ryan und Tonegawa, knuffte sie ihn. „Hey!"

Zuerst nuschelte er vor sich hin, dann seufzte er und drehte sich zu ihr um: „Bedeuten ‚stirb'." Schnell fügte er hinzu: „Aber niemand werden sterben. Ryan-sensei machen perfektes Nito-Kendo. Er werden Tonegawa nichts tun, nur lehren Demut."

Fasziniert beobachtete Bryanna Ryan, der den Kampf dominierte. Er wehrte Tonegawas Attacken mühelos ab und wirkte unglaublich beherrscht. Unter anderen Umständen hätte sie sogar so etwas wie Stolz empfunden, aber durch seine Aussage mit der Gosho-Puppe war eine Kluft zwischen ihnen entstanden, die immer größer wurde, je mehr Bree darüber nachdachte. Enttäuschung und Wut gärten in ihr. Ihr war übel. Am liebsten hätte sie sich übergeben, aber das hätte nur die Symptome gelindert, nicht die Ursache bekämpft.

Tonegawa schien seinen unbändigen Zorn mittlerweile besser kontrollieren zu können, denn er schlug mit dem japanischen Schwert präziser und kraftvoller zu. Zunehmend kostete es Ryan Mühe zu parieren, er verstärkte seine Beinarbeit und wirkte noch konzentrierter. Sie tänzelten um die heiße Quelle herum und bewegten sich mehr und mehr auf die Hintertür der Schule zu. Dort stand die Wache mit weit aufgerissenen Augen und konnte nicht fassen, was sie sah.

Bryanna sah erschrocken weg, als Tonegawas Klinge Ryans Kopf nur knapp verfehlte. Ihr Blick glitt über die Baumwipfel des Chugoku-chiho Gebirges. Etwas huschte an ihren Füßen vorbei und eine Böschung hinunter. Da bemerkte Bree eine Straße. Diese war weder geteert noch durch Pfeiler gesichert, denn sie war in den Abhang hineingeschlagen worden und nicht viel breiter als ein Weg. Bryanna vermutete, dass es die Straße war, die zum Haupttor der Schule führte. Sie sah den Fahrweg in dieser Nacht zum ersten Mal. Man hatte sie wohl von ihm ferngehalten, denn sie hatte immer nur auf direktem Weg zu den Feldern oder zum *onsen* gehen dürfen.

Shunpei fiel auf, dass ihr Blick sehnsüchtig in die Ferne schweifte.

Entschuldigend zuckte sie die Achseln. „Ich muss gehen."

Er schwieg. Möglicherweise grübelte er, ob er sie an der Flucht hindern sollte oder nicht.

Bryanna schaute unentschlossen zu Ryan, der sich jedoch vollkommen auf Tonegawa konzentrierte. Es war nicht so, dass sich ihre Gefühle für ihn in Schall und Rauch aufgelöst hatten, aber sie fürchtete sich mit einem Mal vor Ryan und dem, was er für ihre Zukunft geplant hatte. Sie waren sich näher gekommen, aber nur weil er ihre Wünsche erkannt und eingesetzt hatte, um sie gefügig zu machen. Nachdem, was er zu Tonegawa gesagt hatte, konnte es durchaus sein, dass er ihre Erziehung viel weiter führen würde, als ihr lieb war. Sie wollte unter keinen Umständen zu einer willenlosen Menschenpuppe erzogen oder als billige Hure betrachtet werden!

Bryanna machte einen Schritt auf den Abhang zu. „Ich muss weg! Das ist meine Chance. Vielleicht bekomme ich nie wieder eine." Ihre Stimme klang atemlos.

„Du sein sicher?", wollte Shunpei wissen und sah betreten aus.

Sie schlang die Finger ineinander und hielt sie flehentlich hoch. „Bitte, lass mich gehen. Ich bitte dich inständig. Dich trifft keine Schuld für meine Flucht. Sag einfach, du hättest den Kampf beobachtet, mich aus den Augen verloren, und plötzlich wäre ich weg gewesen."

„Aber du und Ryan …" Er zeigte auf sein Herz.

„In eurer Schule bin und bleibe ich eine Gefangene", erklärte sie, ohne auf ihre Erziehung zur Lustdienerin einzugehen, was ihr zu peinlich gewesen wäre. „Daran wird sich nie etwas ändern. Egal, was die Zukunft bringen wird, ich kam als Entführte hierher und werde mich an diesem Ort nie wirklich frei fühlen. Kannst du das nicht verstehen?"

Zögerlich antwortete er: „Verstehe."

„Danke, mein Freund."

Shunpei errötete leicht. „Freund? Freunde helfen, *neh*? Du gehen die Straße immer weiter bis *mura*. Dorf liegen unten am Berg. Du gehen zu einziges *minshuku*. Mein Onkel und Tante Akihito haben kleine Pension. Du ihnen sagen, dass ich dich schicke, dann sie dich nach Kyoto-shi fahren. Aber ist weiter Weg zu ihnen."

„Ich danke dir herzlich."

Sie warf einen letzten Blick zu Ryan, der mit dem Rücken zur Mauer der Schule stand. Tonegawa schlug mit dem Schwert nach ihm, aber er wich rechtzeitig aus, so dass die Klinge das Mauerwerk traf. Tonegawa rief etwas auf Japanisch. Bree vermutete, dass er lauthals fluchte.

„Also, ich gehe dann." Bryanna verneigte sich tief vor Shunpei. Zum Abschied küsste sie ihn auf die Wange und lief eilig die Böschung hinunter. Eine Sandalette rutschte ihr vom Fuß. Sie musste anhalten und wieder ein Stück den Berg hochklettern, um sie zu holen, denn barfuß wollte sie den weiten Weg nicht zurücklegen. Als sie auf der Straße stand, winkte sie Shunpei zu, aber er stand nicht mehr oben am Abhang, sondern war verschwunden.

So schnell sie konnte, lief sie den breiten Weg entlang, der sie immer weiter von der Kendo-Schule wegführte. Er schlängelte sich in Serpentinen den Berg hinunter, so dass es Bryanna erschien, als würde sie kein Stück vorwärtskommen und nie ins Tal gelangen. Der Schweiß rann ihr in Strömen den Körper herunter. Sie war rasch außer Atem, zwang sich aber trotzdem weiterzulaufen. Nicht auszudenken, wie Ryan sie bestrafen würde, falls er sie einfing. Hoffentlich dauerte der Kampf an, damit er noch eine Weile abgelenkt war. Bree bekam Seitenstiche und war gezwungen anzuhalten. Nachdem sie sich im Gebüsch versteckt hatte, versuchte sie ruhiger zu atmen, und hastete sofort weiter, als der Schmerz erträglicher wurde. Ihr Puls raste vor Anstrengung, aber auch vor Furcht. Immer wieder blickte sie ängstlich zurück.

Bryanna erspähte das Dorf, von dem Shunpei gesprochen hatte, als die Dämmerung anbrach. Sie mobilisierte ihre letzten Kraftreserven, schleppte sich mühsam die verbliebenen Kurven entlang und stand bald mitten im Dorf, das nur aus zehn Häusern bestand, die an den Hang gebaut worden waren, umgeben von Reisfeldern. Die Straßen waren noch leer bis auf einen alten Mann, der vor seiner Hütte saß und genüsslich die erste Pfeife an diesem Morgen paffte.

Völlig außer Atem brachte Bree nur zwei Worte heraus: „*Minshuku* Akihito?“

Der Alte deutete auf ein Haus, an dem ein großes, mit *kanji* beschriftetes Holzschild angebracht war, vermutlich das Hinweisschild auf die Pension.

Sie klopfte an die Tür, als wäre der Leibhaftige hinter ihr her. Völlig verschlafen öffnete ein Japaner mit aschgrauem Haar. Er rückte verwundert seine Brille zurecht und musterte Bryanna, deren schweißgetränkter *yukata* an ihr klebte wie eine zweite Haut. Erst als sie Shunpeis Namen erwähnte, erhellte sich sein skeptischer Blick. Unzählige Male verbeugte er sich vor ihr und bat sie höflich einzutreten.

Glücklicherweise sprach und verstand Shunpeis Onkel etwas Englisch. Es reichte zumindest aus, um zu verstehen, dass sein Neffe ihn bat, Bryanna nach Kyoto zu fahren. Während er sich anzog, saß Bryanna in der Küche bei seiner Ehefrau, die bereits das Frühstück für die Gäste zubereitete, und trank durstig Ingwertee. Nur langsam beruhigte sich ihr Herzschlag.

Sie war erleichtert, als Herr Akihito mit ihr in seinen klapprigen Wagen stieg und sie endlich losfuhren.

„Schöne *onsen* dort oben, *neh*?“, versuchte er auf der Fahrt Konversation zu machen.

Bryanna war so erschöpft, dass sie auf dem Beifahrersitz hätte einschlafen können. „*Hai.*“

„Wir bringen Gäste zu *onsen*, nur tags natürlich“, er lächelte entschuldigend, „Abends gehören *onsen* Nito-Schule.“

„Sie und Ihre Gäste baden in den heißen Quellen, die sich gleich neben der Kendo-Schule befinden?“ Erstaunt richtete Bree den Oberkörper auf.

„Wichtiges Geschäft für *minshuku*, japanisch Wellness.“

Bestürzt schaute Bryanna aus dem Fenster zurück zum Berg, konnte aber weder die Mauern noch das Gebäude zwischen den Bäumen erspähen. Sie konnte es nicht fassen! Die ganze Zeit hatten sich Unbeteiligte in ihrer Nähe aufgehalten, und vielleicht hätte sie nur laut um Hilfe schreien müssen, um gerettet zu werden. Die Anwesenheit der Badegäste musste der wahre Grund für die Bewachung der Schule gewesen sein.

Shunpeis Onkel fuhr Bryanna nach Kyoto und setzte sie vor Yukakos Haus ab. Bree wäre beinahe in Tränen ausgebrochen, weil sie wieder in der Zivilisation angekommen war.

Sie bedankte sich bei Herrn Akihito. Tief verneigte sie sich. *„Domo arigato.“*

„Ich hier warten. Vielleicht Freundin nicht da.“

Bryanna lächelte. Hatte sie bei ihrer Ankunft noch über Yukako gelästert, so war sie nun froh, dass die 15-Jährige eine *hikikomori* war und das Appartement ihrer Eltern nie verließ.

„Yukako-san geht nie weg“, antwortete Bree, „und ich meine wirklich *nie*.“

Sie verabschiedete sich und klingelte. Nachdem sie Yukakos Mutter über die Gegensprechanlage ihren Namen genannt hatte, wurde ihr sofort geöffnet. Aber weder Yukako noch deren Eltern empfingen Bree. Es war Zoe, die hastig die Treppe hinuntergestürmt kam. Sie nahm immer mehrere Stufen auf einmal, wäre fast umgeknickt und fiel Bryanna praktisch in die Arme.

Zoes Freudenschreie schallten durchs Treppenhaus. „Ich hatte schon befürchtet, dich nie wieder zu sehen!“

„Mir ging es nicht anders.“ Bree drückte ihrer Freundin einen Kuss auf die Wange und schmiegte sich an sie. „Es tut so gut, in deinen Armen zu liegen!“

Aufgeregt schob Zoe sie ein Stück von sich, um ihr ins Gesicht sehen zu können, und legte die Handflächen an Brees Wangen. „Was ist passiert? Du siehst fürchterlich aus!“

„Domo!“, antwortete Bryanna ironisch. Sie war verdutzt, dass sich ihr einige japanische Floskeln bereits eingeprägt hatten.

Im Gegensatz zu ihr sah Zoe toll aus. Sie trug ein enges schwarzes Shirt, das gerade so lang war, dass es ihre Brüste bedeckte, und einen kurzen dunklen Lederminirock. Sie schien ihre Haare seit Brees Verschwinden nicht geschnitten zu haben, denn die ehemals raspelkurze Frisur war nun länger. Zumindest hatte sie den Ansatz schwarz nachgefärbt.

„Ich bin todmüde und würde gerne erst einmal einige Stunden schlafen.“

Zoe machte einen Schmollmund.

„Bitte, ich falle gleich um vor Erschöpfung! Du weißt ja nicht, was ich hinter mir habe!“

„Nein, aber ich brenne darauf, es zu erfahren. Und du lässt mich noch Stunden auf die Auflösung des Rätsels warten. Das ist so gemein!“

„Ich kann kaum einen klaren Gedanken fassen“, murrte Bree und massierte ihre Schläfen.

„Ein klein wenig musst du aber noch durchhalten. Ich wohne nämlich nicht bei Yukako. Ihre Eltern erlauben es nicht. Ich schlafe gleich um die Ecke in einem kleinen Hotel. Es ist einfach, aber sauber und bezahlbar.“

„Hast du die ganze Zeit ...?“ Bryanna machte große Augen.

„ ... auf dich gewartet“, führte Zoe den Satz zu Ende und zog ihre Freundin zum Ausgang. „Was dachtest du denn? Hast du allen Ernstes geglaubt, ich fliege in die Staaten zurück und gehe seelenruhig in New York meinem Alltag nach? Du bist nicht nur meine beste Freundin, sondern wegen mir nach Japan gekommen und hast dieses Land von Anfang an gehasst.“

Nach allem, was Bryanna im Gebirge erlebt hatte, fand sie ihr Verhalten bei ihrer Ankunft in Japan haarsträubend. Kameko hatte ihr mit solch einer Sanftheit ihr Fehlverhalten vor Augen geführt, dass sie sich vor sich selbst schämte.

Heftig widersprach sie: „So ist es nicht! Ich war einfach zu verbohrt, um mich auf eine andere Kultur einzulassen.“

„Und das ist jetzt anders?“, fragte Zoe sarkastisch und führte sie zielstrebig aus dem Gebäude heraus in Richtung Hotel. Auf der Straße hieß sie hektischer Verkehr willkommen. Die Hitze flirrte auf dem Asphalt, obwohl es noch nicht einmal Mittag war.

Bree hätte sich am liebsten die Ohren zugehalten. Nach der Stille der Berge war sie den Großstadtlärm nicht mehr gewohnt. Trotz ihrer Müdigkeit brachte sie ein Lächeln zustande. Sie zwinkerte und schwieg, denn wenn sie erst mit ihrer Erzählung begann, würde sie fürs Erste keinen Schlaf finden. Enttäuscht zuckte Zoe mit den Schultern. Sie zog ihre Freundin in ein unscheinbares Hotel, das eine Lobby besaß, in der nur ein Tisch mit zwei Stühlen Platz fand, und holte den Schlüssel von der Rezeption, die nicht vielmehr als ein Pförtnerhäuschen war. „Du warst nicht verbohrt, sondern hattest deine Gedanken woanders. Deine Probleme hatten dich kratzbürstig werden lassen.“

„Kratzbürstig?“

„Du weißt schon.“ Zoe lächelte verlegen und klimperte mit dem Schlüssel, der an einer großen ovalen Messingscheibe hing, die die Form eines Buddhas besaß, und auf der die Zimmernummer eingraviert war. „Dein Zahnmedizin-Studium, das dir nicht gefällt, deine Familie, die Druck auf dich ausübt, wann immer sie kann, deine geheime Neigung ...“

„Nenn es ruhig beim Namen, das tust du doch sonst auch immer. Es geht um meinen Wunsch nach Unterwerfung.“ Sie spürte ein sehnsüchtiges Ziehen zwischen ihren Schenkeln, und ihr wurde schwer ums Herz, weil sie an Ryan denken musste. Aber sie machte keine Andeutung, weil Zoe sie sonst nicht schlafen lassen würde.

Gemeinsam gingen sie eine Treppe hoch. Mit ihren Reisstrohsandalen sank Bryanna tief in den dunkelblauen Flokati ein. Sie fühlte sich unwohl, weil sie die einzige Person war, die einen *yukata* und dazu noch *zori* trug. Zärtlich strich sie mit den Fingerspitzen über die rosafarbenen Kirschblüten auf der schneeweißen Tapete. Sie waren uneben und mussten nachträglich aufgemalt worden sein. Im Flur neben dem Aufgang standen Bambushocker mit Orchideen, die staubig und eindeutig aus Plastik waren. Sie hatten eine violette Farbe, die viel zu künstlich wirkte. Im Zimmer selbst welkte ein einzelner Bambuszweig in faulig riechendem Wasser vor sich hin. Der Raum war minimalistisch eingerichtet, aber Bryanna wunderte sich ohnehin, wie Zoe das Geld für Hotelübernachtungen aufbringen konnte.

Zu ihrem Erstaunen war das Zimmer westlich eingerichtet. Am auffälligsten war das Metallbett, das rechts an der Wand stand und den meisten Platz einnahm. Es machte den Eindruck, als wäre es auf dem Flohmarkt gekauft worden. Seine Tage schienen gezählt zu sein, denn Rost nagte am Eisen. Zumindest machte die weiße Bettwäsche einen sauberen Eindruck. Gegenüber, gleich neben der Tür, befand sich ein Wandschrank, der aussah, als würde er auseinanderfallen, wenn man ihn öffnete. Vielleicht hatte Zoe deswegen ihre Kleidung auf Tisch und Stuhl verteilt, aber Bree bezweifelte, dass das wirklich der Grund war.

„Wie kannst du dir das Zimmer leisten?“, fragte sie und zog die Vorhänge zu.

Zoe antwortete gespielt snobistisch: „Kontakte zu haben, ist das Wichtigste auf der Welt.“

„Und das heißt übersetzt?“ Bree ahnte Schlimmes.

KAPITEL 16

„Als ich mich dazu entschieden hatte, so lange in Kyoto zu bleiben, bis ich dich finden würde, oder du wieder auftauchen würdest, bin ich zum Club KABUKI-CHO gegangen und habe um einen Job gebettelt.“ Zoe verdrehte die Augen. „Jetzt arbeite ich täglich als Hostess in Ponto-cho und bin der Exot unter den Mädchen.“

„Du warst auch in New York eine Exotin“, warf Bryanna neckend ein und war erleichtert, dass ihre Freundin keinen Unsinn gemacht hatte, zugetraut hätte Bree es ihr.

„ ... und mache einmal wöchentlich eine Bondage-Vorführung. Vielleicht hat der Besitzer sich nur deshalb auf die Anstellung eingelassen.“

Bree ließ sich rücklings auf das Bett fallen. „Mit wem führst du deine Fesselungen vor?“

„Wir haben ein öffentliches Casting im Club gemacht“, erklärte Zoe zwinkernd. Sie spielte mit ihrem Bauchnabelpiercing, einem silbernen Reißverschluss. „Dort habe ich einige willige Opfer ausgewählt.“

„Hast du deinen Yin-und-Yang-Sklaven gefunden?“

„Er war leider nicht dabei, aber jetzt schlaf endlich, damit du mir bald alles erzählen kannst. Ich hole inzwischen etwas zu essen“, sagte Zoe und war schon halb in den Gang hinausgeschlüpft, als sie sich noch einmal umdrehte und durch den Türspalt ins Zimmer linste. „Bree?“

„Ja, Zoe?“

„Es tut mir wirklich sehr leid, dass ich bei unserem Auftritt im Club kein Safeword mit dir vereinbart hatte. Das war unverantwortlich!“

Bevor Bryanna erwidern konnte, dass sie ihr längst verziehen hatte, war Zoe schon verschwunden. Völlig erschöpft schlüpfte Bree unter die Bettdecke. Sie hatte kaum ihre Augen geschlossen, als sie auch schon eingeschlafen war.

***

Bryanna wusste nicht, wie lange sie geschlummert hatte. Beim Aufwachen spürte sie, dass jemand mit ihr im Raum war. Automatisch versteifte sie sich, aber dann fiel ihr wieder ein, wo sie war: weit entfernt von den Kendo-Schule in einem Hotelzimmer mitten in Kyoto. Gähnend streckte sie sich und öffnete die Augen. Sie sah direkt in Zoes strahlendes Gesicht. Ihre Freundin saß am Tisch vor dem Fenster. Die Kleidung, die vorher dort gelegen hatte, hing nun über den Metallstangen des Bettes.

Zoe hielt eine Plastikschachtel hoch. „Ich wollte dich nicht wecken und hab schon gegessen. Du hast geschlafen wie ein Baby.“ Dann schaute sie auf ihre Armbanduhr. „Ich muss gleich in den Club. Ist das okay? Du siehst aus, als hättest du einiges durchgemacht. Wenn ich bei dir bleiben soll ...“

Zoe ließ den Satz unbeendet, und Bryanna wusste, was ihre Freundin eigentlich damit sagen wollte: Sie brauchte das Geld, um in Japan über die Runden zu kommen. Natürlich hatte Bree Verständnis. Sie bekam ein schlechtes Gewissen, obwohl sie gar keine Schuld an der Situation trug.

„Kein Problem“, sagte sie und ging ins Bad.

Nachdem sie geduscht hatte, zog sie Jeans und ein enges grünes Trägertop an. Zoe hatte ihren Koffer mit ins Hotel gebracht, als sie bei Yukako ausgezogen war. Bryanna setzte sich aufs Bett, nahm einen kräftigen Schluck aus der Wasserflasche und griff nach den *otemoto*. Die Wegwerfstäbchen erinnerten sie an Shunpei, der ihr am ersten Tag ihres erzwungenen Aufenthalts in der Schule ebenfalls welche überreicht hatte. Sie vermisste ihn, er war ihr Freund geworden.

„An was denkst du?“, fragte Zoe, und als Bryanna sie erstaunt ansah, fügte sie hinzu: „Du hast geseufzt.“

„Hab ich?“ Bree nahm die Schachtel und begutachtete das Sushi durch den durchsichtigen Deckel. Sushi aus dem Supermarkt war zwar nicht ihre erste Wahl, aber sie hatte einen Bärenhunger und hätte wohl alles gegessen, was man ihr vorsetzte. Außerdem musste Zoe sparsam leben, da Kyoto, wie alle japanischen Großstädte, sehr teuer war. Der Hunger musste ihr auf die Psyche geschlagen sein, denn Bree fühlte sich keineswegs glücklich, nun, da ihr die Flucht gelungen war. Es war seltsam. Das Hochgefühl, wieder in Freiheit zu sein, wollte sich einfach nicht einstellen.

Vielleicht fühle ich mich nach dem Essen besser, hoffte sie und stopfte sich ein *hoso-maki* in den Mund. Sie kaute genüsslich auf dem mit Fisch gefüllten und in einem Seetang-Blatt eingerollten Reisbällchen herum und beobachtete, wie Zoes Miene immer finsterer wurde.

Nachdem Bryanna den halben Inhalt der Schachtel verschlungen hatte, platzte Zoe der Kragen. „Ich kann ja verstehen, dass du Hunger hast, aber ich halte es einfach nicht mehr aus. Wo um Himmels Willen hast du gesteckt? Du verschwindest einfach und tauchst aus dem Nichts wieder auf. Verdammt, ich habe mir schreckliche Sorgen um dich gemacht!“

„Ich mir auch. *Sumimasen*!“, sagte Bree mit vollem Mund, spülte die letzten Reiskörner mit Wasser herunter und berichtete von ihrer Entführung durch Noguchi Masaru auf den Straßen Ponto-chos, über ihren unfreiwilligen Aufenthalt im Gebirge Chugoku-chiho und ihre Flucht. Lediglich ihre Erziehung zur Lustdienerin durch Ryan riss sie nur kurz an. „So, nun weißt du alles. Krieg den Mund wieder zu!“

„Und dieser Ryan Ishikawa hat tatsächlich im *kyabakura* hinter einer Spiegelwand gestanden und beobachtet, wie Taizo dich bis zum Höhepunkt geleckt hat?“

„*Hai.*“

„Und Ryan hat fallen lassen, dass er dich begehrt, worauf dieser Masaru dich entführte, um dich an ihn zu verschenken?“

„*Hai.*“

„Sprich Englisch mit mir!“, zischte Zoe und brach in Gelächter aus.

„Ja, das waren genau die Worte, die ich dir um die Ohren gehauen habe, kurz nachdem wir in Japan angekommen waren. Und nun bin ich es, die japanische Floskeln benutzt.“

„Du hast dich verändert.“

„Habe ich?“

„Irgendwie bist du ... sanfter geworden“, meinte Zoe. Bryanna versuchte mit dem Essstäbchen ihrer Freundin ins Ohr zu zwacken. Kichernd wich Zoe aus und fügte rasch hinzu: „Ich meine doch ausgeglichener, zufriedener.“

Bree verspürte eine Sehnsucht, die so plötzlich über sie hereinbrach, dass ihr übel wurde. Sie stellte die halb geleerte Plastikschale auf den Tisch und setzte sich mit gekreuzten Beinen hin, als wollte sie meditieren.

„Und dieser Ryan Ishikawa war so ein richtig fieser Kerl?“, hakte Zoe nach.

Etwas zu forsch fragte Bree: „Wie kommst du denn darauf?“

„Na, weil du unbedingt von ihm weg wolltest.“

„Nun ja, ich wurde entführt. Welche Gefangene versucht nicht zu fliehen?“

Zoe überlegte und schlussfolgerte schmunzelnd: „Eine, die sich in ihren Entführer verliebt hat.“

Verlegen schaute Bree aus dem Fenster. Alles, was sie sah, waren Hochhäuser und Hinterhöfe. Keine Bäume, keine Vögel. Die Häuserfassaden wirkten kalt und tot. „Das habe ich ganz bestimmt nicht“, antwortete sie, was der Wahrheit entsprach, schließlich war es Masaru-sensei gewesen, der sie gekidnappt hatte, und nicht Ryan.

Zoe durchschaute sie: „In deinem Fall natürlich in den Beschenkten.“

„Hhm“, machte Bree und wusste, dass das alles und nichts heißen konnte.

„Haben Ryans Erziehungsmethoden dich erregt?“

Zuerst weigerte Bryanna sich zu antworten, aber dann nickte sie und sagte: „Vielleicht, so ein bisschen.“

„Waren die Sessions das, was du dir immer erträumt hast?“, fragte Zoe sanft.

„Ja, irgendwie schon.“

„Hat er dir wehgetan?“

Bryanna hob entrüstet ihre Augenbrauen, antwortete aber doch: „Ja, verflixt. Was willst du noch alles wissen?“

„Hat er dich erniedrigt und dich ganz seinem Willen unterworfen?“

„Das gehört zu BDSM dazu, oder? Du weißt das doch. Warum bohrst du nach?“ Bree fühlte sich mit einem Mal sehr traurig. Ihr war, als könnte sie Ryan immer noch riechen, spüren und schmecken.

„Hat es dir gefallen?“

Bree schwieg, um nicht zu schluchzen.

„Du vermisst ihn, ich sehe es dir an.“

In diesem Moment konnte Bryanna die Tränen nicht länger zurückhalten. Sie liefen über ihre Wangen, und sie machte sich nicht die Mühe, sie abzuwischen.

Zoe setzte sich zu ihr auf das Bett, nahm einen Pullover, der auf der Fensterbank lag und trocknete mit dem Ärmel Brees Wangen ab. Sie nahm ihre Freundin in den Arm und wiegte sie wie ein Kleinkind, das hingefallen war und sich das Knie aufgeschürft hatte. Brees Wunde dagegen konnte man nicht sehen.

Bryanna hörte auf zu weinen. Sie fühlte sich geborgen. Ihr fiel auf, dass sie während der ganzen Zeit in den Bergen keine einzige Träne vergossen hatte, aber kaum dass sie wieder in der Stadt war, heulte sie wie ein Schlosshund. Es schien ja fast so, als hätte sie jetzt mehr verloren als durch die Entführung.

Verheult ging sie ins Badezimmer, putzte sich mit einem Stück Toilettenpapier die Nase und spülte es im WC herunter. Sie kehrte schniefend zurück und wagte nicht, Zoe ins Gesicht zu sehen. „Zumindest bin ich jetzt frei. Das ist das Wichtigste!“

„Ist es das? Will eine Sklavin wirklich frei sein?“ Da Bree schwieg, fuhr Zoe fort: „Du denkst, du hast durch die Flucht deine Freiheit zurückgewonnen, aber dein Herz ist immer noch durch Ryan gefangen.“

Trotzig warf Bryanna ihre Haare über die Schulter zurück. „Zeit heilt alle Wunden.“

„Siehst du wirklich keine Chance für euch beide?“

„Ganz bestimmt nicht! Nicht, nach allem, was vorgefallen ist.“

Zoe seufzte. Sie sah auf die Uhr, erschrak und sprang vom Bett auf. „Liebes, ich muss jetzt los. Kommst du heute Nacht ohne mich klar? Vielleicht schläfst du noch etwas. Morgen früh bin ich wieder zurück.“

„Es geht schon wieder.“ Bree rang sich ein Lächeln ab.

Zoe küsste sie auf die Wange und verschwand.

Bryanna fand es seltsam, alleine zu sein. In der Kendo-Schule hatte sie zwar ihren eigenen Schlafraum gehabt, aber der hatte nicht einmal eine Tür besessen. Kameko, Shunpei und, ja, auch Ryan, waren jederzeit greifbar für sie gewesen. Nun war sie auf sich allein gestellt. Zoe würde erst in der Morgendämmerung zurückkehren. Bryanna wusste nicht, ob die anderen Hotelzimmer überhaupt vermietet waren. Im Gebäude war es still, als wäre sie die einzige Person im Hotel, aber Japaner waren auch ein zurückhaltendes Volk.

Sie aß das restliche Sushi auf und warf die Plastikschale in einen Mülleimer, der neben dem Schrank stand. Dann ging sie zum Fenster und schaute hinaus. Der Anblick war deprimierend, wie sie bei ihrer Ankunft schon festgestellt hatte: Hochhäuser, so weit das Auge reichte. Immer wieder kehrten ihre Gedanken zur Schule zurück. Wie wunderschön die Natur in den Bergen war! Bree war zwar in New York aufgewachsen und somit ein Kind der Großstadt, aber sie erinnerte sich noch gut an die Besuche bei Granny Dixie in den Südstaaten. Egal, in welchem Staat ihre Großmutter gelebt hatte, sie hatte sich immer inmitten der Natur niedergelassen, abseits der Städte, so dass Bree als Kind stundenlang durch die Wiesen und Wälder hatte streifen können. Ein Abenteuer! Das war ihr Aufenthalt im Gebirge Chugoku-chiho auch gewesen, doch er war nun vorbei.

Wieder spürte Bree ein Ziehen im Unterleib, als würden Verstand und Lust miteinander ringen. Obwohl sie es nicht wollte, dachte sie sehnsüchtig an Ryan. Ihre Hand glitt unter ihr Trägershirt. Sie streichelte in Gedanken versunken ihre linke Brust und schnippte so lange gegen ihre Brustspitze, bis sie die Zähne zusammenbeißen musste. Dann zwirbelte sie die erigierte Brustwarze, Schmerz und Erregung verschmolzen, und Bryanna seufzte erregt.

Ein verschmitztes Lächeln huschte über ihr Gesicht. Sie holte sechs Wäscheklammern aus dem Badezimmer, in dem Zoe eine Wäscheleine gespannt hatte, zog ihr Shirt aus und setzte je drei Klammern auf die Warzenhöfe jeder Brust. Es tat nicht sonderlich weh, aber durch die Erfahrung, die Ryan ihr hatte zuteil werden lassen, wusste sie, dass sich das ändern würde, je länger die Wäscheklammern in ihre Höfe kniffen. Und da es drei pro Seite waren, wurde das Zwacken rasch unangenehmer, aber es war ein leichter, lustvoller Schmerz, der ihr die Illusion ermöglichte, Ryan würde ihre Brustspitzen kräftig zwirbeln.

Bree schlüpfte aus Unterwäsche und Jeans und kehrte nackt zum Fenster zurück. Lasziv drehte sie sich, aber das reichte ihr nicht. Sie stieg auf den Stuhl, probierte einige aufreizende Posen aus und stellte dann einen Fuß auf die Fensterbank, direkt neben den welkenden Bambuszweig.

Sie hatte keine Ahnung, ob auch nur eine einzige Person sie beobachtete, aber sie kippte das Fenster und rief durch den Spalt: „Genießt die Show! So etwas bekommt ihr hier in Kyoto-shi sicher nicht täglich geboten.“

Hysterisch lachte sie. Sie nahm den Bambuszweig und rieb ihn durch ihre Spalte, ohne großartig darüber nachzudenken. Der unebene Zweig schabte über ihre Mitte, er reizte ihre Klitoris und verteilte die Feuchtigkeit, die bereits aus ihr herausfloss. Erstaunt blickte sie zu ihrem Geschlecht hinunter, das wunderbar glatt war, weil sie es beim Duschen frisch rasiert hatte. War sie etwa süchtig nach Sex? Ryan hatte fast täglich mit ihr gespielt. Konnte es tatsächlich sein, dass sie sich an das Pensum gewöhnt hatte?

Da fiel ihr Blick auf Zoes Sporttasche mit den Bondage-Seilen. Bree stellte den Zweig in die Vase, stieg vom Stuhl und kniete sich vor die Tasche. Langsam, als würde sie ein kostbares Geschenk auspacken, öffnete sie den Reißverschluss. Sie holte ein kurzes, dünnes Seil heraus, spreizte die Schenkel, noch immer kniend, und drückte das Seil auf ihren Schritt, so dass sie ein Ende vor dem Bauch und das andere hinter ihrem Gesäß festhalten konnte, parallel zu ihren Schamlippen. Vorsichtig zog sie es vor und zurück. Die sanfte Reibung gefiel ihr. Das Seil glitt über ihre Schamlippen, tauchte sogar zwischen ihnen ein und glänzte binnen kurzer Zeit von ihrer Feuchte. Intimduft drang in Brees Nase, sie sog ihn tief ein. Sie erregte sich selbst, wurde immer berauschter und presste das dünne Seil fester auf ihre Scham. Je stärker die Reibung wurde, desto heißer wurde ihre Spalte, und es brannte mit jedem Mal heftiger, eine behutsame, aber konstante Steigerung, die Bryanna dosierte.

Als ihr das bewusst wurde, hielt sie inne. Sie gab einen ärgerlichen Laut von sich und warf das Seil zurück in die Tasche, weil sie nicht kontrollieren wollte, sondern sich danach sehnte, kontrolliert zu werden. Einen Moment lang wünschte sie sich, Ryan würde das Seil zwischen ihren Schenkeln führen, aber dann erinnerte sie sich daran, dass er vorgehabt hatte, eine Puppe aus ihr zu machen, etwas, das ihr zuwider war.

Bryanna wollte den Reißverschluss der Sporttasche gerade wieder schließen, als sie eine schwarze Tasche bemerkte, die so groß wie ein Kulturbeutel war und größtenteils von den Seilen verdeckt wurde. Neugierig zog sie den Beutel heraus und schaute hinein.

„Hallo, was haben wir denn hier?“

Zoe hatte eine kleine, aber feine Auswahl an Erotikspielzeugen dabei, die Bree noch nie zu Gesicht bekommen hatte. Offensichtlich waren diese Toys für Zoes privaten Gebrauch und nicht für ihre Bondage-Vorführungen gedacht.

Nachdem Bryanna alles begutachtet hatte, nahm sie zwei Vibratoren heraus und wusch sie im Badezimmer mit Seifenlauge ab. Sie ging wieder zu der Sporttasche, griff zwei dicke Seile und legte alle Utensilien auf das Bett. Aus ihrem Koffer holte sie ein Halstuch und setzte sich neben die Utensilien. Ihre Füße ragten zwischen den Eisenstäben der Metallkonstruktion des Bettes hindurch. Sie spreizte ihre Beine und fesselte eilig ihre Fußgelenke an die Stäbe. Vor Aufregung zitterte sie. Sie konnte es kaum noch abwarten.

Versehentlich stieß sie an die Wäscheklammern, die in ihre Warzenhöfe kniffen, und jaulte auf. Doch ihr Schoß antwortete dem scharfen Zwacken in den Brustspitzen mit lustvollem Pochen.

Sie nahm den Buttplug in den Mund und befeuchtete ihn mit ihrem Speichel. Als der hellblaue Vibrator vor Feuchtigkeit glänzte, neigte Bryanna sich zur Seite. Sie kitzelte ihren faltigen Ring, der sich erwartungsvoll öffnete, drang mehrere Male mit dem Mittelfinger in die enge Öffnung ein und nahm rasch Zeige- und Ringfinger hinzu. Als Bree bereit war, drückte sie den Plug hinein, zuerst nur die Spitze, zog ihn dann wieder heraus und führte den Vibrator ein Stück tiefer ein. Der Plug hatte eine kleine Spitze, aber ein dickes Mittelstück und ein schmales Ende. Er dehnte Brees Öffnungen immer weiter. Sie wiederholte die Prozedur so lange, bis er ganz in ihr steckte und ihr faltiger Ring sich um das Ende fest zusammenzog.

Schwer atmend legte sie sich auf den Rücken. Der Plug war durch ein Kabel mit seiner Steuerung verbunden, was recht bequem war, da sie auf ihrem Hintern liegen und trotzdem den Vibrator einstellen konnte. Sie wählte eine mittelstarke Stufe und genoss eine Weile die sanfte anale Stimulation. Das Vibrieren reizte ihren Anus, der verlangend nach mehr pochte, aber Bree tat ihm den Gefallen nicht, sondern führte den zweiten Vibrator in ihre Mitte ein. Das obere Ende war so breit, dass es sie vollkommen verschloss, und sie sich herrlich ausgefüllt fühlte. Der Klitorisvibrator fand sein Ziel, aber Bree schaltete ihn nicht an, sondern nur den Vaginalvib, denn obwohl es sich um *ein* Toy handelte, konnte man beide Funktionen separat betätigen. Der Vibrator rührte in ihrer Mitte wie ein mächtiger Phallus, während der Buttplug leise summend ihre Rückseite kitzelte.

Bryanna verband mit dem Halstuch ihre Augen und kreuzte die Arme über dem Kopf, als wären ihre Handgelenke an das Kopfende des Bettes gebunden. Doch ihre Hände waren frei – sie war frei – und sie konnte jederzeit aufstehen, die Penetration beenden und die Fußfesseln lösen. Ein ernüchternder Gedanke!

Wäre nur Ryan bei mir!, dachte Bree. Sie würde sich ihm mit Leib und Seele hingeben, sich seinem Willen unterwerfen und die Angst genießen, nicht zu wissen, was er als nächstes mit ihr vorhatte, und wie weit er sein teuflisches Spiel mit ihr treiben würde. Der Reiz bestand darin, nicht zu wissen, ob ihm der Sinn nach Lust oder Schmerz stand, welche Erniedrigung er sich für sie ausgedacht hatte, und wann er ihr endlich die Wärme und den Schutz seiner Umarmung schenken würde.

„Ryan, Ryan, Ryan – du kannst an nichts anderes mehr denken!“, schimpfte Bryanna mit sich selbst. „Vergiss ihn! Er hat nicht dieselben Vorstellungen von einer Herr-Dienerin-Beziehung wie du.“

Mürrisch drehte sie den Analvibrator voll auf und stöhnte laut, weil die Stimulation so durchdringend war, dass sie meinte, er würde in ihrem Inneren den Vibrator, der in ihrer Mitte rührte, berühren, doch es waren nur die Lustwellen, die sich aneinander brachen. Die Vereinigung war himmlisch. Bryanna drückte den Rücken durch, sie stöhnte laut, und es war ihr egal, ob die Nachbarzimmer belegt waren, und man sie hören konnte.

Wegen der Augenbinde empfand sie die Penetration intensiver. Sie konnte sich durch die vorübergehende Blindheit auf ihre Erregung konzentrieren, da sie nichts ablenkte. Aber Bree wollte mehr. Sie schaltete den Klitorisvibrator ein und schrie auf. Ihre Klitoris war empfindlich, weil ihre Lust bereits weit vorangeschritten war. Berauscht streckte sie wieder die Arme nach oben. Sie stellte sich vor, dass Ryan ihre Handgelenke festhalten und ihr lustvolles Aufbäumen beobachten würde.

Nein! Bryanna verbot sich, jemals wieder an ihn zu denken, aber sie war machtlos, er schlich sich immer wieder in ihre Gedankenwelt ein.

Als der Höhepunkt sich ankündigte, schnippte Bree abwechselnd gegen die Wäscheklammern an ihren Warzenhöfen, bis es so wehtat, dass ihre Leidensgrenze erreicht war. Dann nahm sie die Klammern, eine nach der anderen, ab. Zuerst spürte sie Erleichterung, dann strömte das Blut zurück in die Warzenhöfe, und der Schmerz nahm wieder zu, bis der nahende Orgasmus alle Empfindungen bis auf eine fortspülte, und Bree nur noch Lust war. Der Vibrator stimulierte ihre empfindsamste Stelle, Scheide und Anus klammerten sich um die beiden anderen Vibratoren. Endlich stieß Bree einen Schrei aus, dann erschütterte der Höhepunkt sie. Zuckend und zitternd lag sie auf dem Bett. Sie zog an ihren Fußfesseln, versuchte die Schenkel zu schließen, was ihr nicht gelang, so dass die Vibratoren weiterhin unaufhörlich ihre Stimulation weiterführten und Bree in den Wahnsinn trieben.

Sie bemühte sich so lange wie möglich auszuhalten, um zu verhindern, dass die Lust verschwand, aber irgendwann rollten Tränen über ihre Wangen, und sie schaltete die Erotikspielzeuge aus. Erschöpft lag sie einfach nur da. Sie fragte sich, ob sie Ryans Namen gerufen hatte, als der Orgasmus sie erfasst hatte, wusste aber im Inneren, dass es nur ein Lustschrei gewesen war. Sie wünschte sich so sehr, dass anstatt der Geräte Ryans Phallus in diesem Augenblick in ihr stecken würde. Es war keiner da, der sie in den Arm nahm, niemand, der ihr sagte, wie tapfer sie gewesen war.

Erschöpft und traurig band Bree ihre Fußgelenke los. Sie entfernte Augenbinde und Toys, schlüpfte unter die Bettdecke und kauerte sich zusammen.

Ihr war kalt, obwohl draußen die Sonne schien, wenn auch nur noch schwach, da der Abend nahte. Vielleicht sollte sie zurück ins Leben kehren und einige Sehenswürdigkeiten ansehen, anstatt sich im Hotelzimmer zu verkriechen und Trübsal zu blasen. Ihr kam die Großstadt so fremd vor. Nach der Ruhe in den Bergen war sie überfordert von dem Verkehr und von den Menschenmassen, die sich durch die Straßen schoben.

Sie entschloss sich, nicht nur auf Zoe zu warten, um gemeinsam mit ihr Kyoto unsicher zu machen, sondern auch dazu, nicht mehr zurück, sondern nach vorne zu schauen. Schon bald würde sie wieder im Schoß ihrer Familie sein. Sie wusste genau, wie ihre Ankunft ablaufen würde: Ihre Mutter würde sie verhätscheln, als wäre Bree immer noch zehn Jahre alt, und ihr Vater würde ihr vorschlagen, ihr dabei zu helfen, die verpasste Zeit auf der Columbia Universität nachzuholen, denn die Semesterferien waren mittlerweile zu Ende.

„Zahnmedizin, wie ich das Studium doch vermisse!“, jubelte Bree ironisch, verdrehte die Augen und schloss sie, um noch etwas zu schlafen.

***

Sie wachte früh am nächsten Morgen auf. Es war noch dunkel, aber sie stand auf, weil sie so viel geschlafen hatte wie schon seit Jahren nicht mehr. Ihre Laune hatte sich etwas gebessert. Rasch räumte sie die Seile und das gereinigte Erotikspielzeug zurück in Zoes Sporttasche, die Wäscheklammern steckte sie an die Leine. Sie duschte ausgiebig und heiß, und als es endlich dämmerte, öffnete ihre Freundin auch schon die Hotelzimmertür.

Bepackt mit zwei Pappbechern mit grünem Tee und zwei Plastikschalen mit Frühstück setzte Zoe sich an den Tisch. „Bist du hungrig?“

Bree nickte eifrig, doch dann sah sie, was Zoe mitgebracht hatte und verzog das Gesicht.

„Das ist japanisches Frühstück. Geräucherter Fisch, getrockneter Seetang, eingelegtes Gemüse, gekochte Sprossen und Reis mit untergerührtem rohem Ei. Wenn man sich im Ausland aufhält, muss man auch die fremde Kultur erleben.“

„Was würde ich für eine Latte Macchiato und warme, köstlich duftende Croissants geben!“ Wenig begeistert stocherte Bree, die in der Kendo-Schule morgens immer Miso-Suppe und Reis bekommen hatte, in ihrem Essen herum. Als sie es erst einmal probiert hatte, merkte sie, dass es ganz gut schmeckte, nur die Tageszeit für solch eine Mahlzeit war in ihren Augen falsch – doch das hatte sie bei der Suppe aus Fischsud, Sojabohnenpaste, Tofu und anderen Bestandteilen anfänglich auch gedacht.

Zoe nahm eine Papierserviette, wischte unter ihren Augen herum, weil ihr schwarzer Kajal zerlaufen war. „Ich habe dem Besitzer des Clubs gesagt, dass du wieder da bist, und wir in die USA zurückfliegen werden“, sagte sie und nahm die Wegwerfstäbchen in die Hand.

Gedankenversunken schaute Bree durch das Fenster hinauf zum strahlend blauen Himmel. Vom Hotelzimmer aus sah sie nur ein kleines Stück Blau, weil der Hinterhof von Hochhäusern umgeben war. In der Kendo-Schule hatte sie den Himmel in seiner ganzen Schönheit betrachten können.

Mit vollem Mund fuhr Zoe fort: „Dieser Aasgeier hat sich kein bisschen gefreut, sondern ein Heidentheater gemacht, weil er schon die Werbetrommel für die Bondage-Vorführung am Wochenende gerührt hat. Ist es sehr schlimm, wenn wir noch ein paar Tage in Japan bleiben?“

Bree wachte aus ihren Gedanken auf. „Bleiben?“

„Es sind ja nur fünf weitere Tage. Sonntag sind wir schon weg.“

„Weg?“

Zoe brauste auf: „Hörst du mir überhaupt zu?“Bryanna ließ vor Schreck die Essstäbchen fallen. Sie fielen in den mit flüssigem Ei vermischten Reis und blieben stecken. „Ist ja schon gut. Kein Problem!“

„Oh!“ Zoe lächelte erleichtert. „Ich hatte schon befürchtet, du würdest ausrasten, weil du doch am liebsten seit gestern schon wieder in Amerika wärst.“

„Big Apple läuft mir nicht weg“, antwortete Bree und aß weiter. Ihr Zuhause in New York würde immer so bleiben, wie es war, da war sich Bree sicher. Andere Menschen wussten das zu schätzen, weil es ihnen Sicherheit und ein warmes Nest versprach, in das sie stets zurückkehren konnten. Bryanna jedoch machte dieser Stillstand krank. Zum einen war es langweilig, zum anderen veränderte sie sich zurzeit sehr, so dass sie immer weniger in diese konservative, scheinheilige Idylle passte.

„Geht es dir nicht gut?“, fragte Zoe besorgt und legte ihre Hand auf Brees Arm.

Bryanna griff sich an den Hals. „Ich habe das Gefühl, keine Luft zu bekommen.“

„Dann lass uns schnell das Hotelzimmer verlassen. Es gibt so viel, das wir uns ansehen könnten, und wir haben nur noch drei Tage Zeit. Lass uns ‚Sightseeing-extrem‘ machen!“ Aufgeregt sprang Zoe auf. „Gehen wir?“

„Los geht's!“, sagte Bree und lächelte schon wieder.

In den nächsten Tagen versuchten sie, sich so viel wie möglich anzuschauen. Sie besuchten einen Trödelmarkt, der in einem Shinto-Schrein stattfand, spazierten durch Gion, den Bezirk der Geishas, und fuhren in den Nordwesten der Stadt zum *kinkaku-ji*, dem Goldenen Pavillon Tempel, der seit 1994 zum Weltkulturerbe gehört. Sie fuhren zum Kaiserpalast, dem Kyoto Gosho, spazierten durch den Garten des *shugakuin-rikyu*, der kaiserlichen Shugakuin-Villa, und scheiterten mit ihrer extremen Besichtigungstour auf dem *tetsugaku no michi*, dem sogenannten Philosophenweg, der im Osten von Kyoto liegt und an vielen Tempeln vorbeiführt. Ihnen lief nicht nur die Zeit davon, auch ihre Kräfte schwanden.

Nach den drei Tagen waren Bryanna und Zoe völlig erschöpft und brachten die einzelnen Sehenswürdigkeiten durcheinander. Die Eindrücke waren einfach zu viel für diese kurze Zeit. Keine von beiden erwähnte den Rückflug in die USA auch nur andeutungsweise, dabei hatten sie bisher nicht einmal einen Flug gebucht. Ihre alten Rückflugtickets waren längst verfallen, und hätte Zoe nicht Freunde in den Staaten gebeten, ihr Geld zu schicken, während Bree noch verschollen war, hätten sie neue Tickets gar nicht bezahlen können. Anstatt das Geld auszugeben, hatte Zoe es unter dem Teppich im Hotelzimmer versteckt, um ein As aus dem Ärmel schütteln zu können, wenn Bryanna wieder auftauchte.

Zoe hatte nie daran gezweifelt, ihre Freundin wiederzusehen, sie hatte fest an ein Happy End geglaubt. Ein Ende ihres merkwürdigen Japan-Aufenthaltes war endlich in Sicht, aber glücklich war Bree nicht.

Am Samstagmorgen hatte sie sich mit Zoe im TEA TEMPLE verabredet. Das Teehaus stand eingerahmt von Hochhäusern und einem buddhistischen Schrein in der Nähe des Hotels, so dass Bree zu Fuß hätte hingehen können. Verwundert blickte sie sich in dem merkwürdigen Lokal um. Anstatt der Wände aus weißem, lichtdurchlässigem *shoji*-Papier, sah sie Milchglas, bis auf ein normales Fenster zur Straße hin, durch das jeder Fußgänger oder Autofahrer, der an der Ampel vor dem Teehaus halten musste, hineinstarren konnte. Wahrscheinlich dachte der Besitzer des TEA TEMPLES, er würde so einige neue Kunden anlocken, dabei war die Innenausstattung grauenhaft kitschig. Überall standen Figürchen herum, die Bedienung hatte sich wie eine *meiko* gekleidet (Bree wusste, dass eine Geisha-Schülerin nie als Bedienung in einen Billiglokal arbeiten würde), und die Einrichtung war in den Nationalfarben Weiß und Zinnoberrot gehalten. Am liebsten hätte Bryanna am Eingang sofort wieder kehrtgemacht, denn das, was sie sah, war nicht Japan für sie. Es schien ihr, als versuchte der Betreiber krampfhaft jedem Kunden gerecht zu werden. Neben einem Bambus, der in einem Kübel stand und den Eingang zur Küche verdecken sollte, entdeckte Bree sogar einen Pappaufsteller mit dem Foto einer jungen Frau in Schuluniform, die aussah wie ein fleischgewordener Manga-Cosplay-Traum. Auch ohne den Werbeslogan auf dem Aufsteller zu verstehen, erkannte Bryanna, dass die sexy Lolita Werbung für Tiefkühlteigröllchen machte.

„Das sagt ja viel über den TEA TEMPLE aus“, murmelte sie und nahm am Fenster Platz. Ein gutes und somit teures Restaurant konnten sie und Zoe sich nicht leisten. Sie war bemüht, die Blicke der Passanten zu ignorieren, kam sich aber vor wie eine Auslage in einem Schaufenster.

Da Zoe nicht genau gewusst hatte, wann sie eintreffen würde, und Bryanna hungrig war, bestellte sie Miso-Suppe, wie sie sie in der Nito-Schule auch täglich gefrühstückt hatte. Wehmütig stellte sie fest, dass sie immer noch oft an ihre Zeit im Gebirge Chugoku-chiho dachte.

Lass endlich los!, sagte sie sich, doch sie vermisste kurioserweise die Routine, die ihr Sicherheit und Gelassenheit gegeben hatte.

Die Kellnerin kam zu ihr, servierte das Frühstück und verbeugte sich, wodurch ihr weinroter Kimono an ihrer Kehrseite ein wenig hochgehoben wurde.

„*Itadakimasu*. Danke für das Essen“, sagte Bree, bemüht, nicht die Nase zu rümpfen, da die falsche Geisha nicht einmal *getas*, die typischen Holz-Clogs, sondern westliche Turnschuhe trug, und verneigte sich. Auf ihrem Namensschild stand in westlichen Buchstaben YUMI. Offensichtlich besaßen die japanischen Kellner, genauso wie die amerikanischen, nur Vornamen – etwas, über das Granny Dixie sich immer aufgeregt hatte.

Bryanna brach die *otemoto* entzwei. Neben dem Reis aß sie zuerst mit den Essstäbchen die festen Bestandteile der Miso-Suppe und trank schließlich den Sud aus der Schüssel. Danach schlürfte sie den abgekühlten grünen Tee und schaute in Gedanken versunken aus dem Fenster.

Sie saß inmitten einer Steinwüste, das wurde ihr immer wieder bewusst. *Wieso nur?*, fragte sie sich. New York war vergleichbar, auch wenn der Unterschied zwischen modernen Gebäuden und religiösen Einrichtungen nicht so augenscheinlich war. Bryanna faszinierte dieses Zusammenspiel von Tradition, Kultur, Religion und technisierter Moderne. Es war ein interessanter Mix, der sie immer wieder überraschte. Dennoch konnte sie den Lärm kaum mehr ertragen, seit sie im Chugoku-chiho Gebirge gelebt hatte. Der nie ruhende Verkehr, die vielen Menschen, die Hitze, die auf dem Asphalt flirrte, und die träge, von Abgasen geschwängerte Luft – das alles störte Brees inneres Gleichgewicht.

Bei diesem Gedanken lachte sie laut und erntete seltsame Blicke ihrer Tischnachbarn. Das Gerede von Noguchi Masaru und Ryan über innere Balance hatte sie offensichtlich beeindruckt. Bree fehlte die Ruhe. Sie vermisste das Zwitschern der Vögel und das Zirpen der Grillen. Sie sehnte sich nach Erdreich unter ihren Reisstrohsandalen, das sanft nachgab, nach Gras, das ihre Füße durch die *zori* kitzelte und nach einer frischen Brise, die ihre Kleidung zum Flattern brachte. In den Häuserschluchten von Kyoto stand die Luft still. Vogelgezwitscher, das manchmal zu hören war, kam aus den Lautsprechern der Geschäfte und Lokale. Nur in den Tempelgärten, die Bree mit Zoe besucht hatte, hatte sie sich entspannen können.

Aber bald würde sie wieder daheim sein. Im Schoß der Familie würde ihr unruhiger Geist zur Ruhe kommen können. Würde er das wirklich?

Bryanna trank ihre Tasse leer und stellte sie ab. Als hätte die Bedienung sie beobachtet, eilte sie herbei und goss Tee aus der Teekanne, die auf dem Stövchen vor Bree stand, nach.

„*Domo arigato*“, bedankte Bree sich und wurde sich mit einem Mal bewusst, dass es sie nicht gerade mit Gewalt nach Hause zog. Dort würde sie wieder bemuttert und bevormundet werden. Allein der Gedanke beschwor ein bedrückendes Gefühl hervor. Sie rang nach Atem und schaute hinauf zum Himmel. Er hatte an diesem Morgen ein kräftiges Blau, nur einige Federwolken zogen träge dahin.

Ryan tauchte vor ihrem geistigen Auge auf. Anders als ihre Eltern hatte er Bryanna und ihre Wünsche ernst genommen. Er hatte sie als erwachsene und begehrenswerte Frau gesehen.

Das war es gewesen, wonach sie sich gesehnt hatte. Bree wollte weder als Kind noch als Karrierefrau betrachtet werden, denn beides war sie einfach nicht. Aber was war sie dann? Eine Sub mit Leib und Seele?

Ein Schatten tauchte neben ihr auf.

Jemand blieb vor ihr stehen und wartete, bis sie aufblickte.

Bree rutschte das Herz in die Hose.

KAPITEL 17

Dann erkannte sie, wer es war und riss verwundert die Augen auf. „Kameko!"

„*O-hayou gozaimasu*! Entschuldigung für die Störung. Darf ich mich setzen, Bree-san?" Die Geisha hielt die Hände vor den Schoß und verbeugte sich.

Wie bezaubernd sie aussah! Ihr Kimono hatte die Farbe eines satten Eidotters und war in Brusthöhe mit Pinienbaum-Stickereien verziert. Ihr breiter Gürtel griff den dunklen Grünton der buschigen Baumkronen auf.

„Guten Morgen", antwortete Bree weniger formell. Am liebsten wäre sie ihrer „großen Schwester" um den Hals gefallen, weil sie so glücklich war, sie wiederzusehen. Aber sie hielt sich zurück, denn sie hatte ein mulmiges Gefühl.

Wenn Kameko wusste, wo sie sich aufhielt, wusste Ryan das auch. Aber Bryanna wollte unter keinen Umständen zurück in die Schule, und die Geisha würde sie auch nicht überzeugen können, Ryans ‚lebendige Puppe' zu werden. Sie sehnte sich danach, sich jemandem zu unterwerfen, konnte aber nicht damit leben, als Objekt angesehen zu werden, das man nicht respektvoll behandeln muss, weil es ja nur ein Ding ist und zudem beliebig austauschbar. Sie hatte schon von Fällen gehört, in denen ein Dominus seine ‚Menschenpuppe' in einem Kasten eingesperrt, unter sein Bett geschoben und sie nur herausgeholt hatte, wenn er mit ihr spielen wollte. Nein, nein! Das war nicht Brees Vorstellung. Andere Frauen mochten sich daran erregen, ihre Menschlichkeit abzulegen. Bree allerdings sehnte sich danach, als erotische Frau betrachtet zu werden, und dies stand nicht im Gegensatz zu ihrer Neigung – seit dem Gespräch mit Ryan – fiel ihr ein. Er hatte ihr glaubhaft bestätigt, dass ein Dominus seine Dienerin nicht wie Dreck behandeln muss, um sie zu unterwerfen.

Ein wenig zu barsch wollte Bryanna wissen: „Wie hast du mich gefunden?" Sie fühlte sich beobachtet, schaute sich suchend im TEA TEMPLE um und blickte dann hinaus auf die Straße, sah aber kein bekanntes Gesicht oder jemanden, der sich verdächtig verhielt.

„Der Besitzer des Clubs KABUKI-CHO hat mir die Adresse des Hotels gegeben, in dem du mit deiner Freundin wohnst."

„Zoe!" Bryanna seufzte und erinnerte sich, dass Zoe ihrem Chef von Brees Rückkehr berichtet hatte. Er wusste, wo sie wohnten, und dass sie am folgenden Morgen in die Staaten zurückfliegen würden. An diesem Abend sollte Zoes letzte Bondage Vorführung stattfinden – allerdings ohne Bree. Keine zehn Pferde brächten sie mehr nach Ponto-cho.

Yumi servierte am Nachbartisch einem japanischen Paar Teigröllchen mit verschiedenen Soßen. Starker Ölgeruch drang zu Bryanna herüber. Sie nickte unauffällig der Pappfigur vor dem Kücheneingang zu und gratulierte in Gedanken dem jungen Model in Schuluniform: *Gut gemacht, wieder zwei Kunden gewonnen.*

„*Ara, ara*“, sprach Kameko und hielt ihre Handflächen an die Wangen, als sie den Aufzug der Bedienung bemerkte. Eine Weile starrte die Geisha Yumi an, dann bemerkte sie, wie unhöflich das war, und senkte den Blick. „Oh je, oh je! Wie kann der Besitzer erlauben, dass die Bedienung herumläuft, als wäre sie eine Geisha?“

„Aber jeder weiß doch, dass eine echte Geisha nie kellnern würde“, warf Bree ein.

„Eine schlechte Kopie!“, entrüstete sich Kameko und musterte Yumi doch wieder aus dem Augenwinkel heraus. „Sie ist zwar geschminkt wie eine Geisha, aber sie hat vergessen, den Haaransatz auszusparen und trägt den roten Kragen einer *meiko* statt des weißen Kragens einer Geisha und außerdem die Frisur, die wir ‚gespaltener Pfirsich‘ nennen. Sie gibt Auskunft über den Stand der Ausbildung einer *meiko*.“

Und war unverhohlen frivol, fand Bryanna. Die Haare und scheinbar künstliche Haarteile zur Erhöhung des Volumens waren rechts und links am Hinterkopf zu zwei großen Knoten drapiert worden, dazwischen steckte ein rotes Tuch, so dass die Frisur unweigerlich an das weibliche Geschlecht erinnerte. „Vielleicht hat sie sich nur für Touristenfotos zurechtgemacht. Der TEA TEMPLE scheint sehr … extrovertiert zu sein.“

„Viel zu viele Kämme und Blüten in ihrem Haar und den *obi* vorne gebunden, wie früher die Konkubinen.“

„Wahrscheinlich, um besser zur Toilette gehen zu können oder sich nach Feierabend schneller umziehen zu können“, spöttelte Bree, der ganz warm ums Herz wurde, nun, da sie Kameko wieder getroffen hatte.

„Geishas tragen schlichte Frisuren und binden den Gürtel hinten. Diese Frau hat sich vor der Maskerade noch nicht einmal über die Sitten informiert. Skandalös!“

Du solltest erst einmal ihre Turnschuhe sehen!, dachte Bree, schwieg jedoch, damit Kameko sich nicht noch mehr aufregte. Sie hatte das Gefühl, dass Kameko sich in der Großstadt nicht wohlfühlte und in der Technisierung, die Japan vorantrieb wie kaum ein anderes Land, keinen Fortschritt sah. Vielleicht hatte die Abgeschiedenheit der Berge ihre Akzeptanz für die Moderne geschmälert. Möglicherweise waren ihre Bedenken gerechtfertigt, denn wegen der Modernisierung und des Einflusses der westlichen Welt wurden Geishas immer seltener gebucht, vorwiegend von älteren Männern, wie Kameko Bree einmal erzählt hatte.

„Wusstest du, dass die ersten Geishas männlich waren?“, fragte Kameko und lächelte schon wieder. Da Bree den Kopf schüttelte, fuhr sie fort: „Es waren Männer, die auf Festen die Konkubinen und ihre Gäste durch Kunst unterhielten, auch durch Späße.“

„Ähnlich wie Hofnarren?“ Narr, das war Bryannas Stichwort. Ryan hatte ihr eine Narrenkappe aufgesetzt, indem er ihr das erzählt hatte, was sie hatte hören wollen, dabei gingen seine Pläne in eine andere, krassere Richtung.

Bevor Kameko etwas erwidern konnte, lehnte Bree sich zurück und verschränkte die Arme vor dem Oberkörper. „Was willst du?“

Es schepperte so laut in der Küche, dass man den Lärm bis in das Restaurant hören konnte. Einem Koch musste ein Topf oder eine Pfanne auf den Boden gefallen sein. Rasch entschuldigte Yumi sich bei den Gästen für die Störung. Dann eilte sie zu Kameko und fragte sie nach ihren Wünschen. Die echte Geisha bestellte *karupisu.*

Als die Kellnerin gegangen war, verneigte Kameko sich so tief vor Bryanna, dass diese unter den Blicken der anderen Restaurantbesucher verlegen wurde. „Ryan-sama schickt mich, um dich zu bitten, seine Dienerin zu werden.“

Obwohl Bree entrüstet war, empfand sie seltsamerweise auch Genugtuung darüber, dass er sie zurückgewinnen wollte. Aber Ryan kam nicht auf Knien angekrochen, sondern schickte einen Laufburschen, was sie an seiner Ernsthaftigkeit zweifeln ließ. „Das kann nicht sein Ernst sein!“

„Oh, er meint es sehr ernst!“, antwortete Kameko, als sei Brees entrüsteter Ausruf eine Frage gewesen. „Er ist sich seiner Sache sehr sicher. Ryan-sama will dich!“

„Das glaube ich ihm. Mein Körper gefällt ihm. Nur, dass ich einen eigenen Kopf habe, stößt ihm sauer auf, aber diese Eigenschaft wird er mir selbst mit seiner Erziehung nicht austreiben können!“

Kameko war über Brees Reaktion sichtlich irritiert. Sie brauchte einen Moment, um sich zu sammeln und strich den Stoff ihres Kimonos glatt. Zögerlich und leise sprach sie: „Ryan-sama würde trotz allem, was vorgefallen ist, deine Erziehung gerne fortführen.“

„Der große, ehrenwerte Ryan Ishikawa erweist mir also die Gnade“, zischte Bryanna zynisch. „Wie großzügig! Warum ist er dann nicht selbst gekommen, sondern hat eine Botin geschickt? Bin ich ihm die Mühe nicht wert?“

Mit besorgter Miene legte Kameko die Hand auf Brees Arm. „Du bedeutest ihm sehr viel. Er vermisst dich so schmerzlich, dass er sich kaum auf Kendo konzentrieren kann. Er wirkt in sich gekehrt, so habe ich ihn noch nie erlebt.“

Einen traurigen oder gar depressiven Ryan Ishikawa konnte sich Bryanna beim besten Willen nicht vorstellen. Sie zog den Arm unter Kamekos Hand weg. „Wenn er mich begehrt, warum ist er dann nicht selbst gekommen, um mich zu bitten, ihn wieder als Herrn zu akzeptieren?“

Yumi servierte Kamekos *karupisu,* ein milchigtrübes Softgetränk, das aussah, als wäre Joghurt in einem Glas Wasser verrührt worden, und eilte zurück in die Küche.

„Das ist doch offensichtlich!“, antwortete die Geisha fast ein wenig tadelnd. „Wenn er an meiner Stelle plötzlich vor dir gestanden hätte, wärst du aus allen Wolken gefallen. Du hättest womöglich um Hilfe geschrien, hättest ihm die Teekanne über den Kopf gezogen und wärst schreiend davongelaufen, weil du gedacht hättest, er wollte dich wieder einfangen. Ist es nicht so?“

Bryanna schmunzelte. „Du kennst mich gut.“ All die Wut, die sie empfand, wäre mit einem Mal über sie hereingebrochen und hätte einen Ausbruch zur Folge gehabt. Danach allerdings hätte sie große Angst bekommen und nur einen Gedanken gehabt: so viel Distanz wie möglich zwischen Ryan und sich zu bringen. „Und was erwartet er von mir, nun, da ich mit dir zusammensitze?“

„Dass du mir wenigstens zuhörst.“ Kameko nippte an ihrem Glas.

Eigentlich wollte Bryanna das nicht, da sie befürchtete, schwach zu werden. Die Erinnerung an die Zeit mit Ryan war schön – bis auf das Ende. Er hatte ihre Auffassung von BDSM geprägt. Doch dann hatte er den großen Fehler begangen, sein Erziehungsziel zu lüften.

Aus einem Grund, den sie selbst nicht kannte, blieb sie sitzen.

„Ich weiß doch, dass du dich in Ryan-sama verliebt hast“, fuhr Kameko fort, aber sie lächelte nicht, sondern blickte ernst. „Und er empfindet dasselbe für dich. Bitte, glaube mir! Auch wenn es für dich nicht ersichtlich ist, ich kenne ihn schon länger.“

„Ich kann mich daran erinnern, dass du das schon einmal zu mir gesagt hast.“

„Aber du glaubst mir immer noch nicht. Warum bloß?“ Kameko seufzte.

„Wie kann ich das? Er ist nicht hier, wirbt nicht um mich, steht nicht mit Blumen in der Hand vor mir und fällt nicht mit feuchten Augen auf die Knie, weil ihm das alles so schrecklich leid tut.“

„Das ist es doch gar nicht, was du wirklich willst!“, warf Kameko ein. Ein schwaches Lächeln huschte über ihr Gesicht. „Du möchtest einen besonderen Mann, und das ist Ryan-sama, ich versichere es dir. Er ist anders. Das weißt du, und das schätzt du an ihm.“

Bryanna fühlte sich ertappt. Um sich abzulenken, trank sie etwas Tee, der mittlerweile kalt war und bitter schmeckte. Erst, als die kühle Flüssigkeit ihre Kehle hinunterrann, bemerkte sie das bekannte warme Gefühl im Magen, das sie bei der Vorführung durch Zoe im Club KABUKI-CHO trotz starker Erregung vermisst, und das sich erst bei Ryans Lehrstunden eingestellt hatte. Demonstrativ kippte sie den restlichen kalten Tee herunter, doch das warme Gefühl in ihrem Bauch blieb.

Bree schüttelte den Kopf. „Ich kann nicht in die Kendo-Schule zurückkehren, das ist unmöglich!“

„Das verstehe ich.“

Trotzdem hatte Bree das Bedürfnis, sich zu erklären. „Ich bin dorthin verschleppt worden, und für mich wird die Schule immer ein Gefängnis bleiben, selbst wenn die Tore Tag und Nacht offen blieben, und es keine Wachen mehr gäbe.“

„War denn alles so grauenhaft dort?“, fragte die Geisha betroffen.

„Natürlich nicht.“ Bryanna atmete scharf aus, nahm Kamekos Hand und streichelte zärtlich über die einzelnen Finger. „Ich habe Freunde gewonnen wie dich, habe die japanische Kultur erlebt, das Meditieren gelernt und ein Stück weit mehr zu mir selbst gefunden. Aber ich war eine Gefangene. Das lässt sich nicht ändern.“

Kameko legte ihre freie Hand an Brees Wange. „Ich sehe auch eine Freundin in dir und wäre immer noch gerne deine „große Schwester“, aber du hörst ja nicht auf mich“, sagte sie und zwinkerte, um ihre wahren Worte nicht wie ein Vorwurf erscheinen zu lassen. „Ein weiterer Grund, weshalb Ryan-sama nicht selbst kommen konnte, ist sein Umzug nach Okinawa Honto. Er ist heute Morgen auf die Insel geflogen.“

Die Gewissheit, dass Ryan nicht mehr eine kurze Autofahrt von ihr entfernt war, ließ ein Gefühl von Verlust in Bryanna aufflammen. „Okinawa?“

Kameko wartete mit ihrer Antwort, bis das Paar am Nachbartisch gezahlt hatte, aufstand und in Richtung Ausgang schlenderte. „*Hai*. Sie ist die größte der Ryukyu-Inseln, die im Süden Japans liegen. Auf Okinawa Honto leben neunzig Prozent der Bewohner der Inselgruppe. Ryan wird in der Nähe der Hauptstadt Naha eine eigene Kendo-Schule übernehmen, weil der ehemalige Leiter, der ehrenwerte Shimazu-sensei, in den wohlverdienten Ruhestand gegangen ist.“ Stolz fügte sie hinzu: „Ryan-sama ist nämlich zum Großmeister aufgestiegen.“

Schmerzlich stellte Bryanna fest, dass sie kein Teil mehr von Ryans Leben war, da seit ihrer Flucht in seinem Leben so viel geschehen war, und sie von diesen Veränderungen keinen blassen Schimmer hatte. Bree stand außen vor – sie hatte es nicht anders gewollt.

„Ich werde ihm folgen, sobald du eine Entscheidung getroffen hast. Das Klima ist mild, es wird nie unter zehn Grad kalt. Ich freue mich auf meine neue Heimat, auch wenn es dort häufig Taifune gibt.“ Kameko faltete die Hände in ihrem Schoß. „In Okinawa eine Nito-Schule zu führen ist nicht leicht, Ryan-sama wird jede Unterstützung brauchen können. Denn obwohl Kendo in Japan weit verbreitet ist, gilt Okinawa als Geburtsort der Kampfkünste Tode, Karate und Kobudo. Tode ist ein Vorläufer von Karate und Kobudo, eine mit Waffentechnik verbundene Kampfkunst, die in Okinawa entwickelt wurde.“

„Und zum Ausgleich braucht er eine Geliebte, die er benutzen kann wie eine Puppe.“ Bree klang sarkastisch. „Wie ein Spielzeug, das er nimmt und wieder wegstellt, ein Etwas, an dem er sich abreagiert, das ihm nie widerspricht, weil ein Ding gar nicht sprechen kann. Er muss nicht einmal Rücksicht auf das Objekt seiner Begierde nehmen, weil es keine Gefühle hat. Er reagierte seine aggressive Lust an seiner Puppe ab, und sie darf sich nicht beschweren, weil er behauptet, ihre Passivität sei wahre Hingabe.“

Kameko war schockiert. Ihre Wangen bekamen einen roten Schimmer. „Das würde er nie tun! Ryan-sama behandelt jeden Menschen mit großem Respekt."

„Du kennst doch seine sexuellen Vorlieben gar nicht!"

„Stimmt, er würde nicht mit mir darüber reden, was zwischen euch geschehen ist, weil das nur euch etwas angeht. Verschwiegenheit ist eine Tugend."

„Nicht nur für Geishas", sagte Bree scharfzüngig. „Du kennst ihn eben doch nicht so gut, wie du denkst, denn er hatte geplant, mich zu seiner lebendigen Puppe zu machen. Und wenn er mich wieder in die Finger kriegen würde, wäre das immer noch Ziel seiner Erziehung."

„Niemals! Wie kommst du nur darauf?"

Bryanna ballte die Hände zu Fäusten. Sie war so voller Wut, dass sie glaubte, jeden Moment zu platzen. „Dein ehrenwerter *danna* hat mich mit seiner Gosho-Puppe verglichen, als er am Tag meiner Flucht mit Tonegawa gestritten hat. Er dachte wohl, ich verstünde sowieso kein Japanisch, deshalb könnte er ruhig die Wahrheit sagen, vielleicht um Tonegawa gegenüber das Ausmaß seiner Macht zu verdeutlichen. Aber Shunpei hat für mich übersetzt."

„Was genau hat Ryan-sama gesagt?"

„Er würde mich würdigen wie seine Gosho-Puppe."

Begeistert strahlte Kameko. Bryanna verstand die Welt nicht mehr.

„Diese Puppen sind sehr wertvoll, Bree-chan!"

„Nenn mich nie wieder so, denn ich bin kein Mädchen mehr, sondern eine Frau!"

„Das war als liebenswürdige Koseform gemeint", entschuldigte Kameko sich. Sie bot Bree an, *karupisu* zu probieren, aber diese lehnte dankend ab.

„Ich habe Ryans Puppe in seinem Privatraum gesehen. Für mich sah sie aus wie billiger Kitsch."

„Sag so etwas nicht laut!" Kameko riss entsetzt die Augen auf. „Die Art von Puppen waren damals am Kaiserhof – dem Kyoto Gosho – ein wertvolles Geschenk. Man nannte sie auch *zudai*, Großkopf, *shirajishi*, Weißhaut, oder *ouchi*, Hoheiten."

Bryanna spürte, wie alle Farbe aus ihrem Gesicht wich. Sie war mit Zoe zum kaiserlichen Palast gefahren und durch die Parkanlagen spaziert, aber das ‚Gosho' im Namen war ihr nicht aufgefallen. Leider hatten sie den Kaiserpalast nur von außen bewundern können, da er lediglich im Frühjahr und im Herbst für eine Woche der Öffentlichkeit zugänglich gemacht wurde. Ausländer konnten nach Anmeldung eine Sondergenehmigung erhalten, doch für Bree und Zoe war die Zeit zu knapp gewesen.

Kameko geriet ins Schwärmen. „Eine Hofpuppe steht für idealisierte Schönheit, weil ihr Aussehen bis ins Detail durchdacht wurde. Durch ihre noble Blässe wirkt sie sehr zart, der riesige, pausbäckige Kopf und die füllige Figur erinnern an ein Kind. Eine

Hofpuppe vereint Kindlichkeit – im Sinne von reiner Seele, Heiterkeit und Gesundheit – mit Würde und umfassender Geistigkeit.“

„Und was hat das mit mir zu tun?“, fragte Bree etwas kleinlaut.

„Als Ryan dich mit seiner Gosho-Puppe verglich, zeigte er Tonegawa und jedem, der es hören konnte, dass er eine sehr hohe Meinung von dir hat. Du stellst für ihn das Sinnbild der Schönheit dar, aber er schätzt auch deinen Charakter. Du vereinst alles, was er verehrt.“

„Ist das nicht ein wenig zu viel des Lobes?“ Bree rutschte immer tiefer in ihren Stuhl. „Woher willst du wissen, dass seine Hofpuppe keine billige Imitation ist, wie sie sicher für die Touristen hergestellt wird?“

„Weil er mir erzählt hat, dass seine Mutter sie ihm geschenkt hat. Die Gosho-Puppe ist das Einzige, was er noch von seiner Mutter hat.“

Diese Neuigkeit machte Bree traurig. „Hat er seine Mom nie wieder gesehen?“

Kameko schüttelte den Kopf. „Sie hat Ehemann und Sohn verlassen, als Ryan-sama sechs Jahre alt war. Überstürzt flog sie in die USA zurück und tauchte unter. Den Grund weiß niemand. Vielleicht schämte sie sich, weil sie ihre Familie verlassen hatte, oder weil sie in Japan depressiv geworden war. Es ist nicht immer einfach, sich selbst gegenüber eine Schwäche einzugestehen. Möglicherweise hat sie auch eine psychiatrische Klinik aufgesucht. Das werden wir, und vor allen Dingen Ryan-sama, nie erfahren, was sehr schlimm für ihn ist.“

„Unfassbar, dass eine Mutter sich nie wieder bei ihrem Sohn meldet!“, sagte Bryanna und schnaubte dann. „Und ich rege mich über meine Familie auf, dabei habe ich wenigstens noch Mutter und Vater, und sie meinen es im Grunde nur gut mit mir.“

„Ich möchte nicht, dass du denkst, ich erzähle dir das alles, um dich rumzukriegen.“ Als Bree schwieg, fuhr die Geisha fort: „Ich versuche dir nur Ryans Verhalten zu erklären. Er ist nicht das Monster, das du dir ausmalst. Kann es sein, dass du deine Ängste auf ihn projizierst?“

„Was meinst du?“

„Ich könnte mir gut vorstellen, dass du als devote Frau Bedenken hast, dich einem dominanten Mann vollkommen hinzugeben, weil du die Kontrolle aufgibst und dich in seine Hände fallen lässt. Das birgt immer eine gewisse Gefahr. Bestimmt gibt es auch schwarze Schafe unter den Tops. So nennt man sie doch unter anderem, oder?“

Bryanna nickte.

„Ryan-sama gehört nicht dazu, das versichere ich dir bei meiner Ehre! Er hat sehr mit sich gerungen, denn er stand oft davor, dich gehen zu lassen, aber das hätte für Masaru-sensei einen Gesichtsverlust bedeutet.“

Erstaunt setzte Bree sich auf. „Ryan wollte mich gehen lassen?“

„*Hai*, mehr als einmal. Es hat ihm widerstrebt, dich gefangen zu halten, und er möchte auch keine Dienerin, die sich ihm nicht aus freien Stücken hingibt. Doch er war von Anfang an in dich vernarrt und hat auf ein gutes Ende gehofft. Wird es ein gutes Ende geben?"

„Ich weiß es nicht."

„Es war alles nur ein Missverständnis, Bree. Du liebst ihn, nicht wahr?"

Bevor Bryanna antworten konnte, fiel ihr Blick auf Zoe, die gerade auf Stilettos in den TEA TEMPLE stolziert kam und sichtlich aufgebracht war. Aber sie war nicht alleine. Ihre rechte Hand kniff in das Ohr eines jungen Mannes, den sie hinter sich herzerrte. Er verzog vor Schmerz das Gesicht, wehrte sich aber nicht. Seine Wangen röteten sich, als er vor Bree und Kameko stand und noch immer fest in Zoes Griff war.

„Ich habe diesen Kerl vor der Tür erwischt!", zischte Zoe und zog ihn am Ohr, so dass er einen gequälten Laut von sich gab. Noch immer hingen seine Arme leblos an seinem Körper herab, er fügte sich offenbar in sein Schicksal oder wollte die Hand nicht gegen eine Frau erheben. „Er hat dich von der Straße aus durch das Fenster beobachtet, Bree. Ist das einer dieser fiesen Kerle aus der Kendo-Schule?"

„Ja ..." Bryanna nickte, aber bevor sie weitersprechen konnte, kniff Zoe noch fester in sein Ohr. Erschrocken sprang Bryanna auf und umfasste das Handgelenk ihrer Freundin, damit diese ihr Opfer los ließ. „Ja, er ist einer der Nito-Schüler, aber er ist mein Freund."

„Dein Freund?" Zoe gab ihn frei, trat einen Schritt von ihm weg, musterte ihn abschätzend und verschränkte die Arme vor dem Oberkörper. Besorgt wandte Bree sich an Shunpei. „Geht es dir gut?"

„*Hai*, nur Ohr brennen wie Feuer", antwortete er und knetete sein hochrotes Ohrläppchen. Er bedachte Zoe mit einem interessierten und nicht feindseligen Blick, der Bree erstaunte. „Ishikawa-sensei mich schicken, damit ich aufpassen auf Kameko-san."

„Ryan?", entfuhr es Zoe. Ihr Blick verfinsterte sich.

Bryanna bemerkte, dass die Gäste sie anstarrten, und bat: „Bitte, setzt euch. Ich erkläre dir alles, Zoe."

Es folgte eine lebhafte Diskussion, die Bree mit Zoe führte, während Kameko sich höflich zurückhielt, und Shunpei kaum etwas verstand, weil die beiden Freundinnen zu schnell sprachen, und seine englischen Sprachkenntnisse nicht ausreichten. Zunächst regte Zoe sich auf, beruhigte sich jedoch bald, da sie merkte, dass ihre Freundin nicht in Gefahr war und tatsächlich über Ryans Angebot nachdachte, anstatt es konsequent abzulehnen.

Zaghaft meldet Kameko sich zu Wort: „Bitte, lass dir Zeit mit deiner Entscheidung. Sie ist wichtig für dich und auch für Ryan."

„Und für mich“, warf Zoe schmollend ein. „Wenn du nach Okinawa ziehst, verliere ich meine beste Freundin.“

Das machte es für Bryanna nicht leichter, sich zu entscheiden. Sie war hin- und hergerissen und verbrachte den restlichen Tag mit Grübeln. Am Abend hatte sie leichte Kopfschmerzen und wollte auf keinen Fall in den Club KABUKI-CHO mitkommen.

Zoe war anfänglich ein wenig eingeschnappt und fragte: „Lässt du mich jetzt schon alleine?“ Aber als Shunpei sich bereit erklärte, sie zu begleiten, besserte sich ihre Laune.

„Ich dich beschützen, *neh*? Kämpfe gutes Kendo“, sagte er mit glänzenden Augen, woraufhin Zoe schallend lachte.

Sie zeigte auf ihre Sporttasche. „Wenn du wüsstest, was da drin ist, würdest du Angst vor mir kriegen. Wer weiß, vielleicht wirst du mein nächstes Opfer?“

Shunpei runzelte die Stirn, weil er wohl Zoes Worte, aber nicht deren Bedeutung verstand, ließ sich jedoch nicht abwimmeln und brach gemeinsam mit ihr nach Pontocho auf.

Obwohl Kameko besorgt um Shunpeis reine, um nicht zu sagen naive Seele war, musste sie ihn ziehen lassen. Bryanna machte sich in der Beziehung keine Gedanken, weil sie ahnte, dass Shunpei es faustdick hinter den Ohren hatte. Er war ein junger Mann, seine Sexualität erwachte gerade erst, und er war neugierig. Zoe würde ihm durch ihre Bondage-Vorführung eine neue Welt zeigen.

Kameko mietete für sich und Shunpei je ein Einzelzimmer für eine Nacht in dem Hotel, in dem auch Bryanna und Zoe wohnten. Jeder zog sich auf sein Zimmer zurück, aber Bree konnte nicht einschlafen. Die wirren Gedanken brachten sie fast um den Verstand. Daher klopfte sie um Mitternacht an Kamekos Tür.

Die Geisha öffnete ihr in einem beigefarbenen *yukata* mit großen Mohnblüten. Ihre Haare flossen über ihre Schultern wie pechschwarze Kaskaden. Es war das erste Mal, dass Bree sie mit offenem Haar erblickte. Kameko sah wunderschön aus und keineswegs schlaftrunken, als hätte sie genauso wenig schlafen können wie Bree.

„Können wir noch ein wenig reden?“, bat Bryanna. „Ich brauche dich.“

„Selbstverständlich. Komm herein!“ Kameko trat beiseite und schloss leise die Tür hinter Bree.

Sie setzten sich auf das Bett. Bree schmiegte sich in die Arme ihrer „großen Schwester“, die sehr geduldig mit ihr war. Kameko erzählte Bree noch einmal, was sie schon im TEA TEMPLE berichtet hatte und versuchte ihr die Angst vor Ryan zu nehmen, bis sie merkte, dass Ryan gar nicht das Problem war.

„Einen Moment, bitte!“, sprach sie und stand auf. Sie ging zu ihrem Koffer, suchte etwas und kehrte zum Bett zurück. Lächelnd überreichte sie Bryanna, was sie in der Hand hielt.

Bree strahlte. „Das ist ja mein *omamori!“* Sie nahm es, holte den Streifen Papier aus dem Stoffbeutel und drückte dem Glücksbringer einen Kuss auf.

„Das *kanji* auf dem Talisman bedeutet ‚Mut‘.“

„Ich weiß. Zoe hatte es ausgewählt, weil ich ...“ Bryanna stockte.

Die Geisha nahm wieder Platz, zog Bree in ihre Arme und streichelte über ihr Haar. „Deine Freundin ist schrill, aber weise. Du hast Angst vor der eigenen Courage, aber die Liebe überwindet jedes Hindernis, auch das in deinem Inneren.“

Plötzlich hatte Bryanna das Gefühl, wieder ganz am Anfang zu stehen. Bevor sie nach Japan gekommen war, hatte sie nicht den Schneid gehabt, sich einem Mann zu unterwerfen und zu ihrer devoten Ader zu stehen. Dann war sie ins kalte Wasser geworfen worden durch Zoes Vorführung, die weit über Bondage hinausgegangen war, und durch die Verschleppung durch Noguchi Masaru, die sie letztendlich zu Ryans Erziehung geführt hatte. Eine Fügung des Schicksals, die sie dazu gezwungen hatte, Farbe zu bekennen.

Doch nun stand sie wieder an einem Scheideweg, und diesmal nahm ihr niemand die Entscheidung ab. Würde sie so mutig sein können, sich diesmal freiwillig Ryans Willen zu unterwerfen? Keine Entführung, keine Isolation, keine Mauern, kein vorläufiges sich fügen, um den richtigen Moment für eine Flucht abzuwarten – nur der innere Wunsch, eine Sub zu sein ... mit allen Konsequenzen.

Sie redeten lange, lagen sich in den Armen, und als Kameko eingeschlafen war, stand Bryanna auf, um in ihr Zimmer zu gehen. Mit dem *omamori* in der Hand schlich sie über den Gang. So leise wie möglich öffnete sie die Zimmertür und erstarrte für einige Sekunden. Rasch zog sie die Tür wieder so weit zu, dass sie nur einen Spalt breit offen blieb. Bree konnte nicht glauben, was sie sah.

Shunpei kniete nackt vor Zoe, die vor dem Tisch stand und einen Fuß auf den Stuhl gestellt hatte. Herrisch schaute sie auf ihn herab. Sie trug ein atemberaubendes schwarzes Korsett, das so eng geschnürt war, dass sie eine Wespentaille hatte und ihre Brüste aus den Schalen quollen. Sie hatte ihr kurzes Haar toupiert, was ihr ein wildes Aussehen verlieh. Ihr Lederrock bedeckte gerade ihr Höschen, ihre Stiefel reichten bis knapp über die Knie. So hatte Bryanna ihre Freundin noch nie gesehen. Entweder hatte Japan sie verändert, oder Zoe hatte sich extra für Shunpei so hergerichtet.

Bryanna wollte eingreifen, um ihren Freund aus den Klauen ihrer dominanten Freundin zu retten, aber dann bemerkte sie sein Geschlecht, das halb erigiert von den Lenden abstand, als wollte es sich Zoe gierig entgegenrecken. Bree hätte sich zurückziehen müssen, aber sie konnte sich nicht bewegen. Fasziniert beobachtete sie das Szenario.

Zoe steckte den Mittelfinger unter ihren Slip, der unter ihrem kurzen Rock sichtbar war. Sie schob das Höschen kurz beiseite, um Shunpei einen Blick auf das Tattoo auf ihrem Venushügel zu gewähren, auf ihre rasierte Spalte und auf das Piercing, das ihre rechte Schamlippe zierte und verhüllte sich dann wieder. Genießerisch verdrehte sie die Augen, als ihr Finger unter dem Stoff vor und zurück glitt.

Bryana sah, dass Shunpeis Glied weiter anschwoll und bekam ein schlechtes Gewissen, weil sie eine heimliche Voyeurin war. Doch sie war zu neugierig, um sich zurückzuziehen.

Zoe rieb unter dem Slip weiter über ihre Schamlippen und drang mit dem Finger in ihre Mitte ein. Eine Weile fingerte sie sich und machte Shunpei mit ihrem lasziven Spiel augenscheinlich verrückt. Schließlich legte er die Hand um sein Glied.

„*Yamerou*! Hör auf! Böser Junge!“, schimpfte Zoe und schlug mit der Hand auf seine. „Habe ich dir erlaubt, dich anzufassen?“

„*Gomen nasai.*“ Shunpei verneigte sich mehrmals entschuldigend. Seine Wangen waren schamrot.

„Aber das kann ich dir leicht austreiben“, sagte Zoe scharf und kramte in ihrer Sporttasche. Sie holte zwei kurze Seile heraus, ein dickes und ein dünnes. Das dünne musste Shunpei zwischen den Zähnen festhalten, während sie ihm mit dem dicken seine Handgelenke hinter dem Rücken zusammenband.

„Du wirst nichts tun ohne meine ausdrückliche Erlaubnis, hast du das verstanden? *Wakaru ne*?“

„*Hai, wakatta*, Herrin.“

Bryanna riss erstaunt die Augen auf. Wie konnte sie nur heimlicher Zeuge von Shunpeis lustvoller Erniedrigung sein? Beschämt schaute sie nach allen Seiten, um sicher zu gehen, dass niemand die Beobachterin beobachtete. Aber der Gang war leer. Alle anderen Hotelgäste schienen zu schlafen. Sie kämpfte gegen ihre eigene Erregung an – und verlor. Mit den Fingerspitzen streichelte sie ihre Brustspitzen durch den *yukata* hindurch und verfolgte weiter, was ihre Freundin mit dem jungen Kendo-Schüler anstellte.

Zoe nahm Shunpei das dünne Seil aus dem Mund und schlang es in einer Achterschlaufe um beide Hoden. Sie zog es enger, wickelte es mehrmals eng um den Penisschaft und knotete die Enden zusammen. Zufrieden betrachtete sie ihr Werk.

Da Shunpei schräg zu Bryanna saß, konnte sie seine entsetzte Miene sehen, sein Glied jedoch war prall durch das gestaute Blut, aber auch vor Erregung. Die Vorhaut hatte sich zurückgezogen und die Penisspitze freigegeben. Eine Ader trat immer sichtbarer an der Seite hervor. Der Phallus war so lang und schlank wie Shunpeis Körperbau, er musste weit in eine Frau hineinreichen.

Aber Zoe hatte andere Pläne, als ihn auf der Stelle zu nehmen. Sie drückte gegen seine Stirn, bis sein Kopf im Nacken lag und ihr Gesicht über ihm thronte wie ein Geier über seiner Beute.

„Ich warne dich!“, drohte sie grollend und stach ihre spitz gefeilten, schwarz lackierten Fingernägel in seine Wange, als wollte sie ihm das Gesicht zerkratzen, sollte er ihren Anweisungen nicht Folge leisten. Ihre Stimme wurde immer lauter. „Komm ja nicht, ohne mich um Erlaubnis zu fragen! Solltest du dich gehenlassen, werde ich dich hart bestrafen. Ist das klar?“

Shunpei nickte. Er sah sie von unten herauf schüchtern, gleichzeitig dankbar und erwartungsvoll an. Bryanna fragte sich, ob sie den gleichen Gesichtsausdruck gehabt hatte, als Ryan mit ihr gespielt hatte.

Zoe tätschelte seine Wange, als wäre er ein artiges Kind. Mit einem hinterhältigen Grinsen stellte sie wieder den Fuß auf den Stuhl, damit er einen Blick auf ihr Höschen hatte. Im Gegensatz zu Zoes restlichem Outfit war der Slip weiß. Bryanna erkannte sogar von der Tür aus den feuchten Fleck in der Mitte. Das Hotelzimmer war hell erleuchtet, die Vorhänge offen. Zoe lieferte den Anwohnern eine noch heißere Show als Bree einige Tage zuvor.

Vor Shunpeis Augen fuhr Zoe mit der Masturbation fort. Seine Augen wurden immer größer und sein Blick gieriger, aber er war gezwungen, tatenlos zuzusehen, was ihn wahnsinnig machen musste. Sein entblößter Brustkorb hob und senkte sich, sein Mund stand offen.

Fehlt nur noch, dass er sabbert!, dachte Bryanna amüsiert, bemerkte jedoch ihren Neid. Ihre Sehnsucht nach Ryan wuchs mit Shunpeis Erregung.

Zoe zog ihren Slip aus und legte ihn auf den Tisch. Shunpeis Geschlecht zuckte einige Male. Rügend starrte sie auf den Phallus ihres Schülers. Der junge *shidachi* hatte Mühe, sich zu beruhigen, schaffte es jedoch. Bree vermutete, dass das langjährige Kendo-Training und die tägliche Meditation ihm dabei halfen. Neben der Selbstbeherrschung hatte er auch Atemtechniken gelernt.

Anzüglich setzte Zoe sich mit gespreizten Beinen auf die Tischplatte. Sie legte den Kopf in den Nacken und streichelte ihre Oberschenkel. Ihre Finger glitten in ihre Spalte, sie nahm die kleinen Schamlippen und zog sie auseinander, die rechte Schamlippe mithilfe ihres Piercings. Shunpei sog scharf die Luft ein. Wie gebannt starrte er auf Zoes Öffnung, die vor Feuchtigkeit glitzerte.

Bryanna ahnte, dass er das weibliche Geschlecht noch nie auf diese Weise betrachtet hatte – sie selbst hatte das auch nicht. Obwohl sie an der Tür stand, konnte sie das zarte rosa Fleisch und die kleine Erhebung unter dem Venushügel sehen und errötete, weil Zoe sich derart freizügig präsentierte. Das Zimmer war klein, aber in diesem Moment wünschte sie, es wäre noch kleiner.

Hemmungslos rieb ihre Freundin über ihre Mitte. Sie seufzte und stöhnte und drang immer wieder in sich ein, um sich selbst zu stimulieren und Shunpei weiter anzustacheln. Er wiegte sich vor und zurück, näherte sich gierig ihrem Schoß, als wollte er sie dort küssen, und zog sich wieder zurück, weil es ihm verboten war, ihr ohne Erlaubnis nahe zu kommen. Schließlich löste sich ein Tropfen aus der kleinen Öffnung seiner Penisspitze, der Zoe nicht verborgen blieb.

Sie schnaubte wütend und stemmte die Hände in die Hüften. „Hab ich dir nicht verboten zu kommen?“

„Ich sein nicht gekommen, Herrin.“

„Du widersprichst mir?“, fragte sie grollend und hob verächtlich eine Augenbraue.

Eingeschüchtert schwieg Shunpei, aber durch die Art, wie sie mit ihm sprach, zuckte sein Geschlecht schon wieder.

Zoe gab ihm eine Ohrfeige. Der Schlag war nicht fest gewesen, verwies ihn aber auf seinen Platz und erinnerte ihn an seine Stellung. „Du nichtsnutziger kleiner Sklave! Du notgeiles Bürschchen! Muss ich jedes Detail erklären, damit du mich verstehst? Du darfst ohne meine Erlaubnis keinen noch so winzigen Tropfen Sperma verlieren!“

Um seine Qual zu vergrößern, nahm sie das Tröpfchen mit dem Fingernagel von seinem Phallus, wobei sie seine Penisspitze leicht kratzte, und leckte die milchig-salzige Flüssigkeit von ihrer Fingerkuppe ab.

Shunpei stöhnte.

Da traf Zoes Handfläche sein Geschlecht. „Du wirst ja wohl deine Bestrafung nicht genießen!“

Das erigierte Glied wippte hoch und runter und Shunpei verdrehte die Augen, weil seine Lust unerträglich wurde, er ihr aber nicht freien Lauf lassen durfte. Zoe schlug mehrmals hintereinander zu, sein Phallus schwang nach allen Seiten, und die Ader trat noch weiter hervor. In Shunpeis Gesicht spiegelte sich sein innerer Kampf. Er rang mit sich, drohte seiner Erregung nachzugeben und bemühte sich durchzuhalten. Zoes Schläge waren nicht hart, aber sie fachten seine Lust gehörig an.

Nachdem sie aufgehört hatte, gab sie ihm eine Weile, um sich zu beruhigen. Erst als er wieder flacher atmete, setzte sie ihre spitzen Fingernägel auf seinen Schaft und zog die Nägel nach vorne bis zur Penisspitze. Shunpei biss die Zähne zusammen und zitterte.

Bryanna wähnte, dass es mehr vor Erregung als vor Schmerz war und streichelte atemlos über ihr Höschen.

Indes stach Zoe ihre Fingernägel in Shunpeis linke Brustspitze. Sie zog daran, bis seine Miene sich gequält verzog, er nachgab und den Oberkörper zu ihr neigte. Zoe küsste ihn. Zuerst war ihr Kuss gehaucht und sanft, doch er wurde schon bald leidenschaftlicher. Sie küsste ihn immer wilder, und er erwiderte ihre Leidenschaft, während seine Finger sich hinter seinem Rücken unruhig bewegten. Noch immer piekste Zoe in seine Brustwarze, mit der freien Hand hielt sie ihm die Nase zu und presste fest ihren Mund auf den seinen.

Sie gab ihn erst frei, als er zappelte, und lachte laut. „Du siehst so naiv aus, aber du bist ein geiler Bock!“

Shunpei rang nach Luft. Bree sah, dass seine Lippen und die Partie um den Mund mit Zoes rotem Lippenstift beschmiert waren. Er sah aus wie ein Clown. Zoe holte einen Kosmetikspiegel und hielt ihn Shunpei hin. Als er sah, wie lächerlich er mit dem Lippenstift aussah, wurde er krebsrot im Gesicht und senkte beschämt den Blick. Sein Phallus jedoch wurde noch eine Spur härter.

„Leck mich!“, befahl Zoe. Nicht nur Shunpei öffnete erstaunt den Mund, auch Bryanna.

Zoe nahm ihren Slip vom Tisch, hielt ihn Shunpei vors Gesicht, und er schnüffelte daran wie ein neugieriger Welpe. Dann warf sie ihr Höschen achtlos weg, stellte ihren Fuß wieder auf den Stuhl und zischte: „Aber wehe, es kommt Lippenstift an meine Spalte!“

Seine Augen glänzten, als er Zoes aufgeklaffte Scham sah, streckte seine Zunge weit aus dem Mund, um zaghaft über ihre großen Schamlippen zu lecken. Er suchte Zoes Blick, als wollte er ihre Reaktion testen.

„Mach weiter!“, blaffte sie ungeduldig und schob seinen Kopf näher an ihre Mitte.

Während er mit der Zungenspitze zwischen die kleinen Schamlippen drang, zuckte sein abgebundenes Geschlecht lustvoll. Er zog an seinen Fesseln und erkundete Zoes fleischigen Fächer. Er glitt mit der Zunge durch die Zwischenräume und schleckte genüsslich die Schamlippen ab. Behutsam stieß er ein einziges Mal an Zoes empfindsamste Stelle, wodurch sie wohlig erschauerte.

Shunpei tauchte in ihre Mitte ein. Tief versenkte er seine Zunge in ihr und kostete ihre Feuchtigkeit, immer darauf bedacht, nicht mit den mit Lippenstift beschmierten Lippen an ihr Geschlecht zu kommen. Er schnupperte, drückte mit der Zunge kräftig gegen die großen Schamlippen, als versuchte er, sie nach innen zu pressen. Eifrig kreiste er um Zoes Klitoris. Er drückte die Vorhaut herunter und legte die kostbare Perle frei. Da hielt Zoe es nicht länger aus.

Grob stieß sie ihn von sich fort, so dass er zur Seite kippte. Sie drehte ihn blitzschnell auf den Rücken, nahm keine Rücksicht darauf, dass seine gefesselten Hände sich in seinen Rücken bohrten und band sein Geschlecht los. Bevor Shunpei wusste, wie ihm geschah, saß Zoe auch schon auf ihm. Mit einem einzigen Stoß steckte sein Phallus tief in ihr drin.

Shunpei stöhnte. „Bitte, Herrin, ich dürfen kommen?“

Einen Augenblick lang schien Zoe verwundert. Bryanna vermutete, dass sie vor lauter Lust selbst nicht mehr daran gedacht hatte, dass er ohne Erlaubnis keinen Orgasmus haben durfte.

Zoe lächelte diabolisch. „Nein!“, antwortete sie scharf und begann ihn zu reiten. Anfänglich hielt sie sich noch zurück. Sie erhob sich, bis Shunpeis Phallus nur noch mit der Penisspitze in ihr steckte und senkte sich langsam wieder herab. Aber auch ihre Erregung war weit fortgeschritten, und so nahm sie Shunpei immer ungeduldiger.

„Bitte, Herrin!“ Mehr brachte er nicht heraus. Sein Teint war hochrot vor Anstrengung, er konnte sich kaum mehr zurückhalten.

Anstatt einer Antwort ritt Zoe ihn noch ungestümer. Sie warf den Kopf in den Nacken und lachte boshaft.

Bree wusste nicht, ob Zoe um ihrer selbst willen – oder um Shunpei noch mehr zu quälen – ihre Brustspitzen zu zwirbeln begann, aber es verlangte ihm alles ab, sich nicht gehenzulassen. Er verkrampfte sich, kämpfte gegen den nahenden Höhepunkt an und bäumte sich auf. Schweiß rann an seinen Schläfen herunter. Mittlerweile winselte er leise. Während Zoes Miene vor Glückseligkeit strahlte, war seine vor Qual verzerrt.

„Ich flehen, ich betteln!“ Eine Träne löste sich aus seinem Augenwinkel.

Atemlos sagte sie: „Du hältst schon noch ein wenig durch.“

Dann kam sie. Zoe stöhnte laut und brünstig. Ihr Körper wurde von dem Orgasmus erschüttert. Sie zitterte und bebte, rang nach Atem und entspannte sich. Reglos blieb sie auf Shunpei sitzen. Eine Weile hatte sie ihre Augen geschlossen, genoss das Nachglühen und beruhigte sich langsam. Als Zoe die Augen wieder öffnete, blickte sie auf Shunpei herunter.

„Du schaust ja so entsetzt.“ Sie amüsierte sich.

„Ich … ich …“

„Du interessierst nicht! Du bist ein Sklave und hast der Lust deiner Herrin zu dienen.“ Zoe ließ ihn zappeln. Er war den Tränen nahe. Als er schluchzte, sagte sie: „Aber da heute deine erste Session war, will ich gnädig sein und dir meine Großzügigkeit zeigen.“

„*Domo arigato*“, hauchte Shunpei erwartungsvoll.

„Ich werde mich einmal auf dich niedersenken, wenn du dann nicht gekommen bist, hast du eben Pech gehabt.“ Zoe zuckte gleichgültig mit den Achseln.

„Nur ein Mal?“, fragte er bestürzt.

KAPITEL 18

Bryanna litt mit Shunpei, dessen Nerven blank lagen. Zoe konnte ein richtiges Biest sein. Aber welcher Sklave sehnte sich schon nach einer gutmütigen Herrin? Zoe war eine Herausforderung für den unerfahrenen und hingebungsvollen Shunpei, jedoch schlug er sich sehr gut, und wie Bree schon durch den Akt mit der Eierfrucht wusste, hatte er es faustdick hinter den Ohren. Sie selbst aber auch, denn ihr Mittelfinger glitt unter ihren Slip und fand ihre empfindsamste Stelle.

Zoe weidete sich an Shunpeis Angst, den Höhepunkt nicht zu erreichen. Ihre Augen funkelten, als sie ihren Unterleib anhob. Es steckte nur noch seine Penisspitze in ihr. Aber sie nahm sich Zeit, senkte sich nicht sofort wieder, sondern ließ ihr Becken kreisen, so dass seine Eichel den Eingang ihrer Mitte streichelte. Shunpei entspannte sich ein wenig, doch seine Erregung blieb durch die sanfte Stimulation erhalten.

Dann senkte sich Zoe plötzlich auf ihn herab und kniff gleichzeitig in seine Brustspitzen. Shunpei gab einen kehligen Schrei von sich und verkrampfte sich. Er verdrehte die Augen, schloss sie und japste, weil ihm die Luft weg blieb. Im nächsten Moment schüttelte der Höhepunkt ihn durch. An der Intensität konnte Bree erkennen, dass er solche Gefühle noch nicht oft oder sogar noch nie erlebt hatte. Stöhnend brach er zusammen. Er wimmerte und leckte sich über die Lippen, die noch immer mit Zoes rotem Lippenstift verschmiert waren.

Als Zoe sich zu ihm hinunterbeugte und zärtlich seine erhitzten Wangen liebkoste, beeilte Bryanna sich, die Zimmertür zu schließen. Allerdings lehnte sie die Tür nur an, weil sie befürchtete, dass Zoe und Shunpei sie bemerken könnten, wenn das Schloss knackte.

Lächelnd stand Bree auf dem Gang, der noch immer hell erleuchtet war, weil die Bewegungsmelder des Oberlichts sie wahrnahmen. Sie war so erregt, dass ihr Finger nun stärker über ihre Spalte rieb. Was machte sie nur? Aufgeregt blickte sie in alle Richtungen. Sie konnte jeden Moment entdeckt werden. Es war durchaus möglich, dass einer der Hotelgäste Shunpeis Aufschrei gehört hatte und aus seinem Zimmer kam, um nachzuschauen, ob alles in Ordnung war. Vielleicht hatte Zoe eine Bewegung an der Tür bemerkt und wollte den Voyeur stellen. Oder Kameko kam auf den Korridor hinaus, um zu schauen, wo Shunpei blieb.

Die Gefahr, jeden Augenblick erwischt zu werden, heizte Brees Lust weiter an. Sie lehnte sich gegen die Wand und spreizte die Beine. Erregt massierte sie ihre Klitoris. Es brauchte nicht lange, und sie kam. Bree hielt sich mit der freien Hand den Mund zu. Unentwegt stimulierte sie sich, stöhnte in ihre Handfläche und zuckte, bis der Lustkrampf verebbte.

Dann eilte sie verlegen zu Kamekos Tür, um nicht doch noch erwischt zu werden. Ohne zu klopfen trat sie ein und legte sich neben die Geisha ins Bett.

Als diese erstaunt und schlaftrunken die Augen öffnete, flüsterte Bree: „Mein Bett ist schon belegt. Darf ich bei dir übernachten?“

„Wo ist Shunpei?“

„Er ist bei Zoe, alles ist in Ordnung“, wisperte Bree und schmiegte sich in Kamekos Arme. Sie hätte in Shunpeis Einzelzimmer schlafen können, denn der Schlüssel lag auf Kamekos Nachttisch. Sie hatte das Zimmer gemietet, als er mit Zoe im Club KABUKICHO war. Doch sie brauchte eine Umarmung, menschliche Wärme und Nähe, und tatsächlich fand sie doch noch Schlaf.

***

Beim Frühstück am nächsten Morgen verlor niemand ein Wort über die letzte Nacht. Alle wussten sowieso Bescheid, weil Shunpei nicht nur beschämt den Blick gesenkt hielt und ständig errötete, wenn man ihn ansprach, sondern auch, weil er die Erektion unter seinem *hakame* trotz des vielen Stoffs der Trainingshose nicht verstecken konnte. Er schmachtete Zoe an, und sie genoss es. Zoe spielte die Unnahbare, als würde Shunpei sie kalt lassen, was ihn nur noch mehr animierte, um sie zu balzen. Aber Bree kannte sie so gut, dass sie wusste, am liebsten hätte Zoe sich mit ihm für die nächsten Wochen im Hotelzimmer eingeschlossen.

Für heute war ihr Rückflug nach New York geplant. Flugtickets hatten sie immer noch nicht gekauft. Sie wollten einfach zum Flughafen fahren und dort Last-Minute buchen. Nicht einmal ihre Koffer hatten sie gepackt, daher gingen sie nach dem Frühstück auf ihr Zimmer.

Doch anstatt zu packen, warf Zoe sich rücklings aufs Bett. Sie verschränkte die Arme unter dem Hinterkopf und seufzte.

„Du kannst es augenscheinlich kaum erwarten, nach Hause zu fliegen“, meinte Bryanna ironisch und schaute ihre Freundin vorwurfsvoll an.

„Das sagst ausgerechnet du?“

Bryanna schwieg schuldbewusst.

Schwungvoll richtete Zoe den Oberkörper auf. Sie zog die Beine an und umschlang ihre Knie. „Hast du dich schon entschieden, ob du zu Ryan nach Okinawa fliegen wirst? Du kannst deine Entscheidung nicht länger hinauszögern.“

„Ich weiß.“ Bree seufzte und setzte sich aufs Bett.

„Was hält dich davon ab? Du liebst ihn doch, und er liebt dich. Ihr teilt die gleiche Neigung. Du musst nicht zurück zu deiner Familie, die dich erstickt mit ihrer

Vorstellung von einer perfekten Tochter. Bei Ryan kannst du ganz Sub sein, hast keine finanziellen Sorgen und ..."

„Schon gut!", unterbrach Bryanna ihre Freundin. Sie langte in die Hosentasche ihrer Jeans und holte das *omamori* heraus. Bree hielt es hoch, so dass Zoe das kanji für 'Mut' sehen konnte. „Das fehlt mir. Ich habe Angst, ihm unter die Augen zu treten, nach allem, was vorgefallen ist."

„Aber er will dich, er begehrt dich und hat Verständnis für deine Flucht. Oder kannst du Ryan nicht verzeihen, dass er dich nicht hat gehen lassen, als dieser Masaru dich ihm geschenkt hat?"

„Das ist es nicht. Meine Entführung war nicht rechtens, doch sie hat mich in die Arme eines Dominus gebracht, der gut zu mir passt, so wie ich zu ihm passe."

„Würde es dir helfen, wenn du nicht alleine wärst?"

Bree runzelte die Stirn.

„Ich weiß, du hast Kameko und Shunpei, aber die können dir nicht deine beste Freundin ersetzen, *neh*?"

„Du würdest mitkommen?", fragte Bree und traute ihren Ohren kaum.

„Na ja, Shunpei ist in Ordnung. Ich meine, er gefällt mir ... Wir könnten gut miteinander auskommen", druckste Zoe herum. „Ich will nicht behaupten, dass er mein Yin-und-yang-Sklave ist, aber ... möglicherweise könnte er es werden. Auf einen Versuch würde ich es ankommen lassen und er auch, wie er mir zu verstehen gab. Auf Okinawa Honto gibt es einen Flughafen. Sollte es nicht klappen, bin ich schnell wieder in den Staaten, und dasselbe gilt für dich, falls Ryan ... aber man soll immer positiv denken."

Zoe hatte recht. Was hatte sie zu verlieren? Ryan würde denselben Fehler nicht zweimal machen, Kameko und Shunpei waren zu guten Freunden geworden, und nun würde sogar Zoe mit nach Okinawa kommen, zwar nicht ganz uneigennützig, aber sie würde für Bree eine zusätzliche Stütze sein.

Bryanna lächelte zaghaft. „Lass uns packen, damit wir endlich aufbrechen können! Nachher müssen wir noch im Flughafen übernachten, weil alle Flüge nach Okinawa ausgebucht sind, und wir sind immerhin vier Personen."

„*Sugoii*!", rief Zoe und stürzte sich auf ihre Freundin. Sie küsste Bree schmatzend, sprang vom Bett und warf ihre Kleidung in ihren Koffer. „Auf, auf! Jemand wartet sehnsüchtig auf dich!"

Auch Kameko und Shunpei waren glücklich über Bryannas Entscheidung. Sie fuhren gemeinsam zum Itami-Flughafen, der überwiegend für Inlandsflüge genutzt wird, und bekamen glücklicherweise noch vier Tickets für den letzten Flug nach Okinawa Honto an diesem Sonntag.

Sie vertrieben sich die Zeit in Duty Free Läden, denen nur Zoe etwas abgewinnen konnte, aber aus Langeweile dackelten alle hinter ihr her. Bryanna war so nervös, dass sie etliche Male die Toilette aufsuchte. Der Nachmittag ging für sie schleppend vorbei, aber dann war es doch endlich so weit, und ihr Flug wurde aufgerufen. Im Flugzeug konnte sie kaum ruhig sitzen bleiben, aß und trank nichts, bis Zoe sie überredete, wenigstens ein Glas Wasser zu trinken.

Als sie auf Okinawa landeten, war Bryanna übel vor Aufregung, gleichzeitig hüpfte ihr Herz vor Freude. Ein Taxi fuhr sie zu der Kendo-Schule, deren Leitung Ryan übernommen hatte. Bree fiel auf, dass die Vegetation auf der Insel durch das subtropische Klima sehr üppig war. Hayato, ein älterer Schüler, führte sie auf dem Gelände herum. Während Shunpei dort blieb, zeigte Hayato Kameko ihre Bleibe, ein mit blühenden Rankrosen bewachsenes Häuschen aus Zypressenholz, das in der Nähe des Schulgeländes auf einer Klippe am Meer stand. Unweit auf einem Hügel konnten Bree Ryans Haus erblicken. Es war durch eine steile Treppe zu erreichen, besaß zwei Stockwerke, ein geschwungenes Dach und war umgeben von Wald. Es gab keine Mauer und keinen Zaun, sogar die Eingangstür stand offen.

Bryanna stand vor Kamekos neuem Heim und beobachtete den Sonnenuntergang über dem Meer. Nachdem die Sonne hinter dem Horizont versunken und die Nacht hereingebrochen war, bemerkte Bree, dass die Kerzen auf Ryans Veranda brannten und sogar Bambusfackeln die Treppe rechts und links säumten, als wollte Ryan ihr den Weg zu ihm weisen. Da wusste sie, dass die Zeit gekommen war, zu ihm zu gehen. Er erwartete Bree, seine Dienerin.

Fahrig wusch sie sich. Sie rasierte Achselhöhlen, Beine und Scham, cremte sich mit einer nach Sandelholz duftenden Lotion ein und ließ sich von Kameko das Haar bürsten, die dann ihr langes Haar zu einer Hochsteckfrisur drapierte. „Zur heutigen Nacht passt kein Zopf, den trägst du täglich. Eine festliche Frisur ist bei diesem Anlass angebracht.“

Bree war sich sicher, dass Ryan es mögen würde, weil ihm dadurch keine Regung ihres Körpers verborgen blieb.

„Möchtest du einen meiner Kimonos anziehen?“, fragte Kameko. „Du hast doch nichts Festliches.“

Dankend verneigte sich Bryanna. „*Domo arigato*, ich weiß dein großzügiges Angebot sehr zu schätzen, weil eine Geisha ihre kostbaren Kimonos normalerweise nie verleiht.“

„Der Anlass rechtfertigt eine Ausnahme.“ Kameko zwinkerte.

„Aber ich kann nicht anders als abzulehnen, bitte verzeih’ und hab Verständnis!“

Kameko hob erstaunt ihre Augenbrauen.

„Ich werde das Kostbarste tragen, das ich besitze: meine Nacktheit! Das ist die adäquate Kleidung für eine Dienerin“, erklärte Bree lächelnd.

Nun verstand ihre „große Schwester“ und nickte. „Ryan-sama wird begeistert sein. *Ashita ne*. Bis morgen und genieße mit all deinen Sinnen!“

Bryanna war schrecklich nervös, als sie nur mit *zori* an ihren Füßen die Treppenstufen zu seinem Domizil hinaufstieg. Auf halber Höhe blieb sie stehen und schaute zurück. Von hier oben hatte Ryan einen guten Blick auf seine Kendo-Schule. Er konnte in der Ferne die Hochhäuser Hontos erspähen, einen der amerikanischen Militärstützpunkte, Kamekos Häuschen auf den Klippen, sowie die Dünen im Westen und in dieser Nacht die Spiegelung des Vollmondes in den Wellen.

Hatte sie bei den ersten Treppenstufen noch Angst vor dem Wiedersehen verspürt, so konnte sie es zunehmend nicht länger erwarten, Ryan gegenüberzutreten, und nahm immer öfter zwei Stufen auf einmal. Sie lief zwischen den Bambusfackeln hindurch, betrachtete die flackernden Flammen ohne anzuhalten, und nahm das verbrannte Lampenöl in der Luft wahr. Grillen zirpten zwischen den rot und weiß blühenden Hibiskussträuchern, die am Hang wuchsen, und Vögel zwitscherten in den Wipfeln der Kiefern, Gingko- und Pinienbäume.

Bryanna atmete schwer, als sie auf der Veranda ankam, zum einen, weil sie die Treppenstufen hochgerannt war, zum anderen, weil ihr die Aufregung die Luft abschnürte. Einen Moment lang zögerte sie. Sollte sie in das Haus gehen und nach Ryan rufen? Nein, das war wohl kaum das Verhalten einer Sub.

Daher zog sie die Reisstrohsandalen aus und kniete sich auf die Veranda. Sie spreizte die Beine, schlang die Finger hinter dem Rücken zusammen und senkte den Blick. Artig wartete sie. Sie hatte vermutet, dass Ryan sie würde warten lassen, um ihre Hingabe zu prüfen, doch vermutlich war er genau so unruhig wie sie, denn sie hörte bereits nach kurzer Zeit Schritte. Selbst als er vor ihr stand, sah sie nicht auf, um ihre Demut zu beweisen.

Ryan legte die Hand unter ihr Kinn und hob es an, damit sie ihn anschaute. „Bist du dir ganz sicher?“ Sein Blick war ernst.

„Ich bin hier, *taikun*“, antwortete Bryanna und ärgerte sich, weil ihre Stimme zitterte. Sie wollte ihm nicht den kleinsten Anlass geben zu vermuten, sie hätte die Entscheidung halbherzig getroffen. Kameko hatte ihr erklärt, dass *taikun* übersetzt ‚Großer Gebieter' bedeutet und im alten Japan benutzt wurde, um Fremden zu verdeutlichen, dass der Shogun die allumfassende Macht besaß. Diesen Begriff fand Bree nun für angebracht.

Und Ryan schien er zu gefallen, denn seine Augen strahlten jetzt. „*Okaeri nasai.* Willkommen zu Hause.“

„*Tada ima.*" Sie hoffte, die richtigen japanischen Worte gefunden zu haben, lächelte ihn verliebt an und verneigte sich so tief vor ihm, dass ihre Stirn beinahe den Holzboden der Veranda berührte. „Ich bin zu Hause."

„Bree-chan, ich möchte dir etwas sagen und bitte dich, mir gut zuzuhören", begann er und deutete eine Verbeugung an.

Es war das erste Mal, dass er sich vor Bree verneigte. Sie wusste diese Geste zu würdigen.

„Es gibt zwei verschiedene Arten von Freiheit ..."

Ryan ging zu einer Truhe, die unter der Sitzbank stand, und holte einen Gegenstand heraus. Erst als er näher kam und ihn hoch hielt, erkannte Bree, was es war.

„Sobald ich dir dieses Lederhalsband anlege, wirst du freiwillig zu meinem Besitz werden. Ich werde deine vollkommene Hingabe erwarten, dich deiner Rechte entheben und dich in jeder Hinsicht kontrollieren. Du wirst dich meinem Willen unterwerfen, mir dienen und deinen Körper und deine Seele immer und allzeit für mich bereithalten. Egal, was ich von dir verlangen werde, du wirst meinen Befehlen Folge leisten, und solltest du dich zieren, werde ich dich bestrafen und dich zwingen, meine Anweisungen umzusetzen. Dankbar wirst du jede Demütigung und jeden Schmerz erdulden, auch wenn sie in deinen Augen ungerechtfertigt und zu hart erscheinen. Und manchmal werde ich dich sogar nur aus Belustigung schlagen und erniedrigen. Hast du das verstanden?"

„*Hai, taikun.*" Nun fürchtete Bree sich doch wieder, aber es war eine Furcht, die sie erregte. Sie spürte ein starkes Kribbeln zwischen ihren Beinen.

„Wirst du das alles ertragen können?"

Bryanna wusste es nicht. Sie zögerte, knabberte an ihrer Unterlippe und bekam eine Gänsehaut. Die Erziehung zur Lustdienerin durch Ryan würde die größte Herausforderung ihres Lebens werden, aber sie musste es einfach wagen.

Geduldig wiederholte er seine Frage. „Wirst du es ertragen können?"

Ich kann es nur versuchen, lag ihr auf der Zunge zu sagen, denn sie ahnte, dass Ryan sie an ihre Grenzen und ein Stück weit darüber hinaus treiben würde. Die Erziehung würde kein Zuckerschlecken werden, aber am Ende wäre die Belohung grandios. Daher riss sie sich zusammen und antwortete: „Ja, Herr!"

Er ging vor ihr in die Hocke, kniete sich mit dem linken Bein hin und blickte ihr tief in die Augen, um auf derselben Höhe mit ihr zu sprechen. „Bryanna Clover, du wirst mir deine Freiheit zum Geschenk machen, aber die ganze Zeit über wird in der untersten Schublade deines Zimmers ein Umschlag mit Geld liegen. Es reicht, um ein Flugticket in die USA zu bezahlen und auch für weitere Kosten, wie Taxifahrten und Essen. Du kannst mich verlassen, wann immer du möchtest, aber ich erwarte so viel Anstand, dass du mir die Gründe nennst und dich von mir verabschiedest, denn das ist das Mindeste, was ich verdient habe, trotz allem, was ich dir angetan habe und dir antun werde.“

Bree bemerkte, dass ihr Mund vor Erstaunen offen stand und schloss ihn.

„Natürlich werde ich dich auch in Fesseln und Ketten legen und dich in die *yukashita* sperren – sei gewarnt, das Vorratsfach in dieser Küche ist besonders dunkel und eng! – aber ich werde dir jetzt ein Safeword geben, das du dir einprägen musst.“ Er wartete einen Augenblick und fuhr dann fort: „Sobald du es aussprichst, werde ich dich sofort befreien, und deine Erziehung ist beendet, das verspreche ich dir.“

Zögerlich fragte sie: „Aus und vorbei? Ist das nicht … zu drastisch?“

Ryan schmunzelte. „Wenn du *satsujin-han* sagst, wird es so sein. Aber ich werde dir noch ein anderes Safeword nennen. Es lautet *warui*. Es ist nach dem Ampelprinzip schwächer als das erste.“

„Ampelprinzip?“

„*Satsujin-han* sagt mir Stopp wie die Rot-Phase im Verkehr, während *warui* für Gelb steht. Sprichst du Letzteres aus, werde ich die jeweilige Erziehungsmethode langsamer angehen, aber wenn du schweigst, heißt das für mich Grün, und ich fahre fort.“

Sie konnte ihn also auch ausbremsen. Bree war erleichtert. „Was sind das für japanische Begriffe?“

„*Satsujin-han* bedeutet ‚Mörder‘.“

Bryanna war entrüstet. „Niemals werde ich das über die Lippen bekommen!“

„Um so besser“, sprach Ryan sanft und schmunzelte. „*Warui* heißt soviel wie ‚böse‘ und ‚schlecht‘.“

Bryanna erkannte, dass er die Begriffe bewusst ausgewählt hatte, weil Bree sie nur schwer würde aussprechen können. Sie würde Ryan damit beschimpfen und ihm unrecht tun. Nichtsdestotrotz garantierten die Wörter Bree, dass sie ihrem Herrn nicht auf Gedeih und Verderb ausgeliefert war. Aber sie hatte Vertrauen zu Ryan, sonst wäre sie nicht zu ihm zurückgekehrt.

„*Arigatou o-gozaimashita*, ich bedanke mich höflichst für Ihre Großzügigkeit“, sagte sie und verneigte sich.

„Du hast an deiner Aufmüpfigkeit und an deinem Japanisch gearbeitet. Das freut mich. Demut ist das Gewand einer Dienerin.“ Ryan legte ihr das Lederhalsband an. Es war fingerbreit, so dass ihr Hals gestreckt blieb, ihn aber nicht völlig steif machte. Er schloss es in ihrem Nacken, steckte den Zeigefinger durch den Silberring, der vorne angebracht war, und zog Bree so nah an sich heran, dass ihre Lippen sich fast berührten. „Nun gehörst du mir! Dein Schamgefühl, deine Qual und deine Lust! Du wirst für mich leiden und musst dir deine Höhepunkte mühsam verdienen. Dein Ziel wird sein, mich zu befriedigen, doch das wird nicht einfach werden.“

Aber lustvoll, da war sich Bryanna sicher. Sie war sich bewusst, dass er all dies sagte, um ihr eine Heidenangst einzujagen, und er war äußerst erfolgreich damit. Dennoch konnte sie es kaum erwarten, ihre Erziehung wieder aufzunehmen. Allein durch seine Drohungen erregte er sie. Bree spürte die Feuchtigkeit zwischen ihren Schenkeln. Das Atmen fiel ihr schwer. Ihre Lippen kribbelten in Erwartung eines leidenschaftlichen Kusses, aber Ryan tat nie, was sie von ihm erwartete.

Er stand auf und holte erneut etwas aus der Truhe. Es war eine Leine, die er in den Ring an Brees Halsband einhakte. Süffisant grinsend tätschelte er ihre Wange und redete mit ihr in einem Ton, mit dem man zu einem geliebten Haustier sprach: „Das hat Bree-chan fein gemacht. Warst tapfer. Hast ein Leckerchen verdient."

Wie aus Geisterhand tauchten in seiner Hand zwei Mini-Reistaler auf. Er hielt sie ihr auffordernd hin.

Bryanna starrte ihn entgeistert an. Er konnte unmöglich von ihr verlangen, dass sie ihm aus der Hand fraß! Aber genau das wollte er.

„Du hast zu lange gezögert", sagte er, und seine Stimme klang mit einem Mal verdächtig weich. Im nächsten Moment warf er einen der Taler auf die Holzpaneelen der Veranda.

Das wird ja immer besser!, dachte Bree ironisch. Sie setzte an, um aufzubegehren, ahnte jedoch, dass sie damit nur alles noch schlimmer machen würde und senkte den Blick. Sie starrte den Reistaler an, als wäre er eine lebende Made, die sie herunterschlingen sollte. Verzweifelt versuchte sie sich mit dem Gedanken zu beruhigen, dass Ryan ihr auch echtes Hundefutter hätte geben können. Es war doch nur ein Reistaler. Er lag zwar auf dem Boden, und sie durfte ihn nicht mit den Händen nehmen, weil er ihr die Rolle einer Hündin aufgezwungen hatte, aber es hätte schlimmer kommen können.

Als sie die Ellbogen einknickte und den Oberkörper tiefer neigte, spürte sie ein starkes Prickeln, das ihren ganzen Körper erfasste. Sie wusste, dass Ryan sie beobachtete, sich an ihrer Erniedrigung erregte, und auch sie selbst spürte Lust. Das Rollenspiel gefiel ihr, auch wenn es sie eine große Überwindung kostete, und ihre Gefühle Achterbahn fuhren. Sie wollte protestieren, aufstehen und ihm zeigen, dass sie eine Frau war, die nicht alles mit sich machen ließ. Doch die Erregung war stärker, und es war ja nur ein Spiel. Sie nahm tatsächlich den Reistaler zwischen die Zähne, legte den Kopf in den Nacken, damit er in den Mund rutschte, und aß ihn.

Ihr Blick streifte Ryan kurz. Hitze schoss in ihre Wangen. Verlegen beäugte sie einen Grashüpfer, der von der Veranda ins Unterholz hüpfte, nur um sich von ihrer lustvollen Schmach abzulenken.

Aber Ryan hatte sie noch nicht genug gedemütigt. Er hielt ihr den zweiten Reistaler, den er noch in der Hand hielt, vor das Gesicht. „Iss artig auf, Bree-chan!"

Um zu verhindern, dass er auch diesen Taler auf die schmutzigen Holzpaneelen warf, nahm sie den Reistaler zwischen die Zähne, wobei ihre Lippen Ryans warme Haut streiften. Sie erschauerte wohlig, er schob den Taler in ihren Mund und hob ihr Kinn an, damit sie ihn ansah.

Ihr Gesicht glühte mittlerweile, sie musste feuerrot sein. Ihr war das alles so schrecklich peinlich, und trotzdem machte es sie an – etwas, das sie nicht nachvollziehen konnte – also akzeptierte sie ihre Lust in diesem Moment einfach, um nicht an ihrem Schamgefühl zu zerbrechen.

„Ich werde dir jetzt dein neues Heim zeigen", kündigte Ryan an.

Als Bryanna aufstehen wollte, drückte er sie zurück in den Vierfüßlerstand. „Seit wann können Hunde auf zwei Beinen laufen?", fragte er und zog an der Leine.

Kapitel 19

Zuerst bewegte sie sich nicht vom Fleck. Sie war erstarrt vor Bestürzung. Doch Ryan zerrte unnachgiebig an der Leine, und endlich folgte sie ihm ins Haus. Auf allen vieren kroch sie hinter ihm her. Sie stellte sich unbeholfen an, da sie nicht wusste, ob sie schneller vorankäme, wenn sie zuerst die rechte und dann die linke Seite nach vorne bewegte oder besser den rechten Arm und das linke Bein gleichzeitig und danach den linken Arm und das rechte Bein. Beides probierte sie aus, während Ryan ihr das Erdgeschoss zeigte. In der *yukashita* musste sie probeliegen und war darüber erfreut, weil sie dadurch ihren Knien eine Pause gönnen konnte. Das Vorratsfach im Küchenboden war tatsächlich kleiner als das in der Kendo-Schule im Chugoku-chiho Gebirge. Ryan kündigte an, dass sie sowieso alle Mahlzeiten mit den Schülern in der Nito-Schule einnehmen würden. Zum einen, weil das Essen meditative Übung war, deren Durchführung er überwachen wollte, zum anderen, weil ein Lehrer zu seinen Schülern gehörte. Somit war die *yukashita* vornehmlich zu Brees Bestrafung gedacht.

Dass die enge Lehrer-Schüler-Bindung nicht auf BDSM zutraf, erkannte Bryanna, nachdem sie die Treppenstufen ins Obergeschoss hochgestiegen waren. Großzügig hatte Ryan ihr erlaubt, sich aufzurichten, weil sie sich beim Treppensteigen auf allen vieren einfach zu tolpatschig angestellt hatte, und sie auf der Treppe zu langsam vorwärtsgekommen wären. In der ersten Etage angekommen, musste sie sich jedoch sofort wieder auf die Knie niederlassen. Ryan zeigte ihr sein Schlafzimmer und eine Wolldecke, die vor seiner Zimmertür lag.

„Das ist dein Hundekörbchen."

Fassungslos musterte Bree die himmelblaue Decke, auf der weiße Pfötchen abgebildet waren. „Ich muss auf dem Gang schlafen?" Ihr Magen krampfte sich vor Sehnsucht und Schmach zusammen.

„Den Weg in mein Schlafzimmer musst du dir erst erarbeiten, aber auch dann wirst du erst einmal am Fußende schlafen."

Sie hatte geahnt, dass Ryans Erziehung kein Zuckerschlecken werden würde, aber nun verließ sie doch der Mut. Er gestand ihr nicht einmal einen eigenen Raum zu und wollte sie wie einen Hund halten. Für eine Session fand sie das erregend, aber nicht für einen längeren Zeitraum. Und was war, wenn er eine Putzfrau besaß oder Besuch bekam? Würde Bree sich ankleiden und aufrecht gehen dürfen? Sie würde im Boden versinken, wenn jemand ihr Hundelager zu sehen bekäme. Vor Ryan auf allen vieren zu laufen war schon eine große Überwindung für sie, aber zur Belustigung seiner Gäste womöglich Stöckchen zu apportieren – das würde sie auf keinen Fall ertragen können!

Bryanna ließ den Kopf enttäuscht hängen und folgte Ryan. Er schob eine mit *shoji*-Papier bespannte Tür beiseite. „Das ist dein Reich."

Ihr Herz pochte aufgeregt. Das Zimmer war mit *tatami*-Matten ausgelegt, es stand ein Futon darin, und das Fenster zeigte zum Meer hinaus. Sie bemerkte eine Tür, die in Ryans Raum führte. „Mein ... Zimmer?" Erwartungsvoll schaute sie ihn von unten herauf an.

„Natürlich bekommst du deinen eigenen Raum!" Er schnalzte und schüttelte den Kopf, als wäre sie ein dummes Kind. „Das bedeutet aber nicht, dass du nicht manchmal auf der Hundedecke nächtigen wirst."

Bryanna nickte zögerlich und rieb sich die Knie, die ziemlich schmerzten. Tausend Gedanken schwirrten durch ihren Kopf. Was würde er noch alles von ihr fordern? Mit einem künstlichen Schwanz zu wedeln und zu kläffen? Alles drehte sich in ihrem Kopf.

„Wenn ich dir gleich den Garten zeige, darfst du aufstehen", sagte er und zog an der Leine. „Ich werde Kameko morgen anweisen, dir aus Stoffresten Knieschoner herzustellen. So wird das offensichtlich nichts. Aber du wirst rasch lernen, belastbarer zu sein."

Bryanna errötete abermals. Wie würde Ryan der Geisha die Knieschoner für Bree erklären? Kameko würde sie mit Fragen löchern. Die Demütigungen nahmen kein Ende, aber die Lust auch nicht, denn ihr Körper befand sich in einem Zustand ständiger Erregung, seitdem sie nackt die Stufen zu Ryans Haus auf dem Hügel hochgestiegen war.

Als nächstes zeigte er ihr das Spielzimmer, das er extra eingerichtet hatte. Es besaß einen Schrank, vollgestopft mit Lustspielzeugen, die er alle an seiner Dienerin ausprobieren wollte. Er konnte es kaum erwarten. Bree blieb die Wölbung in seiner Hose nicht verborgen. Am liebsten hätte sie ihm seinen *hakame* stürmisch heruntergezogen, damit sie endlich seinen Phallus erblicken konnte. Sie gierte danach, Ryan oral zu verwöhnen, sein hartes Glied zu fühlen, zu schmecken und von ihm zu kosten. Entrückt betrachtete sie seinen Schritt und versank in Tagträumen.

Erst als er ihr die Ohren lang zog, wachte sie abrupt auf. Sie erschrak und fühlte sich ertappt.

„Ich werde dir schon beibringen, mir aufmerksam zuzuhören!“, knurrte er und befahl ihr, die Leine mit den Zähnen festzuhalten.

Er hockte sich vor sie und begann an ihren Brustspitzen zu zupfen, als wollte er sie melken. Er presste die Brustwarzen zwischen Daumen und Zeigefinger zusammen, zog sie nach unten und ließ jedes Mal erst wieder los, wenn Brees Gesicht sich leidvoll verzerrte. Immerhin gab sie keinen Laut von sich und ließ auch nicht die Leine los. Sie triumphierte, obwohl das peinigende Ziehen bei jeder Melkbewegung Ryans zunahm.

Dann ging er zum Schrank, holte vier Klammern, an denen Glöckchen hingen, heraus und präsentierte sie ihr. „Ich liebe Krokodilklemmen, denn das Teuflische liegt im Verborgenen.“

Er öffnete eine Klammer, löste ein Gummi und Bree erkannte die Zähnchen im Inneren. Ihr Mund war mit einem Mal trocken. Das konnte nicht sein Ernst sein!

„Das ... das halte ich nicht aus. Bitte, tun Sie mir das nicht an!“, brachte sie trotz Leine im Mund mühsam hervor. Sie zitterte und spürte Phantomschmerzen an den Brustspitzen.

Ryan lachte amüsiert. Er drückte das Gummi wieder auf die Zähnchen, so dass die Krokodilklemme wieder zu einer normalen Klammer wurde. „Nun hast du eins unserer Ziele gesehen. Ich werde dich dorthin führen, Bree-chan, aber noch bist du nicht so weit.“

Entgegen Bryannas Erwartung beachtete er ihre Brüste nicht, sondern hockte sich hinter sie. Er drückte ihre Schenkel weiter auseinander und massierte zärtlich ihre Spalte. Lustvoll seufzte sie und presste die Zähne auf die Leine. Er legte die Klemmen auf den Boden und rieb Brees Schamlippen zwischen beiden Handflächen, bis sie heiß waren. Erst als ihr Schritt bereits feucht und geschwollen war, und Bryanna unruhig vor Lust das Becken bewegte, legte er ihr die erste Klammer an. Sie bohrte sich in die rechte große Schamlippe. Bree nahm erstaunt den intensiven, aber erträglichen Druck wahr, ahnte jedoch, dass der Schmerz sich mit der Zeit einstellen würde.

Liebevoll streichelte Ryan ihren Hintern. „Ich habe die Klemmen locker eingestellt, aber wir werden sie mit jedem Mal, wenn wir sie benutzen, enger drehen, und irgendwann wirst du mich darum bitten, die Zähnchen freizulegen."

Bryanna konnte sich das beim besten Willen nicht vorstellen, bekam jedoch eine angenehme Gänsehaut bei der Vorstellung, eines Tages etwas für sie derart Unglaubliches zu tun.

„Ich werde dir noch drei weitere Krokodilklemmen anlegen", wisperte er und hauchte seinen heißen Atem von hinten gegen ihre Mitte. „In Japan ist *shi*, die Zahl vier, eine besondere Zahl, da das *kanji* gleichzeitig ‚Tod' bedeutet."

Sie erschrak und dachte an das Safeword *satsujin-han* – Mörder – das die komplette Erziehung sofort abbrechen würde.

„Scht!", machte er beruhigend und küsste ihren Eingang. Er stieß mehrfach mit der Zunge in ihre Mitte, schlürfte ihre Feuchtigkeit und suchte mit der Zungenspitze ihren G-Punkt. Als er ihn gefunden hatte, und Bree erschauerte, lachte er verführerisch. „In unserem Fall ist wohl eher der ‚kleine Tod' im Sinne von Orgasmus gemeint. Vertrau mir, Bree-chan! Ich werde nicht zu weit gehen."

Er setzte die zweite Klemme an derselben Schamlippe und die verbliebenen beiden an der linken Seite an. Dann schnippte er gegen jedes einzelne Glöckchen.

Bryanna sog scharf die Luft ein, da das Ziehen jedes Mal zunahm. Das bittersüße Gefühl verflog jedoch sogleich wieder, nur der Druck blieb zurück. Es war, als hätte Ryan ihre Spalte fest im Griff.

Er klatschte in die Hände, woraufhin Bree zusammenzuckte, und sagte freudvoll: „Nun wollen wir die Glocken zum Klingen bringen. Ich werde dich mit der *Tawse* schlagen."

„Auf den Schritt?", nuschelte sie ängstlich, wegen der Leine im Mund.

„Nur, wenn du weiterhin solche dummen Fragen stellst. Schweig und nimm demütig hin, was ich dir abverlange!"

Bryanna tat schwer daran, ihren Unmut darüber herunterzuschlucken, dass Ryan eben noch fürsorglich gewesen war und sie nun herunterputzte. Er schwankte wie ein Fähnchen im Wind, zog mal das Tempo an, dann wieder ließ er die Leine locker. Sie wusste nie, wie er im nächsten Moment reagieren würde. Aber machte das nicht einen guten Dominus aus? Er wollte undurchschaubar bleiben, um seine kleine Dienerin immer wieder zu überraschen.

Furchtsam beobachtete Bree, wie er die Tawse holte. Er ließ das Schlaginstrument durch die Luft sausen und knallte das breite Lederband mit dem gespaltenen Ende auf seinen Unterarm. Sofort bildete sich ein tiefroter breiter Streifen auf seiner Haut.

Seine Demonstration ließ Bryanna nicht unbeeindruckt. Sie begann zu zittern.

Mit konzentrierter Miene ging er an ihr vorüber und stellte sich neben sie. Einige Male spürte sie nur einen Windhauch an ihrem Rücken, vermutlich übte er den Schwung oder wollte ihr einfach nur eine Heidenangst einjagen. Als die Tawse schließlich auf ihren Hintern klatschte, schrie Bree auf – mehr vor Schreck als vor Schmerz. Die Glöckchen an den Krokodilklemmen klingelten leise. Ryan hatte nicht fest zugeschlagen, aber das Leder hinterließ ein Brennen auf Brees Kehrseite.

Wieder sauste die Tawse auf ihren Hintern herunter. Der zweite Schlag tat weitaus mehr weh als der erste. Bryanna zuckte zusammen, wodurch die Glöckchen laut klingelten, aber nur kurz, denn im nächsten Moment verkrampfte sich ihr Körper. Die Anspannung löste sich erst wieder, nachdem Ryan ihr Gesäß einige Sekunden lang sanft massiert und gestreichelt hatte.

Doch sobald die Erregung wieder überhandgenommen hatte, schlug er ein drittes Mal zu. Obwohl Bree sich fest vorgenommen hatte, tapfer zu sein, entfloh ihr ein Aufschrei. Die Stelle, an der die Tawse sie getroffen hatte, brannte höllisch, aber das Brennen entflammte ihren Schritt, der mit einem lustvollen Pochen antwortete. Die Glöckchen klingelten mittlerweile unaufhörlich, es klang auffällig laut in der Stille des Hauses. Aber sie war mit Ryan alleine, somit würde niemand das Klingeln hören. Außerdem brachte er sie dazu, sich gehen zu lassen.

Der vierte Schlag war hart und präzise. Er ging auf eine Stelle nieder, die Ryan zuvor schon getroffen hatte. Hatten die Glocken geklingelt? Bree hatte es nicht mitbekommen. Intensiver Lustschmerz durchdrang sie, ihr Hintern stand in Flammen, aber sie schrie nicht, was sie selbst erstaunte. Sie wimmerte nur, bis ihr Winseln schließlich zu Stöhnen wurde, und sie sich nichts sehnlicher wünschte, als von Ryan augenblicklich genommen zu werden.

Doch er räumte die Tawse fort, küsste sie auf die Stirn und nahm ihr die Leine aus dem Mund. „Ich bin stolz auf dich, Bryanna!“ Liebevoll zwirbelte er ihre Brustspitzen und lenkte seine Dienerin lustvoll von dem Brennen ihrer Kehrseite ab.

Bree schmolz unter seinen Worten und Berührungen dahin. Er hatte sie nicht ‚Breechan’, kleine Bree, genannt, sondern ‚Bryanna’ und dadurch ihre Bemühungen, sich seinem Willen zu unterwerfen, honoriert. Sie genoss es, die Kontrolle an ihn abzugeben, denn sie vertraute ihm. Er hatte Macht über sie, folglich war sie nicht länger verantwortlich für ihre Neigung. Sie konnte sich dem Schmerz und den Demütigungen hingeben, ohne sich schuldig zu fühlen. In seiner Gegenwart brauchte sie sich keine Gedanken darüber zu machen, eine andere Art von Sexualität zu leben als Vanilla Sex, denn Ryan verstand sie. Er war wie sie oder vielmehr ihr Pendant – und zudem ein verdammt attraktives Pendant.

Sie verlor sich in seinen einzigartigen Augen und wachte erst aus ihrem wonnetrunkenen Zustand auf, als er sanft an der Leine zog.

„Steh auf! Deine Knie sind ja schon ganz rot."

Dankbar erhob sie sich. Ryan führte sie die Treppe hinunter durch den schmalen Gang zur Hintertür nach draußen. Er zeigte ihr den kleinen Garten und führte sie, begleitet vom Klingeln der Glöckchen zwischen ihren Beinen, an der Leine durch den Wald zu einem Aussichtspunkt in Richtung Meer. Aber das romantische Nachtpanorama interessierte ihn nicht. Er drehte sich um und deutete auf zwei Stämme. Er hatte die Rinde abgehobelt, sie so aufgestellt, dass sie sich in der Mitte kreuzten, und die Enden tief im Boden vergraben. Vermutlich sogar in Beton oder etwas ähnlichem gegossen, vermutete Bree.

„Ein selbstgefertigtes Andreaskreuz", murmelte sie.

Ryan trat von hinten nah an sie heran und blies seinen heißen Atem in ihren Nacken. „Nur für dich."

Bryanna erschauerte angenehm, weil ihr bewusst wurde, dass er ihre Ankunft offensichtlich sehnsüchtig erwartet hatte, aber sie fürchtete sich auch, als er sie mit dem Rücken vor das Kreuz stellte, ihre Arme und Beine spreizte und sie mit Seilen an den Stämmen festband.

Er begann sie zu streicheln. Er berührte zärtlich ihre Wangen, glitt über ihren Hals hinunter zu ihren Brüsten, liebkoste ihre Hüften, ihren Schritt und ihre Schenkel, schnippte gegen die Glöckchen und strich behutsam über ihre Waden, bis ihr ganzer Körper wie elektrisiert prickelte. Unzählige Male wiederholte er die zärtliche Massage. Bryanna hatte den Mund geöffnet, sie gab leise Seufzer von sich und zog lustvoll an ihren Fesseln. Ihre Haut kribbelte, und ihre Spalte pochte begierig. Sie sehnte sich nach einer intensiveren Stimulation, doch Ryans Hände glitten immer wieder über ihre heiße Mitte hinweg, verweilten nie und drangen auch nicht in sie ein. Er quälte sie mit Sanftheit.

Irgendwann ging er zu einem naheliegenden Strauch, riss einen dünnen, kurzen Zweig ab und entfernte alle abstehenden Äste. Er kehrte mit einem zufriedenen Gesichtsausdruck zu ihr zurück und ließ die Weidenrute durch die Luft zischen. Die Rute machte einen elastischen, aber stabilen Eindruck und würde beim Schlagen sicherlich einen beißenden Schmerz verursachen, ahnte Bree. Aber wie wollte Ryan an ihren Hintern kommen, wo sie doch mit dem Rücken an das Kreuz gefesselt war?

Er rieb mit der Rute durch ihren Schritt und fachte ihre Erregung erneut an. „Ich werde dir nun viermal auf deine Brüste schlagen ..."

„Nein!", entfuhr es ihr, ein Wort, das die Japaner geschickt umschifften, und das im Wortschatz einer Dienerin nicht existieren sollte, daher sagte sie rasch: „*Gomen nasai*, ich bitte vielmals um Entschuldigung. Ich wollte nur … ich meine … also, ich halte das niemals aus!"

Ryan küsste sie liebevoll und reizte weiterhin ihre sensibelste Stelle. „Du wirst es für mich ertragen."

Bryanna war verzweifelt. Er wollte, dass sie ihm ihre Hingabe bewies, und sie war dazu bereit. Eigentlich wollte sie die Rute sogar spüren, allerdings hatte sie eine fürchterliche Angst vor der Züchtigung ihrer Brüste. Sie waren noch nie geschlagen worden. Das war ein Tabu für sie. Schläge auf den Hintern waren in Ordnung, auch auf die Oberschenkel, aber ihre Brüste waren doch viel zu zart und empfindlich!

Während er sich an dem inneren Kampf, der sich in ihrer Miene spiegelte, weidete, bemühte sie sich, ihre Tränen zurückzuhalten.

Schließlich brachte sie mit dünner Stimme heraus: „Ich bin bereit."

Ryan küsste sie ein zweites Mal, und diesmal drang seine Zungenspitze in ihren Mund ein. Leidenschaftlich, aber langsam und genießerisch züngelte er um ihre Zunge herum. Seine Sanftheit vor dem angekündigten Leid machte Bree verrückt! Er löste den Kuss erst, als Bryanna in seinen Mund stöhnte, weil ihr Unterleib sich lustvoll zusammenzog und einen Höhepunkt ankündigte.

Anstatt Bree kommen zu lassen, trat er einen Schritt von ihr weg. Er legte die Rute an ihre rechte Brust und übte einige Male den Schlag, schlug jedoch nicht zu. Die Sekunden verstrichen quälend langsam. Sie ging davon aus, dass der nächste Hieb sie treffen würde, aber Ryan ließ sich schrecklich viel Zeit. Er hob die Rute an, kräuselte seine Stirn, als würde er noch überlegen, ob er die Brust erst am Ansatz oder auf dem Warzenhof treffen wollte, und schürte damit Brees Angst. Was, wenn er sich für die Brustspitze entschied? Den Schmerz würde sie auf keinen Fall aushalten. Ihr Schrei würde bis nach Honto gellen, da war sie sicher.

Bryanna zitterte immer stärker und erschrak, als er plötzlich in die Stille hinein sagte: „Du wirst mitzählen und mir für jeden Schlag danken."

„Ja, Herr." Sie bibberte, dabei war die Nacht angenehm warm.

Dann schlug er zu.

Bryanna schrie auf. Dann biss sie die Zähne zusammen. Ein scharfer Schmerz durchzuckte ihre rechte Brust, doch er verschwand so schnell, wie er gekommen war. Zurück blieb ein dünner roter Streifen, der sich bald darauf bläulich färbte. Bree lauschte den Glöckchen, die sich gar nicht mehr beruhigen wollten.

Drohend murrte Ryan: „Lass mich nicht warten! Strapaziere meine Geduld nicht!"

„Der erste Schlag, ich danke Ihnen Herr!", beeilte sie sich zu sagen. Sie kam sich lächerlich vor und fühlte sich gekränkt, weil es nicht normal war, jemandem zu danken, der einem wehtat. Aber es war genau das, was sie wollte, denn sie spürte, wie ein Tropfen ihrer Feuchtigkeit an ihrem Schenkel hinunterfloss.

Ryan schlug ein zweites Mal zu. Wieder schrie sie auf, ihr ganzer Körper spannte sich an, und sie ballte die Hände zu Fäusten. Sie schluchzte leise, aber keine einzige Träne floss ihre Wangen hinab.

„Schlag zwei, danke, Herr!“, stammelte sie atemlos. Es war nicht so sehr der Schmerz, der ihr die Luft raubte, denn Ryan hieb nicht barbarisch drauf los, sondern dosierte seine Kraft bewusst. Bree war vielmehr durch die Tatsache erschüttert, dass sie überhaupt auf die Brüste geschlagen wurde.

„Du machst das gut!“, flüsterte Ryan. Er legte zwei Finger auf ihre Klitoris und massierte sie. „Denk daran, dass du jederzeit das Safeword sagen kannst, und ich werde entweder langsamer machen oder ganz aufhören.“

Schweigend nickte Bryanna. Sie befürchtete zu schluchzen, wenn sie jetzt den Mund aufmachte. Gleichzeitig berauschte sie die Lust – seine Finger in ihrem Schritt, die gegen die Krokodilklemmen mit den Glöckchen stießen, ihren Eingang suchten, fanden und endlich in ihn eintauchten.

Ryan verrieb ihre Feuchtigkeit, presste den Daumen auf ihre empfindsamste Stelle und fragte: „Wie heißen die beiden Wörter, die ich dir zu deiner eigenen Sicherheit genannt habe?“

Ihre bittersüßen Gefühle verwirrten Bryanna, sie konnte kaum klar denken. Erregung und Angst übernahmen abwechselnd die Oberhand und machten sie so heiß, dass sie völlig durch den Wind war.

„Sag mir die Begriffe, damit ich weiß, dass du sie nicht vergessen hast!“

Er kümmerte sich um sie, jawohl, das tat er, aber er trug auch die Schuld an dem Gefühlschaos in ihr – und sie liebte ihn dafür. Langsam erinnerte sie sich an das Safeword, es hieß *satsujin-han*. Wie lautete noch das zweite? Angestrengt dachte sie nach, was ihr durch die anstehenden zwei Schläge und den Druck auf ihre Klitoris schwer fiel. *Warui*, da war es wieder! Aber aussprechen würde sie die Begriffe nicht.

„‚Mörder‘ und ‚böse‘.“ Sie leckte über ihre trockenen Lippen. „Aber die japanische Übersetzung kommt erst über meine Lippen, wenn ich Ihre Erziehungsmaßnahmen nicht mehr aushalte.“ Und sie fand, dass die emotionale Belastung viel stärker war als die körperliche.

Ryan lächelte amüsiert. Er stellte sich auf die andere Seite und massierte ihre linke Brust. Ihr Brustkorb hob und senkte sich. Vor Aufregung klingelten die Glocken zwischen ihren Schenkeln. Diesmal ließ er sich nicht ganz so viel Zeit, sondern schlug bald zu. Es war ein kurzer, harter Schlag kurz über ihrem Warzenhof.

Bree schloss die Augen. Sie unterdrückte erfolgreich einen Aufschrei und war zu erstaunt über den Schwall Feuchtigkeit, der aus ihr herausschoss und ihre Schenkel benässte, um sich im Schmerz zu verlieren.

Gepresst brachte sie hervor: „Ich danke Ihnen für den dritten Schlag, Herr.“

„Gern geschehen“, spottete er und brachte sie durch seinen Hohn in die Wirklichkeit zurück.

Wütend sah sie ihn an, weil sie sich nun wieder ihres Schamgefühls bewusst wurde. Sie versuchte sich einzureden, dass sein Spott zum Rollenspiel gehörte, aber das minderte ihre Verlegenheit nicht. Für einen kurzen Moment sah sie sich mit seinen Augen, wie sie ausgeliefert am Kreuz hing, alle Öffnungen frei zugänglich, schutzlos gegenüber Penetration jeglicher Art, Erniedrigung und Züchtigung – sie kam sich so verletzlich vor wie nie zuvor in ihrem Leben und senkte den Blick. Aber sie wollte es gar nicht anders. Sie hatte endlich den Mut gefunden, ihre Neigung auszuleben, und sie würde das Safeword nicht aussprechen.

„Mit Freude schenke ich dir dies“, sagte Ryan und hieb ein viertes Mal mit der Weidenrute auf ihre Brüste, „denn ich weiß, dass es das ist, wovon du geträumt hast. Ich befriedige nur deine Sehnsüchte, Bree-chan.“

Sie hörte seine letzten Worte kaum noch. Die Welt um sie herum versank in Lustschmerz, doch schon bald fand sie sich in seinen Armen wieder. Er hatte nicht darauf bestanden, dass sie sich für den letzten Schlag bedankte, sondern sie losgebunden und auf den Boden gesetzt. Nun hielt er sie eng umschlungen, streichelte ihren Nacken und küsste sie auf Stirn und Wangen. Wie schon am Anfang ihrer Erziehung wunderte sie sich, dass ein Dominus seine Sklavin so sehr mit Küssen und Liebkosungen überschütten konnte, ohne seine Macht über sie zu verlieren. Sie fühlte sich in seiner Umarmung geborgen und genoss die Zärtlichkeiten. Bree hatte sich seine Nähe verdient. Erleichtert stellte sie zum wiederholten Male fest, dass Ryan ihre Grenzen kannte und sie sehr sanft erweiterte, so dass sie keinen Schaden, vor allen Dingen emotional, nahm. Ihr Schoß brannte vor Verlangen. Bryanna schaute zwischen ihre Schenkel und betrachtete die geschwollenen Schamlippen, die zwischen den Krokodilklemmen hervorquollen.

Ryan strich behutsam über die Abdrücke der Rute auf ihren Brüsten. „Du bist wunderschön, Bryanna, und die Striemen machen dich noch schöner. Ich liebe es, deine zarte Haut zu zeichnen.“

Erst durch seine Worte wurde ihr bewusst, dass sie nun sein Zeichen trug und war stolz darauf, denn Male „adelten“ eine Sub.

Dann flüsterte er so leise in ihr Ohr, dass sie ihn kaum verstehen konnte: „Ich hatte dir befohlen, mir für jeden Schlag zu danken, nicht nur als erregende Erniedrigung, sondern auch, um herauszufinden, wie gut oder schlecht du den Schmerz verträgst. Ich konnte es an deiner Stimme hören. Es war meine Absicherung, damit ich es nicht zu weit treibe.“

Dankbar nickte Bree und schaute auf das Meer hinaus. Die Wellen brachen sich an den Klippen, sie konnte das Rauschen bis auf den Hügel hören. Sie schmiegte sich enger an Ryan und beruhigte sich langsam. Er war ihr *uchidachi*, ihr Lehrer, und sie hatte noch viel über BDSM zu lernen. Eben noch hatte sie vor lauter Furcht an ihm gezweifelt, doch nun wusste sie wieder, dass sie ihm vertrauen konnte. Er würde ihr immer wieder eine Heidenangst einjagen, aber das war Teil der Erziehung, und es machte sie an wie keine andere sexuelle Spielart, die sie ausprobiert hatte.

Er wisperte: „Auf alle viere, los! Du bist doch meine Hündin, und genauso werde ich dich nun nehmen.“

Ihr Schritt pochte erwartungsvoll. Bryanna nahm den Vierfüßlerstand ein und wartete ungeduldig, bis Ryan seinen Gürtel gelöst und die Hose heruntergeschoben hatte. Er hockte sich hinter sie und drang schwungvoll bis zum Schaft in ihre Mitte ein.

Sie stöhnte schmerzvoll auf, als sein Geschlecht die Klammern an ihren Schamlippen beiseitedrückte. Als er sie sanft zu stoßen begann, klingelten die Glöckchen, und sie lächelte. Es tat weh, wenn er mit seinen Hoden gegen die Klemmen stieß, aber dieser Lustschmerz feuerte ihre Erregung nur weiter an.

Er nahm sie von hinten, seine Stöße wurden rasch hemmungsloser, und er stöhnte rhythmisch, während Bree die Augen schloss und ihr Becken seinen Stößen entgegendrückte. Er drang so stürmisch in sie ein, dass sie Mühe hatte, nicht nach vorne zu kippen. Sie streckte ihre Arme aus und wirkte ihm entgegen, wodurch er noch tiefer in sie eindringen konnte.

Er ritt sie immer wilder. Seine Hoden schaukelten gegen die Krokodilklemmen, sie erstickten das Klingeln der Glöckchen, da seine Stöße mittlerweile zu schnell hintereinander kamen. Es dauerte nicht lange, und Bryanna gab einen kehligen Schrei von sich. Der Orgasmus ging ihr durch Mark und Bein. Sie zitterte und zuckte, röhrte animalisch und brach schließlich keuchend unter Ryan zusammen. Flach lag sie auf dem Bauch, doch er hörte nicht auf, kräftig in sie hineinzustoßen, bis auch er kam und sich in ihre Mitte ergoss.

Noch während sie erschöpft liegen blieb und das intensive Nachglühen genoss, entfernte er die Klemmen aus ihrer Spalte. Sie sog die Luft scharf ein, als das gestaute Blut zurückfloss, aber sie nahm den Schmerz nur dumpf wahr, da eine köstliche schläfrige Mattigkeit sie ergriffen hatte. Sie hatte sich noch nie im Leben so durch und durch entspannt gefühlt.

Ryan legte sich neben sie auf den Rücken ins Gras und zog sie in seine Arme, so dass ihr Kopf auf seiner Schulter lag. Sanft kraulte er ihren Oberarm, küsste sie auf ihren Schopf und fuhr die geschwungenen Linien ihrer Augenbrauen nach. Er bedachte ihren ausgelaugten Körper mit Berührungen, die so sachte waren, dass sie wie ein warmer Windhauch wirkten.

Dann hob er ihr Kinn an, damit sie ihm in die Augen sah. „*Ai shite imasu, hasu no hana.*“

Sein Blick war so liebevoll, dass Bryannas Augen feucht wurden. Vor Schmerz oder Demütigung waren keine Tränen geflossen, aber nun weinte sie vor Glück. Sie war angekommen in dem Leben, das sie sich immer erträumt hatte, und obwohl sie sich Ryans Willen unterwarf, fühlte sie sich das erste Mal wirklich frei.

Ryan zog den Ärmel seines *keikogi* über den Handballen und trocknete mit seiner Trainingsjacke ihre Wangen.

„Ich liebe Sie auch, mein Herr", wisperte Bryanna und schmiegte sich an ihn.

EPILOG

Bryanna streifte Ryans indigoblaue *keikogi* über. Sie griff nach Zoes Brief, trat aus dem Haus und schlenderte über den Hügel zu der Seite, die der Kendo-Schule zugewandt war. Da sie den Gürtel nicht umgebunden hatte, wehte die Trainingsjacke bei jedem Schritt auf, und sie genoss den Wind auf ihrer nackten Haut. Als sie jedoch am Überhang stand, bedeckte sie sich, damit die Schüler ihre Blöße nicht sahen. Die *shidachi* trainierten eifrig im Hof der Schule. Ryan stand abseits und schrie ihnen Befehle zu, auf die sie antworteten. Bis auf den Hügel konnte Bree die *kiai*-Schreie hören. Mittlerweile, nach sechs Monaten, jagten sie ihr wohlige Schauer über den Leib, denn sie verband die Kampfschreie mit Ryan und seiner Autorität, und die erregte sie wie nichts anderes.

Sie liebte diesen Mann mit Haut und Haaren.

Ryan hob den Kopf und schaute zu ihr hoch. Sie meinte ein Lächeln zu erkennen, konnte das aber aus der Entfernung nicht mit Bestimmtheit sagen. Gewiss sah er seinen *keikogi,* die nackte Haut, die zwischen den leicht geöffneten Jackenflügeln herauslugte und ahnte, dass Bree nichts darunter trug. Wuchs vielleicht sogar schon wieder eine Erektion unter seiner weiten Trainingshose heran? Für Bree war es eins der schönsten Komplimente, dass Ryans Glied jedes Mal sofort hart wurde, wenn er sie nackt sah, dabei kannte er mittlerweile jeden Zentimeter ihres Körpers.

Er war ihr einfach genauso verfallen wie sie ihm.

Lächelnd setzte sie sich hin, spreizte die Oberschenkel und überkreuzte die Beine. Die Haltung der Lotosblüte war bei der Meditation zu ihrer liebsten Sitzvariante geworden, weil sie ihren Schoß herrlich weit öffnete.

Sie faltete das Blatt Papier auseinander und schüttelte den Kopf, weil sie es noch immer nicht fassen konnte, Zoes E-Mail ausgedruckt in Händen zu halten.

„Von einem Internetanschluss hätte ich im Gebirge Chugoku-chiho nur träumen können!“, sprach sie zu sich selbst und dankte Ryan, weil er ihr den Anschluss eingerichtet hatte, um mit ihrer Familie und ihren Freunden in den Staaten und auch mit Zoe zu kommunizieren. Heimweh hatte sich jedoch bisher nicht eingestellt, sie fühlte sich wohl in Okinawa Honto.

Schade nur, dass Zoe und Shunpei weggezogen waren.

Wehmütig begann Bryanna die E-Mail zu lesen:

Liebste Bree,

deine letzte Mail klang besorgt. Mach Dir keine Sorgen um uns. Uns geht es gut. Wirklich! Shunpei geht in seiner neuen Aufgabe auf, die Kinder von Sanya kostenlos in Kendo zu trainieren. Die Kids lieben ihn, und ich kann mich nicht nur intensiv seiner Erziehung zum Sklaven widmen, sondern auch wieder fremde Männer stechen. Ja, du hast richtig gehört. Ich habe den Job im Tattoo-Laden bekommen. Yeah! Du erinnerst dich doch noch an den weltbekannten Stecher, der mir das kanji für ‚heiß‘ auf den Venushügel tätowiert hat, oder? Er spricht nicht viel, hat aber echt was drauf. Es kommt mir fast so vor, als würde sich der Kreis schließen, weil ich zum Anfang unserer Japan-Reise zurückgekehrt bin, und auch Shunpei nun wieder in dem Stadtteil arbeitet, in dem er wohnte, nachdem er damals sein Dorf verlassen hatte. Danke noch einmal dafür, dass Ryan den Kontakt zu Meister Nemura hergestellt hat! Shunpei besucht ihn zweimal pro Woche, lernt viel von ihm und kann gleichzeitig etwas Gutes tun, indem er sein Können an die Kids aus dem ärmlichen Stadtviertel weitergibt – und trotz allem bleibt mir noch genug Zeit, ihn zu erziehen. Zeit, die wir in Okinawa nicht hatten, weil das Kendo-Training ihn zu sehr beanspruchte. Fast wäre ich in die USA zurückgeflogen. Die Entscheidung, hierzubleiben und mit Shunpei ein neues Leben in Tokio anzufangen, haben wir beide nicht bereut. Wir sind glücklich! Wir spielen täglich, und mein Yin-und-yang-Sklave macht gute Fortschritte. Ja, Bree, inzwischen bin ich fest davon überzeugt – er ist es! Wir sind genauso glücklich wie Ryan und du. Ihr kommt uns bald besuchen, ja?

Alles Liebe,
Zoe

Bryanna faltete das Blatt Papier zusammen und spähte zu Ryan hinüber. Niemals hätte sie beim Antritt ihrer Reise gedacht, dass sie in Japan ihr großes Glück finden würde. Und nun saß sie hier, ließ den Wind über ihren nackten Unterleib streichen und empfand eine solche Liebe zu Ryan und diesem Land, dass sie weinen könnte. Doch die Tränen hielt sie für die Nacht zurück, denn dann würde Ryan wieder ihre Grenzen erweitern, ihre Hingabe prüfen und sie in solch köstlich bittersüße Ekstase versetzen, dass sie sich wünschte, nie wieder daraus zu erwachen.

Das brauchte sie auch nicht, denn sie träumte nicht länger davon, eine Lustdienerin zu sein, sie war eine. Sie liebte ihren Herrn, und er liebte sie.

Und die Liebe machte es plötzlich ganz einfach, sich zu unterwerfen. Bree tat es von ganzem Herzen.